I0630480

ÜBERSETZUNG AUS DEM AMERIKANISCHEN ENGLISCH
VON ASTRID SUDING

# L.A. METRO
## DIAGNOSE LIEBE

# RJ NOLAN

# DANKSAGUNG

Ein herzliches Dankeschön an den Ylva Verlag, der meinen Romanen ein neues Zuhause gegeben und die deutsche Übersetzung von *L.A. Metro* möglich gemacht hat.

# WIDMUNG

Für all meine Leserinnen und Leser weltweit

# KAPITEL 1

DICHTER, BRAUNER DUNST HÜLLTE DIE oberen Stockwerke des städtischen Krankenhauses von Los Angeles ein. Die Luft flirrte über dem Asphalt des Parkplatzes. Als Dr. Kimberly Donovan aus dem Auto stieg, brannte ihr die schwere Luft in der Nase und die Hitze schlug wie eine Welle über ihr zusammen. *Ah, August in L.A. Die Freuden der Smogwarnungen.* Sie strich sich das feuchte, blonde Haar aus dem Gesicht. Trotz des Wetters und der Umstände, die sie herführten, war Kim froh, wieder in Kalifornien zu sein. Sie war mehr als bereit für einen Neuanfang.

Kim fuhr hinauf zur Abteilung für Seelenheilkunde im dritten Stock. Das Namensschild an der Tür ließ sie lächeln: Dr. Philip Alerman, Leiter der Psychiatrie. *Sein Wechsel zu einem anderen Krankenhaus scheint sich bezahlt gemacht zu haben. Für mich wird es das hoffentlich auch.*

Gerade, als sie nach der Klinke greifen wollte, ging die Tür auf.

»Hallo, Kim«, sagte Philip. »Willkommen im L.A. Metro. Bereit, loszulegen?«

Kim lächelte herzlich, während sie Philip die Hand schüttelte. »Ja. Ich freue mich drauf.« Sein gelocktes, braunes Haar war dünner, als Kim es von der Zeit ihrer Facharztausbildung in Erinnerung hatte, doch seine große Gestalt war immer noch schlank und er trug die gleiche runde Brille mit Drahtgestell. »Danke, dass du mein Verfahren vor dem Prüfungsausschuss beschleunigt hast. Ich bin froh, dass es keine Schwierigkeiten mit den Unterlagen vom Memorial gab.«

Philip schüttelte den Kopf. »Nach dem, was vorgefallen ist, glaube ich nicht, dass Dr. Pruitt sich getraut hätte, deine Papiere zurückzuhalten.«

Kim verzog das Gesicht, während der Zorn über ihren früheren Chef sie durchflutete. *Du kennst ihn nicht so gut wie ich. Ich würde es ihm zutrauen.* Sie seufzte und schob das ungute Gefühl beiseite. »Du hast recht. Ich bin sicher, dass er drei Kreuze gemacht hat, als ich endlich weg war und er mich aus seinem Gedächtnis streichen konnte.«

Philip drückte kurz Kims Schulter. »Mach dir darüber keine Gedanken. Es ist deren Verlust. Wie ich dir schon am Telefon gesagt habe, sind wir unterbesetzt und brauchen die Hilfe einer fähigen Psychiaterin.«

Ihre Anspannung löste sich ein wenig und Kim lächelte. »Danke Philip. Ich weiß deine Unterstützung zu schätzen.«

»Gerne doch«, gab Philip zurück. Er blickte auf seine Uhr. »Die morgendliche Durchsicht der Krankenblätter sollte fast abgeschlossen sein. Lass uns im Personalraum vorbeischauen, dort kann ich dich den anderen vorstellen.«

Philip führte sie zu einer Flügeltür, hinter der die psychiatrische Station lag. Er blieb stehen und gab eine Zahlenfolge über die Tastatur neben der Tür ein, dann drehte er sich zu Kim. »Die Stationssekretärin wird dir alle Codes für die Türen und auch einen Pager aushändigen.«

Kim folgte Philip den Flur hinunter, vorbei am Schwesternzimmer, zum Personalraum. Mehrere Mitarbeiter saßen an einem großen, runden, mit Patientenakten übersäten Tisch.

»Guten Morgen.« Philip trat näher. »Ich habe uns die dringend benötigte Verstärkung mitgebracht.« Er drehte sich um und winkte Kim zu sich heran. »Das hier ist Dr. Kimberly Donovan. Sie ist unsere neue Psychiaterin.« Alle am Tisch winkten oder lächelten. »Kim, ich möchte dir einige Teammitglieder vorstellen.«

Mit einer kurzen Handbewegung in die entsprechende Richtung stellte er die einzelnen Kollegen vor. Es gab zwei Psychiater und drei Pfleger. »Jetzt, da du alle kennst, sollten wir …« Philips Pager begann zu piepen. »Entschuldigung.« Er klappte den Pager auf und warf einen Blick aufs Display. »Tut mir leid, Kim. Darum muss ich mich kümmern. Warum bleibst du nicht einfach hier und machst dich mit allem vertraut? Ich bin schnellstmöglich zurück.«

Kim sah ihm einen Moment lang nach und wandte sich dann ihren neuen Kollegen zu. Sie fühlte sich etwas befangen, schob das Gefühl dann aber entschieden von sich. *Wird Zeit herauszufinden, wie es hier tatsächlich läuft.* Kim hatte die Erfahrung gemacht, dass man die wichtigsten Informationen dann bekam, wenn der Vorgesetzte abwesend war.

Als sich die Tür hinter Philip schloss, schob Trent, einer der Pfleger, ihr den Stuhl neben sich zu. »Nehmen Sie doch Platz, Dr. Donovan«, sagte er mit einem freundlichen Lächeln.

Die Mitarbeiter erklärten ihr die Abteilungsabläufe und Rotationssysteme. Kim zuckte innerlich zusammen, als es schließlich um die Notaufnahme ging. Allein der Begriff weckte umgehend Erinnerungen an ihre frühere Geliebte, die diesen Bereich am Memorial geleitet hatte. Sie waren nicht im Guten auseinandergegangen.

»Mit den meisten Stationen klappt die Zusammenarbeit recht gut«, meinte Dr. Roberts. Der kleine, untersetzte Mann mit dunkelblondem Haar war einer der angestellten Psychiater. »Aber passen Sie bloß auf, wenn Sie Dienst in der Notaufnahme haben. Die Leiterin kann ein eiskalter Klotz sein.«

Kim rollte innerlich die Augen. *Na wunderbar. Genau das brauche ich. Noch nicht mal einen Tag hier und schon höre ich Gerüchte über die Chefin der Notfallstation.*

»Jetzt sind Sie aber ungerecht, Dr. Roberts«, meldete sich Trent zu Wort. »Okay, sie ist ein Eisklotz, aber Sie müssen zugeben, dass sie dabei eine ziemlich gute Figur macht.«

Trent und Dr. Roberts lachten, die beiden Krankenschwestern am Tisch wechselten einen genervten Blick.

Obwohl Kim gern mehr über diese Kollegin wissen wollte, verlor sie das Verhalten der Anwesenden nicht aus den Augen.

Dr. Kapoor, ein weiterer Psychiater, räusperte sich. »Ich bin mir sicher, dass Dr. Donovan durchaus in der Lage ist, sich selbst eine Meinung über die jeweilige Stationsleitung zu bilden.« Er starrte Dr. Roberts unverblümt an. »Es wäre wahrscheinlich hilfreicher, ihr mitzuteilen, was sie beim Dienst in der Rettungsstelle zu beachten hat, als ihr Dr. McKennas Unzulänglichkeiten aufzuzeigen.«

Dr. Roberts warf Dr. Kapoor einen giftigen Blick zu.

Die Tür öffnete sich und Philip trat ein. Er ging rüber zu Kims Stuhl. »Entschuldige die Verzögerung. Komm, ich zeige dir den Rest des Krankenhauses.«

Philip blieb stehen, als sie wieder bei den Fahrstühlen ankamen. Sie hatten alle Abteilungen besucht, mit denen die psychiatrische Station zusammenarbeitete, bis auf die Notaufnahme. »Als nächstes müssen wir noch ins Büro des Personalchefs. Ich glaube, ich sollte dich vorwarnen. Manchmal kann Dr. Rodman ziemlich arrogant und herablassend sein, aber er ist ein großartiger Chirurg und wir versuchen, alles andere einfach zu ignorieren. Du wirst zwar nicht jeden Tag mit ihm zu tun haben, aber er möchte alle neuen Mitarbeiter kennenlernen. Danach ist die Notaufnahme dran.«

Im Vorzimmer wurden sie von der Sekretärin begrüßt, die sie ins eigentliche Büro führte. »Dr. Rodman empfängt Sie jetzt.«

Kim trat nach Philip ein und warf einen ersten Blick auf den Personalleiter. Obwohl er hinter dem Schreibtisch saß, konnte Kim erkennen, dass er klein war. Er war schlank mit dünnem, mausbraunem Haar, das er quer gekämmt hatte, um ganz offensichtlich eine große kahle Stelle zu verdecken. Als er sich aus seinem Stuhl erhob und in den Raum trat, erwies er sich als noch kleiner, als Kim gedacht hatte.

Philip stellte sie einander vor. Kims Augen verengten sich, als Dr. Rodman sie ohne Hast von oben bis unten musterte und mit dem Blick auf ihren Brüsten verharrte, bevor er ihr endlich in die Augen sah.

»Es freut mich, Sie kennenzulernen, Dr. Donovan. Bitte lassen Sie es mich sofort wissen, wenn es irgendetwas gibt, wobei ich Ihnen helfen kann – was es auch immer sein mag.« Während er sprach, ruhte sein Blick wieder auf ihrem Busen. »Meine Tür steht Ihnen jederzeit offen.«

Kim schaute ihn angewidert an. »Ich bin sicher, das wird nicht nötig sein.«

»Wir wollen Sie nicht länger aufhalten, Dr. Rodman. Danke, dass Sie für uns Zeit hatten.« Philip führte sie schnell aus dem Raum.

Auf dem Weg zum Fahrstuhl sprach keiner von ihnen.

Schließlich brach Philip das unangenehme Schweigen. »Es tut mir wirklich leid, dass du das gerade mitmachen musstest, Kim.«

»Wie kommt der Kerl mit so einem Verhalten heutzutage noch durch?«

Philip schnitt eine Grimasse. »Ich will sein rüpelhaftes Benehmen nicht verteidigen, aber er ist ein begnadeter Chirurg. Ehrlich, so ekelhaft hat er sich bisher noch nie aufgeführt. Arrogant sicherlich, aber solche Mätzchen hat er noch nie gemacht. Allerdings kann es gut sein, dass man sich für unantastbar hält, wenn man einen Bruder im Kuratorium hat. Bisher war das zumindest der Fall.«

Kim schüttelte ihren Kopf. Es war nicht das erste und sicher auch nicht das letzte Mal, dass man ihr auf diese Weise begegnete.

»Glücklicherweise hast du nichts weiter mit ihm zu tun«, sagte Philip und lachte leise. »Es wird dich freuen zu hören, dass er um die Psychiatrie einen großen Bogen macht. Aber egal, reden wir nicht mehr von ihm, ab zur Notaufnahme. Wie wir schon im Vorstellungsgespräch besprochen haben, möchte ich, dass du als Vermittlerin zwischen Notaufnahme und Psychiatrie fungierst. Wir hatten einige Konflikte mit den Mitarbeitern dort.«

Kim musste sofort an Dr. Roberts denken. *Ich verstehe auch, warum, falls sich alle in der Psychiatrie wie er verhalten.* Sie fragte sich unwillkürlich, ob er einfach ein Problem mit Frauen in Führungspositionen hatte. Kim wischte die nutzlosen Spekulationen beiseite. Sie würde es früh genug herausfinden.

»Falls sie nicht zu beschäftigt ist, möchte ich dir gern Dr. McKenna vorstellen«, meinte Philip. »Ihr beide werdet ständig miteinander zu tun haben. Sie führt die Notaufnahme mit strenger Hand, aber sie ist dennoch sehr mitfühlend mit ihren Patienten und eine großartige Medizinerin. Es dauert nur eine Weile, bis man sich an ihr unterkühltes Wesen gewöhnt hat. Das kann einen doch etwas entmutigen.«

Kim folgte Philip in den Fahrstuhl, während sie sich fragte, worauf sie sich da eingelassen hatte.

Der Warteraum der Notaufnahme glich wie üblich einem Tollhaus. Zahlreiche Patienten harrten auf ihren Stühlen aus. Am Empfangstresen in der Ecke hatte sich eine Schlange von Leuten gebildet, die sich anmelden wollten.

Philip ging um den Tresen herum und schob sich durch die Doppeltür, die in die eigentliche Notaufnahme führte. Medizinisches

Personal umkreiste den großen runden Arbeitsbereich der Pflegekräfte. Auf dem Flur vor den Schockräumen herrschte reger Verkehr. Trotz des ganzen Chaos war unverkennbar die grundlegende Struktur einer gut geführten Notaufnahme zu spüren. Kim folgte Philip, als er an das Rondell herantrat. Eine Frau Ende zwanzig, leicht übergewichtig, das rote Haar in einem modischen Kurzhaarschnitt und mit hübschen, grünen Augen saß dahinter.

»Penny, hat Dr. McKenna gerade Zeit?«, fragte Philip.

»Hallo, Dr. Alerman. Zuletzt habe ich sie im Gemeinschaftsraum gesehen.«

»Danke, Penny. Ach, bevor ich's vergesse. Das hier ist Dr. Donovan. Sie ist unsere neue Psychiaterin. Bitte gehen Sie ihr zur Hand, falls nötig, okay?«

»Sicher, Dr. Alerman.« Penny nickte Kim zu und lächelte. »Dr. Donovan.«

»Hallo, Penny«, erwiderte Kim.

Philip bedeutete Kim, ihm zu folgen. Auf dem Weg den Flur hinunter erzählte er ihr von der Kollegin vom Empfang. »Penny ist die erfahrenste Verwaltungsmitarbeiterin in der Notaufnahme. Es gibt keine Abteilung, in der nicht jemand sitzt, den sie kennt. Und sie vollbringt wahre Wunder beim Umwälzen des Papierkrams.«

An der Tür mit der Aufschrift *Personalraum* angekommen, drückte Philip die Klinke hinunter und ließ Kim zuerst eintreten. An einem der Tische arbeitete sich eine Frau durch einen Stapel Krankenakten. Ihr Kopf war gesenkt und schwarzes Haar verdeckte teilweise ihr Gesicht. Kim bewunderte die breiten Schultern und den muskulösen Bizeps, der unterhalb der Ärmel ihres OP-Hemds zu sehen war. Auch als die Frau aufsah, konnte Kim nicht wegschauen. Wenn das Jess McKenna war, hatte Trent nicht übertrieben. Sie sah in der Tat absolut umwerfend aus.

»Dr. Alerman, kann ich Ihnen behilflich sein?«, fragte die Frau.

»Ich bin hier, um Ihnen die neue psychiatrische Ansprechpartnerin vorzustellen, von der ich Ihnen berichtet habe: Dr. Kim Donovan. Ich weiß, dass es zwischen unseren Abteilungen einige Probleme gab. Ich hoffe, dass wir mit Dr. Donovans Hilfe die Zusammenarbeit mit der Notaufnahme verbessern können.« Philip wandte sich an Kim. »Kim, das hier ist die Stationschefin, Dr. Jess McKenna.«

Kim ließ ihren Blick kurz über den hochgewachsenen Körper der nun stehenden Dr. McKenna gleiten, bevor sie ihr in die Augen schaute.

»Schön, Sie kennenzulernen, Dr. Donovan.« Dr. McKennas Stimme war tief und rau.

Bevor sie reagieren konnte, wurde ihr Blick von unglaublich blauen Augen festgehalten, wie Kim sie niemals zuvor gesehen hatte. Sie waren atemberaubend. Während sie sich ansahen, wechselte ihre Farbe zu einem faszinierenden Silberblau. Kim hörte, wie Philip sich räusperte, riss sich von diesen markanten Augen los und bemühte sich, ihre Stimme wiederzufinden.

»Schön, Sie kennenzulernen, Dr. McKenna«, sagte sie und bemerkte endlich, dass die Frau ihre Hand ausstreckte. Mit festem Griff umfasste sie Kims Finger.

Sie blickte Dr. McKenna wieder ins Gesicht und entdeckte ein leichtes Flackern in den einnehmenden blauen Augen, bevor sie fast silbern und ausdruckslos wurden.

»Okay, Kim, ich muss zurück zur Psychiatrie«, sagte Philip. »Wenn du hier fertig bist, komm bitte zurück auf die Etage, damit ich dir alles Weitere zeigen kann. Bis dahin lasse ich dich in den fähigen Händen von Dr. McKenna.«

Kim schüttelte sich innerlich, um ihre Fassung wiederzuerlangen. Ihre heftige Reaktion auf die Leiterin der Notaufnahme hatte sie aus dem Gleichgewicht gebracht. Sie wandte sich wieder ihrem Chef zu. »Danke, Philip. Ich sehe dich dann nachher.«

»Bis später«, sagte Philip und wandte sich zur Tür. Kurz bevor er hinausging, hielt er inne. »Passen Sie gut auf sie auf, Dr. McKenna. Wir wollen sie nicht gleich am ersten Tag verschrecken.«

Dr. McKenna nickte stumm. Als sich die Tür hinter Philip schloss, wandte sie sich zu Kim. »Wenn Sie mir bitte folgen wollen? Ich gebe Ihnen dann erst mal eine Führung durch die Station und mache Sie mit unseren Abläufen vertraut.« Ohne eine Antwort abzuwarten, ging Dr. McKenna zur Tür.

Kim war verblüfft über das Verhalten. Sie hatte ein »Herzlich willkommen!« erwartet oder wenigstens den Versuch, mit der neuen Kollegin ins Gespräch zu kommen. *Philip hat dich gewarnt.* Kim eilte ihr nach.

Sie hatten den Personalraum kaum verlassen, als jemand nach Dr. McKenna rief. Kim sah, wie eine junge Asiatin durch den Flur auf sie zustürmte.

Kim warf einen Blick auf das Namensschildchen der Frau, die schlitternd vor ihnen zum Stehen kam. Das musste eine von Dr. McKennas Assistenzärztinnen sein.

»Was kann ich für Sie tun, Dr. Phan?«, fragte Dr. McKenna.

»Der Patient, den Sie sich vorhin mit mir in Bett drei angesehen haben, klagt immer noch über Brustschmerzen. Sein EKG war in Ordnung. Ich warte immer noch auf seine Herzenzyme aus dem Labor. Seine restliche Blutanalyse war ohne Befund.«

»In seiner Vorgeschichte gibt es keine Hinweise auf Herzbeschwerden, richtig?«, fragte Dr. McKenna.

»Überhaupt keine.«

»Irgendwelche Anzeichen von Arrhythmie?«

»Nein.«

»Und wie alt ist er?«

Die Assistenzärztin durchblätterte schnell ihre Unterlagen. »Einundvierzig.«

»Ihr Patient hat immer noch Schmerzen, was machen Sie also als Nächstes?«, fragte Dr. McKenna.

Dr. Phan blickte auf ihre Notizen und dann schnell zurück zu Dr. McKenna. »Bis jetzt waren alle Tests auf einen Herzinfarkt negativ.« Sie zögerte einen Moment und sprach dann weiter: »Ich würde vorschlagen, ein flüssiges Antacidum zu geben, während wir auf die Herzenzyme warten. Falls das nicht hilft, eventuell ein Nitratpflaster.«

»Gut. Versuchen Sie es mit Antacidum und schauen Sie, ob das hilft. Wenn die Enzyme zurück sind, bewerten Sie die Lage neu und entscheiden, ob das Nitrat gerechtfertigt ist. Holen Sie sich Dr. Bates zur Verstärkung, falls Sie noch Hilfe brauchen.«

»Danke, Dr. McKenna.«

Kim schüttelte den Kopf, während sie der davonrennenden Ärztin hinterherschaute. »Darf ich raten? Neue Assistenzärztin?«

»Ja, stimmt. Entschuldigen Sie die Unterbrechung.«

Kim bemühte sich mit Dr. McKenna Schritt zu halten, die sich ohne ein weiteres Wort umdrehte und den Flur entlanglief.

Auf ihrer Tour durch die Notaufnahme stellte Dr. McKenna ihr einige der Mitarbeiter vor und zeigte ihr auch den letzten Winkel der Station. Sie erklärte die Vorgehensweise, bevor die Psychiatrie zu einem Fall dazu gerufen wurde, und die Krankenhausvorschriften bezüglich der Fixierung von Patienten. Kim sah sehr genau hin, sobald Mitarbeiter mit Fragen und Problemen an Dr. McKenna herantraten. Ihre Reaktion war stets genau wie bei Dr. Phan, knapp und professionell. Es gab kein Geplänkel und keine Kameradschaft, wie Kim sie auf anderen Stationen beobachtet hatte. In einer Umgebung mit einem so hohen Stressfaktor war das schon fast eine Notwendigkeit.

Obwohl Kim spürte, dass Dr. McKenna es als Vorgesetze offenbar für erforderlich hielt, Distanz zu ihren Mitarbeitern zu wahren, schien doch mehr hinter ihrem Verhalten zu stecken. Sie hatte bisher noch nicht gesehen, dass Dr. McKenna auch nur ansatzweise gelächelt hätte. Kim fragte sich, ob diese Frau ihre Gefühle auch im Privatleben so stark kontrollierte. Trotz ihrer zurückweisenden Art fühlte sich Kim unfreiwillig zu ihr hingezogen.

Sie wurde aus ihren Gedanken gerissen, als Dr. McKenna vor der Tür zum Pausenraum stehen blieb.

»Ich denke, wir sind durch«, sagte Dr. McKenna.

Kim lächelte. »Danke für den Rundgang und dass Sie sich Zeit für mich genommen haben.«

»Keine Ursache. Haben Sie noch irgendwelche Fragen?«

»Im Augenblick fallen mir keine ein«, antwortete Kim.

»Gut, ich muss zurück an die Arbeit.« Damit drehte sich Dr. McKenna um und ging den Flur entlang in den hinteren Teil der Notaufnahme.

Kim sah ihr eine Weile nach. Als sie merkte, was sie tat, drehte sie sich weg. *Bleib professionell,* rügte sie sich selbst, als sie die Notaufnahme verließ. *Noch so ein Verhältnis wie dein letztes brauchst du wirklich nicht. Außerdem weißt du doch gar nicht, ob sie lesbisch ist.*

# KAPITEL 2

JESS STAND NEBEN DEM SCHWESTERNTERMINAL, während sie darauf wartete, dass ihre Zielperson aus dem Behandlungsraum kam. Als sie Pennys Blick auf sich spürte, griff sie wahllos ein Krankenblatt aus dem Ständer.

Jess starrte auf die Akte, ohne sie zu wirklich zu sehen. *Das ist keine gute Idee.* Obwohl sie sich das bereits seit Tagen sagte, war sie dennoch hier. Sie wartete darauf, dass Chris Roberts seine Behandlung beendete, um mit ihm zu sprechen. Normalerweise konnte sie mit dem Mann nicht viel anfangen. Er hatte mehrmals betont, dass ihm die Arbeit in der Notaufnahme nicht gefiel. In diesem Fall könnte er sich jedoch als nützlich erweisen.

Aus unerfindlichen Gründen ging ihr Kim Donovan einfach nicht aus dem Kopf. Die gut aussehende Psychiaterin beherrschte seit ihrem kurzen Treffen vor drei Wochen ihre Gedanken. Wider besseres Wissen hatte sie sich vorgenommen, mehr über die Frau zu erfahren, die nächste Woche in der Notaufnahme Dienst haben würde.

Deshalb wartete sie auf Roberts. Wenn irgendjemand in der Psychiatrie etwas über Kim Donovan wusste, dann war er es. Jess war sich sicher, dass er Kim bereits gefragt hatte, ob sie mit ihm ausgehe. Nicht, dass sie ihm das zum Vorwurf machen konnte, aber in diesem Fall würde sie ihr nächstes Gehalt darauf verwetten, dass er damit keinen Erfolg gehabt hatte.

Jess hätte schwören können, dass Kim sie mit mehr als nur flüchtigem Interesse gemustert hatte, während Philip sie einander vorgestellt hatte, aber da war noch mehr. Sie hatte sich ohne Weiteres eingestanden, dass sie sich zu Kim hingezogen fühlte. Wer würde das nicht? Es fing an mit ihren schulterlangen blonden Locken und den warmen, himmelblauen Augen. Zusammen mit einem wunderschönen Gesicht und dem hochgewachsenen, schlanken Körper ergab das eine atemberaubende Erscheinung. Jess erinnerte sich lebhaft daran, wie sich ihre Blicke das erste Mal getroffen hatten. Ein starker Strom schien zwischen ihnen zu pulsieren. Es war, gelinde gesagt, beunruhigend. Selbst jetzt noch fragte sich Jess, ob sie sich das nur eingebildet hatte.

Eine gegen die Wand knallende Rolltrage riss Jess aus ihren Gedanken. Sie fluchte leise vor sich hin, als sie merkte, das Roberts an ihr vorbeigelaufen war, während sie vor sich hingeträumt hatte.

»Dr. Roberts«, rief sie ihm nach. Jess erreichte ihn gerade noch am Fahrstuhl. Die Türen öffneten sich.

»Was?«, fragte er ungeduldig.

»Ich möchte kurz mit Ihnen sprechen«, sagte Jess.

»Okay.« Roberts bedeutete den Leuten im Fahrstuhl, dass sie ohne ihn fahren sollten. Er drehte sich missmutig zu Jess um.

Jetzt, da sie vor ihm stand, fand Jess ihre Idee nicht mehr ganz so gut. Plötzlich fehlten ihr die Worte, was wirklich nicht oft bei ihr vorkam. *Ich wusste, das war ein blöder Einfall.*

»Gibt es ein Problem?«, fragte Roberts. »Ich werde in der Psychiatrie erwartet.«

Jess rang nach Worten. Warum hatte sie nicht darüber nachgedacht, was sie sagen wollte, bevor sie Roberts angesprochen hatte? »Denken Sie, in die Akte Ihres Patienten von eben gehört ein Vermerk wegen eventuellen Suchtverhaltens?«

»Ja. Das habe ich bereits Ihrem Assistenzarzt gesagt.«

»Okay. Gut. Wie läuft es denn so mit der neuen Psychiaterin?« *Tolle Überleitung, du Genie.* »Äh … Dr. Donovan … nicht wahr?« *Als würdest du ihren Namen nicht ganz genau kennen!*

»Kim gewöhnt sich gut ein«, sagte Roberts. Seine Verwirrung war ihm deutlich anzusehen. »Wollten Sie sonst noch etwas?«

»Nein, das war's. Danke.« Jess drehte sich um und ging schnell davon. *Großartig! Jetzt hast du dich zur Idiotin gemacht. Deshalb machst du so was nie. Du kannst das einfach nicht. Bleib professionell. Dass du dich für eine Arbeitskollegin interessierst, ist das Letzte, was du brauchst.*

*Das hat doch schon beim letzten Mal so wunderbar geklappt,* sagte sie sich sarkastisch.

Kim nahm sich ein leeres Tablett und ging zur Essenausgabe der Cafeteria. Als jemand ihren Namen rief, blickte sie auf. Sie lächelte und winkte, als sie Brenda – eine der Fachkrankenschwestern der Psychiatrie – entdeckte. Dann wählte sie ihr Essen und ging zu Brendas Tisch.

»Wie ich sehe, haben Sie sich entschieden, heute mal Ihren Elfenbeinturm zu verlassen«, sagte Brenda.

Kim lachte, während sie sich setzte. Brenda war eine temperamentvolle Afroamerikanerin mittleren Alters. Sie hatte Kim unter ihre Fittiche genommen.

»Es fühlt sich schon gut an, mal für eine Weile aus der eigenen Abteilung rauszukommen und sich anzuschauen, wie die andere Hälfte der Bevölkerung lebt ... sozusagen«, entgegnete Kim. Das war einer der Gründe, warum sie den regelmäßigen Wechsel in die Notaufnahme mochte. Ein längerer Aufenthalt in der psychiatrischen Abteilung konnte schon sehr einsam machen.

»Sind Sie bereit für die Verrückten aus der Notaufnahme nächste Woche?«, fragte Brenda. »Und ich spreche nicht von den Patienten.«

Kim schmunzelte. »Ich bin sicher, ich komme mit allem zurecht, was sie mir vor die Nase setzen.«

»Das dachte ich mir schon«, sagte Brenda. »Also, ich muss wieder auf die Station. In einer Stunde beginnt das Gruppentreffen. Ich sehe Sie oben.« Sie nahm ihr Tablett, winkte kurz und ging zum Ausgang.

Kim sah Brenda einen Moment nach. Es war kaum zu glauben, dass sie bereits seit drei Wochen im L.A. Metro war. Die Zeit war wie im Flug vergangen.

Auch wenn sie sehr damit beschäftigt war, die Kolleginnen und Kollegen der Psychiatrie kennenzulernen und sich einzugewöhnen, dachte sie doch oft an die gut aussehende Leiterin der Notaufnahme und die kurze Zeit, die sie an ihrem ersten Tag miteinander verbracht hatten.

Noch nie hatte sie so stark auf jemanden reagiert wie auf Jess McKenna. Sie wusste nicht, ob sie sich auf ihre erste Schicht in der Notaufnahme nächste Woche freuen sollte oder nicht.

*Schluss damit!* Kim richtete ihre Aufmerksamkeit auf das Krankenblatt, das sie mitgebracht hatte. Sie hob den Kopf, als ein Schatten darauf fiel.

»Hallo, Kim, was dagegen, wenn ich mich zu Ihnen setze?«

Kim lächelte Chris Roberts an. »Hi, Chris. Setzen Sie sich.« Trotz des anfänglich schlechten Eindrucks, den Chris durch das hässliche Gerede über Jess McKenna gemacht hatte, hatte er sich als guter Kollege entpuppt. Sie hatte in ihrer ersten Woche eng mit ihm zusammengearbeitet, fand ihn sehr hilfsbereit und umgänglich. »Wie lief die Konsultation in der Notaufnahme?«

Mit mürrischem Gesicht stellte Chris sein Tablett ab und setzte sich auf den Stuhl neben Kim. »Inkompetent wie immer da unten. Es sollte keinen Psychiater brauchen, um einen Junkie auf Drogensuche zu erkennen. Man sollte meinen, dass McKenna ihre Assistenzärzte besser geschult hätte.«

Kim zwang sich, unbeteiligt zu wirken. *Ich wette, das ist nur die Hälfte der Wahrheit. Was ist nur zwischen ihm und Jess McKenna?* Sie war sich immer noch nicht sicher, ob sein Missfallen der Notaufnahme allgemein oder Jess im Besonderen galt. Während der letzten zwei Wochen hatte er im Notfallbereich gearbeitet und sich unentwegt beschwert.

Chris nahm den Pager von seinem Gürtel und schaltete ihn aus. Auf Kims Stirnrunzeln hin sagte er: »Ich habe Mittagspause.«

Obwohl sein Verhalten sie ärgerte, wusste Kim, dass sie nichts machen konnte – noch nicht. *Kein Wunder, dass es Probleme zwischen der Notaufnahme und der Psychiatrie gibt.* »Also, die gute Nachricht ist, dass Sie es nur noch heute ertragen müssen«, sagte Kim. »Ab Montag übernehme ich.«

»Ah, da fällt mir ein: Seien Sie gewarnt. Ich habe keine Ahnung, was sie vorhat, aber McKenna hielt mich auf, als ich gerade gehen wollte und fragte nach Ihnen.«

Für einen Moment flackerten Bedenken auf, dann zuckte sie mit den Schultern. Sie fand es nicht ungewöhnlich, dass Leute sich hinter dem Rücken neuer Mitarbeiter über diese erkundigten. »Was wollte sie wissen?«

»Das ist ja das Seltsame. Sie fragte, wie es so läuft mit Ihnen. So etwas hat sie noch nie gemacht. Deshalb möchte ich Ihnen empfehlen, während Ihrer Dienstzeiten in der Notaufnahme vorsichtig zu sein.«

Kim wurde mulmig. *Zieh keine voreiligen Schlüsse. Falls sie herausgefunden hat, was im Memorial passiert ist, dann ist das eben so. Du hast nichts falsch gemacht.* Sie schob ihr Tablett weg. Der Appetit war ihr vergangen. »Okay. Danke. Ich sollte wieder zurück auf die Station gehen.«

Chris legte ihr behutsam eine Hand auf den Arm, als sie aufstehen wollte. »Warten Sie eine Sekunde«, sagte er.

Kim blickte Chris fragend an, während sie sich wieder setzte. In ihrem Kopf begannen leise Alarmglocken zu klingeln, während er auf den Tisch starrte und nervös hin und her rutschte.

»Ich weiß, für einen Freitagabend ist es etwas kurzfristig.« Chris schaute auf und begegnete Kims Blick. »Würden Sie heute Abend mit mir Essen gehen?«

Kim seufzte innerlich. Er hatte diese Wir-könnten-uns-als-neue-Kollegen-doch-mal-treffen-Masche bereits letzte Woche versucht. *Du hättest es ihm sagen sollen, statt einfach nur dankend abzulehnen.* Wenn Kim eines nicht war, dann eine Schranklesbe. Sie hatte ihre sexuelle Orientierung am Arbeitsplatz nie in den Vordergrund gestellt, sie aber auch nicht verleugnet. Zum ersten Mal zögerte sie, rügte sich aber sofort dafür. *Wir sind hier nicht im Memorial. Philip weiß nicht nur Bescheid, er unterstützt dich auch.*

»Wir können es auch auf ein anderes Mal verschieben, falls Sie keine Zeit haben«, meinte Chris, ihr Zögern missverstehend.

Kim verfluchte Dr. Pruitt in Gedanken dafür, dass er sie so verunsichert hatte. *Sag es ihm einfach.* »Danke, aber nein danke.« Sie hob eine Hand, damit Chris sie nicht unterbrach. »Ich will ehrlich mit Ihnen sein. Ich bin lesbisch.«

Chris' Kiefer klappte nach unten, dann blickte er auf den Tisch. Sein Gesicht wurde völlig ausdruckslos.

Kim wappnete sich für seine Reaktion.

Schließlich sah Chris auf. »Damit hatte ich jetzt nicht gerechnet.« Er schüttelte den Kopf und sein Lächeln kehrte zurück. Er schien seine

Fassung wiederzugewinnen. »Sind Sie sicher?«, in seinen Augen blitzte der Schalk, obwohl er sich halb ernst anhörte.

Kims Lachen klang erleichterter, als sie sich eingestehen wollte. »Ganz sicher.« Sie stand auf und nahm ihr Tablett. »Ich sollte jetzt wirklich zurück auf die Station gehen.«

»Okay, ich sehe Sie dann später oben«, sagte Chris. Er grinste zu Kim hoch. »Oh, und falls Sie jemals Ihre Meinung über diese Sache mit den Männern ändern sollten …«

Kim war froh, dass Chris ihr Outing so entspannt aufnahm. Sie schüttelte den Kopf und lachte. »An Ihrer Stelle würde ich nicht damit rechnen.«

Auf dem Weg aus der Cafeteria wandten sich Kims Gedanken wieder Jess McKenna zu. *Wieso fragt sie andere über mich aus?* Entschlossen schob sie ihre Bedenken beiseite. Egal, was Chris vermutete, wahrscheinlich war Jess einfach nur neugierig.

Kim ging durch die Doppeltür der Cafeteria. Als hätten ihre Gedanken sie heraufbeschworen, sah sie Jess aus der Gegenrichtung herankommen. »Nochmals hallo, Dr. McKenna«, sagte sie mit einem freundlichen Lächeln.

Jess schien einen Moment irritiert, dann zeigte sich wieder der typisch nüchterne Ausdruck auf ihrem Gesicht. »Dr. Donovan«, sagte sie und wollte weitergehen.

»Kann ich Sie kurz sprechen?«, fragte Kim schnell, bevor Jess ihr entwischen konnte.

Jess trat von den Schwingtüren zurück in den Flur vor der Cafeteria. Als sie nicht mehr im Weg stand, wandte sie sich zu Kim. »Was kann ich für Sie tun?«

»Ich wollte Ihnen sagen, dass ich ab Montag den Dienst in der Notaufnahme übernehme.«

»Ja, ich habe Ihren Namen auf dem Dienstplan gesehen.«

Da sie Chris' Meinung zur Arbeit auf McKennas Station inzwischen kannte, wollte Kim Jess unbedingt zu verstehen geben, dass sie diese nicht teilte. Sie schaute Jess in die Augen. »Ich freue mich darauf.

Für mich war die Notaufnahme schon immer ein interessanter und herausfordernder Einsatzbereich.«

Ein kurzes Lächeln huschte über Jess' Gesicht, bevor sie wieder eine dienstliche Miene aufsetzte. »Ich sehe in Ihrer Hilfe eine willkommene Unterstützung.«

Ehe Kim antworten konnte, ertönte Jess' Pager. Sie nahm ihn vom Gürtel und blickte aufs Display. »Ich muss los.« Jess ging nicht sofort.

Es schien, als wollte sie noch etwas sagen, aber dann piepste der Pager erneut.

»Wir sehen uns am Montag«, sagte Jess. Mit einem kurzen Nicken drehte sie sich um und eilte den Flur entlang.

Kim blickte Jess hinterher, während sie in Gedanken noch das flüchtige Lächeln vor sich sah, das Jess' Gesicht so verwandelt hatte. Für einen kurzen Moment waren ihre Züge weich geworden. Und schon hallte Kim ihr neuestes Mantra durch den Kopf. *Bleib professionell.*

# KAPITEL 3

JESS TRAT IN DIE MITTE des Schwesternbereichs und winkte Aimee Phan heran. Die Assistenzärztin eilte zu ihr. »Sobald Dr. Donovan runterkommt ...«

Penny rief ein Hallo zu Dr. Donovan rüber.

Jess sah auf die Uhr und war angenehm überrascht. Heute war Kims erster Tag in der Notaufnahme. *Sie ist pünktlich. Das muss ich ihr lassen.* Die Psychiatrie war vor weniger als zehn Minuten angepiepst worden. Oft genug mussten Patienten eine Stunde oder länger warten, bevor sich endlich jemand aus dieser Abteilung blicken ließ.

»Guten Morgen, Dr. McKenna, Dr. Phan«, sagte Kim mit einem freundlichen Lächeln. »Wie kann ich helfen?«

»Dr. Phan wird Sie über den Patienten aufklären«, sagte Jess. Mit einer Geste forderte sie die Assistenzärztin auf, fortzufahren, und hörte aufmerksam zu, während diese die Krankengeschichte erläuterte. Jess beobachtete Kim währenddessen. Sie hatte bisher noch nie erlebt, dass einer der Psychiater mit den Assistenzärzten der Notaufnahme zusammenarbeiten wollte.

Aimee beendete zügig die Schilderung des Falls.

»Ich denke, zuerst sollte der psychische Allgemeinzustand des Patienten untersucht werden«, sagte Kim. »Haben Sie das schon einmal gemacht, Dr. Phan?«

Aimee schüttelte den Kopf. »Nur die Standardfragen, die zur Eingangsuntersuchung gehören.«

»Das hier ist sehr viel umfangreicher. Lassen Sie uns zum Patienten gehen. Ich werde Ihnen während der Untersuchung zur Seite stehen.«

»Klasse.« Aimee lächelte breit. »Danke, Dr. Donovan.«

Jess nickte. *Sehr gut.* Sie war froh, dass Kim die Assistenzärztin ernst genommen hatte und nicht einfach kommentarlos übernahm. Und das Beste war, dass sie Aimee noch etwas beibringen würde.

»Dr. McKenna, kommen Sie mit?«, fragte Kim.

Jess verlor für einen Moment den Faden, als sie Kim in die Augen schaute. *Konzentrier dich, McKenna.* »Nein. Sie und Dr. Phan haben ja alles im Griff.«

Kim nickte, dann wandte sie sich mit einem Lächeln der Assistenzärztin zu. »Dr. Phan, nach Ihnen.«

Jess schaute den beiden Frauen nach. Ihr erster Eindruck von der neuen Psychiaterin hätte nicht besser sein können.

Jess stand abseits des Vorhangs, der um das Bett gezogen war. Sie beobachtete Kim und Aimee bei der Untersuchung des Patienten. Jess war beeindruckt, wie Kim mit der Assistenzärztin umging. Ein knappes Lächeln huschte über ihr Gesicht. *Sie ist eine gute Lehrerin.*

Kim strich beruhigend über den Arm des älteren Patienten, bevor sie sich Aimee zuwandte. »Falls Sie noch etwas brauchen, lassen Sie es mich wissen.«

»Danke, Dr. Donovan.« Aimee lächelte.

Kim trat zum geschlossenen Vorhang und drehte sich, um durch die Öffnung zu schlüpfen.

Kurz bevor Kim mit ihr zusammenprallte, wich Jess einen Schritt zurück. Sie verzog das Gesicht, als Kim einen überraschten Laut von sich gab. »Entschuldigung, ich wollte Sie weder erschrecken noch unterbrechen«, sagte Jess.

»Ist schon okay. Warten Sie auf mich oder auf Dr. Phan?«

»Ich habe auf Sie gewartet. Ich wollte Sie abfangen, bevor Sie wieder hochgehen.« Bisher war es Kim gelungen, sie zu überraschen. Dennoch erwartete Jess aufgrund der bisherigen Erlebnisse mit der Psychiatrie Probleme. Die meisten Nervenärzte konnten gar nicht schnell genug von der Notaufnahme wegkommen. Wenn man sie nicht zu fassen bekam, bevor sie die Station verließen, konnte es bis zur nächsten Gelegenheit eine Weile dauern. Selbst wenn es glückte, hieß das nicht, dass sie ihre Hilfe selbstlos anboten. *Bisher macht sie sich ziemlich gut. Gib ihr eine*

*Chance.* »Ich möchte, dass Sie sich einen meiner Patienten ansehen. Ich glaube, eine ambulante Therapie wäre gut für ihn.«

Kim lächelte. »Aber sicher. Ich freue mich, wenn ich irgendwie helfen kann. Um was geht es denn?«

Jess' Anspannung löste sich. *So hatte ich mir das vorgestellt.* Sie drehte sich um und führte Kim auf den Flur. Sie gingen zu einem der Untersuchungsräume. Jess hielt vor der Tür an.

»Der Patient ist ein vierzehnjähriger Junge. Er hat mehrere entzündete Schnittwunden auf der Innenseite des rechten Unterarms. Er behauptet, eine Katze hätte ihn gekratzt. Zwar verlaufen die vier Wunden parallel zueinander, aber für Kratzer eines Tieres sind sie zu tief und zu symmetrisch. Ich habe seinen anderen Arm untersucht. Da hat er ebenfalls eine ganze Reihe ähnlicher Verletzungen. Ich denke, er hat sich das selbst zugefügt. So wie es aussieht, könnte er gerade damit angefangen haben. Narben, die auf frühere Schnitte hindeuten, habe ich nicht gefunden.«

»Sind seine Eltern hier?«, fragte Kim.

»Seine Mutter ist im Wartezimmer. Er wollte nicht, dass sie bei der Untersuchung dabei ist.«

»Okay. Ich nehme mir erst ihn und dann seine Mutter vor.«

»Brauchen Sie Unterstützung?« Jess stellte die Frage, obwohl ihr völlig klar war, dass keine Hilfestellung nötig war. Viel eher bot sie einen Vorwand, Kim nochmals bei der Arbeit zu beobachten.

Kim lächelte. »Danke, aber nein. Er sollte keine Schwierigkeiten machen. Sie haben die entzündeten Schnittwunden bereits behandelt, oder?«

Kims Ablehnung enttäuschte Jess, und diese Empfindung wiederum irritierte sie. Sie übergab die Krankenakte. »In Ordnung. Er kann wieder gehen, nachdem Sie ihn sich angesehen haben.«

Kim nickte kurz zur Bestätigung und drückte die Tür zum Untersuchungsraum auf.

Nachdem Kim dahinter verschwunden war, blieb Jess noch eine Weile vor der Tür stehen. Sie versuchte, die schon vergessen geglaubten Gefühle, die sich in ihr regten, zu ordnen. An der Zuneigung, die sie für Kim empfand und derer sie sich vorher schon bewusst geworden war, hatte sich nichts geändert. Hinzu kam nun ein wachsender Respekt für die Psychiaterin. Jess verbannte die unerwünschte Selbstreflexion. *Hier und jetzt ist keine Zeit für Gefühle.*

Resolut richtete Jess ihre Aufmerksamkeit wieder auf ihre Arbeit, als sie Karen Armstrong, eine der Assistenzärztinnen im ersten Jahr, den Flur entlanggehen sah. *Ich sollte es gleich hinter mich bringen.* »Dr. Armstrong«, rief Jess ihr zu. Sie runzelte die Stirn, als die Assistenzärztin sichtlich zögerte, bevor sie herüberkam. *Ja, du weißt genau, worum es hier geht.* »Ich möchte mit Ihnen reden«, sagte sie, als die Assistenzärztin vor ihr stand. »Gehen wir doch in den Personalraum.«

Jess folgte Karen in den Aufenthaltsraum. Sie bedeutete ihr, am Tisch Platz zu nehmen. »Sie waren heute Morgen nicht bei der Besprechung«, stellte Jess fest. Es war nicht das erste Mal, dass die Assistenzärztin dabei gefehlt hatte.

»Ich musste meine Tochter zur Tagesstätte bringen und dann meinen Ehemann bei der Arbeit absetzen. Sein Auto ist immer noch in der Werkstatt.«

»Rechtfertigungen interessieren mich nicht«, sagte Jess mit ruhiger, aber fester Stimme. »Das ist jetzt die vierte morgendliche Besprechung in den letzten zwei Wochen, bei der Sie gefehlt haben. Wie ich Ihnen bereits erklärt habe, ist die Teilnahme daran für Assistenzärzte im ersten Jahr Pflicht.«

»Ich tue mein Bestes«, sagte Karen. Ihre Stimme klang deutlich gestresst.

»Sie müssen sich mehr anstrengen. Sie sind erst im zweiten Ausbildungsmonat und geraten schon ins Hintertreffen.«

»Ich kann die Werkstatt auch nicht dazu bringen, das Auto schneller zu reparieren.« Karen riss sich das Stethoskop vom Hals und knallte es auf den Tisch.

*Okay. Jetzt wird es ernst.* Jess wollte eigentlich nicht, dass dies ein formales Mitarbeitergespräch wurde, aber Karen ließ ihr keine Wahl. »Es sind nicht nur die Besprechungen. Es ist einfach nicht fair den anderen Assistenzärzten gegenüber, wenn Sie zu spät kommen oder früher gehen. Es wird auf Dauer nicht einfacher, daher müssen Sie das jetzt in den Griff kriegen.« Jess seufzte innerlich. Karen hatte jede Menge Potenzial, aber es schien immer irgendwelche Probleme zu geben, die sie davon abhielten, ihren Verpflichtungen nachzukommen. »Möchten Sie in diesem Ausbildungsprogramm bleiben?«

Karen erblasste und umklammerte ihr Stethoskop. »Was? Natürlich will ich das.«

»Dann würde ich vorschlagen, Sie organisieren sich um, damit Sie pünktlich hier sind. Ich erwarte, dass Sie für den Rest des Monats an jeder Besprechung teilnehmen.« Jess hielt ihrem Blick stand. »Betrachten Sie dies als formales Mitarbeitergespräch. Falls nötig, werde ich Ihre Probezeit verlängern. Ich sehe Sie morgen früh in der Besprechungsrunde.«

Jess wusste, dass sie streng war, aber sie hoffte, die Assistenzärztin hätte den Warnschuss verstanden. Ließe sie Karens Verhalten dieses Mal durchgehen, würde es sich während der gesamten Ausbildung nicht ändern. Nach Karens bestürztem Gesichtsausdruck zu schließen, hatte sie einen nachhaltigen Eindruck hinterlassen. Wortlos stand Jess auf und ging zur Tür.

Kim war auf dem Weg zum Gemeinschaftsraum. Eine Tasse Kaffee war jetzt dringend nötig. Im Gegensatz zu ihren Kollegen hatte sie beschlossen, so lang wie möglich in der Notaufnahme zu bleiben. Schon an diesem ersten Tag hatte sie bereits durch die Reaktionen der Belegschaft auf ihre unterstützende Anwesenheit erkannt, wie schlecht die Dinge zwischen Psychiatrie und Notaufnahme standen. Besonders die Assistenzärzte hatten zunächst erschrocken und dann außerordentlich dankbar gewirkt, als sie ihnen anbot, gemeinsam an den aktuellen Fällen zu arbeiten. Philip hatte recht: Es gab in der Tat einen Konflikt zwischen den Abteilungen. Wenn überhaupt, hatte er die Dimension des Problems unterschätzt. *Ich muss dringend mit Philip reden.*

Kim schob die Tür zum Personalraum auf. An einem der Tische entdeckte sie Karen, eine der Assistenzärztinnen, die sie bereits kennengelernt hatte. Kim nickte ihr zu und machte sich an die Zubereitung ihres Kaffees. Mit der Tasse in der Hand trat sie an den Tisch der Assistenzärztin.

Karen schaute auf. Sie sah verdrossen aus. »Hi, Dr. Donovan.«

»Hi«, sagte Kim, während sie sich setzte. Bisher machte die junge Ärztin einen intelligenten, ehrgeizigen Eindruck auf sie. »Wie geht's?«

»Nicht so gut«, sagte Karen. Ihre Laune schien noch schlechter zu werden.

Kim nickte verständnisvoll. »Möchten Sie darüber reden?« Wenn jemand aufgewühlt zu sein schien, war es stets ihr erster Impuls, zu helfen.

Karen schüttelte ihren Kopf.

Die Stille hielt mehrere Minuten an.

»Ich kann nichts dafür, dass sie kein Leben hat und nichts versteht«, platzte es unerwartet aus Karen heraus.

Die aus dem Zusammenhang gerissene Aussage verwirrte Kim. »Wer hat kein Leben oder versteht was nicht?«

»Dr. McKenna«, sagte Karen in verärgertem Ton.

*O Mist!* Kim wollte keinesfalls in Angelegenheiten zwischen Jess und einer ihrer Assistenzärztinnen einbezogen werden. Eine Einmischung wäre völlig unangemessen. Sie seufzte resigniert. *Zu spät.* Sie wollte die Assistenzärztin jetzt nicht im Stich lassen und einfach gehen. Sie hielt es für das Beste, zunächst nichts zu sagen und abzuwarten, ob Karen weiterreden würde. Diese Technik hatte sie gleich zu Beginn ihrer eigenen Ausbildung gelernt.

»Alle sagen, dass sie praktisch im Krankenhaus wohnt. Und sie spricht nie über eine Freundin oder sonst was außerhalb der Arbeit. Vielleicht ist dieser Job ihr Leben, aber ich habe ein Leben außerhalb dieser Klinik. Und eine Tochter und einen Ehemann, die mich brauchen.«

Kim spitzte die Ohren, als das Wort *Freundin* fiel. Sie wollte mehr über Jess wissen, aber auf diese Weise wollte sie es nicht erfahren. »Dr. McKenna trägt hier sehr viel Verantwortung. Ich bin mir sicher, dass sie deshalb viele Überstunden machen muss.«

Karen schnaubte. »Ich hätte wissen sollen, dass Sie das nicht verstehen.«

Kim schüttelte den Kopf. »Ehrlich gesagt, ich verstehe es sehr gut. Es kostet sehr viel Mühe, Beruf und Privatleben unter einen Hut zu bekommen, besonders für eine Frau. Eine Menge Leute verlassen sich auf einen.«

»Das weiß ich.« Karens Schultern sackten zusammen. »Okay, ich gebe zu, ich habe einige Besprechungen verpasst und bin ein paarmal zu spät gekommen«, sagte sie. »Aber das ist doch kein Grund, meine Ausbildung zu beenden.«

Für einen Moment verschlug es Kim die Sprache. Das erschien ihr etwas drastisch. Trotz ihrer besten Vorsätze, sich in nichts hineinziehen zu lassen, fragte sie: »Hat Dr. McKenna das tatsächlich gesagt? Dass sie Ihnen kündigen wolle?«

»Na ja … nein«, gab Karen zögerlich zu. »Nicht in dem Wortlaut. Sie sagte, dass meine Probezeit verlängert wird, falls es nicht besser wird.« Karen schlug ihre Faust auf den Tisch. »Ich versuche es ja! Ich bin kein Versager!« Karen sah Kim herausfordernd in die Augen. In dem Moment schien Karen aufzugehen, dass sie einer fast fremden Person gegenüber aus dem Nähkästchen plauderte. Ihre Augen weiteten sich und Furcht stand ihr ins Gesicht geschrieben. »Mir gefällt es hier wirklich. Dr. McKenna ist eine großartige Lehrerin. Ich will nicht, dass sie denkt, dass ich nicht hier sein will.« Karen schaute Kim flehentlich an.

Kim legte für einen Moment ihre Hand auf Karens Unterarm. »Manchmal ist es schwer, mit einer neuen Stelle und allen Herausforderungen der Ausbildung zurechtzukommen.«

»Es ist wirklich schwierig.« Karen seufzte. »Aber ich denke, ich war eben nicht ganz ehrlich«, gab sie verschämt zu. »Ich habe mich falsch verhalten. Dr. McKenna war im ersten Monat sehr nachsichtig mit mir … und ich fürchte, ich habe das ausgenutzt. Ich war sauer, als sie mir das vorhielt.« Ihr Gesicht entspannte sich etwas.

*Ah. Gut.* Manchmal half es, bei einer unbeteiligten Person Dampf abzulassen. »Sieht so aus, als wüssten Sie, was Sie zu tun haben«, sagte Kim.

Karen erhob sich vom Stuhl. Sie lächelte Kim zu. »Danke, Dr. Donovan. Ich gehe besser wieder an die Arbeit.«

»Gern geschehen.« Kim lehnte sich im Stuhl zurück und seufzte, als sich die Tür hinter Karen schloss. *Nicht schlecht für deinen ersten Tag. Gar nicht schlecht.*

# KAPITEL 4

PENNY LEHNTE SICH LEICHT ÜBER die Theke, um ungehindert den Flur entlangzuschauen. Das klingelnde Telefon lenkte ihre Aufmerksamkeit zum Tresen zurück. Sie erledigte den Anruf, während sie weiter die Tür am Ende des Flurs im Auge behielt.

»Ist der Assistenzarzt der Orthopädie schon aufgetaucht?«

Die Stimme dicht neben ihr ließ Penny zusammenzucken. Sie drehte sich zu Terrell Johnson um. Der große, schlanke Afroamerikaner war einer der Assistenzärzte im zweiten Jahr. »Nein. Ich habe ihn nicht gesehen.«

Terrell seufzte. »Bitte piepsen Sie ihn noch einmal an.«

Penny lehnte sich zur Seite, um an Terrell vorbeizuschauen. »Natürlich«, sagte sie unkonzentriert. Ein strahlendes Lächeln erschien auf ihrem Gesicht, als die Person, auf die sie gewartet hatte, auf sie zukam. Es verwandelte sich jedoch schnell in ein Stirnrunzeln, als ihr Zielobjekt abgefangen wurde.

Terrell warf einen Blick über seine Schulter. »Was ist los?«

»Nichts«, sagte Penny. »Ich muss nur mit Dr. Donovan sprechen, bevor sie wieder zur Psychiatrie geht. Ich habe eine Nachricht für sie.« Was sie nicht sagte, war, dass es sich um eine private Nachricht handelte. Sie hatte vor, sie zum Mittagessen einzuladen. Die neuesten Gerüchte über Kim hatten sie wahnsinnig erfreut.

Terrell lächelte. »Ist sie nicht fantastisch? Sie ist erst eine Woche hier und ich habe bereits mehr von ihr gelernt als von allen anderen Psychiatern zusammen.«

»Hi. Redet ihr über Kim Donovan?« Peter Bates, ein weiterer Assistenzarzt der Notaufnahme, mischte sich in die Unterhaltung ein. »Mann, die ist heiß!« Er blickte den Flur entlang zu Kim, die mit einem anderen der jungen Ärzte sprach. »Ich würde ihr gerne ein paar Dinge beibringen, wenn ihr wisst, was ich meine«, sagte er mit einem anzüglichen Blick und machte eine obszöne Handbewegung.

»Mein Gott, Peter, du bist so versaut«, sagte Terrell mit angewidertem Gesicht. »Werd endlich erwachsen!«

Peter grinste höhnisch. »Steck dir das sonst wohin, Terry!«

Penny schaute Peter verärgert an. Sie wusste, wie sehr Terrell diesen Spitznamen hasste. Terrell behandelte sie immer gut. Sie fand es unmöglich, dass Peter ihm das Leben schwer machte.

»Penny, bitte piepsen Sie die Orthopädie noch mal an«, sagte Terrell. Mit einem letzten abfälligen Blick auf Peter drehte er sich um und ging.

»Was regt der sich denn so auf?«, fragte Peter. Er blickte auf Penny herab und schaute übellaunig, als hätte er plötzlich gemerkt, mit wem er da sprach.

Penny blickte genauso mürrisch zurück. Sie war versucht, ihm zu sagen, dass er absolut keine Chance bei Kim hatte. Penny kicherte vor sich hin. *Ich hoffe, dass sie ihm vor möglichst vielen Leuten sagt, dass sie lesbisch ist.* Obwohl Penny nicht an ihm interessiert war, hatte es sie immer schon gestört, dass der gut aussehende, blonde Assistenzarzt es nie bei ihr versucht hatte. Er hatte fast jede andere Frau in der Abteilung angebaggert. Penny war überrascht, als Peter plötzlich ein freundliches Lächeln aufsetzte.

»Hallo, Dr. Donovan«, rief Peter.

Penny drehte sich und sah, dass Kim mit einem Arm voller Krankenblätter näherkam. Beim Anblick der wunderschönen Ärztin kam ihr Lächeln ganz von allein.

»Wie läuft's?« Peter nahm Kim die Akten ab und legte sie auf den Tresen. »Ich wollte Ihnen nur sagen, falls sie irgendwelche Fragen haben, können Sie jederzeit zu mir kommen. Ich helfe Ihnen gerne bei jeglichen Problemen.«

Penny verdrehte die Augen. Peter half niemandem außer sich selbst. Seine Ausdrucksweise suggerierte stets, er wäre einer der Festangestellten und nicht Arzt in Ausbildung.

Aimees Ankunft unterbrach die Unterhaltung. »Entschuldigung. Peter, ich brauche Ihre Hilfe bei einem Patienten.«

Peter sah Aimee finster an. »Sehen Sie nicht, dass ich beschäftigt bin? Suchen Sie sich jemand anderen.«

Kim musterte Peter missbilligend und drehte sich dann zu Aimee. »Kann ich irgendwie helfen?«, fragte sie.

Aimee lächelte. »Ich glaube nicht. Es ist kein psychiatrisches Problem.« Sie nahm Peters abweisenden Blick wahr und drehte sich wieder zu Kim. »Sie kennen sich nicht zufällig mit ausgerenkten Schultern aus?«

Penny konnte fast sehen, wie Peter überlegte. *Idiot. Na, was machst du jetzt?* Er schien zu kapieren, dass seine barsche Antwort auf Aimees Frage ihn bei Kim in ein ungutes Licht rückte.

»Na, kommen Sie schon, Aimee«, sagte Peter mit einem langen, leidenden Seufzer. »Ich kümmere mich drum.« Er drehte sich mit einem einschmeichelnden Lächeln zu Kim. »Wenn Sie mich entschuldigen würden. Sie wissen ja, wie diese Anfänger sind. Man kann sie nicht mal für eine Sekunde allein lassen.«

Er ging ein paar Schritte vom Tresen weg und drehte sich wieder zu Aimee. »Na, los jetzt. Ich habe nicht den ganzen Tag Zeit.«

Penny sah, wie Aimee sich beeilte, Peter einzuholen. »Was für ein Idiot«, murmelte sie. Sie warf Kim einen Blick zu. Sie schien ebenfalls nicht besonders begeistert von Peters Verhalten zu sein. »Nur falls Sie es nicht wissen, Peter ist noch nicht einmal einer der dienstälteren Assistenzärzte. Er ist im zweiten Jahr.« Penny spürte, wie ihr Herz kräftig schlug, als Kim sich zu ihr drehte und ihre Blicke sich trafen. *Gott, ist sie heiß.*

»O doch, ich weiß Bescheid«, sagte Kim.

»Was?« Penny hatte – ganz in Gedanken – den Anschluss verpasst.

»Ich weiß, dass Dr. Bates im zweiten Jahr ist.«

»Oh, ja. Genau.« Penny lächelte Kim an. Sie könnte sie den ganzen Tag einfach nur anschauen. Kim begann, die auf dem Tresen verteilten Krankenblätter zu sortieren, und das holte Penny zurück in die Wirklichkeit. »Dr. Donovan.« Penny schluckte nervös, als sie erneut in Kims wunderschöne blaue Augen schaute. »Es ist fast ein Uhr. Ich habe mich gefragt ...« Penny nahm ihren Mut zusammen. »Wollen wir vielleicht eine Kleinigkeit essen gehen?«

Kim schüttelte ihren Kopf. »Tut mir leid. Nein. Ich muss noch jede Menge Papierkram erledigen.«

Penny war enttäuscht. Sie versuchte, Kims Mimik zu deuten, aber es gelang ihr nicht. So leicht wollte sie nicht aufgeben und probierte es noch einmal. »Vielleicht ein anderes Mal?«, fragte sie voller Hoffnung.

»Sicher doch. Vielleicht ein anderes Mal.« Damit nahm Kim die Akten an sich und ging.

Penny stellte zufrieden fest, dass Kim zum Personalraum ging und nicht zum Fahrstuhl. Bisher hatte Kim ihre Papiere immer mit in die Psychiatrie genommen. *Gut. Dann kann ich weiter in ihrer Nähe sein. Beim nächsten Mal sagt sie Ja.* Mit diesem erfreulichen Gedanken griff Penny nach dem klingelnden Telefon und machte sich wieder an die Arbeit.

Jess schob die Tür zum Gemeinschaftsraum auf. Kim saß mit Bates an einem der Tische. Mit einem kurzen Nicken in deren Richtung ging sie zur Kaffeemaschine in der Ecke.

Während sie sich eingoss, hörte sie das leise Murmeln der Unterhaltung, verstand aber kein Wort.

Kims Stimme wurde lauter und ein deutliches Nein ließ Jess aufhorchen. Sie drehte sich zum Tisch. Kim sah eindeutig verärgert aus. Jess biss die Zähne zusammen. *Verdammt. Ich habe den Burschen gewarnt, sich anständig zu verhalten.*

Jess nahm ihren Kaffee und ging rüber zu Bates' Stuhl. »Haben Sie keine Patienten, die auf Sie warten, Dr. Bates?«, fragte sie mit ruhiger Stimme.

Bates sah missbilligend zu Jess auf. »Ich helfe Dr. Donovan, während ich auf Laborergebnisse warte.« Er lächelte Kim an.

»Ich komme ganz gut allein zurecht«, erwiderte Kim.

Jess sah sie an. Sie war sicher, dass Kim die Augen rollte, bevor sie nach unten schaute und ihr Haar ihren Gesichtsausdruck verbarg. Das reichte ihr als Bestätigung, dass Bates ihr auf die Nerven ging und sehr wahrscheinlich versuchte, Kim anzubaggern. *Er braucht definitiv ein weiteres Mitarbeitergespräch mit mir.* »Dann schlage ich vor, Dr. Bates, dass Sie Dr. Donovan weiterarbeiten lassen und sich um Ihre eigenen Angelegenheiten kümmern.« Ihr Ton wurde etwas schärfer.

»Ich warte auf meine Laborergebnisse«, wiederholte Bates stur.

*Okay. Das reicht.* »Ich finde bestimmt einen Patienten für Sie, falls Sie das nicht selbst können«, sagte Jess, mit kalter Stimme und völlig emotionslos.

Beflissen sprang Bates von seinem Stuhl auf. Ohne ein weiteres Wort steuerte er auf die Tür zu.

Als er fort war, sah Jess wieder hinunter zu Kim. Nervös trat sie von einem Fuß auf den anderen. Sie hasste es, sich mit solchen Dingen zu beschäftigen. *Warum kann er nicht einfach seinen verdammten Job machen?* »Es tut mir leid, falls er Sie gestört hat.«

Kim lächelte zu ihr herauf. »Kein Problem. Ich werde ganz gut mit übereifrigen Assistenzärzten fertig.«

Jess' Anspannung ließ ein wenig nach. Kim erwies sich als großartige Ergänzung für die Notaufnahme. Sie wollte auf gar keinen Fall, dass sie sich bei der Arbeit hier unwohl fühlte. »Das können Sie, dessen bin ich mir sicher. Aber es sollte nicht erforderlich sein. Ich rede mit ihm.« *Falls ich ihm nicht zuerst den Hals umdrehe!*

Jess schaute in Kims leuchtend blaue Augen und einen Moment lang verhakten sich ihre Blicke. Plötzlich fehlten ihr die Worte und Jess starrte auf die Tischplatte. *Reiß dich zusammen, McKenna.* Schnell gewann sie ihre Fassung wieder und lenkte das Gespräch auf ein sicheres Thema: die Arbeit. »Beschäftigen Sie sich mit den Krankenblättern?« Sobald es heraus war, merkte sie, wie albern das klang. *Brillant, Einstein. Hat dir das der Tisch voller Krankenblätter verraten?*

Kim nickte. »Ich dachte, jetzt, da es so ruhig ist, wär eine gute Gelegenheit, das nachzuholen.«

Jess konnte immer noch nicht glauben, dass Kim überhaupt hier arbeitete. Keiner der anderen Psychiater befasste sich direkt vor Ort mit den Krankenakten. Andererseits hatte Kim bereits bewiesen, dass sie nicht wie die anderen Psychiater war. Innerhalb von fünf kurzen Tagen hatte sie die Notaufnahme auf den Kopf gestellt. In all den Jahren, die Jess hier angestellt war, hatte sie noch nie so viele positive Bemerkungen über jemanden aus der Psychiatrie gehört. Obwohl sie, abgesehen vom ersten Tag, noch nicht viel mit ihr zu tun gehabt hatte, hörte Jess von allen Seiten nur höchstes Lob über Kim.

Jess nahm einen Schluck Kaffee, um zu verbergen, wie sie nach Worten suchte. Sie wollte mit Kim reden und sie besser kennenlernen, gleichzeitig wollte sie diesem Drang widerstehen. *Das Einzige, was du wissen musst, ist, dass sie ihren Job gut macht.*

Kims Gesichtsausdruck wurde plötzlich besorgt. »Es ist doch kein Problem, dass ich hier arbeite, oder?«

Jess schüttelte ihren Kopf. Ihr wurde klar, dass Kim ihr Schweigen falsch verstanden hatte. »Nein. Überhaupt nicht. Ich arbeite manchmal …«

Die Tür zum Personalraum ging auf. Bates spähte in den Raum. Als er Jess entdeckte, zog er seinen Kopf zurück und schloss schnell die Tür.

Jess blickte Kim überrascht an, als sie ihr Kichern hörte.

»Ganz schön hartnäckig, der Junge«, sagte Kim. »Keine Sorge. Irgendjemand wird ihm schon stecken, dass es verlorene Liebesmüh' ist.«

Bevor Jess fragen konnte, was das heißen sollte, öffnete sich die Tür erneut.

Penny stand im Türrahmen und sah sich um. »Haben Sie Dr. Bertucci gesehen?«

»Nein«, antwortete Jess.

»Okay«, sagte Penny und eilte davon. Die Tür schloss sich hinter ihr.

Jess wandte sich wieder an Kim. »Es kann sehr …« Die Tür zum Personalraum ging erneut auf. Jess schüttelte verzweifelt den Kopf.

Terrell trat ein. Er blickte kurz zu Kim und begegnete dann Jess' Blick. Wortlos drehte er sich um und ging wieder.

»Wie ich bereits sagte …« Jess hielt inne und starrte einen Moment skeptisch auf die Tür.

Kim lachte.

Als die Tür nicht sofort wieder aufging, fuhr Jess fort: »Wie Sie sehen, kann es hier drin ein wenig unruhig werden. Ich arbeite manchmal hier. Die meisten Angestellten haben ein winziges Kämmerchen, das sie Büro nennen und sich mit jemand anderem teilen. Dort erledigen sie ihren Papierkram, wenn es im Personalraum zu wild wird. Leider ist keines der Büros gerade frei.«

»Oh. Also … Ich denke, ich könnte zurück in mein Büro gehen. Da erledige ich meinen Papierkram. Ich dachte nur, ich wäre eine größere Hilfe, wenn ich in der Nähe bleibe und sofort zur Stelle bin.«

Jess war begeistert über Kims Einsatzbereitschaft. Ihre Beflissenheit hatte große Auswirkungen auf die Notaufnahme. Jess wollte auf gar keinen Fall, dass sie sich hier fehl am Platz fühlte. Sie rang nach einer Lösung. »Nein. Es ist völlig in Ordnung, im Personalraum zu arbeiten. Falls es zu hektisch wird und Sie einen ruhigeren Platz zum Arbeiten möchten, können Sie mein Büro benutzen.« Kaum hatte sie das Angebot ausgesprochen, überfiel sie Panik. *Was zum Teufel machst du? Das ist dein einziger Rückzugsort.*

»Das ist wirklich sehr nett von Ihnen, aber ich möchte Ihre Privatsphäre nicht stören«, sagte Kim.

Jess begegnete Kims verständnisvollem Blick. Sie war gleichzeitig überrascht und bestürzt, von Kim so leicht durchschaut zu werden. Schnell brachte sie ihre Mimik unter Kontrolle. *Ich kriege das hin.* Kim hatte keine Mühe gescheut, sich in die Notaufnahme zu integrieren. Das war das Mindeste, was Jess als Gegenleistung tun konnte. *Und dadurch kannst du Zeit mit ihr persönlich verbringen; noch besser, nicht wahr?* Jess verbannte den Gedanken aus ihrem Gehirn. Sie weigerte sich, die heimliche Wahrheit hinter dieser Aussage zu sehen. »Ist schon okay. Kommen Sie, ich zeige Ihnen mein Büro.«

Kim folgte Jess in einen abgelegenen Teil der Notaufnahme. Sie hatte angenommen, dort wären nur Abstellkammern. Beim Betreten des Büros war sie überrascht, dass es nur halb so groß wie ihres in der Psychiatrie war. Es hatte noch nicht einmal ein Fenster.

Jess setzte sich auf die Kante ihres Schreibtisches. Sie verschränkte die Arme über ihrer Brust und schien sich sehr unbehaglich zu fühlen.

Kim hatte einen Anflug von Panik in Jess' Gesicht gesehen, als sie ihr die Nutzung ihres Büros anbot. Sie fragte sich, ob es eine gute Idee war, nachdem sie selbst gesehen hatte, dass Jess Abstand zu ihren Mitarbeitern hielt. Jess sollte sich nicht in ihrem eigenen Büro unwohl fühlen.

»Es macht Ihnen ganz bestimmt nichts aus, wenn ich Ihr Büro nutze, Dr. McKenna?« *Genau. Siehst du? Dr. McKenna. Du nennst sie noch nicht einmal beim Vornamen. Das hier ist eine ganz blöde Idee.* Kim beobachtete Jess' Reaktionen genau. In der letzten Woche war Kim aufgefallen, dass Jess nach besonders aufreibenden Notfällen zwischendurch für eine Weile verschwand. Kim war sicher, dass sie sich in ihr Büro zurückzog. Sie wollte nur ungern in Jess' persönlichen Zufluchtsort eindringen.

Jess ließ die Arme sinken und stand auf. Nach kurzem Zögern schien sie eine Entscheidung getroffen zu haben. »Sie können gerne mein Büro benutzen, während Sie der Notaufnahme zugeteilt sind. Es hilft sehr, Sie für Konsultationen in der Nähe zu wissen. Sie haben diese Woche hervorragende Arbeit geleistet.«

Kim strahlte. Es fühlte sich gut an, von Jess gelobt zu werden und es linderte ein wenig ihre ständige Sorge, Jess könnte von den Geschehnissen am Memorial erfahren. »Danke.«

Nachdem sie sich nun ein Büro teilen würden, sollten die bisherigen Förmlichkeiten zwischen ihnen eigentlich nicht mehr nötig sein, entschied Kim »Jetzt, da das geklärt ist, wie wäre es, wenn Sie mich Kim nennen?« Kim seufzte enttäuscht, als Jess' Miene sich verschloss. *Mist. War zu forsch.* Kim versuchte eilig, die Sache zu retten. »Ich meinte natürlich nur unter uns.«

Jess' Gesichtsausdruck und Haltung entspannten sich. »Sicher. Und Sie können mich Jess nennen.«

»Danke, Jess.«

»Gern geschehen, Kim.« Ein Lächeln geisterte über ihr Gesicht und verschwand genauso schnell wieder. »Okay, ich muss wieder in die Notaufnahme. Wenn ich meine Truppe nicht an der kurzen Leine halte, bricht die Hölle los.«

Kim lachte leise, außerordentlich erfreut, dass Jess sich wohl genug fühlte, um sich zu so einer Bemerkung hinreißen zu lassen. »Ich bin mir sicher, sie fragen sich auch schon, wohin ich verschwunden bin.«

»Sie denken wahrscheinlich, dass Sie dem Biest der Notaufnahme in die Klauen gefallen sind.«

Ein wenig befremdet runzelte Kim die Stirn. Jess war zwar streng mit ihren Assistenzärzten und strahlte manchmal etwas Verbissenes aus, auch hatte sie ein paar hitzige Auseinandersetzungen zwischen Jess und ihren Mitarbeitern – insbesondere mit Peter – erlebt, dennoch hielt sie Jess nicht für ein Biest.

»Oh, sie haben noch schlimmere Namen für mich.« Jess zuckte mit den Schultern. »Sie werden sie garantiert alle bald zu hören bekommen. Und über kurz oder lang werden auch Sie mir einen dieser Namen verpassen.«

Kim durchschaute die Schutzfunktion Jess' gespielter Tapferkeit. Es war offensichtlich, dass diese Beschimpfungen sie im Innersten trafen. »Oh, da mache ich mir keine Sorgen, Jess. Ich denke, wir werden gut miteinander auskommen.«

Jess lächelte. »Es freut mich, das zu hören.« Sie warf einen Blick auf ihre Armbanduhr. »Die Schicht ist fast zu Ende. Sollen wir uns ein letztes Mal ins Getümmel stürzen?«

»Aber klar doch. Nach Ihnen.« Kim war erstaunt, wie beschwingt sie sich durch eines der seltenen Lächeln von Jess fühlte. Je mehr sie über Jess erfuhr, desto faszinierter war sie von ihr. Ihre erste Woche in der Notaufnahme ging definitiv mit einem Hochgefühl zu Ende.

Auf dem Weg zurück in die eigentliche Notaufnahme konnte Kim sich nicht davon abhalten, Jess mit Anna, ihrer Exfreundin, zu vergleichen. Ihr wurde eindeutig klar, dass die einzige Gemeinsamkeit der beiden ihre Berufsbezeichnung war. Anna war stolz gewesen auf die Sammlung abfälliger Spitznamen, die Assistenzärzte und Mitarbeiter ihr verpasst hatten. Für Anna waren sie eine Auszeichnung, als bewiesen sie, wie stark Anna war und wie gut sie ihre Welt, die Notaufnahme, im Griff hatte.

Ein Assistenzarzt, der ihren Namen rief, riss sie aus ihren Gedanken. Kim blickte zu Jess und lächelte. »Bis später«, sagte sie, bevor sie sich ihm zuwandte.

# KAPITEL 5

KIM BLIEB VOR DER TÜR zu Jess' Büro stehen. Sie sah auf das Tablett mit den zwei Tassen Kaffee und dem Gebäckstück, das sie auf dem Weg zur Arbeit besorgt hatte. Sie musste daran denken, wie häufig sie diese kleine Aufmerksamkeit genutzt hatte, um ein Date mit einer Frau zu bekommen, und erinnerte sich an ihr Versprechen, das sie sich nach dem Fiasko mit Anna gegeben hatte. *Du kannst das. Nur eine Tasse Kaffee als Aufmerksamkeit für die Kollegin. Du hast dir geschworen, dass es diesmal anders läuft.*

Kim hatte schon den Fehler gemacht, mit einer Frau ins Bett zu gehen, ohne sie näher zu kennen. *Und es jedes Mal bitterlich bereut.* Anna war das beste Beispiel dafür. Hätte sie gewusst, wie vehement Anna ihr lesbisches Leben geheim hielt, hätte sie sich niemals auf sie eingelassen.

Kim kämpfte mit widersprüchlichen Gefühlen. Sie hatte am Wochenende viel über Jess nachgedacht. Das war das Problem. Sie wusste, dass es viel zu früh war, sich mit jemandem einzulassen. Das hielt sie allerdings nicht davon ab, sich zu Jess hingezogen zu fühlen. *Versuch es einfach mit Freundschaft und vergiss alles Weitere. Das wäre das erste Mal für dich.* Sie verzog ihr Gesicht. Es war nur allzu wahr.

Kim konnte sich nicht mehr daran erinnern, wann sie das letzte Mal mit einer Frau nur befreundet gewesen war, ohne gleich mit ihr ins Bett zu wollen. *Du hast Mama dafür verurteilt, dass sie ständig neue Liebhaber hatte, und jetzt bist du genauso.* Die Erkenntnis tat weh.

Kim erschrak, als die Tür zu Jess' Büro plötzlich aufging und sie aus ihren Gedanken gerissen wurde.

Jess gelang es, das Tablett in Kims Händen vor dem Fall zu retten. Sie schien überrascht, dass Kim vor ihrer Tür stand, drückte ihr das Tablett aber wieder in die Hand. »Was kann ich für Sie tun?« Sie blieb im Türrahmen stehen und machte keine Anstalten, Kim hereinzubitten.

»Könnten wir vielleicht reingehen?«, fragte Kim und wies zum Büro. Kim erwartete für einen Moment, dass sie ablehnen würde, doch dann trat Jess einen Schritt zurück und winkte sie in den Raum.

Kim stellte das Tablett auf den Schreibtisch. Sie nahm eine Tasse und hielt sie Jess hin. »Ich habe Kaffee und einen Muffin mitgebracht. Ich wollte mich dafür bedanken, dass ich Ihr Büro nutzen darf.«

Jess trat an den Schreibtisch, machte aber keine Anstalten, Kim die Tasse abzunehmen. »Das wäre nicht nötig gewesen.«

»Ich weiß, aber ich wollte gern.« Kim konnte sehen, wie unwohl Jess sich fühlte. »Mit Milch und ohne Zucker, richtig?«, fragte sie, als sie Jess die Tasse erneut anbot.

Jess bekam große Augen, dann nickte sie. Zögernd griff sie nach der Tasse. »Ähm … danke«, sagte Jess, als sie die Tasse auf ihren Tisch stellte.

»Sehr gern.« Kim lächelte herzlich in der Hoffnung, dass die Anspannung ein wenig von Jess abfallen würde. »Da ist auch noch ein wunderbarer Schokoladenmuffin in der Tüte.« Sie hielt Jess die Verpackung hin, welche diese noch widerwilliger annahm als den Kaffee. »Ich habe meinen schon auf dem Weg hierher gegessen«, sagte Kim mit einem verlegenen Lächeln. »Nichts, was Schokolade drauf hat, überlebt lang bei mir.«

Ihr Unbehagen wuchs, als Jess nicht reagierte. Langsam bereute sie es, in Jess' Büro gekommen zu sein. Die paar Minuten unkomplizierten Umgangs miteinander am Freitag, als sich Jess zu entspannen und öffnen schien, waren vorbei. Kim seufzte. Sie war enttäuscht. *Okay, dieses Freundschaftsding scheint schwieriger zu sein, als ich dachte. Nur weil du Freundschaft willst, heißt das nicht, dass Jess auch daran interessiert ist. Du hast doch gesehen, wie sie mit ihren Mitarbeitern umgeht.* »Tja dann … Entschuldigen Sie bitte die Störung. Ich bin in der Psychiatrie, falls mich jemand braucht.«

»Warten Sie … Kim«, sagte Jess.

Kim war schon fast an der Tür, als Jess' Stimme sie stoppte. Sie drehte sich wieder zu Jess und hob fragend eine Augenbraue.

Jess nahm die zweite Tasse vom Tablett und hielt sie Kim hin. »Vergessen Sie den hier nicht.«

Kim interessierte sich nicht mehr für den Kaffee, den sie gern mit Jess getrunken hätte, ergriff aber dennoch die Tasse. Ihre Blicke trafen sich und sie nahm verwundert den Hauch von Bedauern in Jess' Augen wahr.

»Ich, ähm …« Jess räusperte sich. »Ich wollte gerade zur morgendlichen Besprechung der Assistenzärzte gehen. Im Vortrag geht es heute um die Beurteilung des schizophrenen Patienten in der Notaufnahme. Ich frage mich, ob Sie vielleicht Lust hätten, daran teilzunehmen?«

»Sicher. Gerne doch.« Kim war erleichtert. *Vielleicht habe ich's ja doch nicht vermasselt.* Im Nachhinein betrachtet hätte sie wissen müssen, dass sich Jess durch den angebotenen Kaffee und den Muffin verunsichert fühlen würde. Sie hatte sie noch nie bei einem privaten Schwatz oder einer Kaffeepause mit Kollegen beobachten können. »Wer von den Psychiatern referiert?«

Jess blickte zu Boden und scharrte mit den Füßen. »Ich halte den Vortrag. Ich habe Dr. Alerman mehrmals gebeten, dass jemand aus der Psychiatrie Vorlesungen über relevante Themen in der Notaufnahme hält.« Sie zuckte mit den Schultern. »Bisher wollte niemand. Dr. Alerman hat letztes Jahr einige Vorträge gehalten, aber er sagte, dieses Jahr hätte er keine Zeit.«

Kim wurde wütend. *Was hast du dir dabei gedacht, Philip? Diese Notaufnahme braucht keine Kontaktperson zur Psychiatrie. Die Belegschaft der psychiatrischen Abteilung muss sich nur kollektiv von ihren Ärschen erheben und ihren verdammten Job machen.* Kim schob den wenig hilfreichen Impuls beiseite. »Wenn Sie mir eine Liste mit den zu besprechenden Themen geben, kann ich die Vorträge entwickeln und auch halten

»Ich hatte nicht vor, Ihnen das aufzunötigen«, erklärte Jess.

»Das weiß ich.« Kim verzog innerlich das Gesicht über Jess' Wortwahl. Sie würde wetten, jemand aus der Psychiatrie hatte Jess vorgeworfen, sie würde die Vorlesungen auf die Psychiatrie abwälzen. »Ich melde mich freiwillig. Mir macht es Spaß, zu unterrichten. An meinem letzten

Arbeitsplatz gab es eine psychiatrische Assistenzstelle. Mir fehlen die Tagungen, da es hier keinen Psychiatriekurs gibt. Ich habe einige bereits fertige Vorträge, die ich für psychiatrische Assistenzärzte verwendet habe. Ich kann sie für die Bedürfnisse der Notaufnahme umarbeiten.«

Jess starrte Kim für einen Moment an. Das Angebot hatte sie eindeutig schockiert. Zum ersten Mal seit sie die Bürotür geöffnet hatte, lächelte Jess tatsächlich. »Wenn Sie das wirklich wollen …« Als Kim nickte, sprach sie weiter: »Ich würde das sehr begrüßen.« Jess warf einen Blick auf ihre Armbanduhr. »Wir müssen zur Besprechung. Den Zeitplan diskutieren wir später.«

»Okay. Klingt gut.« Kim lächelte, als Jess die Kaffeetasse vom Schreibtisch nahm, bevor sie zur Tür ging.

Jess sammelte am Schwesternterminal ihre Krankenakten zusammen. Sie hatte die Absicht, vor dem nahen Schichtende noch einiges an Schreibkram in ihrem Büro zu erledigen. Plötzlich krachten die Türen zur Notaufnahme auf. Jess sah in dem Moment hoch, als zwei Polizeibeamte hereinkamen. Eine schlanke, rothaarige Beamtin wurde von einem großen, kräftigen Kollegen begleitet. Was sie in den Armen hielt, sah aus wie ein in eine Jacke gewickeltes Kleinkind. Jess konnte nur das verfilzte Haar am oberen und ein winziges Paar Turnschuhe am unteren Ende des Jackenbündels erkennen.

Sie ließ ihre Akten zurück auf den Tresen fallen und ging zu den Beamten. »Was haben Sie?«

Die Polizistin schlug die Jacke zurück und ein zierliches, dunkelhaariges kleines Mädchen kam zum Vorschein. »Wir haben sie in einem Lagerraum im Keller eines Mehrfamilienhauses eingeschlossen gefunden«, sagte sie. »Ein Mieter im Gebäude hat es gemeldet. Er dachte, er hätte ein Tier schreien hören, als er sein Fahrrad aus dem Kellerraum holen wollte. Als er sie entdeckte, rief er gleich den Notruf an. Wir wissen nicht genau, wie lange sie schon dort drin war. Der Typ sagte, als er das letzte Mal in seinem Keller war, hätte er nichts gehört, und das war vor zwei Wochen. Wir haben das Schloss aufgebrochen und sie rausgeholt.«

Jess schaute das kleine Mädchen an, widerstand aber der Versuchung, sie in die Arme zu schließen. *Oh, Kleines, was ist nur mit dir passiert?* Ihre Haare und Kleider waren verdreckt. Jess konnte ihr Gesicht nicht sehen, da sie es in der Uniformjacke vergraben hatte. »Haben Sie ihre Eltern ausfindig gemacht, Officer …?

»Williams. Wir suchen sie noch. Laut Aussage der Nachbarn hat seit einer Woche niemand die Mutter gesehen. In den ersten Tagen nach ihrem Verschwinden war der Freund da, aber in den letzten drei Tagen nicht mehr. Keiner der Nachbarn kann sich daran erinnern, Tara, so heißt die Kleine, in der letzten Woche gesehen zu haben. Aber den Angaben einer der Befragten nach sei das nicht ungewöhnlich. Ihre Mutter nimmt sie nur selten mit nach draußen.« Williams schüttelte den Kopf. Ihr Zorn stand ihr deutlich ins Gesicht geschrieben. »Sie ist schmutzig, aber auf den ersten Blick konnten wir keine Verletzungen erkennen. Sie hat noch nicht einmal geweint, als wir sie fanden. Sie schrie, als einer der Beamten sie auf den Arm nahm, aber seitdem hat sie keinen Ton von sich gegeben.«

Bei dem Gedanken an die lieblosen Eltern brodelte Jess' Wut auf. *Was sind das nur für kranke Leute, die so mit einem unschuldigen Kind umgehen?* Sie hatte während ihrer Zeit in der Notaufnahme schon einige schreckliche Dinge gesehen, die Kindern angetan wurden, daran gewöhnt hatte sie sich nie. Jess unterdrückte ihre Wut und konzentrierte sich ganz auf Tara. »Okay. Da es sich um einen Notfall handelt, kann ich sie ohne Zustimmung der Eltern behandeln. Bringen wir sie in ein Untersuchungszimmer.«

Als sie sich umdrehte, sah sie Kim in der Nähe stehen. Jess war froh, dass sie so spät am Tag immer noch in der Notaufnahme war. Sie winkte Kim heran. »Sie haben die Geschichte gehört?« Als Kim nickte, fuhr sie fort: »Ich möchte, dass Sie zuschauen, während ich ihren Gesundheitszustand überprüfe. Vielleicht können Sie aus ihren Reaktionen irgendetwas ableiten. Hinterher können Sie nötigenfalls eine vollständige diagnostische Beurteilung durchführen.«

»In Ordnung. Ich schlage vor, Sie begrenzen die Anzahl der Anwesenden auf das Minimum. Allein so viele fremde Menschen um sich zu haben, ist für ein kleines Kind schon anstrengend. Sie hat genug mitgemacht, da braucht sie das nicht auch noch.«

»Gut, dann los«, sagte Jess. Sie bedeutete Officer Williams, ihr zu folgen.

Maggie, eine der Schwestern von der Anmeldung, rannte auf die Gruppe zu. »Dr. McKenna, im Wartezimmer sind ein Haufen Reporter, die Fragen stellen. Sie blockieren den Zugang zum Aufnahmetresen und wollen nicht gehen.«

Jess schaute finster. *Na wunderbar. Das hat uns gerade noch gefehlt.* »Wie viele sind es?«

»Ich habe keine Ahnung, aber zwei verschiedene Kamerateams machen Aufnahmen«, sagte Maggie.

Jess warf einen Blick auf das Namensschild des anderen Polizisten. »Officer Johnson, wie wäre es, wenn Sie die Medienleute herantrommeln und sie aus meinem Wartezimmer entfernen? Sie behindern die Versorgung der Patienten.«

Der Polizist lächelte Jess an und rieb sich die Hände. »Gerne doch, Doc. Wo wollen Sie sie denn hinhaben?«

Jess widerstand der Versuchung, ihm genau zu sagen, wohin sie die Meute wünschte. Sie merkte, dass ihr Gesichtsausdruck sie wohl verraten haben musste, als sowohl beide Polizisten als auch Kim grinsten. Jess schüttelte den Kopf und zwang sich wieder zu einer professionellen Haltung. »Maggie, zeigen Sie Officer Johnson Konferenzraum C. Falls der nicht frei sein sollte, machen Sie ihn frei. Informieren Sie den Rest der Belegschaft über die Vorgänge. Ich will nicht, dass irgendein Reporter in der Notaufnahme herumschnüffelt.«

Jess wandte sich an Officer Johnson. »Ich würde es begrüßen, wenn Sie die Presseleute in den Konferenzraum begleiten und sicherstellen könnten, dass sie auch dort bleiben. Sie dürfen gerne den Raum nutzen, falls irgendjemand aus ihrer Abteilung eine Stellungnahme vor der Presse abgeben möchte. Ich werde Officer Williams über Taras Zustand informieren, nachdem ich sie untersucht habe.«

»Danke, Doc«, sagte Johnson, bevor er sich umdrehte, um Maggie zu folgen.

»So, und nachdem das geklärt sein dürfte, wollen wir uns endlich um dieses kleine Mädchen hier kümmern«, sagte Jess. Sie eilte zu einem Untersuchungsraum, dicht gefolgt von Kim und Officer Williams.

»Setz sie dort ab«, sagte Jess und deutete auf die Liege.

Kim ging zur Kopfseite. Sie wollte nahe bei dem kleinen Mädchen stehen, um ihr etwas Nähe und Beistand zu geben, während Jess sie untersuchte.

Tara reagierte überhaupt nicht, während die Beamtin Jess' Anweisungen folgte.

Jess stellte sich auf die andere Seite der Liege. »Officer, bitte warten Sie für die Dauer der Untersuchung draußen.«

»Falls Sie es schaffen, sie zum Sprechen zu bringen: Alles, was sie uns sagen kann, ist wichtig. Auf dem Weg hierher habe ich versucht, zu ihr durchzudringen, aber sie hat mich noch nicht einmal angesehen.«

Jess nickte. »Verstehe, aber zu allererst muss ich herausfinden, ob sie verletzt ist, und ihre körperliche und geistige Verfassung feststellen.« Jess sah zu dem kleinen Mädchen runter. Sie saß zusammengekauert in der viel zu großen Jacke und hatte ihren Kopf auf die Knie gelegt. Bisher hatte sie weder einen Ton von sich gegeben noch sich bewegt. »Sie können wieder reinkommen, wenn ich fertig bin.«

»Okay, ich sehe mal nach, wie Johnson mit den Reportern zurechtkommt«, antwortete Officer Williams. »Geben Sie mir Bescheid, wenn Sie fertig sind.«

»Eine der Krankenschwestern wird Sie holen.« Jess wartete, bis sich die Tür hinter der Beamtin schloss. Sie schaute über Taras Kopf hinweg zu Kim. »Ich möchte, dass jedes winzige Detail festgehalten wird, während ich sie untersuche. Mir wäre es aber lieber, wenn nicht noch jemand im Zimmer ist. Würde es Ihnen etwas ausmachen, mitzuschreiben?«

»Kein Problem.« Kim nahm Jess die losen Karteiblätter aus der Hand. Sie beobachtete interessiert, wie Jess' Miene weicher wurde, als sie sich zu Tara hinunterbeugte.

»Hi, Tara. Ich bin Dr. Jess. Ich werde mich um dich kümmern, okay?«

Der Körper des kleinen Mädchens zitterte leicht, aber mehr geschah nicht.

Jess versuchte es noch einmal. »Tara, schau mich bitte an.« Jess seufzte. Tara zeigte keine Anzeichen, dass sie die Bitte überhaupt gehört hatte.

»Soll ich es mal versuchen?« Kim wusste, dass Jess sie untersuchen musste, auch wenn das kleine Mädchen nicht reagierte.

Jess schüttelte ihren Kopf. »Ich probiere es noch einmal.« Jess ergriff den Rand der Jacke, die Tara um sich gewickelt hatte. »Tara, ich werde dir jetzt diese Jacke ausziehen, okay?« Sie wartete einen Augenblick auf Widerstand. »Okay, los geht's«, sagte Jess, während sie vorsichtig die Jacke öffnete. Sie nahm sie ihr von den Schultern und ließ sie hinter Taras Rücken fallen. »Na, siehst du.«

Kim hatte schon miterlebt, wie gewissenhaft und mitfühlend Jess mit den Patienten war, aber jetzt konnte sie sie zum ersten Mal im Umgang mit einem so kleinen Kind sehen. Jess' behutsames, zärtliches Verhalten gegenüber dem Mädchen beeindruckte Kim. Sie entdeckte eine völlig neue Seite an ihr.

»Schon besser.« Jess legte langsam und vorsichtig ihre Hand auf Taras Schulter, die nur von einem T-Shirt bedeckt war.

Kim wartete angespannt auf Taras Reaktion. Das kleine Mädchen zuckte bei der ersten Berührung leicht zusammen, rührte sich aber nicht weiter. Kim und Jess sahen sich erleichtert an. »So weit, so gut«, sagte Kim leise.

Jess streichelte langsam Taras Rücken. »Komm schon, Kleines. Bitte sieh mich an.«

*Ah ... da tut sich etwas.* »Jess«, sagte Kim leise. Als Jess aufschaute, lehnte sie sich leicht zu ihr und sagte ruhig: »Sagen Sie noch einmal ›Kleines‹. Sie hat darauf reagiert.«

Jess nickte verstehend. »Hey, Kleines.« Sie blickte zu Kim auf und lächelte. Dieses Mal hatte sie es auch gesehen. Für den Bruchteil einer Sekunde hatte der Blick des kleinen Mädchens geflackert. »Komm schon, Kleines, bitte schau mich an.« Jess' Lächeln wurde breiter, als Tara ihr fest in die Augen sah. »Gut gemacht.« Sie strich dem Mädchen weiter über den Rücken.

Kims Anspannung löste sich. Das lief besser, als sie erhofft hatte. Ihr war klar, dass eine Untersuchung unvermeidlich war, aber sie wollte nicht, dass sich das Trauma des Mädchens dadurch vergrößerte. Sie war beeindruckt. Jess war so ruhig und geduldig mit Tara. Sie wusste, der Umgang mit verletzten Kindern in der Notaufnahme war besonders heikel. *Andererseits können manche Leute einfach nicht mit Kindern umgehen, Punkt.* Sofort kam ihr Anna in den Sinn. Wenn es sich irgendwie vermeiden ließ, untersuchte sie nie Kinder in der Notaufnahme. Kim wurde aus ihren Gedanken gerissen, als Jess wieder mit Tara sprach.

»Jetzt müssen wir schauen, ob du okay bist.« Jess legte behutsam eine Hand auf Taras gebeugte Knie. »Würdest du mir den Gefallen tun und dich gerade hinsetzen?« Als keine Reaktion kam, hob Jess ihre Hand von den Knien des kleinen Mädchens und strich ihr sanft das schmutzige, verfilzte Haar aus dem Gesicht. »Bitte, Süße …«

Mit einem undeutlichen Schrei warf Tara sich auf Jess.

*Nein!* Kim versuchte Tara zu greifen, verfehlte sie aber.

Tara prallte gegen Jess' Brust.

Jess taumelte einen Schritt zurück. Im Reflex flogen ihre Arme hoch und drückten das kleine Mädchen fest an ihre Brust.

Kim schnappte zitternd nach Luft. Sie sah zu Jess. Tara klammerte sich mit aller Macht an sie. Ihr Herz hämmerte immer noch nach Taras Schrei und ihren jähen Sprung. Sie ging um das Ende der Liege herum. Als sie sich Jess näherte, stieg ihr der stechende Geruch von Urin in die Nase. »Alles okay?«

»Mir geht's gut«, sagte Jess. »Bei Tara bin ich mir da nicht so sicher.«

Kim war überrascht, als sie das Beben in Jess' Stimme hörte. Noch nie hatte sie Jess anders als ruhig und gefasst erlebt, selbst während schlimmer Notfälle.

»Ich frage mich, was das eben ausgelöst hat.« Jess hob Tara vorsichtig höher. Das kleine Mädchen hatte ihr Gesicht in Jess' Hals gedrückt und weinte jämmerlich.

»Sie scheint auf ›Süße‹ reagiert zu haben. Vielleicht nennt ihre Mutter oder eine andere wichtige Bezugsperson sie so. Das hat bei ihr den Eindruck erweckt, sie wäre bei Ihnen gut aufgehoben.« Kim streichelte Taras Rücken mit ausgestrecktem Arm. »Ihre Gefühle herauszulassen, ist das Beste, was sie gerade machen kann. Ich war ernsthaft besorgt, weil sie überhaupt keine Reaktionen gezeigt hat.«

»Ist schon okay, Kleines. Hier bist du sicher.« Jess setzte sich in Bewegung und lehnte sich gegen die Rolltrage. Sie wiegte Tara für mehrere Minuten in ihren Armen und murmelte ihr die ganze Zeit leise Worte zu.

Kim wurde warm ums Herz beim Anblick, wie Jess das kleine Mädchen so fürsorglich behandelte. Tara war schmutzig und stank nach Urin, aber das schien Jess nichts auszumachen, während sie die Kleine zärtlich in ihrer festen, tröstenden Umarmung hielt. Als Jess aufblickte, konnte Kim zum ersten Mal einen Blick hinter die Maske werfen, die Jess bei der Arbeit trug. Dieser offene Ausdruck in ihren Augen, voller Emotionen, war unwiderstehlich. *Oh, Jess.* Nur einen winzigen Moment später war er verschwunden und Kim sah sich wieder der Leiterin der Notaufnahme gegenüber, wie sie sie kannte.

»Ich muss sie immer noch untersuchen«, sagte Jess. Sie sah zu dem kleinen Mädchen hinunter. Sie war in ihren Armen eingeschlafen. »Armes kleines Ding. Sie muss total erschöpft gewesen sein.« Jess wollte Tara wieder ablegen, schien es sich aber anders zu überlegen. »Ich will nicht riskieren, dass sie aufwacht. Könnten Sie sich vielleicht auf die Liege setzen und sie halten, während ich sie mir ansehe?«

»Gute Idee. Das sollte klappen.« Kim nahm auf der Liegefläche Platz.

Jess wollte ihr Tara reichen, zögerte jedoch. »Sie sollten sich einen Kittel holen. Sie ist furchtbar schmutzig.«

Kim blickte auf ihre blasslila Bluse, dann auf den ehemals strahlend weißen Laborkittel, den Jess trug. Tara wurde unruhig in Jess' Armen. Kim zögerte nicht. Sie breitete ihre Arme aus. »Ist schon okay. Geben Sie sie mir. Ich will lieber nicht riskieren, dass sie aufwacht, es sei denn, es geht nicht anders.«

Sie hätte es zwar in jedem Fall getan, aber dieses Lächeln, das Jess ihr zuwarf, entschädigte sie für alles, was ihrer Kleidung passieren würde. Kim wiegte die Kleine in ihren Armen. Sie erwiderte Jess' Lächeln, als sie sich gemeinsam um Tara kümmerten.

Jess ließ ihren Papierkram auf den Schreibtisch fallen. Sie ging am Schreibtischstuhl vorbei durch das kleine Zimmer und warf sich auf das Sofa, das fast die gesamte Rückwand ihres Büros einnahm. Obwohl es weder körperlich herausfordernd gewesen war noch besonderes Wissen erfordert hatte, war Taras Versorgung anstrengend gewesen. Jess war stets bemüht, ihre Patienten emotional auf Abstand zu halten. Deshalb war sie so gut in ihrem Job. Bei Kindern war das immer besonders schwierig aufrechtzuerhalten, weil sie so völlig hilflos waren.

Sie rieb sich mit den Händen übers Gesicht. *Falls du jemals heute Abend hier rauskommen willst, solltest du an die Arbeit gehen.*

Sie drückte sich vom Sofa hoch und wollte zurück zum Schreibtisch gehen, als es an der Tür klopfte. *Was ist jetzt schon wieder?* Sie hatte die Abteilungsleitung bereits abgegeben, nachdem die Presse endlich verschwunden und Tara der Sozialarbeiterin übergeben worden war. Mit einem verärgerten Grummeln riss sie die Bürotür auf. »Was?«, fragte sie, noch bevor die Tür ganz offen war.

»Hi«, sagte Kim zögerlich.

Jess bereute ihren scharfen Ton sofort. Sie war froh um die Chance, ihr früheres Verhalten wiedergutzumachen. Ihr morgendlicher Auftritt, als Kim ihr Kaffee und einen Muffin gebracht hatte, tat ihr leid. Sie war unmittelbar in Abwehrstellung gegangen, da sie in dem Moment an ihre Ex, Myra, hatte denken müssen. Sie hatte sich gefragt, warum Kim ihr die Sachen gebracht hatte. Nach einigem Nachdenken war Jess klar geworden, wie unfair das gewesen war. *Sie ist einfach nur freundlich. Nicht alle legen es darauf an, dir nahezukommen, um dich dann zu demütigen.* Sie wollte nicht schon wieder unangenehme Erinnerungen an Myra heraufbeschwören, deshalb konzentrierte sich Jess auf Kim. »Kommen Sie rein, Kim.« Sie lächelte freundlich.

»Danke.«

Ihre Anspannung verschwand, als Kim zurücklächelte. Sie widerstand dem Wunsch, sich hinter ihren Schreibtisch zu verkriechen, während sie den Weg freigab. Dieser Reflex war tief in ihr verwurzelt und half ihr, Menschen auf Abstand zu halten. *Lass sie rein. Du weißt doch, dass du es willst.*

Jess lehnte sich an die Kante ihres Schreibtischs. Statt der Seidenbluse und der dazu passenden Stoffhose von vorhin trug Kim jetzt OP-Bekleidung. Der dunkelblaue Farbton des Stoffs brachte ihr blondes Haar stärker zur Geltung und ihre blauen Augen wirkten noch intensiver als sonst. *Wow, sie ist wunderschön.* Jess seufzte innerlich. *Und das nicht nur äußerlich.* Jess war ganz gerührt gewesen, als sie Kim dabei beobachtet hatte, wie zärtlich sie mit Tara umgegangen war. »Ich hoffe, Ihre Sachen sind nicht komplett ruiniert. Mir ist bewusst, dass diese Angelegenheit eine einfache psychologische Konsultation weit überstiegen hat.«

Kim trat auf Jess zu und lehnte sich an das andere Ende des Schreibtischs. »Machen Sie sich keine Sorgen. Dafür wurden Reinigungen erfunden. Ich bin erleichtert, dass Sie außer einer leichten Dehydratation nichts Schlimmeres entdeckt haben. So verdreckt wie sie aussah, war mir wirklich bange, was Sie sonst noch entdecken würden.«

»Ich auch. Sie waren toll vorhin.«

»Danke, Jess. Ich denke, wir haben das wirklich gut hinbekommen mit ihr.« Kim lächelte. »Wir sind ein gutes Team.«

Jess errötete bei diesem Lob, was ungewöhnlich war. »Danke. Und ja, das sind wir.« Ihr wurde ein wenig unbehaglich, was die Richtung des Gesprächs betraf, deshalb steuerte Jess zurück auf sicheres Terrain. »Also, ich sollte wieder an die Arbeit gehen, falls ich hier jemals rauskommen will.« Sie wies dabei auf die Akten auf ihrem Schreibtisch.

»Okay. Ich wollte Sie nur wissen lassen, dass ich mit der Frau vom Jugendamt gesprochen habe, bevor sie das Krankenhaus mit Tara verlassen hat. Sie werden die Kleine zum Kinderpsychologen bringen, der sie gründlicher untersuchen wird, als ich das hier in der Notaufnahme konnte. Ich habe sie gebeten, mich anzurufen und Bescheid zu geben, wie es Tara geht.«

Beim Gedanken an das kleine Mädchen, das verängstigt und allein unter Fremden war, stieg erneut Wut in Jess hoch. *Du kannst sie nicht alle beschützen.* Jess war nicht sicher, ob sie wissen wollte, wie es Tara ging. Sie sah zu viele verletzte und missbrauchte Kinder in der Notaufnahme. Es würde sie zerreißen, wenn sie sich das Schicksal jedes einzelnen zu Herzen nehmen würde. »Gut. Vielen Dank für die Info. Einen schönen Abend noch.«

»Ihnen auch, Jess. Bis morgen.«

»Gute Nacht, Kim.«

Jess starrte lange auf die Tür, nachdem Kim gegangen war. Sie fühlte sich einsam, ein Gefühl, das sie selten zuließ. Das Erschreckende war, dass die paar Momente, die sie gerade mit Kim verbracht hatte, ihren ganzen Tag aufhellten und in ihr die Einsamkeit vertrieben, wenn auch nur für ein paar Minuten.

# KAPITEL 6

KIM NUTZTE DIE MOMENTANE RUHE in der Notaufnahme und ging zur Cafeteria. Sie konnte kaum glauben, dass morgen schon der letzte Tag ihrer Schicht war. Die zwei Wochen waren schnell vergangen. Zwar machte ihr die Arbeit mit den Patienten in den Gruppensitzungen in der Psychiatrie Spaß, aber schon beizeiten hatte sie das schnelle Tempo der Notaufnahme vermisst, wenn sie wieder in die Psychiatrie zurück gewechselt war.

Kim nahm sich ein Tablett und wählte aus dem Angebot. Als die Schlange an der Ausgabe dichter aufrückte, bemerkte sie Cindy, eine der Schwestern aus der Notaufnahme, direkt vor ihr. Sie sprach mit einer anderen Frau, die Kim nicht kannte.

Die Frauen waren in ihr Gespräch vertieft und bemerkten nicht, dass sie hinter ihnen stand. Beim Näherkommen kam sie nicht umhin, die Unterhaltung mitzuhören.

»Du hättest mal Dr. Archer sehen sollen, als seine Freundin auftauchte und ihm eine Szene machte. Und das mitten im Wartezimmer. Unglaublich!«

Cindy lachte. »So sind hier die Fetzen nicht mehr geflogen, seit die Ex von Dr. McKenna direkt am Tresen auf sie zugestürmt ist und wir alle mächtig was zu hören bekommen haben.«

Kim zuckte zusammen. Arme Jess. Es muss demütigend für sie gewesen sein. *Vielleicht ist sie deshalb so zurückhaltend im Umgang mit ihren Mitarbeitern. Man kann es ihr nicht einmal vorwerfen.*

Die Krankenschwester schüttelte den Kopf. »Niemals. McKenna hat eine Ex?«

»Ich war auch schockiert, es stimmt aber«, sagte Cindy. »Ist allerdings eine Weile her, fast zwei Jahre. Seitdem habe ich weder gesehen noch gehört, dass sie mit jemandem ausgeht. Trotz allem, was ich an dem Tag mitbekommen habe, kann ich ihr das nicht mal übel nehmen. Puh, das war mehr, als man über jemanden wissen möchte. Ich dachte immer, sie sei eingebildet, aber wenn auch nur die Hälfte von dem stimmt, was die Ex über sie gesagt hat, dann …«

Kim wurde wütend. Sie schob ihr Tablett nach vorn und schubste Cindys Tablett gerade so viel, dass es einen kleinen Ruck machte. »Entschuldigung.«

Sie fühlte sich ein wenig schuldig, dass sie gelauscht hatte, aber die Frauen hatten auch nicht gerade versucht, ihr Gespräch vertraulich zu halten. Auch wenn sie mehr über Jess erfahren wollte, war das hier nicht in Ordnung. Diese Frauen waren Profis. Sie sollten nicht in der Cafeteria tratschen, als wären sie Schulmädchen.

Cindy drehte sich um. »Hey! Oh, Dr. Donovan.« Ihr Gesicht errötete leicht. Cindy warf einen Blick auf ihre Freundin und dann schnell zurück zu Kim.

Kim widerstand dem Drang, die Frauen wütend anzufunkeln. »Ich hoffe, dass Sie ihre Mittagspause nicht immer so verbringen, meine Damen.« *Genau. Ich habe jedes Wort gehört.*

Cindy wurde rot im Gesicht, diesmal vor Wut. »Das war eine private Unterhaltung.«

»Nein. Das war es nicht.« Kim versuchte, ihren eigenen Zorn im Griff zu behalten. »Hier sind überall Leute. Und Sie waren nicht gerade leise. Ich bin sicher, Dr. McKenna wäre wenig begeistert davon, dass Sie über sie tratschen. Punkt. Vor allem nicht in der Cafeteria, wo Sie jeder, wahrscheinlich sogar ein Patient, hören kann.«

Cindys Miene wechselte rasch von Wut zu Panik. Sie riss ihr Tablett vom Tresen und eilte davon. Ihre Freundin folgte ihr schnell.

Erst jetzt fiel es Kim auf, dass jemand hinter ihr war. Sie hatte sich so auf die beiden Frauen konzentriert, dass sie nicht bemerkt hatte, dass jemand hinter sie getreten war. Sie drehte sich um und blickte direkt in Jess' strenges Gesicht.

Eine leuchtende Röte entbrannte auf Kims Wangen. *Na toll. Wie viel hat sie gehört?* Kim wusste, sie hatte nichts falsch gemacht, aber die Situation brachte sie trotzdem in Verlegenheit.

Entschlossen sozusagen die Flucht nach vorn anzutreten, blickte Kim direkt in Jess' Augen. Sie trat etwas näher an Jess heran und senkte ihre Stimme. »Ich hoffe, ich bin jetzt bei Ihrer Krankenschwester nicht zu weit gegangen. Ich dachte einfach, deren Getratsche in aller Öffentlichkeit würde Ihnen nicht gefallen.«

»Nein, sind Sie nicht. Cindy ist eine der Schlimmsten in der Notaufnahme, wenn es um die Verbreitung von Gerüchten geht.« Jess zuckte mit den Schultern. »Wie das nun mal mit Gerede so ist, lässt es sich schwer vermeiden. Und wie Sie sicher wissen, sitzt man bei der Arbeit in einem Krankenhaus oftmals wie auf dem Präsentierteller. Ich versuche, es zu ignorieren. Alles andere scheint sie nur zu ermutigen.«

Kim spürte, dass Jess trotz ihrer Worte frustriert war. »Ich weiß, was Sie meinen, aber in diesem Fall haben sie so unverhohlen darüber gesprochen, dass ich einfach nicht still bleiben konnte.«

Jess lächelte resigniert. »Ich weiß das zu schätzen, aber es ist nicht nötig. Mir ist durchaus bewusst, was über mich geredet wird.«

*Das macht es nicht besser oder weniger schmerzhaft.* Kim seufzte niedergeschlagen. Auch wenn es weder die richtige Zeit noch der richtige Ort war, hätte sie Jess am liebsten in den Arm genommen und getröstet. Gleichzeitig wusste sie, dass Jess diese Geste nicht begrüßen oder annehmen würde. Tatsächlich würde sie davon eher die Flucht ergreifen.

Mehrere Leute hinter Jess kamen näher und beendeten damit endgültig ihre Unterhaltung.

Kim wählte ihr Gericht aus und ging zur Kasse, wo sie auf Jess wartete.

»Wollen wir uns an einen Tisch setzen?«, fragte Kim, nachdem Jess bezahlt hatte. Dies schien eine gute Gelegenheit, mit Jess ohne die Hektik, die in der Notaufnahme herrschte, zu sprechen.

Jess zögerte und für einen Moment dachte Kim, sie würde zustimmen.

»Tut mir leid, ich kann nicht. Ich muss wieder zu den Assistenzärzten.«

Kim fragte sich, ob das nur eine Ausrede war, um die Mittagspause nicht mit ihr verbringen zu müssen. *Was erwartest du? Du weißt, dass sie Distanz zu den Leuten pflegt. Allein das Wenige, was du von Cindy gehört hast, reicht wohl als verdammt guter Grund für diese Haltung.*

»Okay, ich sehe Sie dann später in der Notaufnahme«, sagte Kim.

Mit einem kurzen Wink ging Jess zum Ausgang.

Nach allem, was sie jetzt wusste, fragte sich Kim, ob sie jemals mehr als nur einen flüchtigen Blick auf die echte Frau hinter Jess' beeindruckender Fassade der Notaufnahmeleiterin bekommen würde.

# KAPITEL 7

NACH DER RÜCKKEHR AUS IHREM Meeting fand Jess eine große Traube Mitarbeiter am Schwesternterminal der Notaufnahme vor. Sie warf einen Blick auf die Patiententafel und war überrascht, dass dort nur wenige Namen aufgelistet waren. Normalerweise ging es an Freitagen nicht so ruhig zu. Sie wollte gerade in ihr Büro gehen, als sie Bates' Stimme hörte.

»Was ist mit Ihnen, Dr. Donovan?«, fragte er. »Was machen Sie an diesem Wochenende?«

Jess hatte nicht mitbekommen, dass Kim am Computer saß. Sie trat etwas näher, machte sich aber nicht gleich bemerkbar. *Besser, er belästigt sie nicht schon wieder.*

Kim drehte ihren Stuhl und schaute die Gruppe an. »Ach, nicht viel, ich muss mich immer noch eingewöhnen.«

»Ein paar von uns treffen sich heute Abend nach der Arbeit auf einen Drink«, sagte Bates. »Möchten Sie mitkommen?«

»Vielleicht ein andermal. Heute will ich nur nach Hause und schlafen.« Kim wollte sich wieder dem Computer zuwenden.

»Wie wär's mit diesem Wochenende?« Bates war beharrlich. »Wir könnten zusammen etwas trinken. Oder essen gehen. Ich führe Sie ein bisschen herum.«

Einige kicherten.

Bates warf seinen Kollegen einen finsteren Blick zu.

*Was hatte das jetzt zu bedeuten?* Als es ihr dämmerte, breitete sich ein Gefühl der Zufriedenheit in Jess aus. Was sie von Anfang an vermutet hatte, stimmte also. *Vielleicht bin ich in Sachen Dating eingerostet, aber immerhin funktioniert mein Gaydar noch.*

»Nein, danke«, sagte Kim. »Ich habe schon früher hier gelebt. Ich kenne mich aus.«

Bates trat näher an Kim heran und legte ihr eine Hand auf die Schulter. »Kommen Sie. Das wird lustig.«

Unerwartet wallte Wut in Jess auf, als sie Bates' Hand auf Kims Schulter sah. Sie trat in die Mitte der Gruppe.

Jess fasste mehrere Mitglieder der versammelten Belegschaft scharf ins Auge. »Leute, habt ihr nichts zu tun? Es müssen Patienten behandelt werden. Und falls Sie keinen Patienten haben sollten, sind die Medikamentenwagen bestückt? Hat jeder seine Papiere ausgefüllt?«

Alle stoben auseinander bis auf Bates und Kim.

Bates wollte Kim gerade ansprechen, aber Jess schnitt ihm das Wort ab.

»Gibt es nicht auch Patienten, die auf Sie warten, Dr. Bates?« Jess hatte Schwierigkeiten, den Ärger nicht durchklingen zu lassen.

»Ich warte auf Laborergebnisse für den Mann in Bett zwei«, sagte Bates. Er drehte Jess den Rücken zu. »Also, Dr. Donovan, vielleicht können wir ja ein anderes Mal ausgehen?«

Schnell überflog Jess die Akten, die auf Bearbeitung warteten, und griff dann eine aus dem Ständer. Sie unterdrückte ein selbstzufriedenes Lächeln. *Das hier sollte dich genug beschäftigen und ein bisschen abkühlen.*

Bevor Kim antworten konnte, marschierte Jess auf Bates zu und drückte ihm die Krankenakte in die Hand. »Da Sie ja so viel freie Zeit haben, können Sie den Patienten in Bett drei übernehmen. Er hat Verstopfung und muss ausgeräumt werden.«

Bates wollte protestieren, aber ein Blick in Jess' Gesicht schien ihn davon zu überzeugen, es bleiben zu lassen. Er eilte davon.

»Ich entschuldige mich für ihn.« Jess zog einen Stuhl heran und setzte sich neben Kim. »Mein Gespräch mit ihm hat offensichtlich nichts gebracht. Ich versuche es noch einmal. Dann werde ich es aber als formales Mitarbeitergespräch in seine Akte eintragen.«

Kim schüttelte ihren Kopf. »Das müssen Sie nicht. Ich werde schon mit ihm fertig. Er scheint die Gerüchte über mich hier im Krankenhaus noch nicht mitbekommen zu haben. Wenn er das nächste Mal fragt, werde ich ehrlich zu ihm sein.« Kim lachte. »Na ja, vielleicht nicht so direkt, aber er wird es dann schon verstehen.«

Lesbisch und geoutet. Immer eine angenehme Kombination. Jess sah Kim in die Augen und war überrascht, dass diese etwas besorgt blickten. *Hm? Vielleicht doch nicht gänzlich geoutet? Warum hat sie dann ...* Dann dämmerte es ihr. *Sie macht sich Sorgen, wie ich reagiere. Ich war mir sicher, dass der Groschen nach Cindys Geplapper gestern in der Cafeteria gefallen ist. Anscheinend nicht.* Sie hatte Cindys eigentliche Worte gar nicht gehört, nur dass Kim sie verteidigt hatte.

Der Gedanke, dass Kim bestürzt oder beunruhigt war, verursachte unerklärlicherweise ein flaues Gefühl in ihrem Magen. Sie kannte einen sicheren Weg, Kim zu beruhigen. Jess gestattete sich ein warmherziges Lächeln. »Heterosexualität wird überbewertet.« Erregung durchzuckte sie und ihr Herz fing an zu rasen, als ein strahlendes Lächeln Kims Gesicht erhellte.

»Ja, in der Tat«, sagte Kim.

Ein lauter, dumpfer Schlag hinter ihr ließ Jess zusammenzucken. Ruckartig drehte sie sich im Stuhl um und erblickte Penny, die ein paar Meter entfernt stand und angesäuert dreinblickte. Mehrere Akten lagen vor ihr auf dem Tresen. Ein schneller Blick verriet ihr, dass außer Penny niemand mehr am Tresen stand. *Es ist trotzdem nicht gerade der richtige Ort, deine Sexualität zu thematisieren, egal wie indirekt.*

Jess drehte sich wieder zu Kim. »Ich muss auch wieder an die Arbeit. Mein Papierkram ruft mich. Ich bin in meinem Büro, falls Sie irgendwelche Probleme haben sollten oder einfach nur einen ruhigen Ort zum Arbeiten brauchen.«

»Danke«, sagte Kim. »Vielleicht komme ich später darauf zurück.«

Während Jess die Akte studierte, achtete sie weiter auf den Patienten, der still auf der Rolltrage saß. Er war aus dem örtlichen Heim für Obdachlose hergebracht worden und wirkte ziemlich verstört. Seine Antworten auf die Standardfragen waren völlig unpassend gewesen. Nachdem sie keine medizinischen Probleme bei dem Patienten gefunden hatte, schickte sie den Assistenzarzt auf die Suche nach Kim.

Sie hatte Kim nicht mehr gesehen, seit sie vorhin so freimütig ihre sexuelle Orientierung offenbart hatte. Sie war nicht nur impulsiv genug gewesen, es Kim zu erzählen, was völlig untypisch für sie war, überraschenderweise bereute sie es auch nicht. *Das heißt nicht, dass du darüber nachdenken solltest, dich mit ihr einzulassen.* Obwohl Jess wusste, dass es falsch war, wurde das Bedürfnis danach mit jedem Tag stärker. Als sie zu der sich öffnenden Tür des Behandlungsraums rüberschaute, musste sie bei Kims Anblick mühsam das automatische Lächeln aus ihrem Gesicht vertreiben.

»Hat Dr. Bertucci Sie informiert?«, fragte Jess.

Kim trat an das Bett des Patienten heran. »Ja. Ich übernehme jetzt. Danke.«

Jess zögerte, den Raum zu verlassen. Obwohl der Patient bisher ruhig gewesen war, wirkte dieser Typ nervös auf sie. Sie trat zurück und lehnte sich außerhalb seines Blickfelds an die Tür.

»Hallo, ich bin Dr. Donovan«, sagte Kim. »Wie fühlen Sie sich heute?«

»Sie haben die Katze geholt, aber mich haben sie nicht gekriegt.«

»Können Sie mir sagen, wie Sie heißen?«

Der Patient blickte unruhig im Zimmer umher. Er ergriff das Bettgestell. »Das kann ich Ihnen nicht sagen, dann werden die ihn erfahren.«

In Jess begannen sämtliche Alarmglocken leise zu klingeln, als sich die Körpersprache des Patienten plötzlich veränderte. Sie trat etwas näher an das Fußende der Rolltrage heran.

»Wissen Sie, wo Sie sind?«, fragte Kim ruhig.

Die Augen des Mannes verengten sich. »Sie sind eine von denen. Sie können mich nicht reinlegen. Ihr Frauen gehört alle dazu.«

*Verdammt! Ich wusste, dass dieser Typ eigenartig ist.* Jess ging einen Schritt näher an Kim und den Patienten heran.

Er gab einen markerschütternden Schrei von sich. »Lassen Sie mich in Ruhe!«

Jess' Körper spannte sich an. »Kim! Zurück.«

Kim wich zurück, aber nicht schnell genug.

Der Mann stützte sich vom Bettrahmen ab und packte Kim bei den Schultern. Mit wütendem Gebrüll stieß er sie brutal von sich weg.

*Nein!* Jess hastete vorwärts und ergriff Kim von hinten. Sie riss sie vom Patienten weg und zog sie an sich.

Jess' Herz schlug heftig in ihrer Brust und ihre Arme schlossen sich krampfhaft um Kim. Übelkeit überkam Jess bei dem Gedanken, ihr könnte etwas passieren. »Alles okay?«, fragte sie atemlos. Sie spürte an ihrem Arm, wie sich Kims Brustkorb schnell hob und senkte.

Der Patient warf ihnen einen bösen Blick zu, machte aber keine Anstalten, von der Rolltrage zu klettern.

Kim wirkte ein wenig durcheinander, als sie Jess über ihre Schulter hinweg einen Blick zuwarf. »Ja. Jetzt schon.« Sie lächelte zittrig. »Danke für die schnelle Rettung.«

Nun, da sie wusste, dass es Kim gut ging, wurde sich Jess ihrer intimen Position überdeutlich bewusst. Erregung stieg in ihr auf. Ihre Brustwarzen an Kims Rücken wurden hart. *O Gott.* Jess war erschüttert über die Heftigkeit ihrer völlig unangemessenen Reaktion. Sie riss ihre Arme zurück, trat schnell von Kim weg und brachte einigen Abstand zwischen sich und Kim.

Kim sah Jess mit einem seltsamen Ausdruck an. »Alles in Ordnung?«

Eine leuchtende Röte erfüllte Jess' Gesicht. Sie konnte Kim nicht in die Augen schauen. »Prima.« Jess atmete tief ein und versuchte, ihre Fassung wiederzuerlangen.

Sie warf einen Blick auf den jetzt ruhigen Patienten. Sie beobachtete ihn aus dem Augenwinkel heraus und zwang sich, Kim kurz anzuschauen. »Da er Schwierigkeiten mit Frauen zu haben scheint, wäre es besser, Verstärkung zu holen. Mit Dr. Bertucci schien er vorhin keine Probleme zu haben. Wollen Sie nachsehen, ob Dr. Kapoor Zeit hätte, uns zu helfen? Ich passe solange auf unseren Freund hier auf.«

»Gute Idee«, erwiderte Kim. »Ich rufe in der Psychiatrie an und frage nach, ob er abkömmlich ist.«

Kaum hatte sich die Tür hinter Kim geschlossen, rügte Jess sich selbst. *Verdammt, was zum Teufel ist los mit dir? Kim wird fast durch so einen Verrückten verletzt und dich packt die Leidenschaft, nur weil du sie in den Armen hältst.* Allein der Gedanke an Kims Körper, der sich gegen sie presste, und ihren Arm an Kims Brüsten versetzte sie wieder in Aufruhr. *Ich muss das in den Griff kriegen. Das muss aufhören.*

# KAPITEL 8

Jess parkte vor der Wohnanlage ihrer Schwester. Die beiden sahen sich häufig. Üblicherweise fuhr sie die Strecke von Los Angeles nach San Diego, um ihre jüngere Schwester Sam zu sehen.

Ursprünglich hatte sie Sam erklärt, dass sie heute nicht zu deren Softballspiel kommen könnte. Jess hatte vorgehabt, übers Wochenende an einem Artikel zu arbeiten, den sie an ein Fachjournal für Notfallmedizin schicken wollte. Nach den gestrigen Ereignissen im Dienst und einer schlaflosen Nacht hatte sie ihre Meinung geändert.

Jetzt, da sie hier war, kamen ihr Zweifel. Jess rieb sich mit den Händen übers Gesicht. *Sobald sie dich ansieht, wird sie wissen, dass irgendwas im Busch ist – das weißt du.* Auch wenn vier Jahre zwischen ihnen lagen, hatten sie und Sam sich schon immer sehr nahegestanden. Daran hatte sich auch im Erwachsenenalter nichts geändert. Ihre Schwester war der einzige Mensch auf der Welt, der sie problemlos durchschauen konnte. *Kim ist das an dem Tag, als du ihr angeboten hattest, das Büro zu teilen, auch ganz gut gelungen.* Jess verzog ihr Gesicht. Kim war die letzte Person, an die sie jetzt denken wollte.

*Sams Spiel anzuschauen, ist genau das, was du jetzt brauchst. Beim Softball zuschauen und deine Sorgen vergessen.* Jess nahm ihre Reisetasche vom Beifahrersitz.

Sie schaute in den Rückspiegel. »Bereit, um dich mit Sam zu treffen?«, fragte sie ihren geduldig wartenden Passagier. Sie lachte über das laute Bellen, das ihr sofort aus dem Heck ihres Durangos entgegenkam. Sie drehte sich im Sitz und langte nach hinten, um ihre Dogge Thor zu tätscheln. »Du bist mein Bester. Dann los.«

Jess ließ Thor aus dem Auto und ging zu Sams Eingang. Sie öffnete die Tür mit ihrem Schlüssel, weil sie wusste, dass Sam wahrscheinlich immer noch schlief.

»Geh, mach's dir bequem«, sagte sie und zeigte auf das große Hundebett in der Ecke des Wohnzimmers. Nachdem Thor sich hingelegt hatte, ging sie leise den Flur hinunter, um nach Sam zu schauen.

Als sie in ihr Zimmer spähte, war sie überrascht, es leer vorzufinden. *Wo zum Teufel ist sie* – Jess warf einen Blick auf ihre Armbanduhr – *um fünf Uhr morgens? Ich hoffe, sie musste nicht zur Arbeit.* Sie war stets in Sorge wegen Sams Job. Sie seufzte. *Ich kann nichts tun, außer auf sie zu warten.*

Erschöpfung nagte an ihr. Dennoch weigerte sie sich, dem Wunsch nach Schlaf nachzugeben. Als sie es letzte Nacht endlich geschafft hatte, einzuschlafen, waren ihre Träume mit zusammenhangslosen Bildern von Kim erfüllt gewesen. Sie schüttelte heftig ihren Kopf, als ob sie die verwirrenden Gedanken und Gefühle so loswerden könnte. *Kaffee. Ich brauche einfach Kaffee.*

Jess ging in Sams Küche.

Sie hantierte gerade mit der Kaffeemaschine, als sie Thors Willkommensbellen hörte. Jess steckte ihren Kopf zur Küche raus und sah gerade noch, wie Sam unter Thors stürmischer Begrüßung gegen die Vordertür zurücktaumelte.

Thor stellte sich auf und legte seine Pfoten auf Sams Schultern.

Jess schüttelte ihren Kopf, während sie zu den beiden ging. »Hi, Sam.«

»Na, das ist doch mal eine Begrüßung.« Sam legte ihre Arme um den großen Hund und grinste sie an. »Ich hatte nicht mit euch gerechnet, sonst wäre ich hier gewesen.«

Jess sah Schwester und Hund scharf an. »Was ist aus der Nicht-hochspringen-Regel geworden? Was, wenn er das bei einem Fremden macht und jemand verletzt wird?«

Sam blickte angemessen schuldbewusst. »Thor. Runter.«

Gehorsam ließ Thor sich auf den Boden fallen.

»Tut mir leid.« Sam umarmte Jess mit einem Arm.

Jess erwiderte die Umarmung. »Ich weiß, bisher hat er noch niemanden so angesprungen, wie er es bei uns macht, aber ich will kein Risiko eingehen. Er ist einfach ein ziemlich großes Tier.«

»Nein, du hast recht. Ich verspreche, wir werden uns benehmen. Nicht wahr, Kumpel?« Sam beugte sich runter und knuddelte den Hund.

Thors Bellen klang, als stimmte er zu, und beide Schwestern mussten lachen.

Auf dem Weg zum Wohnzimmer fragte Jess: »Musstest du arbeiten?« Sam schüttelte den Kopf und grinste. »Nö.«

Jess schaute Sam genauer an und bemerkte erst jetzt ihre zerknitterte Kleidung. Ihr kurzes, dunkles Haar war genauso zerzaust. »Was hast du ...?« Jess sprach nicht weiter, als ein kleines verschmitztes Lächeln auf Sams Gesicht zu sehen war und ihre blauen Augen strahlten. Sie lachte, als der Groschen endlich fiel. »Ich dachte, du hättest gesagt, du willst dich nicht mehr mit Gina treffen, weil sie so anhänglich wird. Hast du es dir anders überlegt?«

Sam warf sich auf die Couch. »Nee. Ich habe sie seit mehr als einem Monat nicht gesehen. Sie wollte eine Vollzeitfreundin. Ich habe nicht vor, mich an eine Frau zu binden.« Sam zuckte mit den Augenbrauen und grinste. »Es gibt so viele wunderschöne Frauen da draußen und so wenig Zeit, um Spaß mit ihnen zu haben.«

Jess schubste Sam an der Schulter und warf sie um. »Du bist wie Casanova, Samantha McKenna«, sagte sie, als sie sich zu ihr auf die Couch setzte. Sam schien eine angeborene Abneigung gegen Bindung zu haben. Allein die Erwähnung des Begriffs ließ sie zusammenzucken.

Sam setzte sich auf und blickte Jess düster an. »Bin ich nicht. Wenn ich mich verstellen und diesen Frauen etwas vormachen würde, tja, dann wäre ich ein Miststück. Ich bin immer ehrlich, was meine Absichten angeht ... oder das Fehlen selbiger.«

Jess schüttelte ihren Kopf. Sam würde sich niemals ändern. Sie hatte noch nie eine ernsthafte Beziehung gehabt. *Du bist doch nicht anders,* bemerkte ihre zynischere Seite schnell. *Bin ich wohl. Ich wäre liebend gern richtig mit jemandem zusammen. Ich bin nur realistisch genug, um zu wissen, dass das nicht passiert ... Nicht einer wie mir.* Jess schob die deprimierenden Gedanken beiseite.

»Wer ist denn die neueste Eroberung?«

»Marina.« Sam rieb sich die Hände. »Stell dir vor: lange schwarze Haare wie Seide, dunkle, hypnotisierende Augen, warme braune Haut und dazu noch ein durchtrainierter Körper. Das ist Marina.« Sam wischte sich imaginären Schweiß von der Stirn. »Und wenn du sie dann erst mal aus dieser blauen Uniform geschält hast, ist sie eine extrem heiße Latina-Lady.«

»Blaue Uniform? Sie ist Polizistin?«

»Jepp, sie wurde vor ein paar Wochen hierher versetzt.«

Jess rutschte unruhig auf der Couch hin und her, als ihr ihre eigene Situation mit Kim in den Sinn kam. »Hältst du das für eine gute Idee? Gina hat wenigstens in einem anderen Bezirk gearbeitet. Was, wenn es schiefgeht?«

Sams Miene wurde ernst. »Im Leben kann einiges schieflaufen, Jess. Weißt du, ich als Polizistin sehe das jeden Tag. Ich könnte morgen zur Arbeit gehen und nie mehr nach Hause kommen.«

»Verdammt, Sam. Sag so was nicht!« Die Tatsache, dass Sam während eines Einsatzes verletzt oder sogar getötet werden könnte, war etwas, worüber Jess möglichst nicht nachdachte.

»Ist aber so. Und deshalb ist Schlussmachen so ziemlich das Letzte, worüber ich mir Gedanken mache – selbst wenn wir zusammen arbeiten.« Sam zuckte mit den Schultern. »Außerdem ist es auch etwas anderes mit ihr. Wir sind nur Freundinnen mit gewissen Vorzügen.«

Ein resignierter Seufzer entfuhr Jess' Lippen. Während Sam erklärte Junggesellin war, die gern mehrere Eisen im Feuer hatte, war Jess bisher nur mit wenigen Frauen zusammen gewesen. Auch wenn sie beide lesbisch waren, hatten sie ziemlich unterschiedliche Einstellungen zu Beziehungen und Sex. *Wahrscheinlich ist das der Grund, warum du ihr diese eine Sache noch nie erzählt hast.* Energisch schlug Jess die Tür zu diesen Erinnerungen zu.

»Ich hab nur den Eindruck, du holst dir Ärger ins Haus.« Jess konnte sehen, dass Sam sich über sie zu ärgern begann. Sie ergriff Sams Unterarm und drückte ihn fest. »Ich mach mir einfach nur Sorgen um dich.«

Sam seufzte. »Ich weiß. Keine Bange. Ich hab's im Griff.«

Das war reines Wunschdenken. Allein das öffentliche Ende zwischen ihr und Myra war Beweis genug dafür. »Aber denkst du nicht …«

»Komm schon, Jess«, schnitt Sam ihr das Wort ab. »Gib Ruhe. Marina und ich wissen beide, wie wichtig es ist, unsere persönlichen Belange privat zu halten.«

Anspannung lag im Raum.

Sam ließ sich wieder gegen die Couchkissen fallen. »Schau, es tut mir leid. Ich bin einfach müde.«

Jess hob ihre Hände und rieb sich die brennenden Augen. »Ich auch. Dein Leben gehört dir. Ich sollte nicht versuchen, dir etwas vorzuschreiben. Nicht, dass mein eigenes Privatleben ein leuchtendes Beispiel wäre.«

Einige Minuten lang sagte keine der beiden Frauen etwas.

»Hey.« Sam setzte sich plötzlich auf und starrte Jess mit fragendem Blick an. »Versteh mich nicht falsch, ich habe es gerade erst geschnallt. Was machst du eigentlich hier? Ich dachte, du musst diesen Artikel fertigkriegen.«

*Mist!* Jess hatte gehofft, dass Sam diese Kleinigkeit vergessen hätte. Sie versuchte, ganz lässig zu wirken und sich nicht anmerken zu lassen, wie wenig Lust sie hatte, über dieses Thema zu reden. »Ich habe einfach beschlossen, dass ich dein Spiel sehen will. Keine große Sache. Ich kann später an meinem Artikel arbeiten.«

Sam starrte sie einen Augenblick an und prustete dann los. »Du erwartest doch nicht wirklich, dass ich diesen Quatsch glaube, oder? Ich bin heute Morgen um kurz nach fünf nach Hause gekommen, und du bist schon da. Das heißt, dass du um drei Uhr morgens in L.A. losgefahren bist.« Sam lehnte sich zur Seite und stieß mit der Schulter gegen die von Jess. »Komm schon, Schwesterlein. Was ist wirklich los?«

Die wirren Gefühle machten ihr zu schaffen. Jess strich sich mit ihren Händen durchs Haar. *Du weißt, dass du darüber reden willst. Sonst wärst du nicht hergekommen.* »Da ist so eine Sache auf der Arbeit. Ich musste einfach weg, um abzuschalten.«

Sams Miene machte deutlich, dass sie nicht überzeugt war. »Was ist denn los bei ...?« Sams Frage wurde von einem mächtigen Gähnen unterbrochen. Sie rieb sich die Hände übers Gesicht. »Tut mir leid.«

»Ich bin auch ziemlich erledigt.« Jess gähnte. »Weißt du was? Ich war gerade dabei, Kaffee zu kochen, als du reinkamst. Warum gehst du nicht duschen? Ich mache inzwischen Kaffee und schmeiß uns ein Frühstück zusammen.«

Sam schien protestieren zu wollen, änderte dann aber wohl ihre Meinung. Sie wandte sich ab, streckte sich und stand auf. »Okay. Ich bin zu müde, um mit dir zu streiten.«

Jess versuchte, ihre Erleichterung über die Galgenfrist nicht zu zeigen, und stand ebenfalls auf. Auch wenn sie sich eingestand, Redebedarf zu haben, war sie jetzt dazu noch nicht bereit.

Sam ging den Flur hinunter und stoppte kurz vor ihrer Schlafzimmertür. Sie drehte sich wieder zu Jess und rief: »Glaub ja nicht, dass ich das vergessen werde. Wir werden diese Unterhaltung fortsetzen.«

»Ja, ja. Ich weiß.« Während sie zur Küche ging, fragte sie sich bereits, was sie Sam erzählen würde. Wenn sie sich selbst schon nicht erklären konnte, wie sehr sie auf Kim ansprang, dann einer anderen Person wohl noch viel weniger.

Sam stieg aus der Dusche. Sie hatte sich das Hirn zermartert, um herauszufinden, was mit Jess und deren Arbeit los sein könnte, das sie dazu bewog, nach San Diego zu flüchten. Jess lebte für ihren Job. Eine ungute Ahnung formierte sich, als sie nach dem Handtuch griff. *Ich frage mich, ob es die neue Ärztin ist.* Obwohl Jess manchmal – wenn auch sehr allgemein – über ihre Fälle sprach, erwähnte sie nur selten ihre Kolleginnen und Kollegen.

Das hatte sich vor zwei Wochen schlagartig geändert. Nachdem Jess das dritte Mal binnen weniger Tage die neue Psychiaterin erwähnt hatte, war Sam der Verdacht gekommen, dass irgendetwas anders war mit dieser … *Wie hieß sie noch? Ach, ja. Kim.*

In ihrem Schlafzimmer angekommen, nahm sie saubere Kleider aus dem Schrank. Sam seufzte. *Nicht, dass Jess je zulassen würde, dass irgendetwas zwischen ihnen passierte. Nicht nach dem, was diese Ziege ihr angetan hat.* Allein der Gedanke an Myra ließ Wut in Sam aufflammen. Sie hatte sie zwar nie persönlich kennengelernt, hasste sie deshalb aber nicht weniger. Seit dieser Trennung hatte Jess niemanden mehr an sich herangelassen. *Nicht, dass sie überhaupt jemals eine Frau wirklich nahe an sich herangelassen hätte.* Sam wusste, dass Jess ein großes Problem mit Vertrauen hatte. Sie hatte allerdings nie herausfinden können, warum. Jess hatte zwar jede Menge schwachsinniger Begründungen auf Lager, aber Sam hatte keine von ihnen tatsächlich geglaubt.

Vollständig angezogen ging Sam in die Küche, um rauszufinden, was mit Jess los war. *Vielleicht ist sie endlich so weit, Myra hinter sich lassen zu können. Sie braucht jemanden in ihrem Leben. Mag sein, dass sie vorgibt, die Arbeit und Thor wären ihr genug, aber das glaube ich nicht. Ich will vielleicht keine feste Partnerin, aber ich habe wenigstens Freunde, mit denen ich mich treffe und was unternehme.*

Sam blieb an der Tür stehen. Thor nahm gerade den gesamten Platz der winzigen Küche ein, während er sein Frühstück genoss.

Jess sah auf und lächelte. »Er katte keine Lust, länger auf dich zu warten.«

»Solange er nicht mein Frühstück isst.« Sam beugte sich ins Zimmer und tätschelte den einzigen Teil von Thor, an den sie herankam: seinen Hintern.

Thor warf ihr einen kurzen Blick zu und fraß dann weiter.

Jess nahm einen Teller und eine Tasse von der Arbeitsplatte. Sie lehnte sich über Thor und gab beides Sam. »Zum Glück für dich mag er weder Kaffee noch Bagels.«

Sam lachte. »Danke«, sagte sie und hielt die Sachen in ihren Händen kurz hoch.

Jess wischte den Dank mit einer Handbewegung weg. Sie nahm ihr eigenes Frühstück und schlüpfte vorsichtig an Thor vorbei.

Beide machten es sich in der kleinen Essecke neben der Küche gemütlich.

Sam nahm einen großen Schluck Kaffee. »Ah, das habe ich jetzt gebraucht.« Da sie Jess ganz genau kannte, beschloss sie, sich vorsichtig dem ursprünglichen Gesprächsthema zu nähern. Jess dazu zu bringen, sich zu öffnen, war gelegentlich wie Zähne ziehen. In dieser Hinsicht waren sie sich sehr ähnlich. Als sie ihre Tasse abstellte, fragte sie: »Also, was ist los auf der Arbeit? Machen die neuen Assistenzärzte Schwierigkeiten?«

Jess nippte an ihrem Kaffee. »Mit einer der Neuen hatte ich etwas Ärger, aber ich glaube, sie kriegt das jetzt hin. Sie tragen nun mehr Verantwortung als zuvor, und diese Umstellung kann einem einiges abverlangen.«

*Okay, die Assistenzärzte sind es also nicht.* Sam wusste, dass die Kollegen in Ausbildung Jess in den ersten paar Monaten häufig

Kopfschmerzen bereiteten. Sie knabberte an ihrem Bagel. Als keine weiteren Kommentare von Jess kamen, versuchte sie es noch einmal. »Dann also Stress mit der Verwaltung, hm?«

Mit vollem Mund schüttelte Jess ihren Kopf.

Zur Leitung der Notaufnahme gehörte weit mehr, als die Leute sich vorstellten. Sam war schwer beeindruckt gewesen, als Jess anlässlich ihres neuen Führungspostens erklärt hatte, was neben der Koordination der Facharztausbildung noch alles zu ihrem Aufgabenbereich gehörte. *Okay, einige gängige Probleme fallen damit schon mal weg.* Sie konnte sich nicht vorstellen, dass die dienstüblichen Auseinandersetzungen Jess überhaupt störten. Sam stellte ihren Kaffee ab und wandte ihre gesamte Aufmerksamkeit Jess zu. Sie wollte ihre Reaktion sehen. »Wie läuft es denn mit der neuen Psychiaterin? Kim, nicht wahr? Macht sie dir das Leben schwer?«

Jess verschluckte sich an dem Kaffee, den sie gerade getrunken hatte. *Ding, ding, ding. Wir haben einen Gewinner.* »Alles okay?«

Als sie sich von ihrem Hustenanfall erholt hatte, schob Jess ihren Stuhl zurück und stand auf. »Jepp. Ich sollte mal nach Thor sehen.«

In dem Moment steckte Thor seinen Kopf aus der Küche.

»Siehst du, ihm geht's bestens«, sagte Sam. »Komm schon, Jess. Rede mit mir. Sag mir, was es mit dieser Frau auf sich hat.«

Jess zuckte die Achseln, ihren Blick fest auf den Tisch gerichtet. »Da gibt es nichts zu sagen. Kim hat ihre Arbeit in der Notaufnahme gut gemacht. Ihr Dienst ist erst mal durch und sie ist wieder auf der Psychiatrischen.« Sie sammelte das Geschirr ein.

Sam stand auf, nahm Jess die Teller und Tassen aus den Händen und stellte sie zurück auf den Tisch. »Lass das stehen.« Sie wartete, bis Jess sie ansah. »Du weißt, dass ich keine Ruhe geben werde. Also kannst du es mir ruhig erzählen.«

»Wie soll ich dir etwas klar machen, das ich selbst nicht verstehe?«, gab Jess zurück.

Als sie den Aufruhr in Jess' Augen sah, legte Sam einen Arm um Jess' Schultern und drückte sie. »Vielleicht können wir es zusammen rausfinden, Schwesterlein.« Sie schob Jess in Richtung Wohnzimmer. »Ich hole uns noch mehr Kaffee. Und dann reden wir.«

Jess ließ sich unelegant auf die Couch fallen. Ihre Gedanken überschlugen sich, während sie überlegte, was sie Sam jetzt berichten sollte.

Thor ließ sich vor der Couch nieder. Er sah auf und blickte Jess in die Augen, als könnte er ihr Gefühlschaos spüren. Er legte seinen Kopf auf ihren Oberschenkel und leckte ihre Hand, spendete auf seine Weise Trost.

Liebevoll strich Jess über den Kopf des großen Hunds. Die Ruhe und Zufriedenheit, die sie stets bei dieser einfachen Geste empfand, durchströmte sie auch jetzt.

Sie blickte auf, als Sam zwei Tassen auf dem Couchtisch abstellte.

Sam plumpste neben Jess auf die Couch. Sie streckte die Hand aus, um Thors Nacken zu kraulen. »Erzähl mir von Kim«, bat Sam leise.

Jess' Schultern sackten zusammen. *Ich habe mich noch nie stark zu jemandem hingezogen gefühlt. Sie ist eine Kollegin und tabu. Ende der Geschichte.* Frustriert atmete sie laut aus. »Ich …«

»Versuch's erst gar nicht«, sagte Sam, als könnte sie Jess' Gedanken lesen.

Jess schaute Sam finster an. Sie kannte sie zu gut.

»Nicht denken, nicht analysieren. Mach deine Augen zu und sprich einfach über sie.«

Jess lehnte sich zurück und schloss die Augen. Kim tauchte vor ihrem inneren Auge auf. Ohne darüber nachzudenken, begann sie zu reden. »Sie ist wunderschön. Groß, mit graziler Figur, schulterlangen, blonden Locken und warmen blauen Augen. Gleich das erste Mal, als ich sie getroffen habe, war ich von ihr hin und weg. Dann fing sie in der Notaufnahme an und ich merkte schnell, dass ihre Schönheit viel tiefer geht. Sie ist nicht nur intelligent, sondern auch menschlich einfach toll. Warm, fürsorglich und voller Mitgefühl für Patienten und Angehörige, und das ist nicht alles. Sie kommt wunderbar mit den Assistenzärzten und der Belegschaft zurecht. Und sie ist eine großartige Lehrerin. Noch nie hat es mir so viel Spaß gemacht, mit jemandem zusammenzuarbeiten.« Jess seufzte. »Allein ihre Anwesenheit im gleichen Raum tut mir gut.«

Jess verstummte, als sie die vielen Einrücke Revue passieren ließ, die sie von Kim in den letzten zwei Wochen gewonnen hatte. Kim lachend.

Kim ernsthaft. Kim, wie sie zärtlich ein kleines Mädchen in ihren Armen wiegte.

*Kein Wunder, dass sie in meine Träume eindringt. Ich kann mich nicht daran erinnern, so etwas jemals mit Myra erlebt zu haben.* Eine unerwartete Sehnsucht überkam sie. Jess riss die Augen auf.

Sam starrte sie fassungslos an. »O mein Gott, Jess. Das klingt so wunderbar. Warum hast du sie noch nicht gefragt, ob sie mit dir ausgehen will?« Sams Gesicht wurde plötzlich zur Grimasse. »Oh, verdammt. Sie ist doch nicht hetero, oder?«

Jess schüttelte ihren Kopf. »Du weißt, warum ich sie nicht um ein Date bitten kann.«

»Sie ist also lesbisch?«

»Okay, gut. Ja, sie ist lesbisch. Ich kann sie trotzdem nicht fragen.« *Egal, wie sehr du das auch willst.*

»Ja. Klar. Ich weiß. Sie ist eine Kollegin. Na und? Ich verstehe, dass du nicht mit einer Frau ausgehen willst, die dir unterstellt ist. Aber das tut sie nicht. Sie ist eine Psychiaterin, die manchmal von der Notaufnahme konsultiert wird.« Sam strich sich mit ihren Händen durchs Haar. »Verdammt, Jess. Nicht jede Frau ist wie dieses Monster Myra.«

»Lass gut sein, Sam.« Jess biss die Zähne zusammen. »Du weißt gar nichts über Myra. Es war nicht ihre Schuld, dass es nicht funktioniert hat.«

»Aber nur, weil du sie mir nie vorgestellt hast«, sagte Sam in gekränktem Ton. »Ich weiß, was du mir erzählt hast. Dass sie dich mitten in deiner eigenen Notaufnahme bloßgestellt hat. Und es ist mir egal, wer Schuld hatte. Das ist keine Entschuldigung für ihr Verhalten. Aber Herrgott noch mal, Jess, das ist fast zwei Jahre her! Du kannst dich doch nur wegen dieser einen Frau nicht vor allem verschließen.«

Jess verschränkte die Arme über ihrer Brust und blickte Sam missmutig an. »Tu ich nicht.« *Sie ist so eine Nervensäge.* Trotz des Genörgels wusste Jess, dass Sam die Wahrheit sagte. »Ich möchte mit jemandem ausgehen ... nur nicht gerade mit einer, mit der ich zusammenarbeite.«

»Okay.« Sam starrte Jess für einen Moment an, dann erschien ein kleines, freches Schmunzeln in ihrem Gesicht. »Nur eines ...«

*O Scheiße.* Jess machte sich auf etwas gefasst. Sie kannte diesen Blick, und der bedeutete regelmäßig Ärger für jeden, den er traf. »Was?«, fragte Jess, außerstande ihre Nervosität zu verbergen.

Jetzt hatte Sam ein breites Grinsen im Gesicht. »Wo willst du eine Frau treffen, wenn nicht während der Arbeit?«

Jess durchforstete ihr Hirn und musste schnell die Waffen strecken, was Sam wohl geahnt hatte. Ihr war nicht klar gewesen, wie sehr sie sich von anderen Menschen während der letzten zwei Jahre abgeschottet hatte. Überstunden waren in der Notaufnahme an der Tagesordnung. Ihr bisschen Freizeit hatte sie meistens bei Sam in San Diego verbracht. Ansonsten kümmerte sie sich um Thor oder arbeitete zu Hause, bereitete Referate für die Assistenzärzte vor und erledigte Verwaltungsangelegenheiten. Sie konnte sich nicht daran erinnern, wann sie zuletzt mit jemand anderem als Sam ins Kino oder zum Essen ausgegangen war.

»Nun?«, fragte Sam mit einem zufriedenen Grinsen.

Jess wechselte in den Verteidigungsmodus. »Möchtest du vielleicht andeuten, dass dir meine Gesellschaft zu viel wird?«

Sam versteifte sich und durchbohrte Jess mit einem verärgerten Blick. »Versuch ja nicht, das jetzt auf mich zu schieben! Du weißt ganz genau, dass dem nicht so ist.«

Jess' Schultern sanken nach vorn. »Ich weiß. Tut mir leid.« Ihr Vorwurf war lächerlich gewesen. Sie wusste, dass Sam sich einfach nur Sorgen um sie machte.

Die Anspannung verschwand aus Sams Gesicht und sie lächelte. »Schau, wenn du Bedenken hast, musst du ja nicht in aller Form um ein richtiges Date bitten. Versuch es doch ganz zwanglos mit einem Mittagessen in der Cafeteria oder ... Wie heißt noch der Laden auf der anderen Straßenseite?«

»Charlie's.«

»Ja. Lade sie zu Charlie's ein. Einfach ein nettes Abendessen unter Kolleginnen. Lern sie ein bisschen näher kennen.«

Jess schüttelte den Kopf. »Das würde die Gerüchteküche zum Brodeln bringen. Ich gehe sonst nie mit jemandem essen.«

»Scheiß drauf. Vielleicht ist es an der Zeit, dass du damit anfängst. Du verdienst es, ein Leben zu haben.«

»Sam«, sagte Jess in tadelndem Ton.

»Komm schon, Jess. Was kümmern dich diese Leute, die offenbar weiter nichts zu tun haben? Die werden sowieso tratschen, egal was du tust.«

»Schon klar. Ich will nur nicht, dass mein Privatleben auf der Arbeit durchgehechelt wird.« Nicht noch mehr als ohnehin schon. *Zum Teufel, Plappermaul Cindy redet immer noch über einen Vorfall, der fast zwei Jahre zurückliegt.*

Sams Frust über die Ausweglosigkeit der ganzen Sache war unübersehbar. Sie griff nach ihrem Kaffee und trank einen Schluck. »Wie wär's, wenn du sie fragst, nach Feierabend irgendwas mit dir zu unternehmen? Es muss ja kein Date sein. Frag sie, ob sie mit dir joggen geht oder dich ins Kino begleitet, getrennte Kasse. Auch wenn du keine weiteren Absichten hast, wäre es nicht nett, eine Freundin zu haben?«

*Das ist das eigentliche Problem. Ich will viel mehr als Freundschaft. Aber ich weiß, dass ich einer Frau wie Kim als Partnerin nie gerecht werden könnte. Verdammt, sie ist Psychiaterin. Sie wird schreiend weglaufen und zwar schneller als Myra, wenn sie die Wahrheit über mich herausfindet.*

»Jess?«

Jess schüttelte die beunruhigenden Gedanken ab. »Ich weiß nicht, Sam.«

Sams Miene wurde beschwörend. »Ich habe dich noch nie so viel über jemanden reden hören wie über Kim in den letzten zwei Wochen«, sagte sie. »Und wie du sie beschrieben hast ... Wow. Das muss doch etwas heißen. Du hast selbst gesagt, dass du dich gut fühlst, wenn du auch nur mit ihr im gleichen Raum bist. Willst du das einfach so aufgeben, ohne wenigstens mal zu schauen, was daraus werden könnte?«

Angst und Sehnsucht rangen in Jess miteinander.

»Denk einfach mal drüber nach, mehr will ich gar nicht«, sagte Sam.

Jess schaute rüber und begegnete Sams ernstem Blick. »Vielleicht hast du recht. Ich denke drüber nach. Versprochen.« Tief in ihrem Herzen wusste Jess bereits, was sie wollte. Sie hatte es die ganze Zeit gewusst, musste sie zugeben. Es hatte einfach nur geholfen, dass Sam das Gleiche sagte. Jetzt musste sie nur noch ihren Kopf von der Idee überzeugen.

Thor, der vor Jess' Füßen eingeschlafen war, wählte diesen Moment, um aufzuwachen. Er stand auf, schüttelte sich und machte sich direkt auf den Weg zur Vordertur der Wohnung. Er warf ihr einen Blick über die Schulter zu.

Jess lachte. »Die Pflicht ruft«, sagte sie beim Aufstehen. »Habe ich vor deinem Spiel noch Zeit für eine Dusche, nachdem ich mit ihm draußen war?«

Sam warf einen Blick auf ihre Armbanduhr. »Jede Menge Zeit. Warum gehst du nicht jetzt duschen? Ich gehe mit ihm raus.«

»Danke, Sam.«

»Jederzeit«, erwiderte Sam.

Jess schaute den beiden auf dem Weg nach draußen nach, dann drehte sie sich um und ging zum Badezimmer. Sie fühlte sich unbeschwerter als bei ihrer Ankunft. Zum ersten Mal seit langer Zeit gestattete sie sich ein wenig Hoffnung für ihre Zukunft.

# KAPITEL 9

KIM LÄCHELTE DARLENE, PHILIPS SEKRETÄRIN, dankbar an, als sie sie zum hinteren Büro durchwinkte. Sie hatte Philip um einen Termin gebeten, um mit ihm die Situation in der Notaufnahme zu besprechen. Nach ihrem zweiwöchigen Dienst auf dieser Station wusste Kim genau, worin die Hauptursache für die Probleme zwischen Psychiatrie und Notaufnahme lag. *Philip wird nicht erfreut sein.*

Philip lächelte freundlich, als sie an seinen Schreibtisch herantrat. »Hallo, Kim. Setz dich. Wie lief es in der Notaufnahme? Waren die Leute nett zu dir?«

Kim machte es sich auf einem der Stühle vor seinem Schreibtisch bequem. »Ganz gut, würde ich sagen. Die Belegschaft war sehr nett und hilfsbereit.«

Philip schien überrascht. »Nun, dann ging das wohl nur dir so. Von den anderen Mitarbeitern der Psychiatrie habe ich nichts als Klagen gehört.«

*Ich wette, Chris Roberts beklagt sich am meisten.* Kim beschloss, das für sich zu behalten. »Die Beschwerden sind gerechtfertigt.«

»Ah, also, das lässt alles in einem anderen Licht erscheinen«, sagte Philip, eindeutig erleichtert. »Ich wusste, dass es nicht ausschließlich an unseren Leuten liegt.«

Kim schüttelte ihren Kopf. »Du hast mich nicht ausreden lassen. Die Beschwerden über die Psychiatrie sind vollkommen gerechtfertigt. Die über die Notaufnahme sind es nicht.«

»Es kann doch nicht nur unsere Schuld sein«, sagte Philip in abwehrendem Ton. »Ich weiß definitiv, dass die Assistenzärzte aus den nichtigsten Anlässen nach einer Konsultation verlangen. Das sollte von der Belegschaft in der Notaufnahme besser überwacht werden.«

»Du hast recht, das sollte es vermutlich«, sagte Kim. *Geh vorsichtig zu Werke.* Auch wenn Philip sie gebeten hatte, herauszufinden, woher die Unstimmigkeiten zwischen Psychiatrie und Notaufnahme kamen, war er der Leiter der Abteilung, die sie kritisierte. »Wann hast du das letzte Mal Dienst in der Notaufnahme gehabt?« Kim wusste, dass Philip als Führungskraft davon befreit war, aber als Mitarbeiter der Psychiatrie wäre es sehr wohl seine Aufgabe gewesen.

Dieser vermeintliche Themenwechsel schien Philip zu verwirren. »Noch nie. Ich war immer Stationschef.«

»Tja, solange du es nicht miterlebt hast, wirst du kaum glauben, wie viele Patienten während einer einzigen Schicht die Notaufnahme frequentieren.« Obwohl sie schon auf anderen Notfallstationen gearbeitet hatte, war Kim erstaunt über die Menge der Patienten, die hier jeden Tag behandelt wurden. »Deshalb wundert es mich nicht, dass einige der Konsultationsanfragen der Assistenzärzte nicht zuvor mit einem Oberarzt abgestimmt wurden. Aber unangemessene Konsultationen gehen teilweise auch auf das Konto der Psychiatrie.«

»Wie kommst du darauf?«, fragte Philip. Er wirkte schockiert.

»Weil die Psychiatrie die Assistenzärzte nicht ausreichend mit Seminaren für die richtige Bewertung von Patienten schult. Deshalb wissen sie nicht, wie man korrekt entscheidet, wann die Psychiatrie einschreiten muss.«

»Nein«, sagte Philip und schüttelte heftig seinen Kopf. »Das kannst du der Psychiatrie nicht anlasten. Sie sind Assistenzärzte der Notaufnahme. Es ist ihre Aufgabe, nicht unsere.«

Kim beugte sich vor, näher an Philips Schreibtisch. »Doch, das ist es. Das hier ist ein Lehrkrankenhaus. Nur weil es hier keine psychiatrische Fachausbildung gibt, heißt das nicht, dass unsere Leute den Assistenzärzten die interdisziplinäre Lehrunterstützung verwehren dürfen. Ganz besonders, wenn die Abteilungen miteinander zu tun haben.« Kim umklammerte die Vorderseite von Philips Schreibtisch. »Du hast mich wegen der Mitarbeiterkonflikte als Verbindungsperson zwischen Psychiatrie und Notaufnahme eingestellt. Ich dachte, du wolltest, dass ich herausfinde, woher die Schwierigkeiten kommen, und versuche, sie zu bereinigen. Also informiere ich dich jetzt. Dies hier ist eines der Probleme.«

Philips Schultern sanken herab. »Ich kann die Leute nicht dazu zwingen, Vorträge zu halten.« Er stoppte sie, als sie ihn unterbrechen wollte. »Oh, ich weiß. Ich könnte die Mitarbeiter anweisen, Vorlesungen zu halten, aber ich kann sie nicht dazu zwingen, Assistenzärzte zu unterrichten. Und du weißt genauso gut wie ich, dass das eine ohne das andere sinnlos ist. Einfach einen Vortrag aus dem Lehrplan wortgetreu wiederzugeben, lehrt sie gar nichts.«

»Okay.« Kim seufzte frustriert. »Es gefällt mir nicht, aber ich sehe es ein.« Sie lehnte sich auf ihrem Stuhl zurück. »Nur, dass du es weißt: Ich habe mich bereit erklärt, für die Assistenzärzte eine erweiterte Vortragsreihe zu halten. Die ersten Lesungen sind für die Neuzugänge im ersten Jahr. Ich habe auch zugesagt, eine Vortragsreihe für Fortgeschrittene zu geben. Dafür brauche ich Arbeitszeit jenseits meiner Aufgaben in der Psychiatrie, wenn ich der Notaufnahme nicht zugeteilt bin.«

»Das geht in Ordnung«, sagte Philip. »Ich bin sicher, dass sich dadurch die Beziehung zwischen den beiden Abteilungen verbessern wird. Ich schau mal, ob ich auch Zeit finde, ein paar Vorlesungen einzuschieben.« Ein kleines Lächeln zeigte sich auf Philips Gesicht. »Vielleicht hilft es, unnötige Beratungsanfragen zu reduzieren und den Rest der Belegschaft zu motivieren, sich mehr einzubringen.«

Kim lächelte. »Es ist sicher einen Versuch wert.«

»Du hast recht, weißt du?«, sagte Philip und schaute etwas verlegen. »Das hier ist ein Lehrkrankenhaus. Der Ausbildungsleiter für Allgemeinmedizin hat mich vor einer Weile angesprochen. Er wollte auch, dass die Psychiatrie den Auszubildenden ein gewisses Grundwissen vermittelt. Ich habe abgelehnt, aber ich glaube, es ist an der Zeit, diese Entscheidung zu überdenken.« Philip lehnte sich zurück und verschränkte die Arme über seiner Brust. Sein Lächeln nahm dieser Haltung etwas von ihrer abwehrenden Ausstrahlung. »Okay. Was hast du noch entdeckt?«

»Die Sache mit dem Unterrichten ist ein großes Problem. Die Vorträge sind nur ein kleiner Teil davon. Ich war mehr als überrascht, wie schockiert die Assistenzärzte waren, als ich ihnen anbot, die Patienten gemeinsam mit mir zu behandeln.«

»Komm schon, Kim. Du kannst unseren Mitarbeitern dafür keine Schuld geben. Nachher verbringen sie den ganzen Tag in der Notaufnahme, weil sie den Assistenzärzten das Händchen halten sollen. Du weißt, es ist einfacher und schneller, den Fall selbst abzuarbeiten.«

»Gut.« Kim zuckte mit den Schultern. »Dann sollten sie sich aber nicht beschweren, wenn die Assistenzärzte bei jeder Kleinigkeit Beratungsbedarf haben. Wie sollen sie wissen, was notwendig ist und was nicht, wenn die Belegschaft der Psychiatrie nicht bereit ist, es ihnen beizubringen?«

Philip kicherte und schüttelte den Kopf. »Du bist unerbittlich.«

»Deshalb hast du mich eingestellt«, gab Kim zurück.

Philip lachte. »Okay, ich gebe auf«, sagte er mit beschwichtigender Geste. »Ich werde bei der nächsten Mitarbeiterbesprechung mit allen darüber reden.« Philip warf Kim einen prüfenden Blick zu. »Ist das alles?«

*Übertreib es nicht. Du hast einiges erreicht.* Kim lächelte. »Im Augenblick schon.«

Philips Antwort war ein dramatischer Seufzer, mit dem er Kim zum Lachen brachte.

»Hey, Fremde, willkommen zurück«, hörte Kim, als sie ihre Bürotür öffnete. Gerade hatte sie ihr Gespräch mit Philip hinter sich gebracht. Mit einem freundlichen Lächeln begrüßte sie Brenda. *Ah, genau die Frau, mit der ich jetzt reden will.* Brenda war die Fachkrankenschwester, die sie diese Woche begleiten würde.

»Ich habe Sie in den letzten zwei Wochen ja nicht mal von hinten gesehen. Ich hatte schon gedacht, dass die Notaufnahme Sie gefangen hält.«

Kim winkte Brenda lachend in ihr Büro. »Kommen Sie rein.«

»Ernsthaft, wie war der Dienst bei der Notfalltruppe?«, fragte Brenda, als sie sich auf der Ledercouch in Kims Büro niederließ.

»Wirklich gut«, sagte Kim. Sie setzte sich zu Brenda auf die Couch. »Die Mitarbeiter waren nett und aufmerksam. Besonders die Arbeit mit den Assistenzärzten hat Spaß gemacht.«

Die dunklen Augen weit aufgerissen, lehnte Brenda sich zu ihr herüber und fühlte Kims Stirn. »Nein, kein Fieber. Das ist offenbar nicht der Grund für Ihre Wahnvorstellungen.« Ihre Skepsis war unübersehbar. »Meinen wir die gleichen Mitarbeiter der Notaufnahme, über die sich alle anderen Psychiater pausenlos beschweren?«

»Ich spreche nicht für den Rest der Belegschaft. Aber ich fand die Arbeit in der Notaufnahme durchaus interessant und herausfordernd. Mir hat es dort gefallen und ich freue mich darauf, wieder hinzugehen.«

»Da wären Sie die Erste. Dr. McKenna hat den Ruf, ziemlich schonungslos mit unseren Mitarbeitern umzugehen.« Brenda war eindeutig misstrauisch. »Sie hat Ihnen das Leben nicht schwer gemacht?«

»Nein. Jess und ich haben sehr gut zusammengearbeitet.« Kim lächelte, als sie sich an den Abend erinnerte, an dem sie sich gemeinsam mit Jess um das kleine Mädchen Tara gekümmert hatte.

Ihre Augenbrauen schnellten in die Höhe. »Jess«, wiederholte Brenda ungläubig.

*Mist!* Sofort wurde Kim klar, dass sie einen Fehler gemacht hatte. *Niemand nennt Jess beim Vornamen.* »Wie auch immer, genug davon jetzt«, sagte Kim. »Was gibt es Neues von Ihrer Gruppe? Ich bin diese Woche für die Gruppensitzungen zuständig.«

»Moment noch«, sagte Brenda, die das Thema noch nicht fallen lassen wollte. »Vorher sollten Sie ein paar Dinge wissen.«

»Worüber?« Die Richtung, die diese Unterhaltung einzuschlagen schien, gefiel Kim überhaupt nicht.

»Ich hätte Sie wegen Dr. McKenna warnen sollen.« Brenda seufzte. »Verstehen Sie mich nicht falsch. Sie ist großartig. Aber ich habe selten eine emotional so kontrollierte Frau getroffen. Und nach allem, was ich gehört habe ...«

»Stopp«, sagte Kim und gestattete sich einen empörten Tonfall. »Ich will kein einziges weiteres Wort hören, sofern es nicht um berufliche Angelegenheiten hinsichtlich Dr. McKenna geht.«

Brendas Miene wurde stur. »Sie müssen das aber wissen.«

»Falls es um Dr. McKennas Privatleben geht, muss ich gar nichts wissen.« Es war schon schwierig genug, auf einem Präsentierteller zu arbeiten, wie Jess selbst es genannt hatte. Sicher, Gerüchte waren unvermeidlich. Und manchmal nutzte Kim diese auch zu ihrem Vorteil, indem sie zum Beispiel Chris gegenüber erwähnte, dass sie lesbisch war, wohl wissend, dass er es allen brühwarm berichten würde. Aber wenn hinter dem Rücken einer Kollegin oder eines Kollegen geredet wurde, hatte Kim etwas dagegen. »Sie wissen, wie ich über dieses Getratsche denke.«

»Ja, und an sich stimme ich Ihnen ja zu, aber das hier ist was anderes. Es ist wichtig, dass Sie wissen ...«

»Nein«, sagte Kim bestimmt und schnitt ihr das Wort ab. »Sie haben keine Ahnung, ob auch nur irgendetwas davon der Wahrheit entspricht, oder?«

Brenda wollte protestieren. Kims Miene brachte sie davon ab. »Nein«, gab sie schließlich zu.

»Genau. Es sind nur Gerüchte. Daran bin ich nicht interessiert.«

»Ich möchte nicht, dass Sie verletzt werden«, sagte Brenda. Gefühle glitzerten in ihren Augen. »Ich sorge mich um Sie.«

*Du weißt, sie meint es nicht böse. Sie behütet alle Mitarbeiter.* Kim hatte Brenda schon ganz am Anfang erzählt, dass sie lesbisch war, und Brenda hatte es für sich behalten. Sie war kein Plappermaul. Mit einem weicheren Ausdruck im Gesicht lächelte Kim sie an. Sie drückte kurz Brendas Unterarm. »Ich schätze Ihre Anteilnahme. Aber Sie müssen sich keine Sorgen machen. Dr. McKenna und ich sind Kolleginnen, mehr nicht.« *Und selbst wenn wir mehr als das wären, will ich trotzdem nichts darüber hören. Irgendwann wird Jess mir alles erzählen, was ich wissen sollte.* »Ich habe es sehr genossen, mit ihr zu arbeiten, genau wie mit dem ganzen Team der Notaufnahme.«

Brenda musterte Kim, offensichtlich auf der Suche nach irgendwelchen Anzeichen, dass sie nicht aufrichtig war.

Kim hielt Brendas Blick stand und versuchte, sie mit neutraler Miene anzuschauen. *Das ist die Wahrheit. Egal, wie sehr du dir auch wünschst, es wäre anders.*

Brenda gab mit einem resignierenden Seufzer nach. »Okay. Ich habe diesen Monat die Gruppe der jungen Erwachsenen, die unter situationsbedingter Depression leiden.«

Kim zwang sich, nicht mehr an Jess zu denken und sich den anstehenden Aufgaben zu widmen, während Brenda sie weiter auf den aktuellen Stand der einzelnen Patienten in ihrer Gruppe brachte.

# KAPITEL 10

Jess warf einen Blick auf ihre Armbanduhr. Sie war überrascht, dass Terrell immer noch am Arbeitsbereich der Schwestern auf Dr. Kapoor wartete. Er war vor mehr als einer Stunde angepiepst worden. Auch wenn er nicht so prompt kam, wie sie es sich wünschte, tauchte er normalerweise schneller auf als die meisten anderen Psychiater. Automatisch kam ihr ein Gedanke in den Sinn: *Kim wäre bereits hier gewesen.*

»Piepsen Sie Dr. Kapoor noch einmal an«, sagte Jess, als sie an den wartenden Assistenzarzt herantrat. Sie seufzte innerlich. In der letzten Woche mit Dr. Kapoor war ihr klar geworden, wie schnell sie sich auf Kims ständige Anwesenheit in der Notaufnahme verlassen hatte. Dr. Kapoor blieb nie länger in der Abteilung als nötig, was an geschäftigen Tagen dazu führte, dass er wiederholt zurückgerufen werden musste.

»Er ist beim Patienten«, sagte Terrell mit unzufriedenem Gesichtsausdruck.

Bei der Behandlung von Patienten war Dr. Kapoor gut, aber er hatte keine Ambitionen, die Assistenzärzte zu unterrichten. Obwohl sie vermutete, wie die Antwort ausfallen würde, fragte Jess dennoch: »Warum sind Sie nicht mit ihm gegangen?«

»Er hat mich nicht gelassen. Hat mir gesagt, das würde den Patienten zu sehr ablenken.« Terrell schnitt eine Grimasse. »Dr. Donovan hat mich zuschauen lassen und ich durfte sogar bei der Diagnosestellung helfen«, murmelte er gerade laut genug, dass Jess es hören konnte.

Jess verstand die Frustration des jungen Arztes. Jetzt, da hier jeder wusste, wie viel besser alles mit Kim in der Notaufnahme laufen konnte, wirkten die Reibereien mit der Psychiatrie schlimmer als je zuvor. Die ganze Woche hatten sich Leute bei ihr Luft gemacht.

»Nun, hoffentlich wird Dr. Donovan in ein paar Wochen wieder bei uns sein«, sagte Jess. Ein befremdliches, aber nicht unangenehmes Gefühl jagte über ihren Rücken.

Terrells Aufmerksamkeit richtete sich auf etwas hinter Jess. Ein strahlendes Lächeln erhellte sein Gesicht. »Hey, Dr. Donovan. Wann kommen Sie wieder in die Notaufnahme?«

»Ich habe den Plan für nächsten Monat noch nicht gesehen. Ich kann es also noch nicht genau sagen.«

Jess unterdrückte das breite Lächeln, das sich beim Klang von Kims Stimme wie von selbst auf ihrem Gesicht breit machen wollte. Während sie sich eingestehen konnte, Kim beruflich zu schätzen, war Jess nicht darauf vorbereitet gewesen, dass sie Kim auch persönlich vermissen würde. Sie drehte sich zu ihr um. »Dr. Donovan«, sagte sie mit einem kurzen Nicken und einem verhaltenen Lächeln.

Jess hatte erwartet, dass Kim ihre Vortragsreihe erst bei ihrem nächsten Einsatz in der Notaufnahme fortsetzen würde. Mit zunehmender Selbstverständlichkeit überraschte Kim sie. Am Montagmorgen war Jess voll und ganz darauf eingestellt gewesen, einen Ersatzvortrag halten zu müssen. Als sie am Konferenzraum ankam, war Kim dort bereits mit einigen der Assistenzärzte im Gespräch gewesen. Kim hatte deutlich zum Ausdruck gebracht, dass sie die Vorträge, wie versprochen, weiter halten würde, auch wenn sie nicht der Notaufnahme zugeteilt war.

»Guten Tag, Dr. McKenna, kann ich kurz mit Ihnen sprechen?«, fragte Kim.

*Das ist deine Chance. Frag sie!* Sam hatte mehrmals angerufen, um herauszufinden, ob sie sich endlich mit Kim verabredet hatte, joggen zu gehen oder einen Film anzuschauen. Die ganze Woche hatte Jess sich mit dem Entschluss herumgeärgert. Ihr Gehirn bestand darauf, ihr alles aufzuzeigen, was schiefgehen konnte, aber die eine Sache, die Sam gesagt hatte, blieb ihr in Erinnerung. Jeder, egal wie eigenständig, kann einen Freund gebrauchen. Jess war der Einsamkeit überdrüssig. Es war Zeit, etwas zu riskieren.

»Sicher. Gehen wir in mein Büro.« Jess bedeutete Kim, ihr zu folgen. Dies war ihre Gelegenheit für eine private Unterredung.

Jess hatte die Worte kaum ausgesprochen, als die Türen der Ambulanz aufklappten und ein Mann hereingetorkelt kam. Seine Brust und die Arme waren mit Blut bedeckt.

Jess schrie nach einer Rolltrage und einem Kittel. Mit einem schnellen, entschuldigenden Blick rannte sie zum Patienten.

Kim nickte einigen Mitarbeitern auf dem Weg zu Jess' Büro zu. Sie hatte ihren Vortrag beendet und hoffte, dass sie die vorhin unterbrochene Unterhaltung mit Jess nun fortsetzen konnte. Die Erinnerung daran, wie unwohl Jess sich gefühlt hatte, als sie das letzte Mal in ihrem Büro gewesen war, ließ sie zögern. *Das hier ist etwas anderes. Es ist dienstlich.* Sie klopfte an Jess' Tür.

Nach einigen Augenblicken hörte Kim Jess' markante Stimme. »Kommen Sie rein.«

Sie öffnete die Bürotür und sah Jess am Schreibtisch telefonieren.

»Oh, Entschuldigung. Ich habe mich nur gefragt, ob Sie ein paar Minuten Zeit hätten, aber ich sehe, Sie sind beschäftigt.«

»Kein Problem. Setzen Sie sich.« Jess zeigte zur schmalen Couch an der hinteren Wand. »Ich bin gleich bei Ihnen«, sagte sie, bevor sie sich wieder dem Anrufer zuwandte.

Kim setzte sich auf die Couch. Das Zimmer war sehr klein. Sie kam nicht umhin, die Unterhaltung mitzuhören.

»Entschuldigen Sie die Unterbrechung«, sagte Jess. »Jedenfalls kann ich ihn heute Abend nicht abholen. Es wäre wunderbar, wenn Sie ihm sein Abendessen geben und ihn über Nacht dabehalten könnten. Ich hole ihn gleich morgen früh ab ...« Ein liebevolles Lächeln erschien auf Jess' Gesicht. »Okay. Drücken Sie meinen Jungen einmal ganz fest von mir ... Danke. Wiederhören.«

*Ihr Junge? Jess hat einen Sohn!* Diese Entdeckung verblüffte sie. Kim wurde wieder daran erinnert, dass sie so gut wie gar nichts Privates über Jess wusste.

Zu Beginn ihrer Bekanntschaft und Zusammenarbeit hatte sie sich gefragt, ob Jess nicht vielleicht auch einsam war. Für sie war das Alleinsein neu und sie dachte, in dieser Hinsicht hätten sie etwas gemeinsam. *Na, da haben deine Gefühle wohl dein Urteilsvermögen beeinträchtigt.* Obwohl sie in den Wochen, seit sie hier war, bereits viele Leute am L.A. Metro kennengelernt hatte, hatte Kim niemanden an sich persönlich herangelassen.

Normalerweise schloss sie in einem neuen Krankenhaus schnell Freundschaften, dieses Mal jedoch nicht. Ihr Erlebnis am Memorial beeinträchtigte sie immer noch.

»Kim?«

Kim riss sich aus ihren missmutigen Gedanken. »Entschuldigung, ich habe über einen früheren Fall nachgedacht«, log sie.

»Entschuldigen Sie, dass Sie warten mussten. Ich arbeite eine Doppelschicht, deshalb musste ich in der Tagespflege anrufen, um Bescheid zu sagen, dass ich Thor erst morgen abholen kann.«

»Thor?«, platzte Kim heraus, bevor sie sich bremsen konnte. *Was ist das denn für ein Name für ein Kind?* Sie hatte nicht gedacht, dass Jess der Typ war, der seinen Kindern seltsame Namen gab. *Vielleicht hat ihre Partnerin den Namen ausgesucht?* Kim schaute zu Jess auf, die sich sehr unwohl zu fühlen schien. *Bravo, Dummkopf. Sie erzählt dir was Persönliches und du meckerst über den Namen ihres Kindes.*

»Ja … Drei Tage die Woche ist er in der Tagespflege für Hunde. Immer wenn ich Zusatzschichten arbeite, bleibt er über Nacht dort.«

*Thor ist ihr Hund!*

Jess rutschte in ihrem Stuhl herum und senkte den Blick auf ihren Schreibtisch. »Ich weiß, die meisten Leute glauben, es ist eigenartig, seinen Hund in die Tagespflege zu geben, aber ich muss eben lange arbeiten und es ist nicht fair, ihn die ganze Zeit allein im Haus einzusperren.«

Kim stand von der Couch auf und setzte sich in den Stuhl vor Jess' Schreibtisch. »Ich wusste gar nicht, dass es so was gibt. Ich finde es jedenfalls gut. Wir hatten einen Hund, als ich klein war, und mir fehlt das wirklich. Ich wollte immer einen Hund, wusste aber nicht, wie ich Arbeitszeit und die Bedürfnisse eines Tieres unter einen Hut kriegen sollte.«

»Hunde sind wunderbare Gefährten. Aber sie brauchen auch viel Aufmerksamkeit.«

Jess schaute auf und die Wärme in ihren Augen raubte Kim den Atem. Jess zögerte und schien über irgendetwas nachzudenken. Kim hatte keine Ahnung, worüber. Sie versuchte, sich ihre Enttäuschung nicht anmerken zu lassen, als Jess eine förmliche Haltung einzunehmen schien.

»So, worüber wollten Sie mit mir reden?«, fragte Jess.

Kim zwang sich, wieder ans Berufliche zu denken. »Wie Sie wissen, hat Philip mich damit beauftragt, die Situation zwischen Psychiatrie und Notaufnahme zu beurteilen und möglichst zu verbessern. Bei unserem Treffen am Montag habe ich ihm meine Erkenntnisse mitgeteilt. Nach meinen ersten Einsätzen hier war bald offensichtlich, wo die Probleme liegen.« Kim sprach schnell weiter, als Jess' Miene sich verfinsterte. »Die Ursache liegt hauptsächlich bei der Psychiatrie.«

Überrascht riss Jess die Augen auf.

Kim lächelte. »Damit haben Sie nicht gerechnet, oder?«

»Ehrlich gesagt, nein«, sagte Jess ebenfalls mit einem Lächeln.

»Wobei die Assistenzärzte schon recht häufig unnötige Konsultationen anfordern«, sagte Kim. »Allerdings«, fügte sie schnell hinzu, sich über Jess' Widerspruch hinwegsetzend, » liegt das überwiegend an der psychiatrischen Abteilung.«

Jess nickte. »Was schlagen Sie vor, um diesen Zustand zu ändern?«

»Wie ich bereits erwähnt habe, werde ich meine Vortragsreihe fortsetzen. Philip will versuchen, ebenfalls eine paar Lesungen zu halten. Ich weiß aber nicht, ob einer der anderen Psychiater bereit ist, zu unterrichten.«

»Das ist wunderbar. Dass Philip Vorträge hält, ist eine Bereicherung.« Jess zuckte mit den Schultern. »Ich hatte nicht erwartet, dass andere Psychiater bereit wären, uns mit Unterrichtseinheiten zu unterstützen.« Als wollte sie die versteckte Kritik mildern, fügte sie schnell hinzu: »Die Assistenzärzte schätzen Ihre Vorträge sehr. Und ich ebenfalls. Die neuen Assistenzärzte gleich richtig einzuweisen, wird auf jeden Fall dabei helfen, die Zahl der Konsultationen zu reduzieren.«

Jess fuhr sich mit der Hand durchs Haar und lächelte flüchtig. »Nicht, dass ich nicht dankbar für alles bin, was Sie bisher getan haben, aber glauben Sie, Sie könnten einige ihrer Kollegen davon überzeugen, die Assistenzärzte mit in das Untersuchungszimmer zu lassen? Ich weiß, dass es nervt, auf die Anfänger anderer Abteilungen aufzupassen, aber das könnte ebenfalls dafür sorgen, das Beratungsaufkommen zu begrenzen.«

Kim lachte. »Zwei Seelen, ein Gedanke.« Sie konnte sehen, dass Jess verwirrt war. »Genau das Gleiche habe ich Philip erzählt.«

»Also, ehrlich gesagt, die Assistenzärzte jammern, seit Sie zurück in die Psychiatrische gegangen sind.« Jess lächelte verlegen. »Ich glaube, Sie haben uns alle in nur zwei Wochen zu sehr verwöhnt. Alle fragen, wann Sie wieder zu uns kommen.«

Das Gefühl der Zufriedenheit, das Kim erfüllte, stand in keinem Verhältnis zum Lob. Die Tatsache, dass Jess sich selbst mit eingeschlossen hatte, bedeutete ihr viel.

»Philip wird bei der nächsten Mitarbeiterbesprechung mit den anderen Psychiatern reden.« Kim hasste es, die Unterhaltung mit einer Unerfreulichkeit zu beenden, aber sie fühlte sich verpflichtet, ehrlich zu sein. »Ich kann natürlich nichts versprechen.«

»Das verstehe ich. Ich schätze es sehr, dass Sie eine Lanze für die Notaufnahme brechen, egal was dabei rauskommt.«

Kim stand auf, als ihr klar wurde, dass die Angelegenheit jetzt geregelt war und sie Jess weiterarbeiten lassen sollte. »Danke, dass Sie sich die Zeit genommen haben.«

»Jederzeit«, sagte Jess. *Das ist deine Chance. Frag sie, bevor sie geht.* Jess stand ebenfalls auf. Sie hätte Kim beinahe schon vorhin, als sie über Thor sprachen, nach einer gemeinsamen Joggingrunde gefragt, hatte dann aber den Mut verloren. Es war lange her, seit sie das letzte Mal jemanden in ihr Privatleben gelassen hatte. *Du fragst sie nur als Freundin. Da muss ja nicht mehr dahinterstecken.*

Abgelenkt von ihren Gedanken, fand Jess ihre Sprache erst wieder, als Kim fast die Tür erreicht hatte. »Kim.« Jess trat hinter ihrem Schreibtisch hervor.

Kim drehte sich mit einem fragenden Blick zu ihr.

*Komm schon, du bist eine erwachsene Frau. Du kannst das. Du bittest sie ja schließlich nicht um ein Date.* Mithilfe dieser aufmunternden Gedanken nahm Jess ihren Mut zusammen. »Sie haben vorhin erwähnt, dass Sie Hunde mögen. Ich gehe meistens samstags mit Thor joggen. Ich habe mich gefragt, ob Sie vielleicht Lust hätten, morgen im Park zu uns zu stoßen und mitzulaufen?«

Jess' Hochstimmung sank ein wenig, als Kim sie ungläubig anstarrte. *Was hast du erwartet? Es ist ja nicht so, als wüsste sie nicht bereits, dass du dich außerhalb der Arbeit mit niemandem aus dem Krankenhaus triffst.* Vielleicht half ja ein bisschen Humor. »Damit haben Sie nicht gerechnet, oder?«, wiederholte Jess lächelnd Kims Frage von vorhin.

Kim trat wieder an Jess' Schreibtisch heran. Ein Lächeln machte sich auf ihrem Gesicht breit, als sie sich wieder gefangen hatte. »Ehrlich gesagt, nein.«

Jess wollte Kim auf keinen Fall in Verlegenheit bringen oder ihre Arbeitsbeziehung beeinträchtigen. »Ich weiß, es ist sehr kurzfristig«, sagte sie und bot Kim damit ein Schlupfloch. »Wahrscheinlich haben Sie am Samstag schon was vor.«

»Eigentlich habe ich nichts vor. Ich wollte die ganze Zeit schon eine schöne Strecke zum Joggen finden. Seit meinem Umzug bin ich nicht mehr gelaufen. Wenn Ihnen Gesellschaft also nichts ausmacht, bin ich gern mit von der Partie.«

Kims Worte lösten den verspannten Knoten zwischen ihren Schultern, den sie noch nicht einmal bemerkt hatte. Jess lächelte erfreut. »Gut. Wissen Sie, wo der Griffith Park ist?«

Kim nickte. »Die grobe Richtung. Ich weiß, dass der Park in verschiedene Areale gegliedert ist.«

Jess nahm ein Stück Papier aus der Schreibtischschublade. »Hier. Das ist die Wegbeschreibung zum Treffpunkt.« Sie zeichnete den Weg zum Hundepark auf, ein geeigneter Treffpunkt, wie sie fand. Dann reichte sie Kim den Zettel und sagte: »Oh, ich sollte vielleicht fragen, was Sie von großen Hunden halten. Mein Hund ist nämlich ziemlich groß.«

Kims Gesicht begann zu strahlen. »Ich liebe große Hunde! Wir hatten einen Labrador, als ich klein war. Daisy war die Beste.«

*Soll ich ihr vielleicht sagen, dass Thor riesig ist?* Es fühlte sich an, als öffnete sich eine lange Zeit unbenutzte und dadurch rostige Tür, als Jess ihre humorvolle Seite ein Stückchen ans Tageslicht ließ. *Ah, was soll's. Sie wird schon früh genug herausfinden, was ein wirklich großer Hund ist.* »Okay, dann treffen wir uns morgen Vormittag, sagen wir neun Uhr, am Hundepark?«

»Das passt mir gut«, sagte Kim. »Tja dann, ich sollte zurück zur Psychiatrie.« Sie ging zur Tür, blieb aber noch mal stehen. Sie drehte sich mit einem bedauernden Blick zu Jess. »Oh, mir ist gerade eingefallen …«

Die Enttäuschung traf sie wie ein Schlag. *Ich wusste, dass es zu gut lief. Sie hat es sich schon anders überlegt.*

»Sie sagten, dass Sie heute eine Doppelschicht arbeiten. Sind Sie sicher, dass Ihnen da morgen früh der Sinn nach joggen steht?«

Jess atmete auf. Ihr war nicht bewusst gewesen, wie sehr sie das hier wollte. »Ich bin mir ganz sicher. Das wird schon.« Jess blickte in Kims Augen und lächelte. »Ich freue mich drauf«, fügte sie ein wenig schüchtern hinzu.

Ein strahlendes Lächeln blitzte über Kims Gesicht, als käme die Sonne hinter den Wolken hervor. »Ich auch. Wir sehen uns morgen.«

*Himmel, sie ist so wunderschön.* Jess schob den eindringlichen Gedanken beiseite.

Sie plumpste in ihren Schreibtischstuhl, gleich nachdem sich die Tür hinter Kim geschlossen hatte. Sie war sowohl aufgeregt als auch nervös bei der Aussicht, außerhalb des Krankenhauses Zeit mit Kim zu verbringen.

# KAPITEL 11

KIM BETRAT DIE PARKANLAGE UND folgte den Schildern zu dem Areal, in dem die Hunde frei laufen durften. Jess hatte sie gestern tatsächlich aus der Fassung gebracht. Eine Einladung zu gemeinsamen Freizeitaktivitäten war das Letzte, womit sie gerechnet hatte. Obwohl sie genau darauf gehofft hatte, war Kim dennoch nervös. Sie war nicht sicher, was sie zu erwarten hatte. *Ich krieg das hin.* Schließlich fand sie das Ziel ihrer Suche und ging auf den großen, eingezäunten Bereich zu.

Hunde aller Rassen und Größen spielten in der strahlenden Herbstsonne. Schnell entdeckte sie Jess, die gleich neben dem Eingang von innen gegen den Zaun lehnte. Kim hielt einen Moment inne, um sie im Stillen zu bewundern. Anstelle der Dockers, Hemdbluse oder OP-Kleidung, die sie normalerweise an Jess sah, trug sie eine kurze Lycra-Hose und ein T-Shirt. Kims Blick schweifte anerkennend über ihren trainierten Körper. Schön definierte Schultern, ein wohlgeformter Bizeps und ein flacher Bauch mit schlanken Hüften führten zu muskulösen Beinen. Kim wusste, dass Jess eine wunderschöne Frau war, aber nun, in diesem Outfit ... Kim bekam Gänsehaut, als Erregung ihren Körper durchströmte. Sie war verblüfft von der Intensität ihres Empfindens. *Freundinnen,* erinnerte sie ihre eigensinnige Libido. *Ich werde ihre Freundin sein.* Sie unterdrückte jeden gegenteiligen Gedanken, während sie zu Jess ging.

»Hi, Jess. Guten Morgen.«

Jess lächelte zaghaft. »Hi, Kim. Schön, dass du kommen konntest.« Sie öffnete Kim das Tor und winkte sie in den Hundelaufbereich.

Als ihr auffiel, dass auch Jess ein wenig unsicher schien, machte Kim ihre eigene Nervosität nicht mehr ganz so viel aus. Um ihnen Gelegenheit zu geben, sich an die ungewohnt private Situation zu gewöhnen, sah Kim sich ausgiebig um. Aufgeregte Hunde jagten einander und wichen dabei geschickt den Parkbänken aus, die überall standen. Ein schwarzer Labrador planschte in einer der großen Wasserstellen, die sich rund um die Hundewiese befanden.

Einige kleine Hunde kamen angerannt. Ihr übermütiges Jaulen durchdrang die frische Morgenluft. Kim kniete sich hin und streckte ihre Hand aus, damit sie schnüffeln konnten. Als sie sich von ihrer freundlichen Gesinnung überzeugt hatten, streichelte sie die Hunde. Sie lächelte Jess an, als diese sich neben sie hockte und dem Hundetrio die Ohren kraulte.

Kim stand auf, als die kleinen Hunde davonflitzten. Ein Großteil ihrer Anspannung hatte sich gelöst. Hunde halfen sehr beim Stressabbau. Sie sah Jess an, froh, dass auch sie entspannter wirkte. »Die waren süß, aber ich mag große Hunde dennoch am liebsten.«

»Oh, glücklicherweise kann ich dir da aushelfen«, sagte Jess. »Alles klar, um meinen Jungen kennenzulernen?«

Wohlwissend, dass Jess einen großen Hund hatte, sah sie sich die Tiere in der Nähe an. Die einzigen zwei Hunde, die sie als groß bezeichnen würde, waren ein Deutscher Schäferhund und ein sehr großer Dobermann. »Welcher ist es?«

Mit schnellen Blicken suchte Jess das Gelände ab, vorbei an den beiden Hunden, die Kim ansah. »Er muss drüben am anderen Ende sein. Siehst du die Bäume da? Er kommt, wenn ich ihn rufe.«

Erst da bemerkte Kim, wie groß der eingezäunte Bereich tatsächlich war. »Prima. Ich freue mich darauf, mich mit ihm bekannt zu machen.« Kim warf Jess einen Blick zu. *Oh, oh. Den Blick kannte ich bis jetzt noch nicht.* Jess hatte ein verschmitztes Grinsen im Gesicht. Ihr Blick schien zu sagen: Wart's nur ab, gleich erlebst du was! Kim versuchte, sich auf das, was immer jetzt kam, vorzubereiten. Gleichzeitig war sie glücklich, zu sehen, dass Jess die eiserne Selbstkontrolle lockerte, die sie auf der Arbeit stets zur Schau trug.

Jess führte sie zu einer Sitzecke. Kaum hatten sie die Bänke erreicht, stieß Jess einen schrillen Pfiff aus, der Kim zusammenzucken ließ. »Entschuldigung. Ich hätte dich warnen sollen.« Sie deutete nach links. »Da kommt er.« Jess schlug sich mit den Handflächen auf die Oberschenkel. »Komm, Thor. Komm her, mein Junge!«

Kim drehte sich in die Richtung, in die Jess gezeigt hatte, und fiel fast in Ohnmacht. Der größte Hund, den sie jemals gesehen hatte, stürmte auf sie zu.

»O Gott, Jess, das ist kein Hund. Das ist ein Pony!« Kim ging rückwärts und blieb halb hinter Jess stehen.

Jess grinste, als der riesige Hund knapp vor ihr bremste. »Ich dachte, du magst große Hunde.«

Peinlich berührt, dass ihr Mut sie so schnell verlassen hatte, warf sie Jess einen gespielt bösen Blick zu. »Ja, große Hunde. Du hast nicht gesagt, dass er ein Kaltblutpferd ist.«

»Keine Sorge«, sagte Jess, bemüht, ihr Lachen zu unterdrücken. Während Jess ihren Hund streichelte, beruhigte sie Kim. »Er ist groß, aber harmlos.« Jess ergriff Kims Hand und zog sie neben sich. »Kim, das ist meine Dogge Thor.«

Kim hielt ihre Hand zum Schnüffeln hin.

»Thor, das ist Kim«, sagte Jess. »Sei nett zu ihr.«

Thor kam einen Schritt vor, um sie in Augenschein zu nehmen. Kim schluckte nervös, als ihr bewusst wurde, dass der Kopf des Hundes fast in Höhe ihres Brustkorbs reichte. Und sie war groß für eine Frau, es fehlten ihr nur ein paar Zentimeter zu den etwa eins fünfundachtzig von Jess. Er wedelte mit dem Schwanz und schnüffelte weiter ausführlich an ihr herum. Sie fand ihr Lächeln wieder, als ihre Beklommenheit nachließ. Kim erkannte schnell, was für ein sanfter Riese Thor tatsächlich war, und kraulte ihm Kopf und Ohren.

Thor zeigte seine Zustimmung. Er schaute ihr in die Augen und legte seinen Kopf an ihren Busen.

»Ich glaub es nicht«, murmelte Jess. Sie schüttelte den Kopf und starrte die beiden an.

»Was denn?«, fragte Kim, während sie Thor weiter streichelte.

»Das hat er noch nie bei irgendjemandem außer mir und meiner Schwester gemacht. Er ist nicht unfreundlich, aber in der Regel ist er sehr zurückhaltend, wenn es darum geht, Fremden seine Zuneigung zu zeigen. Normalerweise schnuppert er an den Leuten und geht dann einfach weg.«

Plötzlich lehnte sich Thor gegen Kim, die unter dem erhöhten Gewicht einen Schritt zurück machen musste.

»Thor.« Jess ergriff sein Halsband. »Zurück.« Sie zog Thor ein Stück zu sich. »Entschuldige.«

Kim lachte. »Ist schon okay. Es stört mich nicht.« Sie zeigte auf die nächstgelegene Bank und fragte: »Warum setzen wir uns nicht und du erzählt mir alles über diesen hübschen Kerl?«

Jess nahm Platz, hielt Thors Halsband aber weiter fest im Griff.

»Es ist in Ordnung, wirklich«, sagte Kim, als sie sich neben Jess auf die Bank setzte. »Lass ihn los.«

Kaum hatte Jess Thors Halsband losgelassen, lief er zu Kim.

Kim war ein wenig irritiert, als Thor ihr nahekam. Der riesige Kopf des Hundes war jetzt auf der Höhe ihres eigenen. Sie sah ihm in die Augen und war überrascht über den klugen Ausdruck, der ihr entgegenschimmerte.

Thor legte vorsichtig seinen Kopf in Kims Schoß. Als sie ihn streichelte, schloss er die Augen und seufzte behaglich.

»Komm schon, du Elch. Kim ist kein Kuscheltier.« Jess griff nach Thors Halsband, um den großen Hund von Kims Schoß zu ziehen.

Kim lachte. »Ehrlich, das ist völlig okay. Lass ihn.« Sie strich mit ihrer Hand über sein glänzend schwarzes Fell. »Ich habe noch nie eine Dogge in dieser Farbe gesehen.« Sein schwarzer Kopf und Körper leuchteten in starkem Kontrast zum weißen Hals und zur weißen Brust. »Er sieht aus, als trüge er Smoking und Zylinder.« Kim ließ ihre Hand über eines seiner Vorderbeine gleiten. »Er hat sogar die passenden weißen Gamaschen zu seinem Outfit.«

»Er ist eine sogenannte Manteldogge«, sagte Jess. »Die meisten Leute kennen eher seine rehfarbenen oder gestromten Kollegen.«

»Ich wusste ja, dass Doggen groß sind.« Kim versuchte, mit ihrer Hand Thors Vorderbein zu umschließen, was ihr aber nicht gelang. »Mir war aber nicht klar, dass sie so riesig sind«, sagte sie.

»Sie können ziemlich groß werden. Thor ist allerdings ein überdurchschnittliches Modell. Er hat eine Widerristhöhe von neunundneunzig Zentimetern und wiegt knapp neunzig Kilo.«

Kim schluckte. Sie hatte den Eindruck, diese neunzig Kilo waren überwiegend Muskelmasse. »Gut, dass er so sanftmütig ist.«

»Ja, sie sind meistens wie riesige Babys. Aber unter gewissen Umständen beschützen sie ihre Besitzer sehr gut.« Jess streckte sich und bog ihren Rücken durch.

Kim hatte plötzlich Schwierigkeiten, Jess weiter ins Gesicht zu schauen, wie es sich gehörte. »Bereit zum Joggen?« *Entweder das oder ich brauche eine kalte Dusche.*

»Sicher. Auf geht's.« Jess befestigte Thors Leine an seinem Halsband.

Jess lotste sie zu ihrem Startpunkt zurück und verlangsamte dann ihren Schritt. In dem Wissen, dass Kim seit ein paar Monaten nicht mehr joggen gewesen war, hatte sie die Anderthalb-Kilometer-Runde vorgeschlagen. Kim hatte für den drei Kilometer langen Weg plädiert. *Ich wette, sie bereut diese Entscheidung jetzt.* Kim hatte sich nach vorn gebeugt und die Hände auf ihre Oberschenkel gestützt, während sie versuchte, wieder zu Atem zu kommen.

Zum ersten Mal erlaubte Jess sich, Kims Körper von oben bis unten zu betrachten, und ließ den Blick über deren schlanke Figur gleiten. Sie war vorhin so nervös gewesen, dass sie Kims Outfit keine größere Beachtung geschenkt hatte. Kim trug eine kurze Laufhose aus Nylon und ein Shirt. Jess hatte bereits vermutet, dass unter den maßgeschneiderten Stoffhosen und Seidenblusen, die sie im Dienst trug, ein hinreißender Körper verborgen sein musste. Die Realität überstieg ihre Erwartungen. *Deine Vorstellungskraft ist erbärmlich.* Schweißtropfen rannen an Kims wohlgeformten Armen herab und an ihren Beinen, die endlos zu sein schienen. Ihr enges, schweißgetränktes T-Shirt klebte ihr an Bauch und Brüsten. Lust flackerte in Jess auf und sie hatte Mühe, sie zu unterdrücken. *Freundinnen. Nur Freundinnen,* wiederholte sie ihr Mantra.

»Alles okay?«, fragte Jess.

Kim richtete sich auf und begann, Arme und Beine auszuschütteln. »Es geht mir gut. Morgen wird mir wahrscheinlich alles wehtun, aber trotzdem war es toll, mal rauszukommen und zu laufen. Ich muss unbedingt wieder regelmäßig trainieren.«

»Du kannst Thor und mir gern jederzeit beim Laufen Gesellschaft leisten.« *Was machst du? Das hier sollte ein einmaliges Erlebnis bleiben, bis du herausgefunden hast, wie sie sich danach auf der Arbeit verhält.* Doch

Jess brachte es einfach nicht übers Herz, ihr Angebot zurückzunehmen. Es fühlte sich richtig an.

Ein schneller Blick zu Kim zeigte ihr, dass diese genauso verblüfft wie sie selbst über diese Einladung war. Ein Lächeln umspielte ihre Lippen, als Kim versuchte, sich zu fangen.

»Ich will nicht aufdringlich sein«, sagte Kim. »Ich weiß, dass du nicht viel Zeit mit Thor verbringen kannst.«

*Wunderschön und unglaublich rücksichtsvoll.* Jess wusste, dass Kim ihr eine elegante Fluchtmöglichkeit anbot. »Thor mag dich wirklich.« *Und ich auch.* »Es wäre nicht aufdringlich. Wir genießen deine Gesellschaft.«

Das zauberhafte Die-Sonne-kommt-hinter-den-Wolken-hervor-Lächeln, für das Jess immer mehr schwärmte, erhellte Kims Gesicht. »Das wäre wunderbar, Jess.«

Thor stieß Jess in die Hüfte.

»Entschuldige, mein Junge.« Kim hatte sie so sehr abgelenkt, dass sie vergessen hatte, was sie noch zu erledigen hatte. »Er braucht Wasser. Kommst du mit zu meinem Wagen?«

»Na klar.«

Auf dem Weg zum Fahrzeug kam Jess nicht umhin, zu bemerken, dass Kim Thor hin und wieder säuerlich anschaute. Sie blickte ihn von oben bis unten an, fand aber keinen Grund, warum Kim offensichtlich unangenehm berührt war. Während des Laufs war nichts Unvorhergesehenes passiert.

»Ist etwas nicht in Ordnung?« *Oh, ich wette, ich kenne das Problem.* Jess hatte sich schon so an sein Sabbern gewöhnt, dass sie ab und zu vergaß, dass die meisten Leute es nicht schätzten, Thors Geifer auf sich zu finden. Jess zog ein kleines, weißes Handtuch hervor, das sie sich in den Hosenbund gesteckt hatte, und wischte Thors Schnauze ab. »Entschuldige. Hat er dich vollgeschleimt?«

»Nein, er ist brav.« Kim schaute runter zu Thor und wieder verfinsterte sich ihr Blick.

Jess fing an, sich Sorgen zu machen. Mochte Kim ihren Thor vielleicht doch nicht? Kim sah zu Jess auf und lachte. »Vergiss es. Ich bin einfach nur eifersüchtig.«

*Hä?* »Worauf?«

Kim zeigte auf Thor.

»Auf Thor?«, fragte Jess. »Warum das denn?« Sie blickte zwischen Kim und Thor hin und her, völlig irritiert über diesen Gesprächsverlauf.

»Wir sind gerade drei Kilometer gelaufen und er ist noch nicht einmal aus der Puste. Er sieht aus, als könnte er noch einmal die ganze Strecke, wenn nicht noch mehr, laufen. Und da soll ich nicht neidisch werden? Früher bin ich acht Kilometer am Stück gelaufen, und sieh mich jetzt an.«

Jess tat, wie ihr geheißen. Kims Haar war vom Wind zerzaust und feucht, ihr T-Shirt nass geschwitzt und ihr Gesicht immer noch rot von der Anstrengung. *Du siehst wundervoll aus.* Auch wenn es zweifellos der Wahrheit entsprach, hielt Jess es für klüger, diese Erkenntnis für sich zu behalten.

Jess zupfte an ihrem eigenen, feuchten Oberteil und tat, als betrachtete sie sich selbst von oben bis unten. »Ich sehe doch ganz genauso aus. Ich kann auch nicht mit ihm mithalten. Heute musste er an meiner Seite bleiben. Normalerweise rennt er vor mir her und läuft dann immer hin und zurück, also auf jeden Fall ein paar Kilometer mehr. Ich schätze, er legt das Doppelte meiner Strecke zurück und ist dann trotzdem noch nicht müde.« Über Thors Rücken hinweg klopfte sie Kim sanft auf die Schulter. »Mach dir nichts draus. Er ist um einiges jünger als wir.«

Kim schnaubte. »Toll. Danke. Jetzt fühle ich mich viel besser.« Sie blickte auf Thor hinab. »Warte nur. Wenn ich erst wieder in Form bin, werden wir schon sehen, wer hier zuerst schlappmacht.«

Mit einem tiefen, dumpfen Bellen schien Thor die Herausforderung anzunehmen.

Kim sprang zurück und musste lachen. Sie stupste Thor sanft mit ihrem Bein. »Ruhe auf den billigen Plätzen.«

*Kim ist so lieb zu ihm. Kein Wunder, dass er sie mag. Sie spricht genau wie Sam und ich mit ihm.* Jess schaute den beiden zu und hatte so eine Ahnung, ihr ruhiges, einzelgängerische Leben würde sich von nun an ändern. Ihr Herz wurde leicht bei der Vorstellung.

Thors Schritt beschleunigte sich und er zog an der Leine, als er Jess' Fahrzeug erblickte.

Kim lehnte sich an die Seite von Jess' Durango und nippte an ihrer Flasche. Jess hatte nicht nur einen riesigen Behälter Wasser für Thor, sondern auch eine Kühltasche mit kleinen Getränkeflaschen. Thor stand neben Jess und trank aus der Schüssel, die sie auf die offene Ladefläche des Geländewagens gestellt hatte. Kim war immer noch von der Größe des Hundes beeindruckt. Er konnte problemlos im Stehen trinken.

Sie hatte nicht erwartet, dass der Tag so schön werden würde. Jess' Einladung, sie und Thor häufiger beim Laufen zu begleiten, war eine willkommene Überraschung gewesen.

Kim hatte den Tag bisher genossen und sie wollte nicht, dass Jess und sie jetzt schon auseinandergingen. Auch wenn sie nicht ganz sicher war, ob sie nicht zu forsch vorging, beschloss sie, es zu riskieren. *Was ist das Schlimmste, das passieren kann? Wenn sie Nein sagt, dann ist es halt so. Dann habe ich es wenigstens versucht.*

»Hey, Jess.«

Jess sah auf und lächelte.

»Hätten du und Thor vielleicht Lust auf eine Tasse Kaffee beim Del Java hier in der Nähe?«

Für einen Moment schien das Lächeln auf Jess' Gesicht zu verschwinden, kam aber schnell zurück. »Aber gern. Klingt gut.«

Kim war das leichte Zögern von Jess nicht entgangen. *Aber sie hat zugestimmt. Das ist das Wichtigste.* Sie freute sich darauf, sich mit Jess an einen Tisch zu setzen und einfach zu reden. In der Klinik hatten sie bisher keine Gelegenheit dafür gehabt.

»Okay. Ich hole meinen Jeep und fahre dir hinterher.«

# KAPITEL 12

»Hast du einen Sattel für das Vieh?«

Jess konnte den Drang, mit ihren Augen zu rollen, gerade noch unterdrücken. *Als hätte ich das nicht schon tausend Mal gehört.* Seit ihrer Ankunft auf der Terrasse des Cafés waren ständig Leute vorbeigekommen und hatten sie über Thor ausgefragt. *Ich hätte keinen Tisch in der Nähe der Tür wählen sollen.* Bisher waren alle Fragen über den großen Hund freundlich gewesen. Dieser war der erste völlig dämliche Kommentar. Sie hob eine Augenbraue und grinste Kim zu, bevor sie sich wieder dem Mann mittleren Alters zuwandte, der am Tisch nebenan stand.

Mit völlig unbewegtem Gesicht sage Jess: »Ich warte, bis er ausgewachsen ist, erst dann kaufe ich einen.«

Es fiel ihr schwer, keine Miene zu verziehen, als sie hörte, wie Kim hinter ihrer Hand prustete.

Nach einem leisen »Auf!« von Jess erhob sich Thor.

Der Mann trat einen Schritt zurück und schien seine Entscheidung, sich dem großen Tier zu nähern, zu überdenken. »Na dann. Einen schönen Tag noch, die Damen.« Er warf einen letzten Blick auf Thor und ging.

Kaum war er außer Hörweite, begann Kim zu lachen. »Hast du sein Gesicht gesehen?«

Jess grinste. »Es stört mich nicht, wenn mich jemand auf Thor anspricht. Ich weiß, dass viele so einen großen Hund selten sehen. Aber solche Typen da ...« Jess schüttelte ihren Kopf. » Die halten sich für besonders witzig. Für jeden Sattel-Kommentar einen Dollar und ich hätte genug Geld, um Thor für den Rest seines Lebens Futter zu kaufen.«

Kim streichelte Thors Rücken mit ausgestrecktem Arm. »Ich kann verstehen, dass man fasziniert von ihm ist.«

»Ich bin schon eine ganze Weile nicht mehr unter Leuten gewesen.« Jess verzog innerlich das Gesicht. *Das klingt erbärmlich. Sie geht wahrscheinlich ständig mit ihren Freunden aus.* »Mit Thor, meine ich. Ich habe vergessen, was das manchmal für ein Theater gibt. Entschuldige bitte.«

Jess schluckte schwer, als Kims leuchtend blaue Augen sich für einen Augenblick an ihren festmachten.

»Mach dir mal darum keine Gedanken«, sagte Kim. »Um ehrlich zu sein: Ich bin heute zum ersten Mal mit jemandem aus der Klinik ausgegangen, seit ich wieder hier bin.«

Jess hatte plötzlich ein ungutes Gefühl im Magen. *Mist. Denkt sie etwa, das hier wäre ein Date?* Egal, ob Jess es sich noch so sehr wünschte, ihr war klar, dass sie noch nicht so weit war. Insgeheim fragte sie sich, ob sie jemals an diesen Punkt gelangen würde.

»Es ist schön, jemanden zu haben, mit dem ich ausgehen kann, zum Joggen, zum Kaffeetrinken oder was auch immer«, sagte Kim mit einem herzlichen Lächeln.

Auch wenn sich daraufhin Erleichterung in Jess ausbreitete, war ein kleiner Teil von ihr enttäuscht. *Du weißt, dass es so am besten ist. Genieß ihre Freundschaft.* Jess lächelte zurück. »Ja, das ist es wirklich.«

Der Moment wurde durch das begeisterte Kreischen eines Kindes unterbrochen. Ein kleines Mädchen kam auf Thor zugestürzt, gefolgt von einer Frau, wahrscheinlich ihrer Mutter.

»Carly Marie Ellis, bleib sofort stehen!«

Jess stand auf und stellte sich vor Thor, bevor sich das Kind auf ihn werfen konnte.

Das kleine Mädchen konnte gerade noch abbremsen, bevor es gegen sie prallte. Sie sah Jess mit einem breiten, zahnlückigen Lächeln an. Jess schätzte sie auf höchstens sechs Jahre.

Die Frau war ihr dicht auf den Fersen. »Entschuldigen Sie bitte.« Sie ergriff die Hand des kleinen Mädchens. »Carly, du weißt, dass sich das nicht gehört. Ich habe es dir doch erklärt. Du kannst dich nicht einfach auf fremde Hunde stürzen.«

»Entschuldige, Mami«, erwiderte Carly, würdigte ihre Mutter kaum eines Blickes und wandte sich gleich wieder Jess zu. »Hi. Darf ich dein Hündchen streicheln? Bitte.«

Jess musste einfach lächeln. Das kleine Mädchen war hinreißend. Ihr blondes Haar fiel ihr in wilden Locken auf die Schultern. Strahlend blaue Augen leuchteten mit dem unschuldigen Übermut eines Kindes. Jess warf Kim einen Blick zu, dann wandte sie sich wieder zur Mutter und sagte: »Er ist freundlich. Sie kann ihn sehr gerne streicheln, wenn Sie einverstanden sind.«

Die Frau musterte Thor, der ruhig hinter Jess saß. »Okay. Du darfst.«
Ein begeistertes Kreischen entfuhr Carly.

»Aber nur, wenn du ruhig bleibst und lieb zu ihm bist«, forderte ihre Mutter.

Jess sah Kim entschuldigend an und trat zur Seite. *So wollte ich unsere gemeinsame Zeit nicht verbringen.* Ihr Unmut legte sich, als Kim lächelte. Sie beobachtete genau, wie Thor und das kleine Mädchen miteinander umgingen.

Nachdem die Kleine und ihre Mutter schließlich gegangen waren, beschloss Jess, einen ruhigeren Tisch zu suchen. Es störte sie zwar nicht, dass Thor Aufmerksamkeit erregte, aber sie hatten noch nicht einmal einen Kaffee bestellen können. Und es sah so aus, als würden sie auch so bald keinen bekommen, wenn sie sich nicht schleunigst aus dem Hauptdurchgangsbereich der Terrasse wegsetzten.

Sie entdeckte einen abgelegenen Tisch in der hinteren Ecke der Terrasse nahe der Stützmauer. »Was hältst du davon, wenn wir uns woanders hinsetzen?«, fragte Jess. »Thor könnte mal eine Pause von den vielen Menschen gebrauchen.«

»Möchtest du lieber gehen?«, fragte Kim.

»Nein!« Jess errötete bei ihrer schroffen Ablehnung. »Ich meine, es sei denn, du möchtest?«

Kim lächelte und schüttelte den Kopf. »Der Tisch da hinten sieht gut aus«, sagte sie, während sie auf den gleichen Tisch zeigte, den Jess angepeilt hatte.

»Na komm, Thor.« Jess nahm die Decke vom Stuhl. Sie hatte sie für Thor mitgenommen, aber bisher keine Gelegenheit gehabt, sie auszubreiten. Mit fester Hand ergriff sie seine Leine und schritt auf den Tisch zu, bevor jemand anderes ihn belegen konnte.

»Halt ihn doch bitte mal kurz«, bat Jess.

»Gern.« Erst als Kim die Leine in der Hand hielt und Jess sich umgedreht hatte, wurde sie sich der Situation bewusst. *Gott, was mache ich nur, wenn er jetzt einfach losrennt oder so etwas?* Sie umschloss die Leine fest mit ihren Händen. *Du bist albern. Er war doch den ganzen Morgen brav.* Sie sah zu Thor hinunter, und er erwiderte ruhig ihren Blick. Kim entspannte sich und schaute sich nach Jess um.

Jess zog den kleinen, runden Tisch und die Stühle von der Stützmauer weg, um Platz für Thors Decke zu schaffen. Als die Möbel aus dem Weg waren, bückte sie sich und breitete die Decke aus.

Kims Blick wurde von Jess' Hintern wie ein Magnet angezogen. Sie biss sich auf die Lippe, um ein Stöhnen zu unterdrücken, während sie das Muskelspiel unter den hautengen Shorts beobachtete.

Nur mühsam gelang es ihr, den Fokus auf Thor zu lenken, bis Jess sich wieder aufrichtete. *Freundinnen gaffen Freundinnen nicht an,* schalt Kim sich selbst.

Sie wollte nicht, dass Jess bemerkte, wie stark sie sich zu ihr hingezogen fühlte. Kim war sicher, dass es jeden Anflug von Freundschaftlichkeit zwischen ihnen zerstören würde. Jess panischer Gesichtsausdruck war ihr nicht entgangen, als sie ganz unabsichtlich so geklungen hatte, als spräche sie von einer *echten* Verabredung. Kim war entschlossen, dass ihnen diese Anziehungskraft keinesfalls in die Quere kommen würde. *Ich könnte eine Freundin gebrauchen. Und ich kann ihre Gesellschaft auch ohne Hintergedanken genießen.*

»Alles klar«, sagte Jess und griff nach Thors Leine. Sie führte ihn um Tische und Stühlen herum. »Platz, bleib!«, sagte sie mit fester Stimme. Sie band die Leine um eine Stuhllehne.

Gehorsam legte Thor sich hin.

Jess drehte sich mit einem Lächeln zurück zu Kim. »Was für einen Kaffee hättest du gern?«

»Ich bin der schlichte Kaffee-mit-Sahne-Typ. Diese ganzen komplizierten Zusammenstellungen konnten mich noch nie begeistern.«

Lächelnd fügte Kim hinzu: »Ich weiß, das ist Frevel an einem Ort wie diesem. Eigentlich wollte ich die Hausmischung bestellen.«

»Normaler Kaffee bei Del Java? Wie entsetzlich!« Jess versuchte, schockiert auszusehen, aber es gelang ihr nicht. Sie grinste. »Mir ist eine starke Tasse frisch gebrühter Kaffee ohne den ganzen Extraschnickschnack auch lieber.«

»Ich werde es niemandem verraten, wenn du es auch nicht tust«, sagte Kim. Jess' fröhlichere Seite zu sehen, machte ihr außerordentlichen Spaß.

»Welche Größe möchtest du?«

Erst da begriff Kim, dass Jess ihnen den Kaffee am Tresen bestellen wollte. »Ich kann ihn auch holen.«

Jess schüttelte ihren Kopf. »Setz dich und mach es dir bequem. Ich kümmere mich um den Kaffee.«

»Na gut. Ich nehme einen großen. Hausmischung mit Kaffeesahne. Bitte.« Kim öffnete den Reißverschluss der kleinen Gürteltasche, in der sie ihr Geld hatte, und zog einen Zehner heraus. »Hier«, sagte sie und hielt Jess das Geld hin.

Lächelnd wehrte Jess ab und fragte: »Möchtest du sonst noch etwas?«

Kim zögerte. Sie hatte Hunger, wollte aber nicht, dass Jess sich zu weiteren Ausgaben verpflichtete. »Nein. Ist schon okay. Kaffee reicht. Danke.« Kims Magen knurrte genau in diesem Moment gut hörbar und ließ sie erröten.

Jess runzelte die Stirn, sagte aber nichts. Sie wandte sich zu Thor. »Thor. Bleib. Pass auf!«

Kim schaute nervös zu dem großen Hund. *Bitte sei brav.*

»Das klappt schon. Keiner wird dich belästigten.« Ohne einen Blick zurück ging Jess zum Eingang des Cafés.

Sie versuchte, sich nicht zu verkrampfen, weil sie wusste, dass Thor das sofort spüren würde. Stattdessen behielt Kim ihn genau im Auge, um zu sehen, wie er auf Jess' Weggehen reagierte. Kim war ein wenig nervös, weil sie jetzt für den großen Hund verantwortlich war. Sie fühlte sich gleichzeitig geehrt und ein bisschen bange vor dieser Herausforderung.

Thor spähte durch die Tischbeine hindurch und beobachtete, wie seine Herrin im Café verschwand. Kaum war Jess außer Sichtweite, legte er seinen großen Kopf auf die Decke. Er machte keine Anstalten, aufzustehen oder den Platz zu verlassen, den Jess ihm zugewiesen hatte.

Kim wurde schnell klar, wie gut erzogen und friedlich er war. Sie verstand jetzt, warum Jess den Tisch und die Stühle vor Thors Decke gestellt hatte. Er lag relativ geschützt zwischen dem Mobiliar und der Stützmauer in seinem Rücken. Trotz der Masse von Menschen, die in dem Café ein und aus gingen, konnten zufällig Vorbeigehende Thor nicht sehen.

Die Tür des Cafés öffnete sich und Jess kam mit einem Tablett in den Händen heraus.

»Warst du ein guter Junge?«, fragte Jess, als sie das Tablett auf den Tisch stellte.

Thors Schwanz schlug dumpf gegen den Beton, auf dem die Decke lag.

»Der perfekte Gentleman«, sagte Kim mit einem Lächeln.

»Bitte schön.« Jess stellte eine Tasse dampfenden Kaffees und eine kleine Tüte vor Kim auf den Tisch.

Kim nahm sich Zeit, um genussvoll einen Schluck des wohlriechenden Getränks zu nehmen. *Mmh.* Sie richtete ihre Aufmerksamkeit auf die Tüte und lugte hinein. »Oh, ein Schokoladencroissant. Die mag ich besonders gern. Das wäre doch nicht nötig gewesen. Danke schön.«

Ein wenig schüchtern lächelte Jess. »Na ja, als du mir den Muffin gebracht hast, hattest du erwähnt, dass du alles mit Schokolade magst, deshalb ...«

Kim strahlte. *Eine Leckerei, und schon hat sie sich gemerkt, was ich mag.*

»Mit Schokolade kannst du bei mir nie etwas falsch machen«, sagte Kim. Sie holte das warme Croissant aus der Tüte und nahm einen großen Bissen. Ihre Augen schlossen sich und ein Stöhnen entwich ihr, als der Blätterteig und die vollmundige Schokolade auf ihrer Zunge schmolzen.

Sie spürte einen Blick auf sich und blinzelte zu Jess, die sie mit einer Intensität ansah, die ihren Körper in Wallung brachte.

Jess schaute schnell weg, aber Kim hatte die leuchtende Röte auf ihrem Gesicht schon gesehen.

*Was war das denn jetzt? Fühlt sie sich doch zu mir hingezogen?* Das hatte sich Kim schon ein paarmal auf der Arbeit gefragt. Sie seufzte. *Wohl kaum. Das ist nur Wunschdenken von dir.*

Zum ersten Mal, seit sie sich heute Morgen getroffen hatten, legte sich eine unangenehme Stille zwischen sie.

Während sie ihr Frühstück betrachtete, suchte Kim nach einem Gesprächsthema, um den peinlichen Moment aufzulösen. Sie wollte nicht über die Arbeit reden. Auch wenn es sie verband, wollte sie herausfinden, was sie jenseits der Klinik gemeinsam hatten.

Kim linste durch halb geschlossene Augen zu Jess. Deren Blick war fest auf ihr eigenes Gebäckstück gerichtet. *Komm schon, denk nach! Sag irgendetwas, bevor sie es bereut, mit dir Kaffee trinken gegangen zu sein.* Als sie das letzte Stückchen ihres Croissants in die Hand nahm, riss ein helles, zirpendes Geräusch sie aus ihren Gedanken.

*Was zum …?* Kim blickte sich schnell um. Als sich der Ton wiederholte, wanderte ihr Blick zur Quelle des Geräusches. *Das gibt es doch gar nicht.* Kim sah auf, als sie Jess lachen hörte.

»Schwer vorstellbar, dass so ein Kaliber solch zarte Töne von sich geben kann, oder?«, fragte Jess.

Kim war erleichtert, als sie Jess' entspannte Miene sah. *Danke, Thor.* Kim lachte. Obwohl sie wusste, dass es Thor war, konnte sie kaum glauben, dass er dieses Geräusch gemacht hatte. »Das war erbärmlich. Er klang wie … wie …« Kim fand keine passende Beschreibung.

Jess lachte. »Das ist seine Tweety-Imitation.«

»Das passt«, sagte Kim lachend. »Ich habe tatsächlich nach einem Vogel Ausschau gehalten, als ich es zuerst gehört habe.« Sie nahm das vergessene Stückchen Gebäck, um es sich in den Mund zu stecken.

Erneut ertönte Thors Geräusch, dieses Mal lauter und länger.

Mit dem restlichen Croissant in der Hand sah Kim den Hund an. »Was?«

Sein Zirpen wurde aufgeregter. Sein Schwanz schlug immer schneller gegen die Decke, aber er rührte sich nicht vom Fleck.

»Das reicht, Thor«, sagte Jess.

Mit einem letzten bittenden Blick wurde Thor sofort still.

»Geht es ihm gut?«, fragte Kim. Obwohl sie Thor nicht so gut kannte, machte sie sich ein wenig Sorgen um ihn. Bisher war er ein sehr ruhiger Hund gewesen. Dies waren die ersten Töne, die sie heute Morgen überhaupt von ihm gehört hatte.

»Dem geht es bestens.« Jess nahm ihr Stück Teegebäck und biss ab. Nur das Endstück blieb übrig.

Thors Kopf hob sich und Sabber lief aus seinem Maul.

»Letzter Happen«, sagte Jess und reichte ihm das kleine Stückchen.

Kaum hatte Thor es verschluckt, blickte er Kim flehentlich an.

Kim warf Jess einen fragenden Blick zu.

»Er denkt, dass der letzte Bissen ihm gehören sollte. Als er jünger war, sind meine Schwester und ich ständig mit ihm bei Del Java gewesen. Ein wunderbarer Ort, um Welpen zu sozialisieren. Wie dem auch sei, sie hat ihm beigebracht, wenn er beim Essen ruhig liegen bleibt, bekommt er den letzten Happen. Jetzt erwartet er es. Aber du musst das nicht tun. Er ist einfach penetrant.«

»Es macht mir nichts aus«, sagte Kim. Sie versicherte sich, dass es wirklich nur ein kleines Stückchen Blätterteig ohne Schokolade war, bevor sie es Thor anbot. Sie lächelte, als er ihr das Stückchen vorsichtig aus den Fingern nahm. »Er ist wirklich ein braver Kerl.«

Kim schob ihren Stuhl vom Schirm weg, der den Tisch in Schatten tauchte. Sie legte den Kopf in den Nacken, um die warme kalifornische Sonne zu genießen. »Ich sollte meinen Bruder anrufen und ihm erzählen, dass ich mit kurzen Hosen draußen bin und an meiner Bräune arbeite. Er würde grün vor Neid werden. Wahrscheinlich ist er damit beschäftigt, bei Mama die Sturmsicherung an den Fenstern anzubringen.«

»Wo leben sie?«, fragte Jess.

»Detroit.«

Jess fröstelte. »Zu kalt für mich. Meine Eltern leben in Nordkalifornien. Gleich nach der High School bin ich Richtung Süden gezogen.«

Freude stieg in Kim auf. Jess begann, sich ein wenig zu öffnen. »Also du und deine Schwester, ihr lebt beide in Los Angeles?

»Nein. Sam lebt in San Diego.« Jess rutschte auf ihrem Stuhl nach vorn und streckte ihre langen Beine aus. »Du hast bei der Arbeit erwähnt, dass du deine Ausbildung hier absolviert hast. Hast du beschlossen, dass du die Kälte doch nicht magst? Bist du deshalb aus Detroit weggegangen?«

Kim hatte bisher niemandem von ihrem letzten Job erzählt, weil sie keine Lust hatte, unangenehmen Fragen ausweichen zu müssen. Beklommenheit ergriff sie ohne Vorwarnung und hielt sie fest. Sie verjagte die irrationale Angst und zwang sich, ruhig zu bleiben. *Du hast nichts falsch gemacht. Und es ist auch kein großes Geheimnis.*

Dennoch blieb sie vorsichtig. *Sag einfach »Ja, es lag an der Kälte.« und lass es damit gut sein.* Auch wenn es sehr verlockend schien, sah sich Kim dazu nicht in der Lage Sie wollte mit Jess befreundet sein. Diese Freundschaft mit einer Lüge zu beginnen, würde sie zum Scheitern verurteilen, bevor sie überhaupt entstehen konnte.

»Nein, es lag nicht an der Kälte«, sagte Kim. Trotz ihres Entschlusses fiel die Antwort schärfer aus, als sie beabsichtigt hatte. Sie verfluchte Pruitt und Anna zum millionsten Mal.

Jess' entspannte Pose verschwand. Sie verschloss sich wie eine Blume, setzte sich gerade hin und zog ihre Beine an sich, dann kreuzte sie ihre Arme über der Brust. »Entschuldige, ich wollte nicht aufdringlich sein«, sagte Jess mit flacher, emotionsloser Stimme.

Kim sank angesichts der abwehrenden Haltung ihres Gegenübers das Herz in die Hose.

Bis jetzt war es so gut gelaufen, und sie hatte die Zeit mit Jess unheimlich genossen. Und jetzt das. *Sag es ihr einfach. Sie tragen vielleicht die gleiche Berufsbezeichnung, aber sie ist nicht Anna.* Jess hatte das bereits in der kurzen Dauer ihrer Zusammenarbeit bewiesen. Es wurde Zeit, mit den Ereignissen in Detroit abzuschließen.

Entschlossen langte Kim über den Tisch und legte ihre Hand auf Jess' Unterarm. Die Muskeln waren hart wie Granit. »Du bist nicht aufdringlich. Ich hatte einige Probleme im Memorial. Wahrscheinlich verfalle ich automatisch in eine Art Abwehrhaltung.« Der feste Knoten in ihrem Magen löste sich, als sich die Muskeln unter ihren Fingern entspannten. Sie drückte kurz Jess' Arm, bevor sie sich auf ihre Seite des Tisches zurückzog.

»Das verstehe ich.« Silber-blaue Augen voller Schmerz und Geheimnisse begegneten Kims.

Kim sehnte sich danach, Jess in ihre Arme zu schließen und den Kummer, der so offen in ihrem Blick stand, zu lindern. Gleichzeitig wusste sie, dass eine solche Reaktion völlig unangemessen wäre. Obwohl sie Jess nicht so trösten konnte, wie sie es sich wünschte, hatte Kim etwas anderes zu geben, das ihnen beiden wichtig war: ihr Vertrauen.

»Vor ungefähr sechs Monaten sah ich eine junge Frau in der Notaufnahme, die Anzeichen für einen versuchten Suizid zeigte.« Ihren Blick fest auf Jess gerichtet, begann Kim, ihre Geschichte zu erzählen. »Ihre Mutter hatte sie einen Monat zuvor mit einem anderen Mädchen im Bett erwischt und machte ihr das Leben zur Hölle. Sie wurde in die Psychiatrie eingewiesen und sie wurde meine Patientin.«

Jess zuckte zusammen. »Das wäre für jeden ziemlich hart, egal wie alt.«

Kim nickte und sie tauschten einen verständnisvollen Blick.

»Ihre Mutter war von Anfang an nicht glücklich mit mir, da ich nichts von dem ausplaudern wollte, was mir ihre Tochter in der Therapie anvertraut hatte. Sie bestand darauf, dass ihre Tochter noch minderjährig sei, weil sie gerade erst achtzehn geworden war und noch zu Hause wohnte.« Kim hielt Jess' Blick stand. »Selbst wenn sie noch minderjährig gewesen wäre, hätte ich niemals ihr Vertrauen missbraucht.«

»Ich weiß, dass du so etwas nicht tun würdest«, versicherte Jess.

Die Bestimmtheit in Jess' Stimme ermutigte Kim. »Wie dem auch sei, ihre Mutter arbeitete ebenfalls im Memorial. Ich schätze, sie beschloss, andere über mich auszufragen, und irgendjemand erzählte ihr, dass ich lesbisch bin. Sie ist ausgeflippt.« Kim schüttelte ihren Kopf, als sie sich an die Szene erinnerte. »Sie kam in mein Büro gestürmt und hat verlangt, dass ihre Tochter einem anderen Psychiater zugewiesen wird. Einer, der sie *heilen* und nicht mit einer abartigen Lebensweise indoktrinieren würde. Sie befahl mir, die Behandlung ihrer Tochter zu beenden.«

»Himmel!« Jess rollte mit den Augen.

»Ja. Wem sagst du das. Ich dachte, ich würde den Sicherheitsdienst rufen müssen.«

Jess' Miene verfinsterte sich. »Sie hat dir nicht wehgetan, oder?«

»Nein. Nichts dergleichen.« Instinktiv legte Kim eine beruhigende Hand auf die von Jess.

Jess drehte ihre Hand um und hielt Kims Hand in ihrer. »Was ist dann passiert?«

Mit zusammengebissenen Zähnen schob Kim die Wut beiseite, die immer auftauchte, wenn sie an diese Geschichte dachte. »Nachdem ich die Behandlung ihrer Tochter nicht abgeben wollte, ist sie zu meinem Chef gegangen, Dr. Pruitt.«

»Hat er dich unterstützt?«, fragte Jess hoffnungsvoll.

Kim schnaubte. »Wohl kaum. Erst als ich bereits ein paar Monate im Memorial war, habe ich herausgefunden, dass er mich nur eingestellt hatte, weil es Druck aus der Krankenhausverwaltung gab, eine Frau in sein Team aufzunehmen. Offenbar denkt Pruitt, dass Frauen emotional zu instabil sind, um Psychiater zu sein.«

Zorn ließ Jess' Stimme tiefer klingen. »Ich wünschte, ich könnte sagen, dass mich das überrascht.« Sie strich sich mit der freien Hand durch die Haare. »Was hat er gemacht?«

»Damals stand meine Jahresbeurteilung kurz bevor. Mein Vertrag lief noch weitere zwei Jahre, also entschied Pruitt, dass die Angelegenheit ihm eine gute Ausrede lieferte, mich loszuwerden.« Kim schluckte schwer, als Gefühle aus dieser Zeit sie zu überwältigen drohten. Als Jess sanft ihre Finger drückte, brachte sie das zurück ins Hier und Jetzt.

Die warme Hand, die ihre umfasste, gab ihr Kraft, fortzufahren: »Er rief mich in sein Büro und erklärte, dass die Mutter der jungen Frau gerade bei ihm und sehr aufgebracht gewesen wäre. Sie hätte behauptet, mit ihrer Tochter gesprochen zu haben, und dass ich ihrer Tochter nicht nur erzählt hätte, selbst lesbisch zu sein, sondern auch, dass ich sie aktiv ermutigt hätte, an abartigen Betätigungen teilzunehmen, indem ich die Freuden einer homosexuellen Lebensweise gerühmt hätte.«

»Diese Schlampe!«, brach es aus Jess heraus.

»Ganz meine Meinung«, sagte Kim. »Das war aber nicht das Schlimmste. Pruitt machte sich nicht die Mühe, den Fall zu untersuchen oder gar mit der Patientin zu sprechen. Nachdem er mir von der Beschwerde berichtet hatte, gab er sich väterlich besorgt. Und dann ließ er die Bombe platzen. Er könne alles unter den Tisch fallen lassen, wenn ich stillschweigend zurücktreten würde. Ich sollte meine Kündigung einreichen und angeben, es sei aus persönlichen Gründen. So gäbe es keinen Anlass, diesen unglücklichen Zwischenfall überhaupt zu melden.«

Tief aus Jess' Brust drang ein Knurren. »Und wenn du das nicht machen würdest?«

»Na ja, auch wenn er mich nicht bloßstellen oder meinen beruflichen Ruf beschädigen wolle, müsse er, zum Wohle der Patientin, gegen mich eine Klage wegen Verstoßes gegen die Standesregeln einreichen.«

»Bastard.« Jess blickte grimmig. »Wir arbeiten zwar noch nicht so lange zusammen, aber ich weiß, du würdest das, was dir vorgeworfen wurde, niemals tun.« Ihre Stimme vibrierte vor Wut. »Bitte sag mir, dass du nicht gekündigt hast. Oder noch besser: dass du ihn wegen Einreichung einer unbegründeten Beschwerde verklagt hast.«

Kim wurde von einer Welle der Gefühle erfasst. Mit Ausnahme eines Bruders hatten der Rest ihrer Familie und ihre Partnerin darauf beharrt, dass sie stillschweigend kündigte. Jess' entschiedene Verteidigung ihrer Person bedeutete ihr unendlich viel. Feuchtigkeit kribbelte in ihren Augenwinkeln, während sie darum kämpfte, nicht von der ansteigenden Welle ihrer Gefühle fortgerissen zu werden. Es war hoffnungslos. Tränen rannen ihr über das Gesicht.

Jess ergriff Kims andere Hand. Sie hielt nun beide und strich sanft mit ihren Daumen über Kims Handrücken.

Ein lautes, jämmerliches Winseln von Thor war zu hören.

Mehrere Leute drehten sich zu ihrem Tisch um und erinnerten Kim daran, dass sie an einem ziemlich belebten, öffentlichen Ort waren. Schamesröte färbte ihre Wangen. Sie wischte ihre Tränen fort. »Es tut mir so leid«, murmelte sie. Vor Verlegenheit konnte sie Jess nicht anschauen.

Jess warf einen Blick über ihre Schulter und funkelte einige der starrenden Leute böse an. »Das muss dir nicht leidtun. Mach dir darüber keine Sorgen.«

Um etwas mehr Zeit zu gewinnen und ihre Fassung wiederzuerlangen, beugte Kim sich hinunter und streichelte Thor.

Thors große Zunge wischte mehrmals über Kims tränenüberströmtes Gesicht, bevor sie reagieren konnte.

»Bah«, schimpfte Kim. »Ich weiß dein Mitgefühl zu schätzen, Großer, aber deine Technik lässt einiges zu wünschen übrig.« Sie wischte sich mit dem Ärmel den Sabber aus dem Gesicht.

Jess musste sich anstrengen, ihr Lachen zu unterdrücken. »Er hat zumindest eine Eins für seine Bemühungen verdient.« Dann verschwand jeglicher Humor aus ihrem Gesicht. »Ernsthaft, normalerweise zeigt er nicht so viel Anteilnahme. Er mag dich wirklich.«

Warme, verständige blaue Augen trafen ihre. Kim schwor, sie konnte fast das »Und ich auch« hören, das Jess nicht aussprach. Siebeugte sich hinab und umarmte Thors Hals. »Er ist so lieb.« Sie erhaschte Jess' Blick und fügte still hinzu: *Und du auch.*

Ein Hauch von Röte färbte Jess' Gesicht und sie sah für einen Augenblick weg. Jess rutschte nervös auf ihrem Stuhl herum und wandte dann ihren Blick wieder Kim zu. »Ich … Es tut mir leid, dass ich dich jetzt traurig gemacht habe.« Ein Seufzer entfuhr ihr. »Wenn sich eine Kündigung für dich nach dem richtigen Weg angefühlt hat, dann war das die richtige Entscheidung für dich und das respektiere ich.«

»Deshalb habe ich nicht geweint.« Kim ergriff Jess' Hand und umschloss mit ihren Fingern deren Handfläche. »Sondern weil du mich verteidigt hast. Meine eigene Mutter hat sich mehr Sorgen darum gemacht, ob in der Lokalzeitung stehen könnte, dass ihre Tochter lesbisch ist, als darum, wie sehr eine solche Klage meiner Karriere schaden könnte.«

Jess' Hand in Kims spannte sich an. »Es tut mir leid, dass deine Familie dich nicht unterstützt hat. Das muss schrecklich gewesen sein.«

»Oh, es wird noch schlimmer.« Kim wusste, dass Bitterkeit in ihrer Stimme lag, aber sie konnte nicht anders. »Als ich mich weigerte, zu kündigen, und mich in der Personalabteilung und bei der Klinikverwaltung beschwerte, wurde ich plötzlich zur Ausgestoßenen.« Kims andere Hand ballte sich zur Faust. »Im gesamten Krankenhaus hat mich niemand unterstützt. Weder meine Freunde, noch meine Partnerin. Anna, meine Ex, war stinksauer, weil ich nicht sofort kündigte. Ihre einzige Sorge bestand darin, dass während der Untersuchung der Beschwerde jemand herausfinden könnte, dass wir zusammen waren. Sie hat noch nicht einmal in der Psychiatrie gearbeitet. Obwohl es gar nichts mit ihr zu tun hatte, machte sie sich nur darüber Gedanken, ob sie deswegen Probleme bekommen könnte. Sie hatte Angst davor, geoutet zu werden. Die Auswirkungen der ganzen Angelegenheit auf mein berufliches Ansehen waren ihr egal.«

Jess wischte ihr sanft die Tränen weg.

Kim hatte noch nicht einmal bemerkt, dass sie wieder weinte. Sie senkte ihren Kopf und beschimpfte sich im Stillen. *Super gemacht, Kim. Jetzt will Jess ganz bestimmt liebend gern mit dir zu tun haben. Schon beim allerersten Treffen tischst du ihr deine bemitleidenswerte Heulgeschichte auf und als Tüpfelchen auf dem i berichtest du ihr von deiner tief im Schrank steckenden Exfreundin.*

»Guck mich mal an, bitte«, sagte Jess.

Obwohl ihr emotionaler Zusammenbruch sie beschämte, zwang Kim sich, Jess anzuschauen. In deren Blick mischten sich Verärgerung und Mitgefühl.

»Es tut mir leid, dass du das durchmachen musstest. Ich habe gesehen, wie du mit Patienten umgehst. Du bist eine großartige Psychiaterin. So eine Behandlung hast du nicht verdient.« Jess drückte Kims Hand fest. »Weder beruflich noch privat«, fügte sie hinzu.

Kim kamen wieder die Tränen.

»Na, na. Nicht mehr weinen. Vergiss diesen homophoben Scheißkerl Pruitt. Er ist damit nicht durchgekommen. Richtig?«

»Kaum hatte sich die Personalabteilung eingemischt, hat Pruitt schnell einen Rückzieher gemacht. Ich denke, er hat geglaubt, ich würde kündigen, und hatte nicht darüber nachgedacht, was passiert, falls ich das nicht mache. Es wurde nie eine offizielle Beschwerde gegen mich eingereicht. Selbst die Mutter hat ihre Aussage widerrufen. Offiziell hieß es, das Ganze sei einfach ein riesiges Missverständnis gewesen.«

Kim machte ihre Hände frei und rieb sich damit übers Gesicht. »Die Ironie an der ganzen Sache ist, dass Pruitt einen schwulen Sohn hat und die beiden ganz gut miteinander auskommen. Pruitt war es egal, dass ich lesbisch bin. Er fand es wohl unerträglich, dass eine Frau Psychiaterin ist, oder vielleicht hatte er etwas gegen mich. Am Ende hat er bekommen, was er wollte. Ich bin gegangen. Zu meinen eigenen Bedingungen, aber ich bin gegangen.«

»Also, sollte mir Pruitt jemals über den Weg laufen, werde ich ihm ganz sicher danken«, sagte Jess.

»Wie bitte?« Kim war so schockiert, dass ihr die erneut starrenden Leute egal waren.

Jess grinste. »Schon besser. Und ja, ich sagte, ich werde ihm danken. Wenn er nicht so ein Arsch gewesen wäre, wärst du jetzt nicht hier am

L.A. Metro.« Jess wurde ein wenig verlegen. »Und wir hätten uns nie kennengelernt.«

*Vielleicht stimmt dieser alte Spruch, dass jedes Unglück sein Gutes hat, ja doch.* Kims Herz wurde von einer Leichtigkeit erfüllt, die sie schon seit Monaten nicht mehr gespürt hatte. Dazu passte das strahlende Lächeln, das sich auf ihrem Gesicht ausbreitete.

»Ich bin froh, dich kennengelernt zu haben, Jess.«

Ein lautes Heulen von Thor ließ beide Frauen aufschrecken.

Unbeschwertes Gelächter brach aus. Kim rutschte von ihrem Stuhl und ließ sich auf ihre Knie fallen. Sie legte ihre Arme um Thor und drückte ihn fest. »Ich bin auch froh, dich kennengelernt zu haben, Großer.«

# KAPITEL 13

Jess schob ihren Stuhl vom Schreibtisch weg. Sie hatte sich in ihr Büro zurückgezogen, um Papierkram zu erledigen, war aber nicht in der Lage, sich so gut darauf zu konzentrieren wie gewohnt. Anfang der Woche war ihr ein wenig unwohl bei dem Gedanken gewesen, Kim nach ihrem Ausflug auf der Arbeit zu sehen. Im Laufe der letzten Tage hatte sich dieses Gefühl geändert. Es war Freitagnachmittag und sie war Kim die ganze Woche über noch nicht einmal flüchtig begegnet. Jetzt sehnte sich ein Teil von ihr danach, sie zu treffen, und seien es auch nur ein paar Minuten.

Ein rascher Blick auf die Uhr bestätigte Jess, was sie bereits wusste: Kim war auf ihrer Station zur Mittagsbesprechung. Sie unterrichtete die Assistenzärzte im ersten Jahr. *Sie sollte inzwischen fertig sein. Geh einfach hin und sag Hallo. Das machen Freunde so.* Jess sträubte sich dennoch.

Ihre emotionale Verunsicherung quälte sie. So sehr sie Kim auch sehen wollte, ihre hässlichen Erfahrungen in der Vergangenheit machten sie misstrauisch. Jess traute ihrem eigenen Urteil nicht. Durch Myra war sie extrem skeptisch geworden. Von Anfang an hatte Myra nicht verstanden, dass sie Arbeit und Privatleben getrennt halten mussten.

*Da läuft nichts zwischen dir und Kim. Außerdem hat sie bereits bewiesen, dass sie anders ist. Sie ist nicht hier aufgetaucht und hat versucht, beste Freundin zu spielen. Du hast sie die ganze Woche nicht gesehen,* erinnerte Jess' logische Seite sie.

Ein Klopfen an der Tür unterbrach ihre Gedanken. »Herein«, sagte Jess.

Die Tür ging auf und der Mittelpunkt ihrer Gedankengänge stand in der Tür. Freude durchströmte Jess bei diesem Anblick. Als wäre sie um eine Ecke gebogen und hätte einen wunderschönen Regenbogen gesehen, der den Himmel in leuchtenden Farben erstrahlen ließ.

»Hi, Dr. McKenna«, sagte Kim. »Haben Sie kurz Zeit?«

Jess war überrascht, dass Kim sie so förmlich ansprach, bis sie sah, dass sich zwei Assistenzärzte auf dem Flur in der Nähe ihrer Tür unterhielten. *Siehst du, sie benutzt noch nicht einmal deinen Vornamen, weil jemand sie hören könnte. Sie weiß, dass niemand in der Klinik dich Jess nennt.*

Sie stand auf und ging um ihren Schreibtisch herum. Mit einem freundlichen Lächeln sagte sie: »Sicher. Kommen Sie rein.«

Kim lächelte und trat ein, dann schloss sie die Tür hinter sich.

»Was gibt's?«, fragte Jess. »Ein Problem mit den Assistenzärzten?«

»Nein.« Kim warf einen Blick auf den Stapel Krankenakten auf Jess' Schreibtisch. »Ich will dich nicht stören, falls du viel zu tun hast.« Sie zögerte. »Es ist eher persönlich als dienstlich.«

Schlagartig sprangen die Alarmleuchten an und Jess' Abwehr setzte ein, bevor sie auch nur darüber nachdenken konnte. Ihre kühle und distanzierte Chefin-der-Notaufnahme-Haltung kam zu Vorschein.

»Ich störe dich gerade«, sagte Kim. »Ich gehe besser.« Ihre Stimme klang resigniert.

*Du überreagierst. Gib ihr eine Chance.* Jess warf einen Blick auf Kims Gesicht. Kummer und Enttäuschung waren deutlich erkennbar. *Sieh, was du angerichtet hast!*

Mit drei schnellen Schritten war sie bei Kim. Ohne nachzudenken, legte sie sanft ihre Hand auf Kims Schulter. »Warte. Geh nicht.« Jess zeigte zur Couch. »Setz dich. Ich habe Zeit, solange ich nicht angepiept werde.«

Kim schien immer noch unsicher zu sein, aber Jess beruhigendes Lächeln brachte sie schließlich dazu, sich auf die Couch zu setzen.

Jess setzte sich dazu. »So, worüber wolltest du mit mir reden?«

»Ich habe mich nur gefragt, ob du und Thor morgen früh joggen geht? Ich würde gern mitkommen, falls es dir nichts ausmacht.«

»Oh.« Jess' Miene wurde traurig. *Verdammt. Es wäre schön gewesen, wieder mit ihr laufen zu gehen.* »Es tut mir leid. Ich habe morgen schon etwas vor.«

Jess hatte die Worte kaum ausgesprochen, da war Kim schon wieder auf den Beinen.

»Vielleicht ein anderes Mal«, meinte Kim. Ihr Tonfall sagte etwas völlig anderes. Sie ging auf die Tür zu.

Jess wurde plötzlich ungewohnt ängstlich. *Du verbockst es gerade!* Sie stand auf. »Wie wäre es mit heute Abend?«, fragte Jess, bevor Kim die Bürotür öffnen konnte.

Kim drehte sich und sah Jess an. »Du willst heute Abend joggen gehen?«

Jess schüttelte ihren Kopf. »Eigentlich nicht.« Sie schluckte nervös und sprach weiter, bevor sie der Mut verließ. Das Erste, was ihr einfiel, war: »Hättest du vielleicht Lust, den neuen Colleen-Bryce-Film zu sehen?«

Das strahlende Lächeln, das Kims Gesicht erhellte, verursachte Jess Herzklopfen. *Ah, schon besser.*

»Oh! Ich liebe ihre Deven-Masters-Filme. Wer kann einer Frau widerstehen, die die Dinge selbst in die Hand nimmt?« Verträumt setzte Kim nach: »Noch weniger einer wunderschönen Frau, die Leder trägt.«.

Jess' Libido horchte auf. Sie wusste nicht, an welchen glücklichen Ort Kim gerade entschwunden war, aber es würde ihr ziemlich gut gefallen, mit ihr dort zu sein. *Aus, Mädchen! Schluss damit.*

Sie sollte das Gespräch wieder in sicheres Fahrwasser lenken. »Wir könnten vorher essen gehen. Ich kenne ein gutes mexikanisches Restaurant in der Nähe des Kinos.« *Klingt, als würden wir uns gerade verabreden, hm?* Jess war augenblicklich besorgt. Sie rang die fast automatisch eintretende Reaktion nieder.

»Das klingt wunderbar. Ich liebe mexikanisch.« Kim warf Jess einen wissenden Blick zu. »Getrennte Kasse natürlich.«

*Wie macht sie das nur?* Jess war es nicht gewohnt, dass jemand sie so einfach durchschauen konnte. Sie schob den Gedanken fürs Erste beiseite und wandte ihre Aufmerksamkeit dem Hier und Jetzt zu. Sie freute sich schon auf einen angenehmen Abend in Kims Gesellschaft.

Überall auf der großen Terrasse des Restaurants hingen schimmernde weiße Leuchten und farbenfrohe Dekoration. Überall hörte man

Unterhaltungen und Gelächter. Gedämpfte Mariachi-Klänge aus dem Inneren des Restaurants trugen zur fröhlichen Atmosphäre bei.

Kim saß an der Außenbar und nippte an einem Glas Wein, während sie auf einen Tisch wartete. Da das Restaurant keine Reservierungen annahm, hatte sie angeboten, vorzugehen und einen Tisch zu sichern, während Jess schnell nach Hause fuhr, um Thor zu versorgen.

Als sie ihren Treffpunkt verabredeten, stellte Kim freudig überrascht fest, dass ihre Mietwohnung nur zwanzig Minuten von Jess' Zuhause entfernt lag. Das erleichterte die Planung gemeinsamer Unternehmungen, vor allem, weil Thor mit bedacht werden musste. Jess' erste Reaktion auf ihren Vorschlag heute Nachmittag hatte Kim zunächst daran zweifeln lassen, ob sie Jess überhaupt noch einmal außerhalb der Arbeit treffen würde. Glücklich, dass sie Jess mit ihrem Gefühlsausbruch bei ihrem letzten Ausflug nicht verschreckt hatte, schwor sie leise, dass es dieses Mal anders sein würde. *Egal wie, dieses Mal keine Tränen.*

Kim lächelte, als sie spürte, dass jemand hinter ihr stand. Sie wusste, wer es war, bevor sie sich umgedreht hatte.

»Hi, Jess«, sagte Kim, als sie sich zu ihr drehte. Kim bewunderte eingehend den dunkelblauen Pullover, den Jess sich über ihr Hemd gezogen hatte. Ihre auch so schon bemerkenswerten blauen Augen wurden dadurch noch mehr betont.

»Hi.« Jess griff an Kim vorbei und schnappte sich einen Tortilla-Chip aus dem Korb auf der Bar. »Entschuldige. Ich bin am Verhungern. Ich hatte kein Mittagessen.«

»Greif zu.« Kim schob eine Schüssel Salsa in Jess' Richtung. »Ich glaube, ich habe schon einen halben Korb leer gegessen.« Kim rutschte ein Stück auf dem Barhocker zur Seite, damit Jess sich neben sie an die übervolle Bar stellen konnte. »Thor ist versorgt?«

Jess nickte mit vollem Mund.

Kim grinste. Sie freute sich, dass Jess so entspannt war. Der Pager, den Kim erhalten hatte, als sie im Restaurant ankam, blinkte. »Der Tisch ist bereit. Lass uns essen.«

Kim schob ihren Teller mit einem zufriedenen Seufzen von sich.

»War es gut?«, fragte Jess.

»Es war wunderbar. Während des Jahres in Detroit habe ich versucht, ein gutes mexikanisches Restaurant zu finden. Ich habe einige ausprobiert, aber keines von ihnen reichte auch nur ansatzweise an dieses Essen heran.«

Jess lächelte. »Na, ich denke, das sollte hier überhaupt kein Problem sein.«

Während der Mahlzeit hatten sie sich kaum unterhalten. Sie beschränkten sich aufs Wetter und unverfängliche Themen. Das Schweigen dazwischen war angenehm gewesen, jede von ihnen war auf das Essen konzentriert.

Jetzt, da sie entspannt und satt waren, wagte es Kim, neugierig zu sein. Sie fühlte sich nach ihrem vorherigen Treffen immer noch ein wenig emotional entblößt. Schließlich hatte sie Jess nicht nur von ihren wenig ruhmreichen Erfahrungen am Memorial Medical erzählt, sondern auch von der mangelnden Unterstützung ihrer Familie.

Kim hoffte, nicht nur mehr über Jess zu erfahren, sondern wollte ihr auch gern positive Dinge aus ihrem Leben nahebringen. Obwohl sie lieber über etwas anderes als die Arbeit reden wollte, spielte diese doch eine große Rolle in ihrer beider Leben. *Das ist doch ein guter Aufhänger.*

»Wie lange arbeitest du schon im L.A. Metro?«, fragte Kim.

Jess zog angesichts der Themenwahl die Augenbrauen hoch. »Fast sieben Jahre.«

»Aber du warst nicht die ganze Zeit Leiterin der Notaufnahme, oder?«

»Nein.«

»Seit wann bist du die Chefin?«

»Seit zwei Jahren«, sagte Jess.

»Gefällt es dir?«, fragte Kim. Sie wunderte sich über Jess' knappe Antworten. Jess schien nicht absichtlich unfreundlich, sondern nur nicht besonders mitteilsam zu sein.

»Meistens.«

Kim wartete in der Hoffnung, Jess würde ihre Aussage ein wenig mehr erläutern.

Jess machte keine Anstalten.

Sie stöhnte innerlich. *Gott, ich muss ihr ja jedes Wort aus der Nase ziehen.*

Kim hielt inne und betrachtete Jess genauer. Sie bemerkte, dass deren Körpersprache sich komplett verändert hatte. Jess hatte sich in ihrem Stuhl zurückgelehnt und ihre Arme eng an ihren Körper gelegt. Kim verglich dieses Bild in Gedanken mit der entspannten Haltung von Jess, wenn von Thor die Rede war. *Sie ist es nicht gewohnt, über sich selbst zu sprechen.*

»Wie sieht es bei dir aus?« Jess beugte sich nach vorn und legte die Arme auf den Tisch. »Du hast ja jetzt erlebt, wie die Arbeit im L.A. Metro so ist. Denkst du, dass du bleiben wirst?«

»Ja, ich denke, das Krankenhaus passt gut zu mir«, sagte Kim.

Ihre Unterhaltung stoppte, als der Kellner an den Tisch trat. Er hatte ein Tablett mit Desserts dabei. »Hätten die Damen gern einen Nachtisch? Die Spezialität des Hauses ist selbstgemachter, frischer Flan.«

*Lecker!* Kim musste nicht einmal darüber nachdenken. »Den nehme ich, und eine Tasse Kaffee dazu.«

»Für mich nicht«, sagte Jess. »Ich nehme nur einen Kaffee.«

Der Kellner stellte ein Stück Flan vor Kim und ging dann den Kaffee holen.

»Du hast keine Ahnung, was du verpasst. Ich liebe dieses Zeug. Seit ich wieder in Kalifornien bin, hatte ich noch keinen.« Kim nahm ihren Löffel und tauchte ihn in ihr Dessert. Der gehaltvolle, dickflüssige Pudding und die Karamellsoße schmolzen in ihrem Mund. Die Komposition der Aromen überflutete ihre Geschmacksnerven und verursachte eine sinnliche Glückseligkeit.

»O mein Gott. Das ist fantastisch. Du musst mal probieren.« Kim nahm ein wenig von dem Pudding mit dem Löffel und reichte ihn Jess. Ihre Hand war halb über den Tisch, als sie die Intimität der Geste bemerkte. *Was tust du da?* Sie errötete und wollte den Löffel zurückziehen.

»Hey.« Jess ergriff vorsichtig Kims Handgelenk und führte ihre Hand wieder zurück über den Tisch. Jess grinste und beugte sich schnell vor, um den angebotenen Leckerbissen zu erhaschen. Sie schnalzte mit den Lippen. »Das ist gut.«

Kim erstarrte in der Position. Ihr Löffel hing in der Luft. Hitze durchströmte sie. Ihr Gehirn versuchte krampfhaft, mit ihrer körperlichen Reaktion auf den Anblick von Jess' Lippen um ihren Löffel mitzuhalten.

Jess wedelte mit einer Hand vor Kims Gesicht und lachte. »Erde an Kim. Alles okay?«

»Sicher doch. Alles gut.« Kim war sicher, dass Jess die von ihr ausgehende Hitze bis zu ihrer Seite des Tisches spüren konnte. Die Ankunft des Kellners rettete sie aus ihrer Verlegenheit.

Er servierte ihnen beiden eine Tasse Kaffee und legte dann einen Extralöffel vor Jess. Als Jess ihn fragend ansah, wanderte sein Blick zu Kims Nachtisch und zwinkerte.

Jess errötete.

Kim spürte, wie ihr eigenes Gesicht warm wurde.

Beide erkannten gleichzeitig die Komik dieser Situation. Sie brachen in Gelächter aus.

Ein strahlender Vollmond schwebte im kristallklaren Nachthimmel. Zusammen mit der Leuchtreklame über ihren Köpfen vertrieb er die Dunkelheit und tauchte den Parkplatz in eine lebendige Atmosphäre. Der große Platz diente sowohl dem Multiplexkino als auch dem Einkaufszentrum als Parkplatz. Ein Meer von Autos war zu sehen.

»Tut mir leid wegen des Films«, sagte Jess auf dem Weg über die Stellflächen. Sie hatten nicht, wie geplant, den Deven-Masters-Film gesehen.

»Du konntest doch nicht wissen, dass er ausverkauft ist«, sagte Kim.

»Ich hätte im Internet nachschauen sollen. Aber das habe ich nicht gemeint. Ich meinte den Film, den wir stattdessen gesehen haben.« *Wäre es noch schwachsinniger gegangen?* Jess schüttelte ihren Kopf. »Wir hätten es bleiben lassen sollen.«

Kim trat näher an Jess heran und stupste sie sanft mit der Schulter. »So schlecht war er gar nicht«, sagte sie lächelnd.

Jess' Augenbrauen hoben sich. »Oh, dann warst du also nicht die Frau, die neben mir die dümmlichen Dialoge beklagt hat?« Jess grinste, als sich Kims Gesicht mit einer liebenswerten Röte überzog.

»Na ja, mein Bruder Patrick sagte immer, egal, was die Kritiken über einen Film sagen – man weiß nie, was man bekommt«, sagte Kim. »In diesem Fall also …«

Jess kicherte. »Haben wir ins Klo gegriffen?«

Kim grinste. » Und zwar zielsicher.«

»Beim nächsten Mal halten wir uns an Deven Masters. Sie enttäuscht uns nie.« Jess fand das unbefangene Geplauder sehr vergnüglich. So etwas hatte sie noch nie bei einer Verabredung mit einer Frau erlebt. *Dieses Freundschaftsding ist besser, als ich dachte. Wenn ich jetzt auch noch lerne, diese Anziehungskraft zu ignorieren, kann es so bleiben.*

Ein plötzlicher Windstoß ließ Kims Lachen abrupt verstummen. Sie zitterte. Ihr langärmeliges Shirt war kein echter Schutz gegen die kühle Nachtluft. »Ich glaube, ich habe mich verschätzt. Mein Michigan-Blut ist doch nicht so dick, wie ich dachte.« Kim rieb sich mit den Händen über die Arme.

»Tagsüber ist es so warm, dass man schon mal leicht vergisst, wie kalt es nachts werden kann.« Instinktiv trat Jess näher und legte ihren Arm um Kims Schultern. Erst nachdem sie Kims Körper an ihrer Seite spürte, wurde ihr bewusst, was sie getan hatte. *Was machst du denn da?* Im ersten Impuls wollte sie sich zurückziehen, aber sie schaffte es, sich davon abzuhalten. Schließlich wollte sie es Kim einfach nur behaglicher machen. Sie warf Kim einen schnellen Blick zu, um deren Reaktion abzuschätzen.

»Danke. Ich hasse es, zu frieren.« Kim lächelte Jess an und rückte ein wenig näher.

»Und trotzdem bist du nach Michigan zurückgezogen?« Jess bereute ihre Frage, als Kims Muskeln sich plötzlich versteiften.

»Was soll ich sagen?« Kim senkte kurz ihren Kopf, sah dann Jess an und zuckte mit den Schultern. »Ich habe dem Druck meiner Mutter nachgegeben. Großer Fehler, wie immer.«

Jess drückte sanft Kims Schulter. »Das kenne ich. Mütter können unerbittlich sein.«

Bevor Kim antworten konnte, hatten sie ihre Fahrzeuge erreicht.

»Endlich«, sagte Jess. Der Platz war nahezu überfüllt gewesen, als sie ankamen. Sie hatten schließlich am äußersten Rand der riesigen Fläche parken müssen.

Jess ließ ihren Arm von Kims Schulter gleiten und bedeutete ihr, sich zwischen die Fahrzeuge zu stellen, um dem Wind zu entgehen.

»Wir sind vielleicht nicht joggen gegangen, aber wir haben dennoch einen ziemlichen Spaziergang gemacht.«

Kim lachte. »Nach dem reichlichen Abendessen brauchte ich das auch. Von der riesigen Portion Popcorn, die wir verdrückt haben, ganz zu schweigen.«

»Das war nicht meine Schuld – es gab das Popcorn nur in riesig, extrariesig und monströs«, sagte Jess lachend. »Oh, wo wir gerade vom Joggen sprechen. Was hältst du davon, wenn wir uns nächsten Samstag treffen? Diese Woche geht es leider nicht. Ich habe meiner Schwester versprochen, dass ich zu ihrem Softballspiel komme.« Sie wollte sicherstellen, dass Kim nicht dachte, sie wollte ihr ursprüngliches Angebot zum gemeinsamen Joggen rückgängig machen. Als sie an Sams Spiel dachte, wurde Jess plötzlich von dem Wunsch überwältigt, Kim zu fragen, ob sie nicht mitkommen wollte. Sie schob den Gedanken entschieden beiseite. *Nein. Das ist zu viel, zu schnell. Jedenfalls für mich.*

»Oh.« Kim runzelte die Stirn. »Nächste Woche habe ich um neun einen Friseurtermin.«

»Kein Problem. Vielleicht ein andermal.« Jess versuchte, ihre Enttäuschung nicht zu zeigen. *Keine große Sache. Ihr könnt euch doch jederzeit treffen.*

»Warte.« Kim berührte Jess' Arm. »Würde es dir was ausmachen, wenn wir uns etwas später treffen, vielleicht um elf? Und danach vielleicht eine Kleinigkeit zu Mittag essen?«

Jess strahlte. »Das wäre toll. Thor und ich warten im Park auf dich.«

»Ich ...« Ein plötzlicher Windstoß peitschte zwischen den Autos hindurch. Kim schnappte nach Luft. Sie legte ihre Arme um sich und fröstelte.

Jess trat näher, um den schlimmsten Wind abzuhalten. »Du machst dich besser auf den Weg, bevor du erfrierst.« Langsam spürte Jess die Kälte, trotz Hemd und Pullover.

Kims Zähne klapperten. »Okay.« Sie öffnete die Tür ihres Jeeps und kletterte hinein. »Falls wir uns nicht dienstlich sehen, treffe ich dich und Thor nächsten Samstag im Park.«

»Bis dann«, sagte Jess, bevor sich Kims Tür schloss.

Jess hatte den Abend in vollen Zügen genossen. Die Zeit mit Kim war unterhaltsam und entspannend gewesen. Sie freute sich schon jetzt auf das nächste Wochenende.

# KAPITEL 14

WAS FÜR EINE ZEITVERSCHWENDUNG. Kim massierte sich auf dem Weg zu ihrem Büro die Schläfen. Sie hatte pochende Kopfschmerzen. Marcus, der psychiatrische Betreuer, den sie diese Woche begleitete, hatte einen Notfall in der Familie. Sie hatte seine Gruppentherapiesitzung übernommen oder es zumindest versucht. Ihre Sitzung mit Marcus' Jungs war mehr als frustrierend verlaufen. Zum Glück war heute ihre letzte Gruppensitzung gewesen. *Ich kann es kaum erwarten, wieder in die Notaufnahme zu kommen. Nur noch eine Woche.*

Eine laute Stimme, die den Flur herunter hallte, riss Kim aus ihren Gedanken. *Was ist jetzt schon wieder?* Sie lief schneller.

Mitten im Schwesternbereich stand Chris Roberts und blaffte jeden in Hörweite an.

Kim verlangsamte ihren Schritt und kam am äußeren Ende des Tresens zum Stehen. Sie lehnte sich dagegen und horchte auf.

»Ich kann mit dieser Frau nicht arbeiten. Ich bin angestellter Psychiater, verdammt, nicht einer ihrer Assistenzärzte. Wie kommt sie dazu, mich vor den anderen Anfängern zu maßregeln? ›Sie haben pünktlich zu Ihren psychiatrischen Konsultationen zu erscheinen, Dr. Roberts.‹« Chris äffte Jess' raue Stimme und strenge Körperhaltung nach. »Ich habe ja auch nichts anderes zu tun, als mich um ihre verdammte Notaufnahme zu kümmern.«

Chris stapfte zu Kim herüber, als er sie entdeckte.

»Sie sind doch die Vermittlerin, Kim. Sie müssen mit dieser Frau sprechen. Sie kann mich nicht wie ihren Lakaien behandeln.«

*Dann verhalte dich professionell und mach deinen Job.* Kim widerstand der Versuchung, das laut zu sagen. Chris war vielleicht imstande, diese

Angelegenheit vor sämtlichen Krankenschwestern zu diskutieren, Kim jedoch nicht. »Setzen wir diese Unterhaltung in meinem Büro fort.« Kim drehte sich um und ging, ohne Chris die Gelegenheit zum Protest zu geben.

Er holte sie ein und schnaufte demonstrativ, folgte ihr aber trotzdem.

Kim öffnete ihre Bürotür. Sie trat ein, Chris direkt hinter ihr.

Chris durschritt den Raum und warf sich auf ihre Couch. »Es ist mein Ernst, Kim«, sagte er mit dem Finger auf sie zeigend. »Diese Frau ist unmöglich.«

*Nichts, was ich gerade weniger brauchen könnte!* Kim war immer noch bedrückt nach ihrer unglücklichen Begegnung mit Marcus' Gruppe. Die Patienten, alle in den Zwanzigern, waren ohne Ausnahme verwöhnte, unmotivierte, selbstsüchtige Jammerlappen. Zu allem Übel hatten die Männer – Jungen in Wirklichkeit – ihre Zeit damit verbracht, sich gegenseitig mit zunehmend vulgären Zweideutigkeiten zu übertreffen. Kim wusste, dass sich dahinter ein Schutzmechanismus verbarg, dennoch war es nervtötend damit umgehen zu müssen. *Du kannst Menschen nicht helfen, die nicht bereit dazu sind.*

Kim rieb sich auf dem Weg zum Schreibtisch den Nacken. Sie griff nach dem davorstehenden Stuhl und zog ihn hinüber zu Chris.

Der warf einen Blick auf den Stuhl und dann auf den leeren Platz neben sich auf der großen Couch. Er zog die Augenbraue hoch.

Kim ignorierte den Blick und setzte sich auf den Stuhl. Ursprünglich hatte sie sich hinter ihren Schreibtisch setzen wollen. Dies war keine Unterhaltung unter Freunden. »Was ist denn in der Notaufnahme vorgefallen?«

»Ich bin wegen einer Besprechung runtergegangen und McKenna hat mich vor zwei Assistenzärzten angeblafft. Das war völlig unangemessen!«

*Na klar. Genauso wie dein Gemotze über die Chefärztin der Notaufnahme hier auf der Station?* Allerdings war sie über Jess' Verhalten erstaunt. Sie hatte noch nie erlebt, dass Jess jemanden in Anwesenheit anderer Mitarbeiter zur Rede stellte. So war sie einfach nicht. Kim verscheuchte die beiläufigen Gedanken. *Jess kann selbst auf sich und ihre Abteilung aufpassen.*

»Warum waren Sie denn nicht pünktlich dort? Philip hat letzte Woche mit allen darüber gesprochen.« Kim warf Chris einen strengen Blick zu. »Wenn die Notaufnahme Sie anpiepst, müssen Sie schnellstmöglich runter. Wie lange hat es gedauert, bis Sie auf den Pager reagiert haben?«

Chris' Kinn schob sich nach vorn. »Ich war beschäftigt.«

»Kommen Sie, Chris. Sie wissen genauso gut wie ich, dass Sie von anderen Aufgaben befreit sind, solange Sie der Notaufnahme zugeteilt sind. Wie lange haben Sie sie warten lassen?«

Sich windend fand Chris seine Schuhe plötzlich sehr interessant. »Eine reichliche Stunde«, gab er schließlich zu.

*Verdammt. Das war es jetzt mit der Wiedergutmachung, die ich während meiner Zeit in der Notaufnahme geleistet habe.* Sie konnte dem Drang, ihn zu würgen, kaum widerstehen. »Was hat der Patient während der ganzen Zeit gemacht?«, fragte sie.

»Sie hatten ihn fixiert und er hat wirres Zeug über irgendwelche Dinge, die er sah, geredet«, sagte Chris.

*Was zum Teufel?* Ruhigstellung war Standardprotokoll im Falle eines gewalttätigen, halluzinierenden Patienten. »Warum wurde er nicht sediert?«

»Na ja …« Chris wurde rot und schaute nach unten. »Es könnte sein, dass ich letztens herumgebrüllt habe, weil jemanden sediert wurde, bevor ich da war. Ich habe ihnen gesagt, wenn sie meine Hilfe wollten, dürften sie einen Patienten nicht sedieren, bevor ich vor Ort bin.«

*Kein Wunder, dass Jess sauer war.* Kim schüttelte angewidert ihren Kopf. »Und Sie regen sich auf, weil Dr. McKenna sich bei Ihnen darüber beschwert hat, nachdem sie ihretwegen über eine Stunde mit einem schreienden Patienten zurechtkommen musste? Worüber genau soll ich noch einmal mit ihr reden?«

»Ich bitte Sie, Kim. Sie haben auch schon dort unten gearbeitet. Sie werden in einen Raum mit einem Patienten gescheucht, ohne Genaueres über die Hintergründe zu erfahren. Im besten Fall ist es einfach chaotisch. Im schlimmsten Fall ein Irrenhaus.« Er schlug mit der Faust auf das Sofakissen. »Ich hasse es. Ich will nicht mehr in der Notaufnahme arbeiten müssen.«

Chris' Haltung überraschte Kim nicht. Sie kannte einige Psychiater, die den Dienst in der Notaufnahme nicht mochten. Wie Chris empfanden sie die strukturlose Atmosphäre als bedrohlich. Ironischerweise war es genau das, was Kim daran so liebte. Es war eine Herausforderung. Man wusste nie, was als Nächstes durch die Tür kam. Woche für Woche die gleichen Patienten zu sehen, langweilte sie hingegen manchmal schon fast.

*Dann lag es also nicht an Jess.* Obwohl sie sich über sein Benehmen ärgerte, führte der plötzliche Anfall von Ehrlichkeit dazu, dass sie Chris helfen wollte. »Okay. Wissen Sie was? Morgen ist Freitag. Sie schließen diese Woche noch ab und ich übernehme dann Ihre Rotation in die Notaufnahme für die nächste Woche. Sie betreuen dafür meine Gruppensitzungen.«

»Könnten Sie mich nicht schon morgen vertreten?«, fragte Chris mit einem jämmerlichen Winseln.

Die katastrophale Sitzung mit Marcus' Gruppe schoss Kim durch den Kopf. Trotz mehrerer, verschiedener Ansätze war es ihr nicht gelungen, irgendwelche Fortschritte zu erwirken, schließlich hatte sie die Sitzung vorzeitig beendet. *Vielleicht hat er mehr Glück.* »Na gut, aber ich bin für Marcus eingesprungen. Sie werden auch seine Gruppentreffen betreuen müssen.«

Chris verzog das Gesicht und schien protestieren zu wollen.

*Aha, ich war also nicht die Einzige, die Schwierigkeiten mit den Jungs hatte.* Das tröstete sie zumindest ein wenig über ihre Niederlage hinweg. »Entweder das oder die Notaufnahme«, sagte Kim. Sie hatte nicht die Absicht, sowohl Marcus' Patienten als auch den Notfalldienst auf sich zu nehmen.

»Gut. Alles ist besser als die Notaufnahme. Ich übernehme Ihre Gruppen und die von Marcus.«

Der unvermittelte schrille Piepston eines Pagers erfüllte den Raum.

Chris zog den Pager von seinem Gürtel und schaute aufs Display. »Verdammt.«

»Notaufnahme?«, fragte Kim.

»Was sonst?« Chris warf einen Blick auf die Wanduhr hinter Kims Schreibtisch. »Harland ist in Rufbereitschaft. Er kann sich darum kümmern.«

Die Tagesschicht war fast zu Ende. »Sein Bereitschaftsdienst beginnt erst in einer halben Stunde.«

Chris zuckte mit den Schultern.

Kim ballte die Fäuste und versuchte, ihre Wut im Zaum zu halten.

Es gelang ihr nicht.

»Verdammt, Chris! Genau das ist der Grund, warum Dr. McKenna so sauer auf Sie ist. Und zu Recht. Was ist mit dem Patienten, der Ihre Hilfe braucht?«

Mit verschränkten Armen blieb Chris stumm.

Entschlossen, keine Zeit mehr zu verschwenden, hielt Kim ihre Hand auf. »Geben Sie mir den Pager. Ich werde mich darum kümmern.«

Chris wollte ihr den Pager reichen, zögerte dann jedoch. Er seufzte. »Ich gehe ja schon.«

Kim riss ihm den Pager aus den Fingern. »Vergessen Sie's. Jetzt ist es meine Angelegenheit.« Sie wusste, dass sie es viel besser als er machen würde. Es war keine Frage des Egos, sondern eine Tatsache. *Und du wirst Jess sehen können.* Doch obwohl es zutreffend und sehr erfreulich war, gab das für Kim nicht den entscheidenden Ausschlag. Die ganze Situation bestärkte Kims Ideen, die ihr in den letzten drei Wochen durch den Kopf gegangen waren. In ein paar Tagen fand die nächste vierteljährliche Mitarbeiterbesprechung statt. Gleich morgen würde sie sich die Zeit nehmen und Philip von ihrem Plan überzeugen. Beim Meeting könnte er ihn dann verkünden.

»Wer hat die Psychiatrie angefordert?«

Jess' Kopf fuhr hoch, als sie Kims Stimme hörte. *Gott sei Dank,* kam der unwillkürliche Gedanke. Sie wusste nicht, warum Kim dem Pagerruf gefolgt war, obwohl Roberts Dienst hatte, aber sie war dennoch dankbar.

»Ich, Dr. Donovan«, rief Bates über den geschäftigen Lärm hinweg.

Jess blickte missmutig, als sie hinter dem Schwesternterminal hervortrat. Gerade rechtzeitig, um zu sehen, dass Bates direkt auf Kim zuging. *Verdammt. Ich habe ihm gesagt, dass er die Psychiatrie anpiepsen soll und nicht, gleich den Fall zu übernehmen.*

Jess schnappte sich die Krankenakte vom Tresen. Sie ging zu Kim und Bates.

Bates besprach nicht etwa den Patienten mit Kim. Er war damit beschäftigt, sie anzuflirten.

Irritiert und verärgert gleichermaßen unterbrach Jess ihn mitten im Satz. »Vielen Dank, Dr. Bates. Dr. Donovan und ich haben alles im Griff.«

Jess deutete den Flur hinunter. »Dr. Donovan, wenn Sie mir bitte folgen würden.« Sie drehte sich auf dem Absatz um und ging zügig davon, froh, dass Kim ihr ohne ein weiteres Wort folgte.

Für diesen Fall war eine fähige Ärztin nötig und jemand, der gut mit Kindern umgehen konnte. Jess konnte sich niemanden vorstellen, der besser qualifiziert war als Kim.

Sie stoppte vor der Tür zu einem der separaten Behandlungsräume. »Tut mir leid wegen Bates.«

Kim winkte ab. »Womit haben wir es zu tun?«

Die Anspannung in ihren Schultern, die Jess vorher noch nicht einmal richtig bemerkt hatte, löste sich. *Gleich zum Dienstlichen. Und dabei sollte sie noch nicht einmal hier sein. Schade, dass sie nicht dauerhaft der Notaufnahme zugeteilt ist.*

Jess seufzte, während sie sich den Nacken rieb. Dieser Fall machte ihr Sorgen. »Die Patientin ist ein neunjähriges Mädchen. Angeblich geht es um eine versehentliche Vergiftung. Laut Aussage der Mutter hat das Mädchen aus Unwissenheit eine ganze Flasche ihrer Schlaftabletten geschluckt. Die Mutter behauptet, ihre Tochter hat die roten Pillen für Bonbons gehalten.«

Kim runzelte die Stirn. »Ist sie entwicklungsgestört?« Sie zog ein Notizbuch aus ihrer Tasche, um die wichtigsten Fakten festzuhalten.

»Das konnte ich nicht herausfinden.«

»Wer hat sie gefunden?«

»Ihr Vater. Sie sei nicht zum Abendessen runtergekommen, also ging er rauf in ihr Zimmer. Sie saß auf dem Bett. Die leere Tablettenflasche lag auf ihrem Nachtschränkchen. Er fragte sie nach der Flasche und sie hat ihm gestanden, dass sie die Pillen – seine Worte – gegessen hätte.«

»Sie war also wach und ansprechbar, als er sie fand?«, fragte Kim.

Jess nickte. »Und sie war immer noch ansprechbar und hat reagiert, als sie in der Notaufnahme ankam. Alles, was ich herausfinden konnte, war, dass zwischen dem Schlucken der Tabletten und der Entdeckung durch den Vater ungefähr zehn Minuten lagen.« Jess strich sich durchs Haar. »Wir haben eine Magenspülung bei ihr vorgenommen und

Aktivkohle eingesetzt.« Sie hasste es, ein solch invasives Verfahren bei einem kleinen Kind anzuwenden, aber ihr war keine Wahl geblieben. »Es fanden sich ungefähr zwanzig Pillen in ihrem Mageninhalt.« Sie wusste zwar, dass solche Geschichten passierten, aber diese erschien ihr nicht sehr glaubhaft.

Als hätte sie ihre Gedanken gelesen, sagte Kim: »Das klingt nicht sehr plausibel, besonders wenn man das Alter der Patientin bedenkt. Eine Neunjährige kennt den Unterschied zwischen einer Flasche mit Tabletten und einer Packung Bonbons. Mal abgesehen davon, dass ein Kind mit neun Jahren lesen können sollte.« Kim starrte auf die Tür des Behandlungsraums, als könnte sie hindurchsehen. Sie runzelte die Stirn. »Wie haben sich die Eltern verhalten?«

»Das hat mich beunruhigt, zusätzlich zu der eindeutig unglaubwürdigen Erklärung«, sagte Jess. »Die Mutter wirkte verstört, hat sich aber seltsam verhalten. Sie machte ein ziemliches Getue um ihre Tochter, aber es wirkte so, als würde sie das nur der Form halber machen. Ich konnte dahinter keine echten Gefühle erkennen.«

»Was ist mit dem Vater?«, fragte Kim und machte sich weitere Notizen.

»Der Vater wirkte ehrlich aufgebracht und verängstigt. Und das Verhalten des kleinen Mädchens fiel mir auch auf. Während ihre Mutter sie die ganze Zeit in den Armen hielt, hat sie die Augen nie vom Vater abgewendet. Die Umarmung der Mutter schien sie überhaupt nicht zu trösten. Ihr ganzer Körper war steif und abweisend.«

Jess schüttelte den Kopf. »Ich weiß nicht, vielleicht bilde ich mir das nur ein.« Sie atmete schwer aus und steckte ihre Hände in die Taschen ihres Laborkittels. »Aber ich werde das Gefühl nicht los, dass es vielleicht kein direkter Suizidversuch war, aber definitiv ein Hilfeschrei.«

Kim berührte leicht Jess' Arm. »Ich vertraue deinem Instinkt.« Sie schob ihr Notizbuch in ihre Tasche und rieb sich das Gesicht. »Woraus sich die Frage ergibt, was ein so kleines Kind dazu treiben würde, so etwas zu tun?«

»Genau. Ich befürchte, dass sie akut suizidgefährdet ist.« Jess seufzte. »Ich habe versucht, mit der Kleinen zu reden, aber es hat nichts gebracht.« Sie hatte mit eigenen Augen gesehen, wie gut Kim mit Kindern umgehen konnte. »Könntest du sie bitte untersuchen und versuchen, die Geschichte aufzuklären?«

»Sicher doch«, sagte Kim mit einem Lächeln.

»Lass mich wissen, was du herausfindest.« Jess rieb sich den Nacken. »Nur zur Warnung. Ich habe den Eltern bereits mitgeteilt, dass ich beantragt habe, das Mädchen zur Beobachtung über Nacht in die Pädiatrie aufzunehmen. Die Mutter war nicht glücklich darüber.« Das Mädchen auf die Kinderstation aufzunehmen bot zu diesem Zeitpunkt die einzige Möglichkeit. »Es sei denn, du entscheidest, dass sie in die Psychiatrie sollte. Dann müssen wir sie in ein Krankenhaus überweisen, das eine psychiatrische Abteilung für Kinder hat.«

»Okay, ich werde …«

»Dr. McKenna!«

Terrell rannte auf sie zu.

»Wir wurden gerade benachrichtigt, dass mehrere Notfälle reinkommen. Die ersten treffen in fünf Minuten hier ein. Zementlaster gegen Bus.«

Adrenalin schoss durch Jess. »Rufen Sie alle zusammen. Bereiten Sie beide Schockräume vor«, sagte Jess. Es würde sehr wahrscheinlich eine lange Nacht werden.

Terrell rannte los, um Jess' Ansage auszuführen.

Jess warf einen Blick auf die Tür zum Behandlungsraum, wo das kleine Mädchen und seine Eltern warteten, und dann zurück zu Kim.

»Geh, ich hab das hier im Griff«, sagte Kim.

»Such mich, wenn du fertig bist«, sagte Jess. Sie drehte sich um und sprintete den Flur hinunter.

Farbenfroh gemalte Tiere jagten sich über die Wände des kleinen Raums. Das gedämpfte Licht über dem Bett erleuchtete die winzige Gestalt darin. Im starken Gegensatz zur sterilen Notaufnahme mit ihrer grellen Beleuchtung wirkte der Raum in der Pädiatrie warm und einladend.

Kim saß auf der Kante des Krankenhausbettes. »So etwas wirst du nie wieder machen, nicht wahr?«

»Ich verspreche es, Dr. Kim.«

»Braves Mädchen.« Kim tätschelte leicht Charlenes Bein. »Du wirst Dr. Kate wirklich mögen.«

Tränen stiegen Charlene in die Augen. »Aber ich mag dich, Dr. Kim.«

»Ich weiß, Süße, und ich mag dich auch. Aber erinnerst du dich, worüber wir gesprochen haben? Dass Dr. Kate eine besondere Ärztin ist, die sich nur um Kinder kümmert? Ich verspreche dir, sie wird sehr gut auf dich aufpassen. Du kannst mit ihr reden und ihr alles erzählen, was dich bekümmert. Okay?«

Charlene schniefte. »Okay.« Ihr Blick huschte zur Tür. Plötzlich verkrampfte sie sich.

Kim drehte sich, um nach der Ursache dieser Reaktion zu sehen. Sie lächelte, als sie Jess im Türrahmen stehen sah. »Oh, gut. Du hast meine Nachricht erhalten.« Kim winkte Jess herein und sagte: »Charlene, kannst du dich noch an Dr. McKenna erinnern?«

Charlene rutschte näher an Kim heran. Sie nickte langsam. Ihr Gesicht zeigte eindeutig Angst.

Für einen Moment zeigte sich Bestürzung auf Jess' Miene. Schnell lächelte sie. »Hi, Charlene.« Ihr Ton war sanft und beruhigend. Sie griff in die Tasche ihres Laborkittels und zog einen kleinen Plüschfrosch heraus. »Ich habe einen Freund mitgebracht. Unten ist so schrecklich viel zu tun, da habe mich gefragt, ob du ihm an meiner Stelle Gesellschaft leisten könntest?«

*Ach, Jess. Du verhältst dich distanziert, aber was für ein weiches Herz.* Kim wusste, wie schwierig es sein musste, Kinder in der Notaufnahme zu behandeln. Auch wenn es nur zu ihrem Besten geschehen war, musste die invasive Prozedur, die Jess bei Charlene durchgeführt hatte, ihr sehr schwergefallen sein.

Zuerst zeigte sich nur ein kleines Lächeln, das aber schnell größer wurde, als Jess ihr das Stofftier gab. Charlene senkte ihren Kopf, als wollte sie Jess nicht in die Augen sehen. »Danke schön«, sagte sie leise.

Jess lächelte. »Gern geschehen.« Dann wandte sie sich wieder an Kim. »Kann ich kurz mit dir reden?«

Kim stand auf und ging um Charlenes Bett herum. »Lass uns vor die Tür gehen.«

Charlene umklammerte den Frosch mit beiden Händen. Tränen zitterten an ihren Wimpern.

Die Reaktion entging Kim nicht. Sie setzte sich wieder auf das Bett des Mädchens und nahm die viel kleinere Hand in ihre. »Hey, nicht mehr weinen.« Kim streichelte sanft das Haar des Mädchens. »Ist schon okay. Ich bin mit Dr. McKenna genau vor der Tür. Nur ein paar Minuten. Ich gehe nicht, bis dein Vater wiederkommt. Okay?«

Charlene schenkte ihr ein tränenreiches Lächeln und nickte.

»Tapferes Mädchen.«

»Wie geht's ihr?«, fragte Jess, sobald sie außer Hörweite waren. Ihr Blick schweifte umher, als wollte sie sicherstellen, dass sie nicht belauscht wurden.

Kim positionierte sich so, dass sie Charlene durch die offene Tür sehen konnte. »Sie ist ängstlich und durcheinander. Aber sie kommt wieder in Ordnung. Ich habe eine Kollegin, Dr. Kate Dean, kontaktiert. Sie gehört zu einer Gruppe privat praktizierender Psychiaterinnen. Sie ist auf die Arbeit mit Kindern in Krisensituationen spezialisiert. Kate hat sich bereit erklärt, sich Charlene morgen anzusehen.«

Jess' Augenbrauen schnellten in die Höhe. »Wie hast du die Eltern dazu gebracht, dem zuzustimmen?« Da sie mit den Eltern zu tun gehabt hatte, insbesondere der Mutter, wusste Jess, wie schwierig das gewesen sein musste. Besonders, weil die Mutter an der Version vom Unfall festhielt.

Kim seufzte schwer. »Es war nicht leicht. Mrs. Kessler ist der Meinung, dass einfach nur viel Lärm um Nichts gemacht wird. Es wäre ja nur ein Versehen gewesen.« Kim nickte, als Jess ungläubig knurrte. »Es war kaum möglich, sich mit Mrs. Kessler zu verständigen, und Charlene wollte in Anwesenheit ihrer Mutter nicht mit mir reden. Allerdings konnte ich den Vater dazu bringen, allein mit mir zu sprechen.« Kims Blick traf den von Jess. »Du hattest recht. Er hatte wirklich Angst um sie. Ich habe ihm gesagt, dass man hier eindeutig von einem Hilfeschrei seiner Tochter sprechen muss. Als ich dann davon sprach, was beim nächsten Mal passieren könnte, falls er zufällig nicht in der Nähe wäre, brach er zusammen und erzählte mir, was tatsächlich vorgefallen ist. Den Rest habe ich von Charlene erfahren.«

»Ich wusste, dass das kein Unfall war«, sagte Jess. »Warum zum Teufel haben sie sich diese Geschichte ausgedacht?«

»Mrs. Kessler hat ihren Ehemann davon überzeugt, dass das Jugendamt ihnen Charlene wegnehmen würde, wenn sie herausfinden, dass sie die Tabletten absichtlich geschluckt hat.«

Jess schaute grimmig. »Verdammt. Sie ist also wirklich suizidgefährdet?« Sie konnte es kaum glauben bei so einem jungen Mädchen. *Was zur Hölle geht in dieser Familie vor?* Sie drehte sich so, dass sie in Charlenes Zimmer schauen konnte. Das kleine Mädchen lag still im Bett und spielte mit dem Frosch.

»Nein, es war kein Unfall«, sagte Kim mit einem Kopfschütteln. »Aber es war auch kein richtiger Suizidversuch. Charlene nahm die Pillen in dem Wissen, dass ihr Vater in ein paar Minuten nach ihr schauen würde, wenn sie nicht zum Abendessen runterkäme.«

»Aber warum? Das erwartet man doch nicht von einer Neunjährigen.« Jess atmete laut aus. »Wie kommt sie denn nur auf so etwas?«

Kims finstere Miene glich der, die Jess zuvor zur Schau getragen hatte. »Gar nicht. Die ältere Schwester von Charlenes bester Freundin hat sie darauf gebracht. Sie hat ihr erklärt, dass man so die Aufmerksamkeit der Eltern bekommt.«

Jess rieb sich das Gesicht. »Vielleicht fängst du am besten von vorne an. Was zum Teufel geht in dieser Familie vor?«

»Okay. Es ist kompliziert. Die Eltern lassen sich scheiden. Sie dachten nicht, dass Charlene es wüsste, aber sie weiß es. Mama hat einen neuen Freund und Papa auch. Sie …«

»Langsam. Warte, zurück. Die Mutter hat einen Freund und Papa hat eine Freundin …«

Die blonden Locken wippten, als Kim den Kopf schüttelte. »Nee. Ich hab dir gesagt, dass es kompliziert ist. Mama hat einen Freund und Papa hat einen Freund.« Mit einem leichten Grinsen fügte Kim hinzu: »Auch wenn es nicht derselbe Mann ist.«

Jess rollte ihre Augen. *Herrgott. Kompliziert in der Tat.* »Okay, bisher komme ich mit.«

»Um es kurz zu machen …« Kim schnaubte. »Oder so kurz, wie es geht: Mrs. Kessler will die Scheidung, Geld, keine Verantwortung und plant, Charlene auf ein Internat zu schicken. Mr. Kessler will Charlene bei sich behalten, hat aber panische Angst, dass seine Frau die Sache mit seinem Lover herausfindet und er sein Kind deshalb nie wiedersieht. Charlene steckt dazwischen. Sie will bei ihrem Vater sein. Sie hat Angst davor, aufs Internat geschickt zu werden. Von ihrer Mutter wird sie total dominiert und kontrolliert. Mrs. Kessler benutzt Charlene als Bauernopfer, um ihren Ehemann zu manipulieren.«

*Wow. Das hat sie alles in weniger als zwei Stunden herausgefunden?* »Was für ein Chaos!« Auch wenn die Situation sie erschütterte, war Jess schwer beeindruckt von Kims professioneller Vorgehensweise in dieser schwierigen Lage. Trotz der ehelichen Probleme hatte Kim die Eltern überzeugen können, Charlene die erforderliche Therapie zu ermöglichen. *Sie ist wirklich gut. Und offensichtlich jemand, vor dem man keine Geheimnisse haben kann.* Eine Vorahnung traf sie wie ein Schlag. Jess schüttelte das verstörende Gefühl ab.

»Wem sagst du das?«, fragte Kim. »Wegen solcher Fälle weiß ich, dass ich nie eine gute Kinderpsychiaterin sein würde. Ich wäre zu sehr damit beschäftigt, die Eltern zu erwürgen.«

Jess drückte schnell Kims Schulter. »Du bist eine großartige Psychiaterin – Punkt. Ich hatte noch keine Gelegenheit, das zu sagen. Ich weiß zwar nicht, warum du heute Nachmittag in der Notaufnahme bist und nicht Roberts, aber danke. Ich weiß deine Hilfe wirklich zu schätzen.«

Kim lächelte strahlend. »Danke, Jess. Aber ich muss zugeben, dass es in dieser speziellen Situation einfacher war als sonst. Mr. Kessler wollte dringend mit jemandem reden. Normalerweise würde es Wochen dauern, an Informationen wie diese zu kommen.«

Jess nickte und lächelte warm. »Also, ich lasse dich besser wieder zu Charlene gehen. Wo sind die Eltern überhaupt?«

»Mrs. Kessler ist nach Hause gegangen. Mr. Kessler holt sich etwas zu essen. Er wird über Nacht bei Charlene bleiben. Ich habe versprochen, bei ihr zu warten, bis er zurückkommt.« Kim warf einen Blick auf ihre Uhr. Der Schichtwechsel lag bereits weit hinter ihnen. »Arbeitest du wieder eine Doppelschicht?«

»Nein. Zum Glück hatten alle Unfallopfer lediglich leichte Verletzungen. Ich wollte nur noch sehen, wie es bei dir läuft, bevor ich gehe.«

Kim zögerte einen Moment, bevor sie fragte: »Ist Thor heute in der Tagespflege?«

»Ja. Ich muss ihn abholen, bevor sie schließen.« Jess grinste. »Ich werde ihm sagen, dass du nach ihm gefragt hast. Er freut sich schon auf unsere Laufrunde am Samstag.« *Und ich ebenfalls.*

Ein hocherfreutes Lächeln erhellte Kims Gesicht. »Ich auch.«

Jess erblickte Mr. Kessler, der näher kam. »Ich gehe jetzt lieber. Vielen Dank noch mal.« Mit einem kurzen Winken drehte Jess sich um und ging. *Ich frage mich, ob ich sie davon überzeugen kann, in Vollzeit für die Notaufnahme zu arbeiten.*

# KAPITEL 15

ALS JESS ZURÜCK IN DIE Notaufnahme kehrte, entspannte sie sich angesichts der vertrauten Umgebung. Ein leichtes Lächeln umspielte ihre Lippen, als ihr ein seit Wochen vertrautes Bild in ins Auge fiel. *Kim.* Sie saß am Computerarbeitsplatz. Allein der Gedanke an sie genügte, um den restlichen Stress von Jess abfallen zu lassen.

Sie blieb stehen und lehnte sich gegen den Tresen des Schwesternterminals. »Dr. Donovan«, sagte sie zur Begrüßung.

Kim blickte von der Akte auf, an der sie arbeitete, und lächelte. »Ich dachte schon, Sie kämen heute nicht zur Arbeit.«

»Glauben Sie mir, ich wäre sehr viel lieber hier als woanders gewesen.«

Mit hochgezogenen Augenbrauen fragte Kim: »Und wo waren Sie?«

»Vierteljährliche Budgetsitzung … unter Vorsitz von Dr. Rodman.«

Kim verzog das Gesicht, als hätte sie in eine Zitrone gebissen. »Sie haben mein aufrichtiges Mitgefühl.«

Jess wusste, dass Kim nach ihrer ersten Begegnung mit Rodman keinen überragenden Eindruck von ihm hatte. Sie lachte kurz auf, verstummte aber schnell, als sie bemerkte, dass Penny sie vom anderen Ende des Tresens beobachtete.

Jess blickte auf die Statustafel der Patienten. »War es ruhig bisher?«

»Bis jetzt.« Kim warf ihr einen gespielt düsteren Blick zu. »Nichts im Vergleich zu letztem Freitag.«

»Das ist ein wenig ausgeufert«, sagte Jess mit einer Grimasse. Kim hatte nie erklärt, warum sie am letzten Freitag an Roberts' Stelle in der Notaufnahme gewesen war, aber Jess war unendlich dankbar dafür.

Kim stemmte ihre Hände in die Hüften. Ihre Augenbrauen schnellten in die Höhe. »Ein wenig!«

Jess ergab sich mit erhobenen Händen. »Okay, es war totales Chaos.« Nachdem eine Aufnahmezeremonie in einer Studentenverbindung schiefgegangen war, wurde die Notaufnahme von betrunkenen Studenten, deren Eltern und der Polizei überrannt. Normalerweise wurde in solchen Fällen keine psychiatrische Unterstützung in Anspruch genommen, aber Kim hatte gleich mitangepackt. Ihre Hilfe war bei dem Bemühen, alles unter Kontrolle zu halten und sowohl Eltern als auch Studenten zu beraten, von unschätzbarem Wert gewesen. *Wechsel schnell das Thema, oder du wirst sie nie davon überzeugen, in Vollzeit für die Notaufnahme zu arbeiten.* »Gerade viel zu erledigen?«

»Ich muss noch diese Akte fertig machen, dann habe ich Zeit. Was kann ich für Sie tun?«

»Ich möchte etwas mit Ihnen besprechen«, sagte Jess.

»Okay.« Kim lächelte. »Trifft sich gut, ich nämlich ebenfalls. Ich brauche noch eine Minute, dann bin ich ganz bei Ihnen.«

»Wir können in meinem Büro reden, sobald Sie fertig sind.« Jess zwang sich dazu, still zu stehen und nicht herumzuzappeln, während sie darauf wartete, dass Kim ihre Arbeit beendete. *Wenn sie eine Position wie diese hätte haben wollen, hätte sie sich eine Stelle in einer psychiatrischen Notaufnahme gesucht.* Jess schob den pessimistischen Gedanken beiseite. *Frag sie einfach.* Ein Teil von Jess' Sorge rührte daher, dass sie ihre gerade entstehende Freundschaft nicht gefährden wollte. Sie arbeiteten nicht nur gut zusammen, auch die Zeit, die sie außerhalb des Krankenhauses miteinander verbrachten, bedeutete Jess mittlerweile mehr, als sie jemals erwartet hatte. Sie wollte nicht, dass Kim sich genötigt fühlte, ihrem Wunsch nachzugeben, nur weil sie befreundet waren.

Jess ging auf dem Weg zu ihrem Büro voraus. Eben öffnete sie die Tür, als ein lautes, rumpelndes Geräusch ertönte. Sie drehte sich um und sah Kim mit einer hochgezogenen Augenbraue an.

»Ich war spät dran heute Morgen und habe nicht gefrühstückt.« Wieder kam ein lautes Knurren aus ihrem Bauch. Kim errötete. »Mittagessen hatte ich auch noch nicht.«

»Wir können später reden.« Jess blieb im Türrahmen stehen und drehte sich zu Kim um. »Wollen wir uns nachher hier treffen, wenn Sie zu Mittag gegessen haben?«

Kim wollte gerade etwas sagen, zögerte jedoch.

Jess verspannte sich in Erwartung dessen, was gleich kommen würde. *Bestimmt will sie, dass wir zusammen etwas essen.*

Kims Lächeln verblasste. Mit hängenden Schultern trat sie einen Schritt von Jess weg. »Ich hole einfach was aus einem der Automaten und esse in Ihrem Büro. Aber nur, wenn es Sie nicht stört, dass ich esse, während wir uns unterhalten.«

Unzufrieden mit sich selbst, zwang Jess sich dazu, lockerzulassen. *Wäre ein gemeinsames Mittagessen so schlimm?* Kims Rückzug erfüllte sie mit Entschlossenheit. Sam hatte recht. Die Leute würden sowieso tratschen, egal, was sie tat. *Zum Teufel mit ihnen. Ich kann mit einer Kollegin zu Mittag essen, wann ich will.* »Ich habe auch noch nicht gegessen. Warum gehen wir nicht zusammen in die Cafeteria? Wir können uns auch beim Essen unterhalten.«

Kims Mund klappte auf. Sie starrte Jess für einen Moment an.

Jess' Mund formte ein kleines, freches Grinsen. »Alles okay? Muss ich den Notfallwagen holen?«

Kim grinste zurück. »Vielleicht nur ein kleiner Elektroschock, damit mein Herz wieder anspringt.« Im Scherz schubste sie Jess an der Schulter. Ihre Augen weiteten sich, als ihr klar wurde, was sie gerade getan hatte. Schnell zog sie die Hand zurück und schaute sich vorsichtig um. Kims Miene wurde ernst. »Bist du sicher? Ich will keinen Klatsch lostreten.«

*Wunderschön und fürsorglich.* Jess lächelte. *Das war gar nicht so schwer.* Mit jedem Tag wuchs ihr Vertrauen in Kim. »Ja. Ich bin sicher. Lass uns gehen.«

Kim folgte Jess und ließ sie den Tisch in der Cafeteria aussuchen. Sie wusste, dass es Jess viel Überwindung kostete, sie während der Arbeitszeit zum Essen einzuladen, deshalb wollte sie es ihr leicht machen.

Es war Mittagszeit und die Cafeteria füllte sich schnell. Jess stellte ihr Tablett auf einen Tisch an der Wand, von dem die Leute an den benachbarten Tischen sie jedoch gut sehen und hören konnten.

*Ich frage mich, warum sie nicht eine der abgeschiedenen Ecken ausgesucht hat, sodass wir reden können, ohne dass jemand lauscht.* Kim stellte ihr Tablett ab und sah zu einem der Tische in der Ecke hinüber. Sie begriff, warum Jess beschlossen hatte, nicht dort zu sitzen. Die Tische waren klein und für zwei Leute ausgelegt. Die Krankenhausmitarbeiter, die an diesen Tischen saßen, hielten Händchen und schienen ihre Umgebung nicht wahrzunehmen. Trotz der dienstlichen Umgebung wirkte es ziemlich romantisch. *Das wäre genau das, was wir bräuchten, um die Gerüchteküche zum Kochen zu bringen.*

Als sie Platz nahm, bemerkte Kim, dass ihre Anwesenheit bereits aufmerksam verfolgt wurde. Sie spürte Blicke auf sich gerichtet und schaute sich um.

Cindy, die Krankenschwester aus der Notaufnahme, die vor ein paar Wochen über Jess geklatscht hatte, saß mit einigen anderen Frauen zu ihrer Linken. Als Kim sie anschaute, schmunzelte Cindy. *Ah, Mist. Ich wette, sie kann es kaum erwarten, wieder in die Notaufnahme zu kommen und auszuplaudern, dass sie uns zusammen gesehen hat.*

»Ignorier sie einfach«, sagte Jess.

Kim erschrak, als sie aus ihren Gedanken gerissen wurde. Sie drehte ihren Kopf wieder zu Jess. »Es tut mir leid. Vielleicht sollten wir einfach zurück…«

»Nein«, unterbrach Jess sie sanft. »Es gibt nichts zu rechtfertigen. Die Leute werden reden, egal was wir tun. Es ist nichts dabei, wenn zwei Kolleginnen zusammen Mittag essen.« Auch wenn Jess' Worte ruhig und logisch waren – die Hände, die fest ihr Tablett umklammerten, widerlegten ihre Sätze.

*Sie gibt sich so viel Mühe.* Kim konnte dem Verlangen, Jess' Arm zu berühren, kaum widerstehen und beschränkte sich darauf, ihr ein herzliches Lächeln zu schenken. »Du hast recht, am besten ignorieren wir es. Und? Worüber wolltest du mit mir reden?« Sie fragte in dem Wissen, dass Jess sich wohler fühlen würde, wenn sie über die Arbeit sprachen.

Jess atmete tief durch. Sie ließ das Tablett los und legte ihre Hände in den Schoß. »Ich wollte dich fragen, ob du dir vorstellen könntest, Vollzeit in der Notaufnahme zu arbeiten. Du bist ein großer Gewinn für die Abteilung, arbeitest sehr gut mit der Belegschaft und den

Assistenzärzten zusammen. Wie könnten wirklich jemanden deines Kalibers bei der täglichen Arbeit gebrauchen. Ich wollte zu allererst dich fragen, bevor ich Philip darauf anspreche.«

Kim wusste, dass ihr der Mund offen stand. Jess hatte es heute zweimal geschafft, sie zu verblüffen, erst mit der Einladung zum Mittagessen und nun mit diesem Angebot. *Und du hast dir den Kopf darüber zerbrochen, wie du sie fragen könntest, Vollzeit in ihrer Abteilung zu arbeiten.*

Jess deutete Kims Schweigen offensichtlich falsch und rutschte nervös herum. »Ähm ... Du musst dem nicht zustimmen, das weißt du, ja? Falls du nicht daran interessiert bist, ändert das nichts, weder in der Notaufnahme ...« Jess zögerte und suchte offensichtlich nach Worten, sprach dann aber weiter: »... noch sonst irgendwo.«

*Hm? Sonst irgendwo.* Die Erkenntnis traf Kim wie ein Schlag. *Jess macht sich Sorgen, ich könnte denken, dass mich unser freundschaftliches Verhältnis unter Druck setzt.* Kim konnte über Jess' Vergangenheit nur mutmaßen. *Wer hat dich so verunsichert? Deine Ex?* Sie verdrängte den unpassenden Gedanken und lenkte ihre Aufmerksamkeit zurück zum Thema.

»Ich kann verstehen, wenn du lieber nicht annehmen möchtest«, sagte Jess. Ihre Stimme nahm wieder den reservierten Ton an, den sie häufig in der Notaufnahme verwendete.

Kim verfluchte sich selbst. Da sie nicht sofort geantwortet hatte, vermutete Jess jetzt wohl das Schlimmste. Sie lächelte. »Ehrlich gesagt, ich wollte mit dir über einen dauerhaften Einsatz in der Notaufnahme reden.«

Jess runzelte die Brauen. »Tatsächlich?«, brachte sie schließlich heraus.

Mit einem Nicken erwiderte Kim: »Ich habe am Montag mit Philip gesprochen. Ich hatte vor, dich um dein Einverständnis zu bitten, bevor er den Wechsel bei unserer nächsten Mitarbeiterbesprechung ankündigt.«

»Du willst wirklich Vollzeit in der Notaufnahme arbeiten?«, fragte Jess.

»Du siehst so erstaunt aus.« *Es ist nur gerecht, den Spieß umzudrehen. Du hast mich heute extrem überrascht.* »Es ist doch in deinem Interesse, oder?«

»Ja, sicher doch«, sagte Jess. Sie strich sich durchs Haar. »Ich dachte nur, es würde mehr Überzeugungsarbeit brauchen.«

»Na ja, es hat schon eine Weile gedauert, Philip zu überzeugen.« Kim lächelte. »Mir persönlich gefällt die Arbeit in der Notaufnahme sehr. Wie ich bereits Philip erzählt habe, hatte ich eigentlich eine Stelle in einer psychiatrischen Notfallambulanz in Erwägung gezogen, bevor ich diese Stelle annahm.«

»Wann kannst du anfangen?«, fragte Jess.

»Meine aktuelle Rotation läuft noch eine Woche. Unsere monatliche Mitarbeiterbesprechung findet am darauf folgenden Montag statt. In dieser Besprechung wird Philip verkünden, dass ich offiziell und ausschließlich die Notaufnahme betreuen werde.« Kim grinste. »Das heißt dann wohl, dass du mich ab sofort an der Backe hast.«

Ein strahlendes Lächeln erschien auf Jess' Gesicht. »Das kommt mir sehr entgegen.«

Ein Gefühl tiefer Zufriedenheit erfüllte Kim. Auch wenn sie vom Kopf her verstanden hatte, dass sie keine Schuld an den Ereignissen am Memorial hatte, war auf emotionaler Basis ihr Selbstvertrauen angeknackst. Dass Jess mit der Bitte an sie herangetreten war, auf ihrer Station zu arbeiten, verlieh ihrem Selbstwertgefühl einen willkommenen Aufschwung.

# KAPITEL 16

AM MONTAGMORGEN BETRAT KIM IN aller Frühe den Konferenzraum. Die vierteljährliche Mitarbeiterbesprechung ihrer Abteilung fand eine halbe Stunde vor dem morgendlichen Schichtwechsel statt, damit möglichst viele Mitarbeiter teilnehmen konnten.

Philip winkte sie zum Rednerpult.

»Was ist denn?«

»Bist du sicher, dass du das willst?«, fragte Philip. »Du kannst deine Meinung immer noch ändern.«

Kim lächelte. »Absolut sicher.« Die Arbeit der letzten zwei Wochen an der Seite von Jess hatten Kim nur noch in ihrer Überzeugung bestärkt, dass sie das Richtige tat.

»Na gut, wenn wir die anderen Themen auf der Tagesordnung abgearbeitet haben, kannst du die Ankündigung machen. Ganz bestimmt werden alle begeistert sein.«

»Das denke ich auch.« Kim war schon im Begriff, zu gehen.

»Kim.«

Sie drehte sich wieder zu Philip.

»Sollest du es jemals rückgängig machen wollen, sag es mir einfach. Es muss keine Dauerlösung bleiben.«

»Danke, Philip.« Sie nickte einigen Leuten zu, bevor sie neben Chris Roberts Platz nahm. Philip eröffnete die Sitzung. Kim lehnte sich zurück und hörte zu, während sie auf ihren Auftritt wartete.

»Und nun zum letzten Punkt auf unserer Tagesordnung, Kim möchte uns etwas mitteilen«, sagte Philip. »Kim, bitte.«

Kim ging zum Rednerpult. Philip trat zur Seite und überließ ihr seinen Platz. »Wie Sie alle wissen, bin ich die Mittelsperson zwischen unserer

Station und der Notaufnahme. Ich erhielt zahlreiche Beschwerden über unsere psychiatrische Betreuung von den Kollegen.«

»Das liegt daran, dass sie absolut unbelehrbar sind«, rief Chris.

Kim blickte ihn verärgert an, bevor sie weitersprach: »Wie Philip bereits erörtert hat, kommt es immer wieder vor, dass Kollegen entgegen der Absprachen nicht während der gesamten Schicht in der Notaufnahme bleiben, obwohl sie dort eingeteilt sind. Zudem wird häufig nur sehr verzögert auf die Pagerrufe reagiert.«

»Wenn wir dort unten Dienst haben, steht uns nicht einmal ein Büro zur Verfügung«, unterbrach Harland. »Und selbst wenn eins da wäre, würde ich nicht dort arbeiten wollen. McKenna behandelt uns wie Auszubildende.« Er zog ein hochmütiges Gesicht. »Ich für meinen Teil arbeite lieber hier auf der Station. Ich bin Psychiater und kein Notarzt.«

Kim hob beschwichtigend die Hand, bevor sich noch jemand beschweren konnte. »Ich verstehe, dass sich nicht jeder in der Notaufnahme wohlfühlt. Mit Philips Zustimmung habe ich eine Lösung gefunden, die für jeden akzeptabel sein sollte. Ich werde die Betreuung der Notaufnahme auf Dauer übernehmen.«

Jubel brach im Raum aus.

Philip klatschte in die Hände. »Darf ich um Ruhe bitten?«

Nachdem es wieder leise geworden war, sprach Kim weiter: »Zukünftig müssen Sie sich nur dann um die Notaufnahme kümmern, wenn Sie sowieso Bereitschaftsdienst haben. Und ich brauche eine Urlaubsvertretung. Aber abgesehen davon wird es von nun an keine Rotationen mehr geben.«

Lautes Klatschen und Pfeifen füllte den Raum.

»Okay, damit wären wir dann fertig«, verschaffte Philip sich erneut Gehör. Er öffnete eine Mappe. »Jeder nimmt sich eine Kopie der aktuellen Einsatzplanung beim Rausgehen.«

»Wer hat den Pager?«, fragte Kim, bevor alle verschwinden konnten.

»Ich.« Harland zog das Gerät von seinem Gürtel.

Kim warf einen Blick darauf, als er ihn in ihre Hand legte. *Verdammt!* »Harland, der ist ausgestellt.«

Er sah auf Kim hinab. »Ja, natürlich. Wir waren in einer Besprechung.«

Kim biss die Zähne zusammen, um nicht auszuflippen, drehte sich auf dem Absatz um und ging schnellen Schrittes zur Notaufnahme. *Hoffentlich ist es in der Notaufnahme halbwegs ruhig gewesen.*

»Piepsen Sie sie nicht noch einmal an«, sagte Jess. »Rufen Sie direkt in der Psychiatrie an. Sagen Sie denen, sie sollen sofort jemanden runterschicken. Mir ist mir egal, wen.«

Kim kam schlitternd zum Stehen. Nur der Tresen trennte sie von Jess. »Da bin ich«, schnaufte sie, immer noch außer Atem vom schnellen Treppenlaufen. Sie hatte es zu eilig gehabt, um auf einen der Fahrstühle zu warten.

Jess drehte sich zu ihr um.

Ihr Gesichtsausdruck ließ Kim zusammenschrecken. Sie hatte Wut erwartet. Die tiefe Enttäuschung in Jess' Miene war viel schlimmer. Es traf sie schwer. *Harland, dieser Idiot!* »Entschuldigung. Wir hatten ein Meeting …«

Jess unterbrach sie, bevor sie fortfahren konnte. Ihre Stimme war kalt wie ein arktischer Winter. »Das interessiert mich nicht, Dr. Donovan. Ich erwarte, dass auf den Pager reagiert wird, Besprechung hin oder her.« Jess' Blick bohrte sich in Kims Augen. »Wir haben hier unten Hilfe gebraucht.«

Natürlich wusste Kim, dass es unrealistisch war, zu glauben, sie und Jess würden sich nie dienstlich streiten. Trotzdem lag in diesem Fall die Schuld nicht bei ihr. Und so sehr sie auch alles erklären wollte, jetzt war keine Zeit dafür. »Was haben wir?«

Jess atmete schwer aus und rieb sich die Stirn. »Der Patient ist fünfundzwanzig, männlich. Diagnostizierte Schizophrenie, Medikamente abgesetzt. Er war aggressiv und paranoid. Wir haben ihn ruhiggestellt, aber er ist immer noch sehr aufgeregt. Dr. Johnson ist mit ihm in Untersuchungsraum zwei.«

»Ich kümmere mich sofort um ihn«, sagte Kim. Als sie zum Behandlungszimmer ging, kam Bates angeflitzt.

»Ich komme mit, Kim. Lassen Sie sich von der Hexe nicht unterkriegen.« Er lächelte teilnahmsvoll. »Und hinterher gehen wir einen Kaffee trinken.«

*Na toll. Genau das brauch ich jetzt.* Kim verzog das Gesicht. *Und seit wann nennen wir uns eigentlich beim Vornamen?* Es war kaum der richtige Moment, um sich über Peters Verhalten zu ärgern. »Ist er Ihr Patient?«

»Äh, nein. Terrells, aber …«

»Ich hab's unter Kontrolle.« Kim zog die Tür des Untersuchungsraums auf. »Bestimmt gibt es noch andere Patienten, die darauf warten, untersucht zu werden, Dr. Bates.« Sie trat ein und schloss die Tür vor seiner Nase.

Kim stöhnte, als sie auf die Couch im Personalraum sank. Dies war ihre erste echte Pause, seit sie die Notaufnahme heute betreten hatte. Keine einzige ruhige Minute hatte es gegeben. Sie nutzte die Chance, sich eine Tasse Kaffee zu holen und ein paar Minuten zu entspannen. Kim hatte auf eine Gelegenheit gehofft, Jess die vorherigen Umstände zu erklären, hatte sie aber den ganzen Morgen nur im Vorbeilaufen gesehen.

Die Tür ging auf und Jess kam herein.

Unsicher über deren Reaktion, entschied sich Kim für einen professionellen Gruß. »Dr. McKenna«, sagte sie mit einem leichten Nicken.

Jess zuckte zusammen. Sie nickte zurück und ging dann zur Küchenzeile. Sie nahm sich eine Tasse Kaffee und stellte sich dann neben die Couch. »Darf ich?«, fragte Jess und zeigte ans andere Ende des Sitzmöbels.

*Okay. Vielleicht ist es doch nicht so schlimm, wie ich dachte.* »Setz dich.«

Jess machte es sich bequem und lehnte ihren Kopf zurück. Ein langer Seufzer entfuhr ihren Lippen.

»Harter Tag, hm?«, fragte Kim.

»Ich hatte wirklich schon bessere«, erwiderte Jess. Sie setzte sich auf und nahm einen Schluck.

»Tut mir leid wegen vorhin. Ich habe den Einsatzpager erst nach unserer Besprechung bekommen.« Kims Hand verkrampfte sich um die Tasse. »Ich wusste nicht, dass Harland ihn ausgeschaltet hatte«, erklärte sie, ihre Stimme rau vor erneut aufkommender Wut.

»Ich muss mich auch entschuldigen.« Jess rutschte herum, bis sie Kim ansehen konnte. »Es tut mir leid. Es war ein wirklich chaotischer Morgen, aber ich hätte dir trotzdem die Gelegenheit geben sollen, dich zu erklären. Du hast uns schließlich nie im Stich gelassen.«

Kims trübe Laune löste sich endlich auf. »Erfreulicherweise ist es jetzt offiziell. Ich bin auf Dauer der Notaufnahme zugewiesen.« Kim lächelte. »Und als erste Amtshandlung werde ich dafür sorgen, dass alle meine Pagernummer haben, um mich jederzeit erreichen zu können.«

»Vielen Dank.« Jess berührte leicht Kims Arm. »Und willkommen an Bord.«

Schweigend genossen sie ihren Kaffee. Die friedliche Stille wurde von Kims knurrendem Magen unterbrochen.

Jess grinste. »Frühstück wieder ausgelassen?«

Ein zweites, lauteres Grummeln war die Antwort.

Obwohl Kim gern wollte, zögerte sie, Jess zum Mittagessen einzuladen. Sie hatten zwar letzte Woche zusammen in Jess' Büro zu Mittag gegessen, aber das war ein eher privates Umfeld gewesen. Seit dem Tag, an dem Jess sie gefragt hatte, ob sie in der Notaufnahme arbeiten wolle, waren sie nicht mehr zusammen in der Cafeteria gewesen. Kim entschied, das Risiko einzugehen. *Schließlich arbeite ich hier tagtäglich. Es sollte den Leuten nicht ungewöhnlich vorkommen, uns zusammen zu sehen.* »Hast du Lust, zum Mittagessen zu gehen?«

Kim bemerkte die plötzliche Anspannung, die von Jess ausging. *Tja, es war ein Versuch.* Sie bemühte sich, ihre Enttäuschung nicht zu zeigen. »Ach, ich denke, ich hol mir einfach etwas aus …«

Jess sprang von der Couch auf. »Nein. Lass uns in die Cafeteria gehen. Ich bezahle … zur Begrüßung im Team, sozusagen.«

Kim blinzelte zu Jess hinauf, suchte in deren Miene nach Zögerlichkeit. Jess hielt ihrem Blick stand und lächelte. Die Wärme, die aus Jess' lebhaften blauen Augen strahlte, verschlug Kim den Atem. Sie erhob sich. »Wunderbar. Ich bin am Verhungern.«

»Das ist ja ganz was Neues«, bemerkte Jess lachend.

Scherzhaft stupste Kim ihr mit dem Ellbogen in die Rippen. *Ja, der Tag wird definitiv immer besser.*

# KAPITEL 17

JESS WAR DABEI, DEN ARM des Patienten fertig zu verbinden. Sie beugte sich vor und beobachtete Terrell, der den anderen Arm des Mannes nähte. Der Patient war sehr unglücklich mit einer Motorsäge zusammengetroffen. »Sieht sehr gut aus, Dr. Johnson.«

Terrell sah sie mit einem Lächeln an. »Danke, Dr. McKenna.«

»Okay, Mr. Merrill, Dr. Johnson wird sich um alles Weitere kümmern.«

»Vielen Dank, Doktor.«

Jess zog ihren verschmutzten Kittel aus und warf ihn in den dafür vorgesehenen Container. »Ich bin in meinem Büro, falls Sie mich brauchen.« Sie ging zur Tür und öffnete sie. »Vergessen Sie nicht, dass die Schwester ihm den Zettel zur Wundpflege gibt, und lassen Sie ihn nicht ohne Tetanusspritze nach Hause gehen.«

»Sicher doch, Dr. McKenna«, sagte Terrell.

Als sie aus dem Raum war, gestattete Jess sich einen Moment der Erschöpfung. Sie streckte ihren verspannten Rücken. Ein schneller Blick auf ihre Armbanduhr ließ Jess stöhnen. *Gott, erst drei Uhr. Ich dachte, es wäre später.* Ihr Magen rumorte und erinnerte sie an das unterbrochene Mittagessen mit Kim. Sie hatten sich gerade mit ihren Tabletts hingesetzt, als sie zurück in die Notaufnahme gerufen wurde.

Diese Woche war ein Wendepunkt für Jess gewesen. Sie hatte mehrmals mit Kim zu Mittag gegessen. Es war ihr nicht leicht gefallen. Zu lange hatte Jess sich von allen anderen auf der Arbeit isoliert. Die Gerüchteküche hatte heftig gebrodelt, aber Jess gab sich größte Mühe, es zu ignorieren. *Wir sind nur Freundinnen.* Jess' knurrender Magen brachte sie zurück ins Hier und Jetzt.

Sie war schon auf dem Weg zum Büro, als ein Gedanke sie bremste. Vorhin hatte sie einige Bagels im Personalzimmer gesehen. Jess änderte die Richtung und nahm Kurs auf den Gemeinschaftsraum. Der Anblick, der sie dort erwartete, ließ sie wie angewurzelt stehen bleiben. Kim saß am Tisch vor einem Stapel Krankenakten. Rodman stand direkt hinter ihr und lehnte sich über ihre Schulter. Sein Blick klebte förmlich in ihrem Ausschnitt.

Kim sah auf. Erleichterung spiegelte sich auf ihrem Gesicht.

Unerwartet heftig stieg Ärger in Jess auf.

Sie dachte nicht nach, sie reagierte lediglich. In drei langen Schritten durchquerte sie den Raum.

Rodmans Augen wurden groß, als er Jess heranrauschen sah. Instinktiv trat er einen Schritt zurück.

Kim nutzte den Moment seiner Ablenkung. Sie schob ihren Stuhl heftig zurück und traf ihn in der Leiste.

»Passen Sie doch auf!«, knurrte er, als er einige Schritte zurücktaumelte.

»Tut mir leid«, sagte Kim, klang dabei aber alles andere als bedauernd. Schnell stellte sie sich zwischen Jess und Rodman.

Jess fing Kims unruhigen Blick auf. Um ein Haar hätte sie Rodman von Kim weggestoßen. *Himmel! Bist du eigentlich verrückt?* Sie atmete hörbar aus und zwang sich zu innerer Ruhe. Jess legte ihre Chef-Attitüde an wie eine Rüstung und wandte sich Rodman zu. »Was machen Sie in der Notaufnahme, Dr. Rodman?«

Er funkelte sie beide an, bevor er Jess antwortete. »Wie üblich sind die Quartalszahlen dieser Station noch nicht fertig. Sie waren am Montag fällig, und heute ist Freitag.« Er wölbte die Brust und grinste spöttisch. »Vielleicht wird es Zeit für eine neue Führungskraft hier unten. Jemanden, der dem Job tatsächlich gewachsen ist.«

»Der Bericht wurde letzten Montag an Ihr Büro geschickt«, sagte Jess mit ruhiger, bedächtiger Stimme.

»Gut. Passen Sie nur auf, dass er auch im nächsten Quartal rechtzeitig kommt.«

Jess knirschte die Zähne, verzichtete aber auf eine gepfefferte Antwort. Sie wusste, dass Rodman schlichtweg versuchte, sie zu provozieren. »Kann ich sonst etwas für Sie tun?«

Rodman musterte sie beide von oben bis unten.

Instinktiv trat Jess näher an Kim heran. Ihre Arme berührten sich.

»Hab ich es mir doch gedacht«, sagte Rodman mit einem hässlichen Grinsen im Gesicht.

»Wie bitte?«, fragte Jess.

Rodman wischte die Frage mit einer Handbewegung weg. Er drehte sich um und ging zur Tür. »Großartig«, murmelte er gerade laut genug, dass sie es hören konnten. »Genau was wir brauchen. Noch eine Kampflesbe als Ärztin. Als würden nicht schon genug davon hier rumlaufen.«

Die Tür schloss sich hinter Rodman.

»Wie zum Teufel schafft es der Kerl, seinen Posten zu behalten?«, fragte Kim.

Jess sah sie an und bemerkte, wie dicht beieinander sie standen. Sie ging ein Stück beiseite und lehnte ihre Hüfte gegen den Tisch. »Nicht, dass ich diesen ganzen homophoben«, Jess wedelte mit ihren Armen in der Luft herum, »Lustmolch-Quatsch, den er abzieht, verteidigen wollte.« Sie schüttelte ihren Kopf. »Aber er war nicht immer so.«

»Was ist passiert?«, fragte Kim.

Die Tür zum Personalraum öffnete sich erneut.

Bates kam herein. Er lächelte breit, als er Kim entdeckte. Das Lächeln verschwand, als er Jess sah.

Jess unterdrückte ein Schmunzeln, als Kim sie augenrollend ansah. Sie sammelte schnell die Akten auf dem Tisch ein und hielt Kim die Hälfte hin.

Kim nahm sie an sich, ohne zu fragen.

Bates ging zur Kaffeemaschine, behielt sie jedoch im Blick.

»Dr. Donovan.« Jess zeigte zur Tür. »Nach Ihnen.«

Schnell flüchteten sie.

Kim ließ die Akten auf Jess' Schreibtisch fallen. Sie war dankbar für den Vorwand, Bates aus dem Weg zu gehen. Der Mann schien einfach nicht zu verstehen, dass sie kein Interesse an ihm hatte. »Ist der Tag noch immer nicht vorbei?«

»Bald.« Jess winkte sie zur Couch. »Entspann dich ein bisschen.«

Kim sank mit einem theatralischen Seufzer auf die Couch. »Danke für die Rettung.«

Jess lachte. Sie legte ihren Aktenstapel ebenfalls auf den Schreibtisch. Dann beugte sie sich vor und wühlte in der mittleren Schreibtischschublade, bevor sie sich zu Kim auf das Sofa gesellte.

»Apropos Rettungen«, sagte Jess. Sie hielt Kim einen Schlüssel hin.

Mit hochgezogenen Augenbrauen nahm Kim den Schlüssel an. *Ist es das, was ich vermute? Wow.*

»Das ist der Schlüssel zu meiner Bürotür. So kannst du immer herein, wenn ich gerade bei einem Notfall oder sonst wo bin.« Jess rutschte auf der Couch herum und sah weg. »So entgehst du Leuten, die dich im Gemeinschaftsraum beim Arbeiten stören.«

Kim runzelte die Stirn. *Fühlt sie sich verantwortlich wegen der Sache mit Rodman? Das war nicht ihre Schuld.* Kim legte ihre Hand auf Jess' Arm. »Danke schön.«

Jess schrak zusammen und warf Kim einen kurzen Blick zu.

Bevor Kim ihre Hand zurückziehen konnte, legte Jess ihre eigene darüber und drückte sie kurz.

Kim lächelte. »Also, wie kam das mit Rodman? Ich erinnere mich, dass auch Philip erwähnte, es sei nicht immer so schlimm mit ihm gewesen.«

»Viel weiß ich auch nicht. Es fing vor ungefähr zweieinhalb Jahren an.« Jess errötete und senkte den Blick. »Ich hatte damals ziemlich mit meinen eigenen Angelegenheiten zu tun.« Sie strich eine Haarsträhne beiseite und sah Kim wieder an. »Wie auch immer, bis dahin war Rodman einfach der typische, arrogante Chirurg. Draufgängerisch, immer beide Ellenbogen im Einsatz. Aber damals war er im Gegensatz zu heute nicht hinter jedem Rock her. Er war zwar nicht besonders liberal eingestellt, aber zumindest tolerant. Mit seiner jetzigen homophoben Haltung gar nicht zu vergleichen.«

»Was hat sich verändert?«, fragte Kim.

»Nach nur sechs Monaten Ehe trennte er sich von seiner zweiten Frau. Ich weiß nicht, wer die Scheidung wollte. Schon bald danach machte er sich an jede Frau heran, die ihm über den Weg lief.« Jess fuhr sich mit ihrer Hand durch die Haare. »Du weißt, dass sein Bruder im Vorstand des Krankenhauses ist?«

Kim nickte.

»Nun, sein Bruder hat es stets geschafft, Beschwerden gegen ihn unter den Teppich zu kehren, bevor sie offiziell wurden. Es stand immer Aussage gegen Aussage.«

»Du hast vorhin erwähnt, dass er früher nicht so offen homophob war. Hängt das mit seiner Scheidung zusammen?« Obwohl sie den Mann zutiefst ablehnte, konnte Kim sich ihrer Neugier nicht erwehren. Vielleicht ließ sich sein Verhalten leichter ignorieren, wenn sie verstand, was dafür ursächlich war.

»Wirklich verstanden habe ich es auch nicht, aber es fiel halt ungefähr in die gleiche Zeit.« Jess schaute finster. »Plötzlich fing er an, mir das Leben schwer zu machen. Und ich habe das auch von anderen lesbischen und schwulen Mitarbeitern gehört.«

Kim lehnte sich zurück und dachte über das nach, was Jess ihr erzählt hatte. Sie setzte sich auf, als die Teile des Puzzles sich zusammenfügten. *Könnte das sein? Sein Verhalten würde dazu passen.*

»Was?«, fragte Jess.

»Ich habe nur nachgedacht. Vielleicht hat ihn seine Frau für eine Frau verlassen. Das würde erklären, warum er jeder Frau nachjagen muss: um seinen Männlichkeit zu beweisen.«

Jess runzelte die Stirn. »Und es erklärt, warum er plötzlich Lesben und Schwule hasst.« Sie schüttelte ihren Kopf. »Dass ich bis jetzt nicht darauf gekommen bin …« Jess' Blick traf den von Kim. In ihren Augen zeigte sich Respekt mit einer Spur Beklommenheit. »Du bist ziemlich gut.«

»Danke vielmals.« Kim lächelte und polierte die Fingernägel an ihrer Bluse. »Es ist nur eine Vermutung, aber du musst zugeben, dass es passt.«

»Ich …« Das laute Knurren ihres Magens unterbrach Jess.

»Hast du seit unserer gestörten Mittagspause nichts mehr gegessen?«, fragte Kim.

»Nö. Zu beschäftigt.«

»Dann lass dich von mir nicht aufhalten. Du solltest dir jetzt was holen, solange es noch ruhig ist.«

Jess schaute auf ihre Armbanduhr. »Die Schicht ist in einer Stunde zu Ende. Ich hole mir einfach zur Überbrückung etwas aus dem Automaten.« Sie stand auf und streckte sich. »Soll ich dir etwas mitbringen?«

»Nein. Ich brauche nichts. Danke.« Kim stand auf und ging zum Schreibtisch, um ihre Akten einzusammeln.

Jess schob Kim zu ihrem Schreibtischstuhl. »Mach es dir bequem«, sagte sie mit einem Lächeln.

Kim setzte sich in Jess' Stuhl. Sie sah zu Jess auf und lächelte zurück. *Ich kann immer noch nicht glauben, dass sie mir den Schlüssel zu ihrem Büro gegeben hat.* »Danke nochmals für den Schlüssel.«

»Kein Problem.« Jess war schon an der Tür und blieb für einen Augenblick stehen. Sie drehte sich zu Kim. »Ich weiß, es ist Freitagabend und etwas kurzfristig, aber hättest du vielleicht Lust, nach der Arbeit mit mir essen zu gehen?«

*Wow. Zwei Einladungen zum Mittagessen in einer Woche und jetzt das. Sie scheint schon viel gelöster, hat nicht einmal gezögert.* »Das wäre wunderbar. Wieder zum Mexikaner von neulich?«

Jess lachte. »Du bist nur süchtig nach deren Flan.«

Kim streckte ihre Zunge raus. »Und das wäre so schlimm, weil …?« Ihre Neugierde war geweckt, als Jess errötete. *Was war denn an diesem Kommentar zum Rotwerden?*

Jess brauchte einen Moment, um sich wieder zu fangen. Sie räusperte sich. »Also der Mexikaner.«

»Ich kann rüberfahren und unsere Namen auf die Warteliste setzen lassen, während du dich um Thor kümmerst.«

»Nicht nötig«, sagte Jess. »Thor ist dieses Wochenende bei Sam. Sie hat heute frei, also ist sie hergekommen und hat ihn abgeholt.«

*Sie hat nie erwähnt, dass sie ihn manchmal bei Sam lässt.* Kim wartete und fragte sich, ob Jess das genauer erklären würde.

Jess trat von einem Fuß auf den anderen und sah ein wenig verlegen aus, dann reckte sie sich und sah Kim an. »Ich, ähm … Ich mag Halloween und die ganzen verkleideten Kinder. Bei mir kommen meistens eine Menge Kinder vorbei. Thor regt sich immer auf, wenn ständig Leute an die Tür kommen.« Jess sah nach unten. »Er ist es nicht gewohnt, dass Fremde ins Haus kommen.« Sie zuckte mit den Schultern. »Ich will ihn nicht im Schlafzimmer einsperren. Er denkt dann, dass er bestraft wird. Also bleibt er an Halloween bei Sam.«

Kim kam hinter dem Schreibtisch hervor und ging zu Jess. *Ein Softie, tatsächlich.* »Ich finde es toll, dass du auf seine Befindlichkeiten

Rücksicht nimmst. Es gibt viel zu viele Menschen, die ihre Haustiere nicht so behandeln.« Sie lächelte liebevoll, als Jess' Blick den ihren traf. »Hunde haben auch Gefühle.«

»Danke«, sagte Jess. Ein liebenswerter Rotschimmer zog sich über ihre Wangen. »Welche Pläne hast du denn für Halloween? Gehst du zur Party bei Blane's?« Die Mitarbeiter der Notaufnahme trafen sich jedes Jahr zu einer Kostümparty in der örtlichen Grillbar.

»Kinder in Kostümen sind süß.« Kim schüttelte ihren Kopf. »Aber verkleidete Erwachsene, die zu viel trinken und sich austoben, sind überhaupt nicht mein Ding.«

Jess lachte. »Geht mir genauso. Dann wirst du zu Hause Süßigkeiten verteilen?«

Die blonden Locken wippten, als Kim den Kopf schüttelte. »Einer meiner Nachbarn hat mir bereits gesagt, dass es in meiner Wohnanlage nicht üblich ist. In Michigan habe ich das immer sehr genossen. Ich habe Halloween bei meiner Mutter verbracht. In ihrer Nachbarschaft sind dann massenweise Kinder unterwegs.«

Unentschlossenheit zeigte sich auf Jess' Gesicht.

Das Schweigen um sie herum wurde langsam unangenehm.

Kim löste die festgefahrene Situation auf: »Du solltest dir etwas zu essen holen, solange du noch kannst.« Sie drehte sich wieder zu Jess' Schreibtisch.

»Kim.« Jess streckte ihre Hand aus und berührte Kims Arm, um sie aufzuhalten.

Mit fragendem Blick drehte Kim sich um.

Jess atmete tief durch. »Warum kommst du nicht zu mir und hilfst mir beim Verteilen der Süßigkeiten?«

*Es ändert sich wirklich was!* Auch wenn sie bereits ein paar Mal etwas nach Feierabend unternommen hatten, waren sie immer im Park oder in der Öffentlichkeit gewesen. Kim sah Jess prüfend an. Sie ahnte, wie viel Überwindung Jess diese Einladung gekostet haben musste. Auch sie selbst war aufgeregt, um ehrlich zu sein. »Ich komme sehr gern, Jess.«

Jess' Gesicht erstrahlte. »Das wird bestimmt lustig. Ich gebe dir die Wegbeschreibung beim Abendessen.« Jess' Pager schrillte. »Die Pflicht ruft – ich treffe dich nach der Schicht«, sagte sie, bevor sie hinauseilte.

Kim sank auf Jess' Stuhl. Sie hatte niemals erwartet, dass Jess sie zu sich nach Hause einladen würde. So sehr sie sich auch darauf freute, Zeit mit ihr zu verbringen, war sie doch auch nervös. Sie fühlte sich immer stärker zu Jess hingezogen, und es fiel ihr immer schwerer, das zu ignorieren. Kim seufzte. Mittlerweile bedeutete ihr diese Freundschaft zu viel, als dass sie riskieren würde, sie mit der Offenbarung ihrer Gefühle zu gefährden. *Mach es jetzt ja nicht kaputt.*

# KAPITEL 18

DING, DONG.

Jess erstarrte. Ein Eisklumpen bildete sich in ihrem Magen. Ihr Blick schweifte im Wohnzimmer umher, um zu prüfen, ob alles an seinem Platz war. Es war fast zwei Jahre her, dass jemand außer Sam in ihrer Wohnung gewesen war. *Komm schon. Es ist Kim. Mach dich nicht verrückt.* Warme, einfühlsame Augen kamen ihr in den Sinn und brachten das eisige Gefühl in ihrem Bauch zum Schmelzen. Sie atmete durch und ging zur Tür.

»Hallo, Kim.« Jess lächelte sie durch das Fliegengitter an. Eine einzige Lampe, bedeckt mit Spinnweben, streute blasses Licht über die überdachte Veranda.

»Wow, die Deko sieht toll aus«, sagte Kim. »Ich finde die geschnitzten Kürbisse auf der Treppe herrlich. So ausgeleuchtet sehen sie richtig schaurig aus. Und die Skelette und Fledermäuse in den Bäumen sind ein cooler Einfall.«

»Danke. Als Kind habe ich Halloween geliebt. Ich schätze, in dieser Hinsicht bin ich nie wirklich erwachsen geworden. Es ist immer noch einer meiner Lieblingsfeiertage.« Jess kam nicht umhin, Kims ehrliches Kompliment für ihre Dekoration mit Myras damaliger matter Reaktion zu vergleichen. Ganz zu schweigen von ihren herablassenden Kommentaren.

*Soll ich …?* Jess kämpfte mit sich selbst … ungefähr eine halbe Sekunde lang. Sie grinste schief, während sie unauffällig den Schalter neben der Tür betätigte.

Kim blinzelte misstrauisch. Nervös sah sie sich auf der Veranda um.

*Ah. Ich bin durchschaut. Natürlich.* Langsam öffnete Jess die Fliegengittertür, die sie von Kim trennte.

Die von den Bäumen hängenden Skelette erwachten zum Leben. Fledermausflügel flatterten.

Ein unheimlicher, spitzer Schrei ertönte aus der Höhe.

Kim duckte sich und sprang vor Schreck einen Schritt zurück.

Der Beutel in ihrer Hand fiel polternd auf die Veranda.

Gleich darauf hatte sie sich gefangen und warf Jess einen gespielt finsteren Blick zu. Sie stemmte ihre Hände in die Hüften. »Sehr witzig.«

Jess schmunzelte, als sie zu Kim auf die Veranda trat. »Happy Halloween.«

Kim lachte. »Happy Halloween auch dir.« Sie hob ihre Tasche vom Boden, öffnete sie und kramte darin herum. »Du hast Glück.« Sie griff hinein und zog einen Sechserpack Bier heraus. »Trotz deines Streichs bekommst du eine Belohnung.«

Erfreut nahm Jess das Bier entgegen. »Meine Lieblingssorte. Danke schön.« Das erinnerte Jess erneut daran, wie aufmerksam Kim war. Sie hatte diese Biersorte zweimal beim Mexikaner bestellt. Kim hatte sich das offensichtlich gemerkt und alles daran gesetzt, ihr dieses Bier mitzubringen. In den Geschäften der näheren Umgebung wurde es nicht angeboten, sondern nur direkt bei der Kleinbrauerei.

»Gern geschehen. Ich wollte zuerst eine Flasche Wein mitbringen, aber ich dachte, Bier passt besser zur Pizza.«

Beim gestrigen Abendessen hatte Jess Kim eingeladen, nach dem Verteilen der Süßigkeiten zum Pizzaessen zu bleiben.

Kinderlachen ertönte. Jess schaute die Straße hinunter und entdeckte eine Gruppe kleiner Kinder, begleitet von mehreren Erwachsenen, die in ihre Richtung kamen. »Ah. Da sind ja schon die Ersten.« Jess stellte das Bier auf die halbhohe Mauer, die die Veranda umgab. »Warte eine Sekunde.« Sie ging die Stufen hinunter, schaltete die Beleuchtung entlang des Weges an und kam zurück auf die Veranda. Jess nahm das Bier. »Alles klar. Lass uns reingehen. Die Süßigkeiten liegen schon bereit.«

»Die Lichter sind eine super Idee bei den vielen kleinen Kindern, die heute Abend unterwegs sind.« Kim betrachtete die beleuchteten Tüten links und rechts des Gartenwegs. »Ich habe welche mit LEDs darin gesehen, aber deine wirken, als würden echte Kerzen in ihnen brennen, auch wenn ich genau weiß, dass dem nicht so ist.«

»Doch, ich habe Kerzen hineingestellt. Aber du hast recht, sie sind nicht echt. Batteriebetrieben.« Jess ergriff den Fliegenschutz.

Als die Tür aufging, wurden die Skelette und Fledermäuse wieder lebendig.

Kim trat nahe an eines der Pappskelette heran, die vom Dach der Veranda hingen, und schaute nach oben. »Sind die mit einem Bewegungsmelder verbunden?«

Jess streckte die Hand ins Haus und legte den Schalter um. Die zappelnde Dekoration kam zur Ruhe. »Ja. Der ist mit der Insektenschutztür verbunden. Normalerweise stelle ich es erst an, wenn die ganz kleinen Kinder bereits wieder nach Hause gegangen sind. Ich finde, ihr erstes Halloween sollte fröhlich und nicht erschreckend sein.« Jess grinste. »Für die älteren Kinder ist es allerdings ein Riesenspaß.«

Kim lachte mit einem Kopfschütteln. »Darauf wette ich.«

»Nach dir«, sagte Jess und deutete ins Haus.

»Das war lustig«, sagte Kim, als sie sich auf die Ledercouch fallen ließ. Sie war überrascht gewesen, wie schnell sie sich in Jess' Wohnzimmer wohlgefühlt hatte. Die warme und gemütliche Atmosphäre hatte ihr gleich gefallen. »Als ich die ganzen Süßigkeiten gesehen habe, dachte ich, du würdest davon noch wochenlang essen. Ich kann immer noch nicht fassen, dass wir alles verteilt haben.« Kim lachte Jess an. »Da ich ja eine gute Freundin bin, hätte ich dir selbstverständlich angeboten, dir beim Aufessen zu helfen.«

Jess schnaubte, lächelte aber dabei. »Oh, ich bin mir sicher, das hätte dich schrecklich viel Mühe gekostet.« Sie ließ sich auf den gepolsterten Stuhl gegenüber von Kim fallen.

Kim warf den Kopf zurück und kicherte. Bisher war der Abend wunderschön gewesen. Kim wusste, dass vor allem Jess' Nähe der Grund dafür war. Sie genoss das Zusammensein mit Jess ganz anders als während ihrer früheren Verabredungen mit anderen Frauen. Die Jess, die heute den Abend mit ihr verbrachte, hatte so gut wie gar nichts mit der extrem kontrollierten Chefärztin zu tun. Auch im Vergleich zu ihren bisherigen Unternehmungen fühlte es sich anders an. Die Einladung in ihr Zuhause gab Kim das Gefühl, endlich die echte Jess McKenna kennenlernen zu dürfen. Der Gedanke machte sie glücklich.

»Tja, nachdem die Süßigkeiten alle sind, wärst du an einer Salamipizza mit Oliven und einem Bier interessiert?«, fragte Jess.

*Sie weiß es noch.* Angesichts dieser Aufmerksamkeit wurde Kim ganz warm. Sie waren nur einmal Pizza essen gewesen. Damals hatte Kim sich genau diese bestellt. »Das klingt super. Jetzt brauchen wir nur noch einen Gruselfilm, dann wäre alles perfekt.«

»Ehrlich gesagt, hätte ich einige Filme …« Jess sah zur Seite, ihr rechtes Bein wippte nervös.

Kim schaute Jess prüfend an. *Was kommt denn jetzt?* Kim wollte die Stimmung nicht zum Kippen bringen und sagte deshalb schnell: »Pizza und Bier wären genau richtig. Es ist vielleicht schon ein wenig spät für einen Film.«

Jess atmete so heftig aus, dass einige von Kims Haarsträhnen in Bewegung gerieten. Kim konnte fast sehen, wie sie innerlich die Schultern straffte. *Hm?* Sie war verwirrt.

»So spät ist es auch wieder nicht.« Jess sprang von ihrem Stuhl auf und ging zu einem der Eichenregale neben dem Kamin. Sie öffnete die Bleiglastür und zog drei DVD-Hüllen heraus. »Such dir einen aus«, sagte Jess, legte die DVDs auf den Couchtisch und setzte sich wieder.

Obwohl sie nicht wusste, was Jess' merkwürdiges Verhalten ausgelöst hatte, folgte Kim der Aufforderung. Sie warf einen Blick auf die DVD-Hüllen. Die erste enthielt einen Vampirfilm. Die zweite einen klassischen Monster-Streifen. Die dritte brachte sie zum Schmunzeln. *Unter den Stufen.* Kim lachte. »Den liebe ich. Wo hast du den gefunden? Ich wusste gar nicht, dass ihre frühen Filme überhaupt noch zu kriegen sind.« Colleen Bryce hatte zu Beginn ihrer Karriere drittklassige Horrorfilme gedreht, bevor sie als Actionheldin Deven Masters groß rauskam. Kim schwärmte ununterbrochen von der Schauspielerin, seit sie vor Kurzem endlich deren neuesten Film gesehen hatten.

Kleine Lachfältchen entstanden in Jess' Augenwinkeln. »Ich dachte, der könnte dir gefallen. Ich habe im Internet eine Seite mit einem erstaunlich vielfältigen Filmangebot gefunden. Normalerweise sehe ich nicht viel fern, aber ich liebe Filme und habe eine ziemlich große Sammlung.«

»Ich habe schon seit Jahren keinen ihrer Horrorfilme mehr gesehen«, sagte Kim, während sie Jess die DVD reichte. Sie rieb sich voller Vorfreude die Hände. »Ich kann es kaum erwarten, den noch einmal zu sehen.«

Sofort wirkte Jess wieder so verunsichert wie zuvor. »Ähm ... tja, es ist so ...« Jess drehte die DVD-Hülle immer wieder in ihrer Hand herum. »Das Wohnzimmer ist nicht besonders groß ...«

Kims Verwirrung über Jess' widersprüchliches Verhalten wuchs ins Grenzenlose. Sie hatte nicht die leiseste Ahnung, was Jess ihr sagen wollte. Kim sah sich im Zimmer um. Es war zwar klein, aber das war typisch für einen Bungalow im Landhausstil. Ein Kamin mit steinerner Feuerstelle dominierte die hintere Wand. Eingebaute Bücherregale aus Eichenholz flankierten ihn. Der Rest der Raumes war mit der Ledercouch, auf der sie saß, einem niedrigen Tisch, dem antiquarischen Morris-Stuhl, auf dem Jess hockte, und einem großen Hundebett in der Ecke ausgefüllt. Während sie sich ein weiteres Mal umsah, fiel es ihr schließlich auf. Es gab keinen Fernseher im Raum. *Fühlt sie sich deshalb so unwohl?* Die Antwort fiel ihr wie Schuppen von den Augen. *Ah, Mist.* Ihr Blick huschte zu Jess.

Der Rotschimmer auf Jess' Gesicht bestärkte nur, was Kim vermutet hatte. Sie erhielt die Bestätigung einen Moment später. »Der Fernseher ist im Schlafzimmer.«

Ein Bild von Jess und ihr, eng umschlungen auf deren Bett schoss durch Kims Kopf. Hitze stieg durch ihren Körper bis hinauf ins Gesicht. *O Gott.* Kim rieb sich mit beiden Händen die Wangen, in der Hoffnung, so die Röte zu vertreiben. *Du bist eine erwachsene Frau, also benimm dich auch so. Krieg deine Hormone in den Griff. Du wirst dich wohl mit einer Freundin aufs Bett setzen und einen Film schauen können.* Sie sah zu Jess hinüber.

Während Jess ihren Blick erwiderte, wippte ihr Bein scheinbar unbewusst wieder auf und ab.

Kim war sicher, dass Jess ihre Erregung bemerkte. Das hatte sie eigentlich vermeiden wollen. Nicht umsonst hatte Jess gleich am Anfang recht deutlich gemacht – in Taten, nicht in Worten – dass sie lediglich freundschaftliches Interesse hegte. Kim respektierte das und Jess gleichermaßen.

Einer Eingebung folgend stand Kim von der Couch auf und näherte sich Jess' Stuhl. »Schon in Ordnung.« Sanft drückte sie Jess' Schulter. »Wir können es auch gern verschieben und den Film ein anderes Mal anschauen.«

Jess sah ihr in die Augen. Kim stockte der Atem. Jess' Augen schienen dunkler zu werden. Gefühle, die Kim nicht entschlüsseln konnte, wirbelten in diesen unergründlichen Tiefen.

Jess räusperte sich und brach den Bann. »War nicht von Pizza und Bier die Rede?« Sie stand auf und lächelte schüchtern. »Ich möchte den Film auch gern sehen. Wenn es dir also wirklich nichts ausmacht, dass wir es uns in meinem Schlafzimmer gemütlich machen …«

Kim zweifelte nicht daran, dass sie sich außerhalb von Jess' Wohlfühlbereich bewegten, dennoch bremste sie sich nicht. »Es macht mir nichts aus, wenn es dich nicht stört.« *Sie ist wirklich eine ganz besondere Frau. Schade, dass ich mit Frauen kein Glück habe.* Kim unterdrückte ein Seufzen. *Nicht, dass Jess überhaupt an mir interessiert wäre.*

»Also dann, Pizza und Colleen Bryce«, sagte Jess.

Kim atmete hörbar aus, genau wie Jess. Ihr Lächeln und Jess' Lachen vertrieben die letzten Reste der Anspannung.

»Möchtest du ein Bier, während wir auf die Pizza warten?«, fragte Jess.

»Gern.«

»Komm mit in die Küche. Ich rufe den Lieferservice an und du machst uns beiden ein Bier auf.«

Kim lächelte. »Nach dir.«

Jess kam langsam zu sich, öffnete schläfrig die Augen und versuchte, sich zu orientieren. Das Erste, was sie spürte, war Kims Kopf auf ihrer Schulter. Der Fernseher, der über dem Fußende des Bettes an der Wand hing, zeigte den Bildschirmschoner. *Wir sind wohl eingeschlafen. Zu viel Pizza und Bier.*

Jess dachte über den früheren Abend nach. Als sie vor Kims Ankunft die Filme ausgesucht hatte, war ihr vor lauter Nervosität gar nicht eingefallen, dass sich der Fernseher im Schlafzimmer befand. Später traf sie die Erkenntnis wie ein Schlag, zusammen mit einer starken Welle der Erregung bei dem Gedanken an Kim in ihrem Bett. Ein resignierter Seufzer entfuhr ihr. *Es wird niemals passieren. Nicht auf diese Weise. Sie würde jegliche Achtung vor dir verlieren.*

Jess drehte sich wieder zu Kim und nutzte die Gelegenheit, ihr entspanntes Gesicht zu betrachten. Einmal mehr stellte sie fest, was ihr schon lange bewusst war. *Gott, sie ist wunderschön.* Sie widerstand der Versuchung, Kims Gesicht zu streicheln, und schüttelte sie stattdessen sanft an der Schulter. »Kim. Es ist Zeit, aufzuwachen.«

Ein schläfriges Lächeln erschien. Mit einem unverständlichen Murmeln rollte Kim näher heran und schlang ihren Arm um Jess' Mitte. Sie seufzte, als sie sich dichter herankuschelte.

Jess unterdrückte ein Stöhnen. Sie fühlte sich auf beste Weise gequält von der intimen Nähe ihrer Körper. Ohne nachzudenken, begann sie, das seidige Haar zu streicheln. Jess' bedauerte die Aussichtslosigkeit ihrer Sehnsucht zutiefst. Mit aller Macht kämpfte sie dagegen an.

»Zeit, aufzustehen«, wiederholte Jess und legte ein wenig mehr Nachdruck in ihren Tonfall. Trotz ihrer Position konnte sie sich nicht dazu bringen, Kim wegzuschieben.

Mit einem Laut des Protestes verstärkte Kim ihren Griff um Jess. Ihre Augen öffneten sich langsam. Jess konnte Verwirrung darin sehen. »Wir sind eingeschlafen«, sagte Jess.

In diesem Augenblick schien Kim zu begreifen, wo genau sie war. Ihr Körper versteifte sich. »Mist!«, platzte sie heraus und rollte weg.

Jess musste einfach lachen. »So schlimm ist das auch wieder nicht.«

Kim setzte sich an der Seite des Bettes auf. Mit einem beschämten Stöhnen verbarg sie das Gesicht in ihren Händen.

Kopfschüttelnd stand Jess auf und ging zu Kim auf die andere Seite. »Hey«, sagte Jess leise. Als Kim endlich aufsah, schenkte Jess ihr einen warmen Blick.

»Tut mir leid, dass ich auf dir eingeschlafen bin«, sagte Kim. Ihr Lächeln war kaum mehr als ein Versuch.

»Halb so wild. Ich bin auch eingeschlafen.« Jess wollte nicht, dass Kim sich beschämt fühlte. »Ich schätze, wir sollten für heute Feierabend machen. Kannst du noch fahren?«

»Ich denke schon.« Kim stand auf und ging zur Schlafzimmertür. »Ich mache mich mal auf den Weg, damit du ein wenig Ruhe kriegst.«

»Kim.«

Kim drehte sich noch einmal.

In Jess' Bauch tanzten Schmetterlinge. Ihr lag es am Herzen, Kim wissen zu lassen, wie viel ihr die heutige Verabredung bedeutete. Sie wollte nicht, dass irgendwelche Verlegenheiten zwischen ihnen standen. »Ich hatte einen wundervollen Abend und ich bin wirklich froh, dass du hier warst.«

»Geht mir auch so, Jess.«

In wohltuender Stille gingen sie zur Vordertür.

Kim folgte Jess auf den Stufen der Veranda. Auf der mittleren Stufe blieb sie stehen, beugte sich hinab und bewunderte erneut die Kürbislaternen. Jess hatte die Lichter in den Kürbissen angelassen. »Hast du die geschnitzt?«

Jess lächelte. »Ja. Normalerweise machen Sam und ich das gemeinsam, aber sie hatte diese Woche keine Zeit. Deshalb habe ich mich dieses Jahr alleine daran versucht.«

»Sie sind dir wirklich gelungen. Mir gefällt besonders der hier.« Kim zeigte auf einen Kürbis mit einem sehr detailliert ausgeschnittenen Gesicht. »Er sieht aus, als würde er jeden Moment lebendig werden. Als Kind habe ich es geliebt, mit meinem Vater Kürbislaternen zu schnitzen.« Schmerzliche Erinnerungen waberten dicht unter der Oberfläche. Kim drängte sie zurück. Sie hatte keine Ahnung, warum sie ihren Vater erwähnte. Sie sprach nie über ihn.

»Danke.« Jess warf Kim einen Blick durch gesenkte Wimpern zu. »Vielleicht möchtest du ja im nächsten Jahr mithelfen.«

*Nächstes Jahr!* Kim Herz hüpfte voller Vorfreude. Jess bedeutete ihr von Tag zu Tag mehr. »Mit dem größten Vergnügen, Jess.« Leichten Herzens lief Kim neben Jess zu ihrem Jeep. Ein Teil von ihr sehnte sich dennoch heimlich danach, mehr als nur Freundschaft mit Jess zu teilen.

# KAPITEL 19

»Möchtest du jetzt anhalten und was essen, bevor wir den Wagen abgeben, oder erst später im Hotel?«, fragte Sam. Sie waren auf dem Weg nach San Francisco, um dort die Nacht zu verbringen und am nächsten Morgen nach Los Angeles zu fliegen.

Sie bekam keine Antwort.

Sam wandte ihren Blick für einen Moment von der Straße ab, um ihre Schwester anzusehen.

Die Lichter eines vorbeifahrenden Autos huschten über ihr Gesicht. Mit tief gefurchter Stirn starrte Jess verdrossen aus dem Fenster. Bisher hatte Sam ihr nur ein Grunzen entlocken können, seit sie vor einer Stunde ihr Elternhaus verlassen hatten.

»Erde an Jess«, sagte Sam und berührte sie sanft an der Schulter.

Jess' Kopf fuhr herum. »Was?«

»Kein Grund, mich anzufauchen.«

»Entschuldige.« Jess drückte den Rücken durch und streckte sich so gut es in dem engen Mietwagen ging. »Ich bin einfach müde. Was hast du gesagt?«

»Wollen wir demnächst etwas essen oder erst nachher im Hotel?«

»Mir ist beides recht.« Jess richtete ihren Blick zur Windschutzscheibe.

Sam knetete ihre verspannten Nackenmuskeln und seufzte. Während des gesamten Thanksgiving-Besuchs bei ihrer Familie war Jess niedergeschlagen gewesen. Sie hatte für die Verwandten ein fröhliches Gesicht aufgesetzt, aber ihr Lächeln hatte die Augen nie ganz erreicht. Die zahlreichen Gäste hatten es Sam unmöglich gemacht, Jess allein zu erwischen und herauszufinden, was sie bedrückte. »Was ist denn los mit dir?«

Jess zuckte mit den Schultern.

»Komm schon. Red mit mir, Schwesterchen. Was macht dir Kummer? Ich dachte, es läuft gerade gut bei dir. Zum ersten Mal seit Ewigkeiten hast du glücklich gewirkt, besonders in den letzten Wochen.« Sie hatten sich seit Halloween nur einmal gesehen. Jess hatte ihre gesamte freie Zeit mit Kim verbracht.

Jess fuhr sich mit den Händen durchs Haar und sagte: »Es gehen mir ein paar Dinge im Kopf herum, das ist alles.«

*Vielleicht eine wunderschöne Psychiaterin?* Jess sprach in letzter Zeit nur noch über Kim. Sam hatte sie noch nie so viel oder so begeistert von einer Frau erzählen hören. Noch ungewöhnlicher war der Umstand, dass Jess sich dessen noch nicht einmal bewusst zu sein schien. Umso mehr fiel auf, dass sie Kim nicht ein einziges Mal erwähnt hatte, seit sie vor drei Tagen Los Angeles verlassen hatten. »Jetzt rück schon mit der Sprache raus und ...«

»Schau, da ist unsere Ausfahrt«, sagte Jess. Sie öffnete das Handschuhfach und zog die Papiere für den Mietwagen raus. »Lass uns den Wagen gleich abgeben, essen können wir nachher im Hotel.«

Sam warf Jess einen prüfenden Blick zu, bevor sie die entsprechende Abfahrt nahm. Jess ihrerseits tat so, als wären die Mietwagendokumente äußerst faszinierend. *Diese Unterhaltung ist noch lange nicht zu Ende!*

Sam hatte es sich auf einem der Hotelbetten bequem gemacht und wartete darauf, dass Jess aus der Dusche kam. Sie war fest entschlossen, den Grund für deren offensichtlichen Kummer herauszubekommen. Es war ihnen beiden eigen, Dinge in sich hineinzufressen.

Durch die sich öffnende Badezimmertür waberte eine Dampfwolke ins Zimmer. Jess trat heraus. Sie trug eine OP-Hose und ein T-Shirt.

»Ich dachte, wir würden zum Essen ausgehen?«, fragte Sam.

Jess schnappte sich die Speisekarte für den Zimmerservice. »Achtung.« Sie warf sie zu Sam aufs Bett. »Bestell, was du willst. Ich bezahle.« Schwungvoll landete sie auf ihrem Bett. »Und du kannst auch einen Pay-per-View-Film freischalten.«

»Cool!« Als Sam die Karte öffnete, erhaschte sie den zufriedenen Ausdruck auf Jess' Gesicht. Schlagartig wurde ihr klar, was sich hinter dem großzügigen Angebot verbarg – subtile Bestechung. Oder zumindest der Versuch, sie von ihrer vorherigen Unterhaltung abzulenken. *Nette Idee, Jess.* »Super, wenn wir nicht ausgehen, haben wir jede Menge Zeit und Ruhe, über das zu reden, was dich belastet.«

Mit schmalen Augen hockte Jess sich auf die Bettkante. »Du wirst mich nicht in Ruhe lassen, oder?«

Sam setzte sich Jess genau gegenüber. Sie sah ihr in die Augen und hielt ihrem Blick stand. »Ich habe dich schrecklich lieb, Schwesterchen.«

Jess murmelte etwas, das wie »nicht fair« klang, als sie sich rückwärts auf die Kissen fallen ließ. Sie legte ihren Arm über die Augen. »Du wirst denken, dass ich blöd bin … und erbärmlich.«

»Das werde ich nicht.« Sam schob ihren Fuß zu Jess rüber und stupste sie an. »Wann habe ich jemals zu dir gesagt, dass ich dich für blöd halte?«

Mit einem übertriebenen Schnauben kam Jess wieder hoch. Sie schloss ihre Augen und zog eine Grimasse.

»Was wird das?«

»Ich denke nach. Ruhe jetzt.«

»Du spinnst.« Sam lachte.

»Pst.« Jess' Augen sprangen auf. »Ah.« Jess verzog ihren Mund zu einem frechen Grinsen. »Bei Dovers, an deinem Geburtstag – da hast du zu mir gesagt, ich sei blöd.«

Sam zerbrach sich den Kopf, um sich an jenen Vorfall zu erinnern. Als sie endlich darauf kam, brach sie in Lachen aus. »Jess, ich war acht!«

Jess verschränkte die Arme über ihrer Brust und sagte: »Trotzdem. Du hast gesagt, ich sei blöd.« Es war Jess deutlich anzusehen, wie sie sich mühte, ernst zu bleiben.

Sam versuchte, so viel ernsthafte Empörung in ihre Stimme zu legen wie möglich. Viel war es allerdings nicht. »Das habe ich nicht.« Sam ahmte Jess' Haltung nach. »Ich habe dich Dummkopf genannt, weil du nicht wolltest, dass ich von meinem Geburtstagsgeld die Fünf-Pfund-Schokoladentafeln kaufe.«

Sie brachen beide in wildes Gelächter aus.

Sam wischte sich die Lachtränen aus den Augen. »Jetzt aber mal im Ernst. Was deprimiert dich so?«

Jess senkte den Blick. Das Muster der Bettwäsche war plötzlich unglaublich spannend. Sie zupfte an einem losen Faden. »Ich vermisse sie«, sagte sie. Ihre Stimme war fast nur ein Flüstern.

Sam sah keine Notwendigkeit, so zu tun, als wüsste sie nicht, dass Jess über Kim sprach. »Und was ist daran falsch? Ihr beide seid gute Freundinnen geworden. Richtig?«

»Ja. Ich hatte ...« Jess sah auf, ihre Miene offen und verletzlich. »Ich hatte einfach nicht erwartet, dass es so schwierig wird.« Sie seufzte. »Ich bin frustriert, weil ich Thanksgiving nicht mit Kim verbringen konnte. Sie sagte, es würde ihr nichts ausmachen. Und dass sie einfach mal ausspannen und ihre Zeitschriften lesen würde. Trotzdem, ich muss immer an sie denken und frage mich, wie es ihr geht.«

Sam war erschüttert und sprachlos. Könnte Jess ihr eigenes Gesicht sehen, würde sie ausrasten. Sam wusste, dass Jess sich mehr als Freundschaft von Kim wünschte, auch wenn sie darauf beharrte, dass es ausgeschlossen sei. Bisher hatte sie allerdings nicht geahnt, wie heftig es Jess erwischt hatte. Das hier ging weit über freundschaftliche Zuneigung hinaus. *Ich hoffe inständig, dass Kim das Gleiche fühlt wie Jess. Ich muss sie unbedingt dazu überreden, uns bekannt zu machen.* Sam war glücklich, dass ihre Schwester endlich jemandem ihr Herz öffnete, ob sich Jess nun darüber klar war oder nicht.

»Du, es ist nicht schlimm, sich um jemanden Gedanken zu machen. Fühlt sich doch gut an, oder?«

Ein Lächeln erhellte Jess Gesicht. »Du hast recht. Das tut es.«

»Also, ruf sie an und frag, wie's ihr geht. Hast du sie in der Zeit, in der wir weg waren, überhaupt angerufen?«

Jess' Lächeln verblasste. »An Thanksgiving habe ich es zweimal probiert.« Sie runzelte die Stirn. »Kim war nicht zu Hause.«

»Vielleicht ist sie kurzfristig eingeladen worden.«

»Daran habe ich auch schon gedacht.«

»Hast du es auf ihrem Handy versucht?«

»Nein.« Jess' Schultern sackten zusammen. »Ich wollte nicht ... Ich meine, falls sie ... Ich dachte ...« Sie rieb sich die Schläfen.

Sam brauchte einen Moment, um zu begreifen, was Jess nicht aussprechen wollte. »Du machst dir Sorgen, dass sie in deiner Abwesenheit mit einer anderen Frau ausgegangen ist.«

Jess' Kopf schnellte hoch. »Nein, so ist das nicht. Das steht mir bei Kim gar nicht zu. Sie kann sich treffen, mit wem sie will. Wir sind nur Freundinnen.«

»Hey, reg dich nicht auf.« Sam hob ihre Hände. »Mein Fehler.« *Du bist ziemlich verknallt in diese Frau, meine liebe Jess.*

»Tut mir leid, Sam.« Jess blies hörbar ihren Atem aus, als sie sich wieder aufs Bett fallen ließ. »Ich weiß auch nicht, was mit mir los ist.«

*Oh, ich weiß es.* Die Frage war nur, wie sie Jess ihren Gefühlszustand nahebringen konnte, ohne sie in Panik zu versetzen. Darüber würde sie nachdenken müssen. Im Augenblick wäre ihr schon geholfen, wenn sie Jess für eine kleine Weile von ihren Sorgen ablenken könnte. »Tja, ich weiß nicht, wie es dir geht, aber ich bin am Verhungern. Lass uns doch nach Chinatown gehen. Das wird lustig. Wir haben in letzter Zeit so wenig gemeinsam unternommen.«

»Na gut.« Jess erhob sich mit zerknirschter Miene. Sie hielt Sam ihre Hand hin und zog sie hoch. »Das tut mir auch leid. Ich weiß, dass ich mich in den letzten Wochen rar gemacht habe. Zukünftig besuche ich dich wieder häufiger. Versprochen.«

Sam stieß Jess' Schulter mit ihrer eigenen an. »Mach dir darüber keine Gedanken. Vielleicht kannst du ja mal mit Kim runterkommen und wir gehen in den Zoo oder, noch besser, in den botanischen Garten. Dann darf der Große auch mit.«

Jess' Gesicht entspannte sich, sie lächelte. »Ja, vielleicht machen wir das.«

Sam hatte alle Mühe, ihre Überraschung zu verbergen. Sie hatte nicht erwartet, dass Jess ihrem Vorschlag so schnell zustimmen würde.

Jess kramte in ihrem Koffer und zog eine Jeans heraus. »Kennst du noch ein paar gute Restaurants in Chinatown? Deine Zeit hier liegt ja schon einige Jahre zurück.«

Sam rieb sich die Hände und antwortete: »Ich weiß schon genau, wohin wir gehen.«

Jess saß an einem kleinen Tisch in einer dunklen Ecke und nippte an ihrem Bier. *Wie zum Teufel konnte Sam mich dazu überreden, hier reinzugehen?* Nach dem Restaurantbesuch in Chinatown hatte Sam sie zu dieser Bar geführt, die sie noch aus Studienzeit kannte. Dumpfe Bässe pulsierten durch den Raum. Das Licht der Stroboskopbeleuchtung an der Decke tauchte die tanzenden Leute in ein zufälliges Muster von Schatten und Licht.

Sam tummelte sich auf der Tanzfläche. Jess hingegen hatte es bereits mehrmals abgelehnt, zu tanzen. Sie war noch nicht einmal in Versuchung geraten. Seufzend lehnte sie sich im Stuhl zurück, entschlossen, ihr Bier auszutrinken und dann Sam zu suchen. Als sie ihre Schwester durch die Menge auf sich zukommen sah, stand Jess auf.

Sam stellte zwei frische Biere auf den Tisch.

»Ich dachte, wir hätten uns auf eine Runde geeinigt«, stellte Jess fest.

»Nur noch das hier, dann gehen wir.« Sams Wangen waren gerötet, ihre Stirn glänzte verschwitzt. Sie nahm einen großen Schluck von einem der Biere und hielt Jess das andere hin.

Jess grummelte leise und nahm es.

Im nächsten Augenblick warf Sam einen Blick über Jess' Schulter, und ihre Augen weiteten sich. »Wow«, sagte sie tonlos.

Eine Hand landete auf Jess' Schulter.

Jess drehte sich und verschluckte sich fast. Die Frau vor ihr war atemberaubend – groß und schlank, mit einer langen blonden Mähne.

Sie musterte Jess von oben bis unten. Ihrem breiten Lächeln nach gefiel ihr, was sie sah. »Wollen wir tanzen?«

Jess zögerte.

Sam stupste sie unauffällig am Arm. Sie lehnte sich näher und flüsterte: »Mach schon. Ein Tanz kann nicht schaden.«

Jess war nicht entgangen, dass diese Frau Kim recht ähnlich sah. *Was soll's. Warum nicht?* Jess konnte sich schon gar nicht mehr daran erinnern, wann sie zuletzt mit einer Frau getanzt hatte. Sie nickte und hielt der Blondine ihre Hand hin.

Die Frau führte sie auf die Tanzfläche. Ohne Vorwarnung trat sie in Jess' Arme und brachte ihre Körper dicht aneinander.

Während sie sich bewegten, wuchs Jess' Erregung. Es war einfach zu lange her, dass sie eine Frau auf diese Weise gespürt hatte. Hitze durchströmte sie. Als die Frau ihre Arme enger um Jess' Nacken schlang, gab sie ihrem Verlangen nach und schob ihr Bein zwischen die Schenkel der Frau. Jess' Hände rutschten hinunter und umfassten ihren Hintern, um sie noch näher an sich zu ziehen.

Die Blondine stöhnte leise und rieb sich an ihr.

Jess bewegte ihre eigenen Hüften in die Gegenrichtung. Die Hand der Frau legte sich auf ihre Brust und schloss die Finger darum. *Stopp!* Sie griff nach der aufdringlichen Hand und schob sie beiseite. *O nein, das machst du nicht.*

Die Unbekannte beugte sich vor und flüsterte: »Lass uns nach hinten gehen.«

*Wie bitte?* Heißer Atem an ihrem empfindlichen Ohr verstärkte den bereits sehnsüchtigen Puls zwischen Jess' Schenkeln; es fiel ihr schwer, klar zu denken. Sie ließ sich von der Blondine in den hinteren Teil des Clubs führen.

Dort gelangten sie in einen Flur mit zahlreichen Türen auf beiden Seiten. Eine davon öffnete sich und ein Pärchen stolperte lachend heraus, während sie hastig ihre Kleidung richteten.

Da begriff sie.

Jess' Füße fühlten sich an, als wären sie am Boden festgeklebt.

Die Blonde zog an ihrer Hand. Ihre dunkelbraunen Augen spiegelten Lust. »Komm schon, Baby.« Sie streichelte ihren eigene Busen.

Jess' lang ausgebremste Libido kam auf Touren. *Scheiß drauf. Ich tue niemandem weh. Wir sind beide erwachsen.* Jess setzte ein verwegenes Lächeln auf. Sie verstärkte ihren Griff und zog ihre Begleitung durch die erste offene Tür, die sie fand. Sie führte in einen kleinen Waschraum.

Kaum hatte sich die Tür hinter ihnen geschlossen, begann Jess, die Brüste der Blondine zu liebkosen. Nachdem Jess mehrmals deren Hand von ihrer eigenen Brust nahm, schien diese zu verstehen und überließ Jess die Führung. Die Leidenschaft übermannte Jess. Während sie Hals und Nacken der Schönen küsste, öffnete sie deren Hose. Jess schloss die Augen, als sie ihre Hand in die Unterwäsche der Frau gleiten ließ. *O ja.* Auf der Suche nach mehr Hitze strich ihre Hand über einen festen Unterleib. Jess hatte ihr Ziel fast erreicht, als ein Bild vor ihrem inneren Auge erschien.

Warme, liebevolle blaue Augen hielten sie gefangen.

*O Gott. Kim.*

Jess erstarrte.

»Nicht aufhören.«

Die Stimme der Frau holte sie in die Realität zurück.

Aufkommende Übelkeit spülte jede Spur von Erregung hinweg. Jess riss ihre Hand aus der fremden Hose. »Tut mir leid. Ich kann das nicht.« Fassungslos über das, was sie beinahe getan hatte, ergriff Jess die Flucht.

Sam kam gerade aus der Toilette, als Jess ein paar Meter weiter ebenfalls eine Tür hinter sich schloss. »Hey, du!«

Jess drehte sich um.

Bevor sie sich wortlos abwandte und mit hastigem Schritt davonging, erhaschte Sam einen kurzen Blick auf ihre entsetzte Miene. Gleich darauf öffnete sich jene Tür ein zweites Mal und die Frau, mit der Jess getanzt hatte, kam heraus. Sie stopfte sich ihre Bluse in die Hose. Die einzig logische Schlussfolgerung schockierte Sam. *Heilige Scheiße! Niemals!* Sie rannte Jess hinterher.

Auf der Suche nach Jess ließ Sam ihren Blick durch die Bar schweifen und ging schließlich in die Ecke zurück, in der sie zuvor gesessen hatten. Der Tisch war besetzt, allerdings nicht von Jess. *Wo zum Teufel ist sie hin?* Sam begann, sich Sorgen zu machen.

Einer Eingebung folgend, ging sie zum Eingang der Bar. Sie trat nach draußen und entdeckte Jess auf der niedrigen Betonmauer, die den Parkplatz der Bar eingrenzte. Mit hängendem Kopf saß sie da, das Gesicht in ihren Händen verborgen.

»Hey, Schwesterchen«, sagte Sam leise, als sie sich danebensetzte. »Was ist passiert?«

Jess rührte sich nicht.

»Ich habe die Blondine gesehen.«

Seufzend sah Jess auf.

*Oh, Jess.* Die Verzweiflung im Gesicht ihrer Schwester machte Sam betroffen. Tröstend nahm sie sie in den Arm. »Hey, du. So schlimm kann es doch nicht sein?«

»Das ergibt doch alles keinen Sinn. Total bescheuert.« Jess' Hände fielen auf ihre Oberschenkel. Sie knetete den Stoff ihrer Jeans.

Sam streichelte beruhigend Jess' Schultern, als sie sagte: »Damit fangen wir jetzt nicht wieder an.« Erleichterung löste die Anspannung in ihrer Brust, als ein schwaches Lächeln über Jess' Gesicht huschte. »Du weißt, dass du mir alles erzählen kannst.«

»Ja, weiß ich.« Jess seufzte. Sie setzte sich gerade auf, Sam nahm ihren Arm herunter. »Die Blonde hat mich beim Tanzen heiß gemacht. Wir sind in eine der Toiletten gegangen.« Jess rieb sich die Augen. »Gott, Sam, ich hatte meine Hand in ihrem Slip!« Sie warf ihrer Schwester einen beschämten Blick zu.

»Und?«

»Kurz bevor ich weitermachen wollte, hatte ich mit einem Mal dieses Bild von Kim in meinem Kopf. Es war so deutlich, als wäre sie mit uns im gleichen Raum. Da war's vorbei.« Jess schüttelte heftig ihren Kopf. »Es fühlte sich an, als würde ich sie betrügen.«

»Aber, Jess, ihr seid nicht …«

»Denkst du, ich weiß das nicht?« Jess raufte sich die Haare. »Ich weiß doch, wie lächerlich das klingt. Wir sind nur Freundinnen.«

»Aber du willst mehr«, sagte Sam.

Jess sank in sich zusammen. »Du weißt genau, ich kann nicht noch einmal …« Sie seufzte schwer.

Der niedergeschlagene Blick in Jess' Augen hielt Sam davon ab, zu protestieren. *Da steckt doch noch mehr dahinter, als nur die Tatsache, dass sie Kollegen sind.* Wie schon oft zuvor fragte sich Sam, was für ein Vertrauensproblem Jess eigentlich hatte. »Was willst du machen, hm?«

Eine einzelne Träne lief über Jess' Gesicht. »Ich wünschte, ich wüsste es.«

# KAPITEL 20

»HEY, DR. DONOVAN, SIE SIND FRÜH DRAN«, sagte Penny, als Kim am Schwesternterminal vorbeiging.

Kim trat an den Tresen und stellte ein Papptablett mit Kaffee und Gebäckstückchen ab. »Guten Morgen. Hatten Sie einen schönen Feiertag?« Suchend sah sie sich nach Jess um.

»Ja.« Penny strahlte. »Und Sie? Hatten Sie an Thanksgiving nette Gesellschaft?«

*Oh, jetzt geht das wieder los.* Penny versuchte nach wie vor, herauszufinden, ob sie mit jemandem zusammen war. Kim wusste sehr wohl, dass Penny sich für sie interessierte und war bemüht, sie nicht zu ermutigen. Normalerweise hätte sie die Frage überhört, zumal sie dieser Tage ihre gesamte Freizeit mit Jess verbrachte. Und das würde sie unter keinen Umständen jemals irgendjemandem erzählen. Aber an diesem Morgen schien ihr eine kleine, private Plauderei ungefährlich. »Ich habe den Tag damit verbracht, Essen in einem Obdachlosenheim auszuteilen.«

»Oh.« Penny wirkte kurz sprachlos, dann aber lächelte sie strahlend. »Ja, so etwas würde ich natürlich auch machen, wenn ich könnte. Aber meine Familie war am Feiertag da. Meine Mutter brauchte mich.«

*Klar. Das würdest du ganz sicher.* Kim war überrascht gewesen, als sie erfahren hatte, dass Penny fast genauso alt war wie sie selbst. Sie verhielt sich, als wäre sie viel jünger. Penny hatte keine Hemmungen, über ihr Privatleben zu reden. In früheren Unterhaltungen hatte Kim bereits erfahren, dass sie immer noch bei ihren Eltern wohnte. Besonders bemerkenswert fand Kim, dass Penny es überhaupt nicht peinlich fand, sich von ihrer Mutter die Wäsche waschen, das Zimmer putzen und ihr

Essen kochen zu lassen. Kim hätte gewettet, dass Penny an Thanksgiving nicht einen Finger gerührt hatte.

Sie nahm ihr Tablett vom Tresen. »Na gut, piepsen Sie mich an, falls ich gebraucht werde.« Damit drehte sie sich um und ging zu Jess' Büro.

Die Tür war verschlossen, also benutzte Kim den Schlüssel, den Jess ihr gegeben hatte. Sie ließ den Blick durch das Büro schweifen, das sich nach den letzten Wochen immer mehr wie ihr eigenes anfühlte. Dann stellte sie das Tablett auf den Schreibtisch. Ein Seufzen entfuhr ihr. Es gab keinen Hinweis darauf, dass Jess schon hier gewesen war.

*Okay. Ich bin aufgeregt, meine Freundin zu sehen. Na und? Daran ist nichts verkehrt.* Sie atmete laut aus. *Sei wenigstens ehrlich mit dir selbst, Kim, wenn schon mit sonst niemandem.* Die getrennt verbrachten Tage hatte ihr eine Sache ganz deutlich gemacht: Sie konnte sich selbst nichts mehr über ihre Gefühle für Jess vormachen. Die Intensität, mit der sie Jess vermisst hatte, war beängstigend. Es war, als fehlte ein ganz entscheidender Teil von ihr.

Kim wurde aus ihren Gedanken gerissen, als sich die Bürotür öffnete. Ihr Herz fing an zu rasen, als sie Jess sah.

Im Hereinkommen strahlte Jess sie an. »Hey.« Die Tür schloss sich hinter ihr.

All die Einsamkeit und das Verlangen, mit dem Kim in den letzten vier Tagen gekämpft hatte, überwältigten sie. Sie durchquerte den Raum und bevor sie sich bremsen konnte, umschlangen ihre Arme Jess. »Willkommen zurück.« Die Realität durchfuhr sie wie ein Blitzschlag, als sie Jess' angespannten Körper berührte. *Bist du verrückt?!*

»Entschuldige«, stammelte Kim und zog sich zurück.

Jess' Arme umfassten sie und stoppten ihren Rückzug.

Kims Herz schlug schneller, als Jess sie wieder an sich zog und die Umarmung erwiderte. Jess' Körperwärme ließ sie näher rücken. Als Jess nicht sofort wieder losließ, musste Kim gegen den Wunsch ankämpfen, ihr Gesicht gegen Jess' Hals zu schmiegen. Ein verführerischer Duft, den sie nicht benennen konnte, reizte ihre Sinne. Instinktiv hielt sie Jess noch fester. Ein einziger, übermächtiger Gedanke füllte ihren Kopf. *Zuhause.*

Die Umarmung dauerte viel zu lang für eine kurze Begrüßung unter Freundinnen.

»Ich freue mich auch, dich zu sehen«, raunte Jess an ihrem Ohr, bevor sie schließlich losließ. Der Klang ihrer Stimme jagte Kim Schauer über den Rücken.

Kim trat einen Schritt zurück. Die Umarmung hatte sie völlig aus der Fassung gebracht. Obwohl Jess sie so unerwartet erwidert hatte, war Kim immer noch nervös. Zurückhaltung lag in dem Blick, mit dem sie Jess bedachte.

Deren Augen waren wie ein silber-blaues Meer der Gefühle.

Unausgesprochenes Verlangen hing nahezu greifbar zwischen ihnen.

Kims Welt geriet ins Wanken und pendelte sich wieder ein, als sie begriff. *Sie will mich.* Wie eine Biene, die vom süßen Nektar angezogen wurde, hob Kim die Fingerspitzen, um Jess über die rosige Wange zu streicheln. Ihre Finger bebten.

Ein Klopfen an der Bürotür zerstörte den Augenblick.

Jess wich hastig zurück, bevor Kims Finger sie berühren konnten.

*O mein Gott.* Kim rief sich innerlich zur Ordnung. Sie war kurz davor gewesen, Jess zu küssen.

Das zweite Klopfen war lauter. »Dr. McKenna?«, rief Penny.

Kim trat schnell noch einen Schritt von Jess weg.

Jess drehte sich um und riss die Tür auf. »Ja?«

»Hier sind die Akten, die Sie haben wollten«, sagte Penny. Sie spähte an Jess vorbei, als sie die Papiere übergab. Ihr Blick sprang zwischen Jess und Kim hin und her. Ihre Stirn legte sich in Falten.

»Gibt es sonst noch etwas?«, fragte Jess.

Penny schüttelte ihren Kopf.

»Danke für die Akten«, sagte Jess und schlug damit die Tür vor Pennys Nase zu.

*Oh, verdammt.* Jess zitterte. Ihre Hand umklammerte den Türgriff und sie mühte sich um Fassung. Sie vermutete, dass sie Penny für die Unterbrechung dankbar sein sollte, musste aber ehrlich einräumen, dass sie es nicht war. Kims spontane Umarmung hatte sie zuerst überrumpelt, aber das Gefühl hatte sich sofort in heimliches Schwelgen verwandelt, als Kim sich an sie presste. Der betörende Duft von Kims Parfüm brachte sie ganz durcheinander. Oder zumindest redete sie sich das ein – als Entschuldigung für die Dauer der Umarmung. *Du bist so erbärmlich.*

Der anschließende Ausdruck auf Kims Gesicht war mindestens genauso aufregend gewesen wie die Umarmung selbst. Ihr zartes Gesicht spiegelte die Erregung. *Du weißt, wie schnell sich das ändern wird, falls du jemals diesen Gefühlen nachgibst.* Jess seufzte, als ihr diese Wahrheit durch den Kopf ging. Für einen Moment war Jess überzeugt davon gewesen, dass Kim sie küssen würde. Sie war immer noch nicht sicher, ob sie die Kraft hätte, dem zu widerstehen. Sie straffte sich innerlich und drehte sich wieder zu Kim.

Kim hatte sich zurückgezogen. Sie stand neben dem Schreibtisch.

Jess trat zu ihr. Kims Wangen waren immer noch gerötet. Jess wollte sie am liebsten wieder in ihre Arme ziehen und niemals loslassen. Außerstande, über das zu sprechen, was so offensichtlich zwischen ihnen war, suchte sie nach Worten. Ihr Blick verfing sich an dem Kaffee, der auf ihrem Schreibtisch stand. Sie lehnte sich mit der Hüfte gegen die Kante und nahm einen der Becher aus dem Del Java. »Für mich?«, fragte Jess mit einem überraschten Lächeln.

Kim strahlte zurück. »Na klar.«

Jess griff nach der Tüte und hielt sie vor ihre Stirn. »Ich, Swami, sage voraus, dass sich hierin ein Schokoladencroissant und ein Teilchen mit Ahornsirup befinden.«

Lachend nahm Kim ihr die Verpackung aus der Hand. »Du kennst mich einfach zu gut.«

*Nicht einmal annähernd so gut, wie ich gerne würde. Wenn es doch nur anders zwischen uns sein könnte.* Jess zwang sich zu einer heiteren Miene. »Danke für den Kaffee.«

»Gern geschehen«, sagte Kim. »Wie war dein Thanksgiving?«

»Ganz okay. Es war schön, meine Familie zu sehen, aber es ist auch gut, wieder zu Hause zu sein.« Jess wagte kaum, zu fragen, überwand sich aber. »Und wie war dein Feiertag?«

»Ereignisreicher als geplant. Kannst du dich an den Teenager erinnern, den du vor ein paar Wochen untersucht hattest? Verdacht auf Überdosis?«

»Vage.« Jess behandelte täglich so viele Patienten, dass nach einer Weile alle Namen und Gesichter verschwammen. Sie runzelte die Stirn. *Was hat das mit Thanksgiving zu tun?*

»Tja, mein Name stand auf seinen Krankenhausunterlagen, als zuständige Psychiaterin. Das war wirklich ein unglaublicher Zufall. Stellt sich doch heraus, die Direktorin des Gruppenwaisenhauses, in dem er lebt, ist eine alte Studienfreundin von mir. Sie hat mich am Tag vor Thanksgiving angerufen.«

*Ich wusste, ich hätte hierbleiben sollen.* Ein völlig fremdes, nicht definierbares Gefühl ergriff Jess. »Oh. Wart ihr damals eng befreundet?« Sie gab sich größte Mühe, ihre Stimme neutral klingen zu lassen.

Kim wandte den Blick ab. Sie nahm ihren Kaffee und trank einen Schluck.

Eifersucht nagte an Jess. *Sie ist bestimmt eine Ex.*

Kim stellte ihren Becher ab und sagte: »Ich habe Sid nicht mehr gesehen, seit ich Michigan verlassen habe, um zur medizinischen Hochschule zu gehen.« Sie schüttelte ihren Kopf. »Sie hat sich wirklich verändert. Wie dem auch sei, sie rief an, um sich zu erkundigen, was aus mir geworden ist. Wir haben uns getroffen, und ich habe den Tag mit ihr verbracht.«

Furcht ersetzte die Eifersucht und verknotete Jess den Magen. *Will Kim wieder mit ihr zusammen sein?* Allein der Gedanke daran verursachte Jess schon Übelkeit. *Du hast gewusst, dass das irgendwann passieren würde. Eine so großartige Frau wie Kim bleibt nicht lange allein.* Diese Einsicht machte die Wahrheit nicht erträglicher.

Kim betrachtete Jess mit schief gelegtem Kopf. »Was ist denn los?«

Jess wurde sich ihres verräterischen Gesichtsausdrucks bewusst und versuchte, ihre aufwallenden Empfindungen zu verbergen. Sie schüttelte ihren Kopf. »Gar nichts. Entschuldige. Was hast du gesagt?«

Kim runzelte die Stirn und hielt Jess' Blick einen Augenblick lang fest. Sie schien nachhaken zu wollen, änderte dann aber ihre Meinung. Lässig schob sie sich ihr Haar über die Schulter, bevor sie sich an Jess' Schreibtisch lehnte. »Sids Gruppe arbeitet jedes Jahr an Thanksgiving ehrenamtlich in einem hiesigen Obdachlosenheim. Als Sid fragte, ob ich Lust hätte, bei der Betreuung der Kinder zu helfen und Essen auszugeben, konnte ich nicht Nein sagen. Hinterher sind wir zum Waisenhaus gegangen und ich habe Sids Freund, Alan, kennengelernt.« Kim lachte. »Ich konnte es gar nicht fassen. Im College hatte Sid noch geschworen, dass Männer die Wurzel allen Übels in der Welt seien.«

Jess sackten beinahe die Knie weg vor Erleichterung. Sie hielt sich an der Tischplatte fest. Zum ersten Mal seit Beginn dieser Unterhaltung musste sich Jess nicht zu einem Lächeln zwingen. »Es freut mich, dass du den Tag nicht alleine verbringen musstest. Ich hatte ein schlechtes Gewissen, weil ich meinen Eltern bereits zugesagt hatte, bevor ich wusste, dass du nicht nach Hause fahren würdest.«

Kim drückte kurz Jess' Arm. »Es tut mir leid, dass ich deinen Anruf an Thanksgiving verpasst habe. Wenn du mich das nächste Mal zu Hause nicht erreichst, versuch es doch bitte auf dem Handy. Du kannst mich gern jederzeit anrufen.«

Jess sah Kim tief in die Augen und fand darin das Abbild ihrer Gefühle. Sie verkrampfte sich in Erwartung der altvertrauten Panik, die sie in so verletzlichen Momenten stets erfasste. Als die Angst ausblieb, war sie überrascht und erleichtert in einem. Irgendetwas hatte sich definitiv zwischen ihnen verändert.

# KAPITEL 21

KIM FÜHLTE SICH BEOBACHTET. Sie sah von der Krankenakte auf, die sie gerade prüfte. Ein Lächeln spielte um ihre Lippen, als sie Jess auf sich zukommen sah. Seit der Umarmung in Jess' Büro hatten sich die Dinge zwischen ihnen verändert. Kim hatte damit gerechnet, dass Jess sich hinter ihre eindrucksvollen Schutzwälle zurückziehen würde. Das war nicht passiert.

Auch wenn keine von beiden aktiv darauf hinarbeitete, aus ihrer Freundschaft eine Liebesbeziehung zu machen, lag nunmehr eine leise Erwartung zwischen ihnen, wenn sie sich privat trafen.

Das klagende Heulen einer Sirene, das schnell lauter wurde, zwang Jess dazu, eilig zum Eingang vor der Krankenwagenzufahrt abzubiegen.

Schon die ganze Woche war es in der Notaufnahme hektisch zugegangen. Kim hatte keine Ahnung, wie es Jess und ihren Mitarbeiterinnen gelang, dem gnadenlosen Ansturm von Patienten standzuhalten.

Kim ging zu dem Ende des Tresens, das der doppelten Schwingtür am nächsten lag ... Nahe genug, um notfalls helfen zu können, ohne dabei im Weg zu stehen.

Die Türen schwangen auf.

Jess ergriff das Kopfende der Rolltrage, sobald diese durch die Tür war. »Was haben wir?«

»Männlich, weiß, Schusswunde in der Brust.«

»Schockraum eins«, wies Jess an und war bereits auf dem Weg dorthin, mit der Rolltrage im Schlepptau.

Der Sanitäter ratterte die Patientendaten herunter.

»Bates, Armstrong, zu mir!«, rief Jess über ihre Schulter.

Kim warf einen Blick auf ihre Armbanduhr und runzelte die Stirn. Noch fünfzehn Minuten bis zum Schichtwechsel. *Beinahe hätten wir es geschafft.* Es war nicht ungewöhnlich, dass Jess Überstunden machte, und obwohl Kim ihre Arbeitseinstellung respektierte, musste sie schwer seufzen, während ihre Pläne fürs Abendessen den Bach runtergingen.

Der zweite Sanitäter trat an das Schwesternterminal heran.

Terrell kam ihm entgegen.

»Das andere Team bringt den Schützen rein. Sie waren direkt hinter uns.«

Das Jaulen einer weiteren Sirene bestätigte seine Worte.

»Welche Verletzungen hat er?«, fragte Terrell.

»Ich weiß nichts über den Sohn. Wir haben uns auf den Vater konzentriert.«

Kim strich sich mit ihren Händen durchs Haar. *Vater und Sohn. Wohin soll das nur führen?* Trotz allem, was sie in ihrem Berufsleben schon gesehen hatte, setzten ihr gewaltsame Familienkonflikte immer noch heftig zu.

Die Türen glitten ein zweites Mal auseinander.

Ihre Aufmerksamkeit wurde auf den ankommenden Patienten gelenkt.

Während ein Sanitäter die Rolltrage durch die Doppeltür schob, zerrte der Patient schwach an den Befestigungsgurten über Brust und Oberschenkeln. »Das wollte ich nicht. Bitte … Es war keine Absicht.«

»Nicht aufregen jetzt«, sagte der Sanitäter. »Lassen sie die Ärzte einfach ihren Job machen.«

»Er hat mich dazu gebracht«, wimmerte der Patient. »Ich schwöre es.«

*Wo habe ich diese Stimme nur schon gehört?* Mit gerunzelter Stirn trat Kim einen Schritt vor, als Terrell und der Sanitäter die Trage an ihr vorbeischoben.

»Brauchen Sie Hilfe?«, fragte Kim. Sie sah auf den Patienten hinab.

Ein junger Mann mit blutigem, böse zugerichtetem Gesicht sah sie aus stark zugeschwollenen Augen an. »Mama?« Er streckte sich in ihre Richtung. »Oh, Mama.«

Kim trat schnell an die Seite der Rolltrage. »Ganz ruhig.« Stechender Uringeruch aus der blutigen, zerrissenen Kleidung des Patienten stieg ihr in die Nase.

Seine demolierten Gesichtszüge erschwerten im ersten Moment das Erkennen, dann traf es sie wie ein Schlag.

*O mein Gott.* »Brian.« Er war in einer ihrer Therapiegruppen gewesen.

»Bitte. Hilf mir.« Brian krallte sich in Kims Oberteil.

»Hey!« Terrell packte Brians Handgelenk.

Den Blick fest auf den Jungen gerichtet, sagte Kim: »Ist schon okay. Lassen Sie ihn los, Terrell!« Als er nicht sofort reagierte, sah sie ihn scharf an.

Terrell wirkte skeptisch, bis Kim nickte. Langsam und widerwillig gab er Brians Handgelenk frei.

»Du musst loslassen, Brian.« Kim hielt ihre Stimme ruhig und so besänftigend, wie sie konnte.

»Es war keine Absicht!« Brians Griff an ihrer Bluse wurde fester.

Kim umfasste seinen Unterarm. *Keine Panik. Er ist verletzt und hat Angst.* Die Muskeln unter ihren Fingern wurden zu Granit.

Mit einem tiefen, anschwellenden Stöhnen krümmte sich Brians Körper gegen die Haltegurte.

»Brian!« *O Gott. Was passiert hier?*

Als würde jemand an den Fäden einer Marionette ziehen, begann sein Körper zu zucken.

»Verdammt, er hat einen Krampfanfall«, sagte Terrell. »Bringen Sie ihn in Schockraum zwei, schnell.«

Kim kämpfte noch damit, ihre Bluse aus Brians Hand zu lösen, als der Sanitäter die Krankentrage in Bewegung setzte.

Sie umklammerte das Rahmengestell mit einer Hand, um nicht zu fallen, während sie mitgezogen wurde.

Zwei Arme umfassten Kim von hinten.

Eine Hand ergriff Brians Handgelenk, die andere erfasste Kims Oberteil.

Der Stoff wurde seinem Griff entrissen.

Kim ließ die Rolltrage los, als sie gegen einen vertrauten Körper gezogen wurde. *Jess.*

Ohne nachzudenken, drehte sich Kim in deren Armen um.

Erschrockene silber-blaue Augen sahen sie an. »Alles in Ordnung?«, fragte Jess.

Sie war nicht sicher, ob sie die Frage wirklich bejahen konnte, aber in dem Wissen, dass Jess ihren Job machen musste, nickte Kim. Der Ausdruck auf Jess' Gesicht machte deutlich, dass sie nirgendwo hingehen würde, bis sie sicher war, dass es Kim gut ging.

»Alles okay«, brachte Kim schließlich heraus. »Geh schon.«

Jess zögerte nur eine Sekunde, dann drehte sie sich um und hetzte der Rolltrage mit Brian darauf hinterher.

Eine Hand, die sich auf ihre Schulter legte, ließ Kim herumfahren. Hinter ihr stand Penny.

»Geht es Ihnen gut?« Pennys Blick fiel auf Kims Brust, sie schluckte schwer.

Kim sah an sich hinunter und entdeckte den grellroten Fleck, der ihre Bluse direkt über ihrem Herzen durchtränkt hatte. Der Anblick des Blutes und das kalte, klamme Gefühl an ihrer Haut verursachten ihr plötzlich Übelkeit.

Kim rannte zur nächsten Toilette.

Die Tür zu Jess' Büro flog mit so viel Schwung auf, dass sie gegen die Wand schlug.

Kim erschrak und versuchte, die Zeitschrift, die sie hatte lesen wollen, nicht fallen zu lassen.

Jess stürmte ins Zimmer.

Sie hielt lang genug inne, um die Tür zuzutreten, dann hastete sie zum Schreibtisch.

»Verdammt.« Jess riss an ihrem OP-Kittel, um sich daraus zu befreien. Ihre Wut machte die Bewegungen fahrig und unkoordiniert. Als sie es endlich geschafft hatte, zerknüllte sie den Kittel und warf ihn auf den Schreibtisch. »Was für eine Scheißvergeudung.«

*Wow!* Kim hatte Jess noch nie in solchem Aufruhr gesehen. Ein banges Gefühl breitete sich in ihrem Magen aus. *Sie hat gar nicht gemerkt, dass ich hier bin.* Sie konnte nicht anders – sie fürchtete Jess' Reaktion darauf, dass jemand Zeuge dieses Ausbruches wurde. Kim wusste, wie wichtig es für Jess war, ihre Gefühle stets unter Kontrolle zu haben.

»Hey, du.«

Jess wirbelte herum. Ihr starrer Blick nagelte Kim auf der Couch fest. »Warum bist du immer noch hier?«

Jess' harscher Ton ließ sie zusammenzucken. Sie stand schnell auf. »Ich habe gewartet, um zu erfahren, wie es Brian geht.« Das war die Wahrheit, wenn auch nicht die ganze. Einen Patienten – erst recht ein ehemalig von ihr betreutes Gruppenmitglied – blutig und zerschlagen zu sehen, hatte sie erschüttert. Vor allem aber wollte Kim, nein, *musste* sie bei Jess sein. Allein schon mit ihr im gleichen Raum zu stehen, gab ihr ein Gefühl von Trost und Sicherheit, wie sie es noch nie erlebt hatte. *Tja, jetzt hast du jede Chance ruiniert, dass es weiterhin so bleibt.* Sie konnte sich vorstellen, wie Jess sich gerade fühlen musste, deshalb bezweifelte Kim nicht, dass ihre Anwesenheit gerade nicht erwünscht war. »Es tut mir leid. Ich gehe.«

Jess sackte zusammen wie ein Ballon, der Luft verlor. Sie ging zur Couch. »Nein. Warte.« Jess setzte sich und ergriff dann zögernd Kims Hand. »Bitte.«

Kim ließ sich von Jess auf die Couch ziehen. Sie lächelte leise, als Jess ihre Hand nicht losließ. Das war eines der Dinge, die sich zwischen ihnen verändert hatten. Ihnen beiden schien jeder Vorwand recht, einander zu berühren, wie beiläufig auch immer.

»Mir tut es leid. Du hast mich erschreckt.« Jess atmete laut aus. »Aber das ist keine Entschuldigung.« Sie senkte den Kopf. »Du bist jederzeit in meinem Büro willkommen. Ich hoffe, du weißt das.«

Nur mit ihren Fingerspitzen brachte Kim Jess dazu, ihren Kopf zu heben. »Du musst deinen Zorn nicht vor mir verstecken, Jess. Jeder wird mal wütend. Möchtest du darüber reden, was dich so sauer macht?«

Jess schüttelte ihren Kopf. »Es geht nur um die Arbeit.« Ihre Augen wurden plötzlich groß. »Ähm, über welchen Patienten wolltest du etwas wissen? Es war nicht der im Flur, oder? Der dich festgehalten hat?«

»Doch, das ist Brian. Er war vor ein paar Monaten in einer meiner Therapiegruppen.«

»Oh«, sagte Jess tonlos.

Eine Vorahnung jagte Kim Schauer über den Rücken, als sie den Ausdruck auf Jess' Gesicht sah.

Jess nahm Kims andere Hand. Sie hielt beide in den ihren fest. »Es tut mir so leid.«

*Nein. Das kann nicht sein.* Jess' Miene war unmissverständlich, aber Kim musste es hören. Ihre Kehle schnürte sich zu. Sie zwang sich, die Worte auszusprechen. »Er ist tot?«

Jess nickte. »Ja. Tut mir leid.«

Kim drehte sich der Magen um. *Gott, nein. Das ist nicht fair. Er ist doch noch ein Junge.* Sie beugte sich nach vorn, über ihre Hände, die sich hielten. Als Jess ihre Finger löste und die Arme um sie legte, ließ sich Kim in Jess' Umarmung sinken.

Jess streichelte sanft ihren Rücken.

Der feste Herzschlag an ihrem Ohr beruhigte Kim. Sie tauchte für ein paar Minuten in den friedlichen Schutz von Jess' starken Armen ein, die sie sicher hielten, während sie sich wieder fing. Kim wollte nicht, dennoch war ihr bewusst, dass sie diese innige Nähe lösen musste. Jederzeit konnte jemand in dieses Büro kommen. Sie zwang sich dazu, die tröstliche Wärme zwischen Jess' Armen zu verlassen.

»Geht's wieder?«, fragte Jess ruhig.

»Ja. Entschuldigung.«

»Du musst dich nicht entschuldigen. Es ist nie leicht, einen Patienten zu verlieren.« Jess nahm eine von Kims Händen in ihre eigene. Sie strich mit dem Daumen über Kims Handrücken.

»Es ist so schwer zu glauben. Er war durcheinander, aber er redete und ...« Kim schüttelte ihren Kopf. »Was ist passiert?«

»Das ist manchmal so bei Kopfverletzungen. Nach dem zweiten Krampfanfall hatte er einen Herzstillstand.« Jess' Schultern sanken zusammen. »Ich konnte ihn nicht wiederbeleben.«

*Oh, Jess.* »Ich weiß, dass du alles versucht hast.«

»Es war nicht genug.« Verbitterung flackerte über Jess' Gesicht. »Er war doch noch ein Kind.«

»Ich weiß. Tut mir leid.« Kim griff nach Jess' anderer Hand und drückte beide fest.

Jess entzog sie ihr, als fühlte sie sich unwohl mit der kleinsten Mitleidsbekundung. »Lass uns von hier verschwinden.« Sie stand auf und ging zum Schreibtisch.

Kim folgte ihr auf dem Fuß. Jetzt verstand sie Jess' Ausbruch von vorhin. Ihre Wut war ein Schild, der sie vor den viel schmerzhafteren Gefühlen beschützte. Wut war ein sicheres Gefühl. Sie sehnte sich danach, Jess in ihre Arme zu nehmen und ihren Schmerz zu lindern. *Wenn du mich nur lassen würdest.*

Ihre Blicke trafen sich über Jess' zusammengeknülltem OP-Kittel.

Jess' Wangen verfärbten sich. Sie sammelte den zerknautschten Kittel ein und warf ihn über die Rückenlehne ihres Stuhls. Dann drehte sie sich zu Kim und ihr Blick fiel auf das OP-Hemd, das Kim trug. Jess runzelte die Stirn. »Habe ich deine Bluse auf dem Gewissen?«

»Nein.« Kim erschauderte, als sie auf ihr Oberteil sah. Sie hätte schwören können, dass sie immer noch das Blut auf ihrer Haut spürte, obwohl sie sich im Waschraum fast wundgescheuert hatte. »Es waren Blutflecken drauf. Ich habe sie in den Müll geworfen.«

Jess' Augenbrauen schnellten in die Höhe. »Weshalb waren da ...?« Dann begriff sie. »Oh. Verstehe.«

Kim rieb mit ihrer Hand über die Stelle auf der Brust, wo das Blut gewesen war. Sie hatte versucht, nicht mehr an den grellen Fleck auf ihrer Bluse zu denken.

Beim Blick auf ihre Armbanduhr legte Jess die Stirn in Falten.

Kim tat es ihr gleich. »Wirst du es noch schaffen, Thor abzuholen?« Auch wenn Kim wusste, dass Thor drei Tage in der Woche bei einem Hundesitter war, kannte sie weder Öffnungszeiten oder Standort.

»Nein. Sie schließen in zwanzig Minuten.« Jess schob ein paar verstreute Papiere auf der Tischplatte zusammen. »Ich hasse es, dass er schon wieder länger dableiben muss.« Sie seufzte. »Aber es ist immer noch besser, als ihn stundenlang allein zu Hause zu lassen. Ich werde anrufen und Bescheid sagen, dass ich ihn gleich morgen früh abholen werde.« Ein halbherziges Lächeln erschien. »Wenigstens ist morgen Samstag.«

»Ich bin so was von reif fürs Wochenende«, sagte Kim. Nach der anstrengenden Woche in der Klinik und dem Unglück mit Brian hatte sie eine Pause mehr als nötig. *Gott, Brian.* Kims Augen begannen zu brennen, als die lebhafte Erinnerung an sein blutiges, demoliertes Gesicht sie überkam. *Mist.* Sie drehte Jess den Rücken zu. *Reiß dich zusammen.*

Jess hatte den Schreibtisch umrundet, noch bevor Kim den Gedanken beendet hatte. Sie trat näher. Wortlos streichelte sie langsam und beruhigend Kims Rücken.

Kim blickte auf und sah in mitfühlende blaue Augen. Die Wärme und das Verständnis in Jess' Blick berührten sie tief. Sie fühlte, wie eine einzelne Träne ihr Gesicht hinunterlief.

Mit dem Daumen wischte Jess vorsichtig die Träne weg. »Ich bring dich nach Hause.«

Widersprüchliche Gefühle kamen in Kim auf. Einerseits wollte sie nicht, dass Jess sie für hilflos oder schwach hielt. Andererseits sehnte sie sich nach Trost. Sie konnte die Vorstellung nicht ertragen, allein nach Hause in ihre leere Wohnung zu gehen. Ein zweites sanftes Streicheln von Jess' Daumen über ihre Wange nahm ihr die Entscheidung ab. Sie lehnte sich in die Berührung, sah Jess einen Moment lang fest in die Augen und nickte dann. »Danke.«

Das Klingeln des Telefons schreckte sie beide auf.

Leise grummelnd nahm Jess den Hörer auf. »Dr. McKenna.« Jess hörte zu und ihr Blick verfinsterte sich. »Ich habe bereits mit ihr geredet …« Sie rieb sich den Nacken. »Gut. Bringen Sie sie in den großen Besprechungsraum. Ich bin gleich da.« Jess schlug mit der flachen Hand auf die Tischplatte, nachdem sie aufgelegt hatte.

»Wer war das?«, fragte Kim.

Jess zuckte zusammen, als hätte sie vergessen, dass Kim im Zimmer war. Sie zog am Saum ihres Shirts. »Die Kriminalbeamtin will mit mir reden. Ich habe ihr schon Rede und Antwort gestanden, als …« Jess zögerte und sprach dann weiter: »Nach der Sache mit Brian. Ich habe ihr gesagt, dass ich nichts weiß. Jetzt besteht sie darauf, mit mir über den Vater zu reden.«

Kim wurde blass. »Gott. Ich habe mich so wegen Brian aufgeregt, dass ich nicht einmal an den Zustand seines Vaters gedacht habe. Er ist nicht etwa …?« Sie konnte es nicht aussprechen.

»Er war in schlechter Verfassung, aber noch am Leben, als er die Notaufnahme verließ. Craig Peterson, einer unserer Unfallchirurgen, hat ihn direkt in den Operationssaal gebracht.« Jess nahm ihren Laborkittel und glättete ihn, bevor sie ihn überzog. Sie prüfte die Taschen und ordnete ein paar Zettel auf ihrer Arbeitsunterlage.

»Ich denke, du solltest gehen«, sagte Kim. »Die Beamtin wartet.«

Jess schob ihre Hände in die Taschen und sah auf. »Ja, sollte ich wohl. Tut mir leid. Ich beeile mich und dann bringe ich dich nach Hause.«

Kim hörte die Müdigkeit in Jess' Stimme und fasste sie genauer ins Auge. Sie war so sehr mit ihren eigenen Empfindungen beschäftigt gewesen, dass sie bis jetzt nicht gemerkt hatte, wie erschöpft und gestresst Jess aussah. Kim bekam ein schlechtes Gewissen. *Hier geht es nicht nur um dich. Jess hat nicht nur seinen Vater, sondern auch Brian versorgt und musste ihn letztlich für tot erklären. Mein Gott.* »Ich habe eine bessere Idee. Du gehst und redest mit der Kriminalbeamtin, und ich hole uns auf dem Weg nach Hause was zu essen. Wenn du es hinter dir hast, komm einfach rüber. Wir essen und teilen uns eine Flasche Wein.« Kim trat näher an Jess heran. »Wir könnten beide eine Pause gebrauchen. Was sagst du dazu?«

»Es macht mir nichts aus …«

Kim legte Jess einen Finger auf die Lippen, um weiteren Widerspruch zu stoppen. »Du würdest mir eine große Freude damit bereiten. Lass mich das machen. Es hilft mir dabei, mich abzulenken. Es sei denn, du bist zu müde?«

Jess schüttelte ihren Kopf. »Bist du sicher?«

»Ganz sicher.«

Ein Teil der Anspannung um Jess' Augen schien sich zu lösen. »Okay. Du hast recht. Es ist höchste Zeit für ein bisschen Ruhe. Ich gehe jetzt besser zur Kriminalbeamtin.« Sie war schon an der Tür, drehte sich um und sah Kim an. »Ich komme so bald wie möglich.« Gerade wollte sie hinausgehen, als sie noch einmal stehen blieb. »Verdammt.«

»Was ist los?«, fragte Kim.

Jess kam zum Schreibtisch zurück und öffnete die mittlere Schublade. Sie nahm eine Visitenkarte heraus. »Ich bitte dich nicht gern darum, aber würdest du die Hundepension anrufen und Bescheid sagen, dass ich Thor heute nicht abholen kann?« Sie hielt Kim die Karte hin. »Bitte richte aus, dass ich gleich morgen früh vorbeikomme.«

»Aber natürlich. Mach ich gern.«

Jess' Pager schrillte. Sie sah auf das Display und verzog das Gesicht. »Die Beamtin scheint von der ungeduldigen Sorte zu sein. Ich muss los.« Jess blieb im Türrahmen stehen. »Danke, dass du mir diesen Anruf abnimmst. Ich bin so schnell es geht bei dir.« Jess schien nicht gehen zu wollen.

»Abmarsch«, ordnete Kim an.

Jess salutierte halb, drehte sich um und eilte den Flur hinunter.

Kim nahm das Telefon und rief die Hundepension an. Es bedeutete ihr viel, dass Jess ihr diese Aufgabe anvertraute.

# KAPITEL 22

»HEY, DU. KOMM REIN.« Kim trat einen Schritt zurück, um Jess einzulassen.

Kims herzliche Begrüßung ließ die Anstrengungen des Tages schwinden. Es erstaunte Jess immer wieder, wie ein einfaches Lächeln von Kim solch eine Wirkung auf sie haben konnte. Kims feuchtes Haar ließ schlussfolgern, dass sie nicht nur Zeit zum Umziehen, sondern auch für eine Dusche gehabt hatte.

»Entschuldige, dass du mit dem Abendessen warten musstest. Der Verkehr war einfach schlimm bei dem Regen.« Das Gewitter, das bereits den ganzen Tag in der Luft gehangen hatte, war schließlich losgebrochen, kaum dass Jess das Krankenhaus verlassen hatte.

»Mach dir darüber keine Gedanken. Ich bin froh, dass du heil hier angekommen bist.« Kim führte sie zum bereits gedeckten Tisch. »Lass uns endlich essen.« Sie zog die warm gehaltenen Teller schnell aus dem Ofen und goss den Wein ein.

Beide Frauen konzentrierten sich in angenehmer Stille auf das Essen.

Jess seufzte zufrieden, als sie ihren Stuhl vom Tisch wegschob. »Danke. Das war genau das Richtige.« Das war die erste gemeinsame Mahlzeit, die sie in Kims Wohnung verzehrt hatten. Meistens gingen sie in ein Restaurant. Den Rest ihrer Freizeit verbrachten sie wegen Thor meistens in Jess' Wohnung. In Kims Wohnblock waren keine Haustiere erlaubt, nicht einmal als Besucher.

»Wohl kaum ein Festmahl, nur Chinesisch zum Mitnehmen.« Kim schmunzelte ihr von der anderen Seite des Tisches zu. »Aber dennoch gern geschehen.«

Die nur spärliche Unterhaltung während des Essens war erholsam gewesen. So konnte sie sich ein wenig sammeln, bevor sie mit Kim über Brians Vater sprechen musste. Sie war nicht wild darauf, schon wieder schlechte Nachrichten zu überbringen. Es war schwierig genug, sich regelmäßig mit den Angehörigen von Patienten auseinanderzusetzen, wenn schmerzliche Mitteilungen überbracht werden mussten. Bei Fremden konnte sie wenigstens emotionalen Abstand halten. Sie schien allerdings nicht in der Lage zu sein, ihre Gefühle zu unterdrücken, sobald es um Kim ging. Und wenn sie ehrlich mit sich selbst war, wollte sie es auch gar nicht.

»Magst du es mir jetzt erzählen?«, fragte Kim und riss damit Jess aus ihren Gedanken.

*Ah, Mist.* Jess fand es beunruhigend, wie gut Kim sie mittlerweile durchschaute. Für einen Moment zog sie ein Täuschungsmanöver in Erwägung. Ein einziger Blick in Kims offenes Gesichts ließ sie diese Idee sofort wieder verwerfen. Dennoch war Jess nicht ganz so weit, sich dem Unausweichlichen zu stellen. Sie nahm ihr Weinglas und fragte: »Gießt du noch ein bisschen nach?«

Kim öffnete ihren Mund, schloss ihn dann aber wieder. Sie erhob sich und nahm Jess das Glas aus der Hand. »Na klar.« Mit wenigen Schritten war Kim in der Küche.

Jess schob die Überreste ihres Essens zusammen.

Kim füllte Jess' Glas und hielt es ihr hin. Sie zeigte mit ihrer freien Hand zum Wohnzimmer. »Setz dich rüber. Ich räume nur schnell ab.«

»Danke«, sagte Jess, als sie den Wein nahm. Sie stellte das Glas auf den Tisch. »Du hast schon das Essen besorgt. Da kann ich wenigstens beim Aufräumen helfen.«

»Ist nicht nötig. Entspann dich. Es dauert nur eine Minute, die Teller in den Geschirrspüler zu räumen.« Kim stellte das Geschirr auf die Anrichte, bevor sie sich zu Jess umdrehte. »Außerdem ist meine Küche nicht für zwei Leute ausgelegt.«

Ein Blick zur Kochnische, die von Ofen und Spüle auf der einen und Kühlschrank und Schränken auf der anderen Seite ausgefüllt wurde, bestätigte Kims Behauptung. Jess lächelte. »Na gut. Ich sehe, was du meinst.«

Eine Windböe ließ die gläserne Terrassentür scheppern.

»Der Sturm wird tatsächlich stärker«, sagte Jess.

»Hm, es wird ziemlich kühl hier drin.« Kim zitterte. Sie rieb mit ihren Händen über ihre mit Gänsehaut bedeckten Arme.

Jess beobachtete die Geste, ihr Blick streifte ungewollt Kims Brust. Der Anblick harter Brustwarzen, die sich deutlich unter ihrem T-Shirt abzeichneten, ließ Jess erstarren. Der kalte Raum schien plötzlich viel wärmer zu sein. Sie schluckte schwer. *Himmel, sie trägt keinen BH.* Sofort schämte sie sich für diesen Gedanken. *Du bist hier, um sie zu trösten, nicht, um sie anzugaffen.* Jess richtete ihre Augen wieder auf eine unverfängliche Stelle. Zum Glück schien Kim ihre umherschweifenden Blicke nicht bemerkt zu haben.

»Du kannst mir mit etwas anderem helfen«, sagte Kim. »Würdest du bitte den Gaskamin anstellen? Neben der Schiebetür ist ein Schalter an der Wand.«

Jess sah sich im Raum um und entdeckte schnell den fraglichen Schalter. »Gern.« In Kims Wohnung beherbergte das Wohnzimmer gleichzeitig eine Essecke und die Kochnische. Obwohl Jess keinen der weiteren Räume bisher gesehen hatte, wusste sie, dass der kurze Flur zu Schlafzimmer und Bad führte.

»Das ist das Einzige, was ich an dem Appartement nicht mag«, sagte Kim, während sie aufräumte. »Außer dem Kamin gibt es nur noch eine einzige elektrische Wandheizung als Wärmequelle.« Kim lachte. »Und du kennst mich. Ich hasse es, zu frieren.«

Jess schnaubte, als sie den Schalter betätigte. »Ist das dein Ernst?« Die Flammen schlugen hoch. So wie Kim auf das kalte, regnerische Dezemberwetter reagierte, könnte man annehmen, sie wäre an Stelle von Jess die gebürtige Kalifornierin. Sie gesellte sich wieder zu Kim. »Es ist mir ein Rätsel, wie du in Michigan überleben konntest.«

Kim sah auf und ihre Miene verdunkelte sich für einen Moment. »Das weiß ich auch nicht.«

Jess bemerkte sehr wohl, dass Kim nicht vom Wetter sprach. Mit zwei schnellen Schritten war sie bei Kim. Sie drückte kurz Kims Schulter, um ihr zu zeigen, dass sie verstand. »Komm.« Jess nahm beide Weingläser. »Wärmen wir uns am Feuer auf.«

Das Lächeln kehrte auf Kims Gesicht zurück.

Gemeinsam gingen sie zum Kamin.

Kim nahm nebenbei zwei große Kissen von der Couch. Sie warf sie auf den Teppich vor dem Kamin. Sie setzte sich auf den Boden, streckte sich seitlich aus und lehnte den Oberkörper ins Kissen.

Jess lächelte zu ihr hinab. Sie reichte Kim ihr Glas und stellte dann ihr eigenes vorsichtig auf den schmalen Sims am Kamin. Jess legte sich Kim gegenüber auf das zweite Kissen.

»Ah, schon viel besser«, sagte Kim. Ein zufriedener Seufzer kam über ihre Lippen, als sich ihre Augen schlossen.

Jess gönnte sich das heimliche Vergnügen, Kims fein modelliertes Profil eingehend zu betrachten. Sie konnte dem Wunsch, sie zu berühren, kaum widerstehen, deshalb drehte sie sich auf den Bauch und schaute ins Feuer. Sie atmete aus, als sich nach den Strapazen des Tages endlich Entspannung einstellte. *Genau das habe ich gebraucht.* Nach so einem Tag hätte Jess üblicherweise Sport bis zum Umfallen getrieben. *Das hier ist so viel besser.* Sie war überrascht, dass der Gedanke sie nicht wie früher erschreckte. *Aber Kim ist auch anders als alle, die ich bisher getroffen habe.* Jess wurde warm ums Herz.

Es herrschte freundliches Schweigen, während sie ihren Wein genossen. Der Kamin, wenn auch klein, strahlte wohltuende Gemütlichkeit aus.

Die friedliche Stille wurde unterbrochen, als Kim hörbar durchatmete.

Jess rollte auf die Seite und sah sie an.

»Es fällt mir schwer, das jetzt anzusprechen, aber totschweigen ist auch keine Option.« Kim spielte mit ihrem Pferdeschwanz. »Was war mit der Beamtin? Was ist mit Brians Vater? Gibt es irgendwelche Neuigkeiten?«

Jess seufzte ebenfalls. Sie mochte wirklich nicht darüber reden. »Die Beamtin wollte noch einige Dinge klären, damit sie den Fall abschließen kann. Als ich sie endlich davon überzeugen konnte, dass ich nicht mehr zu sagen hätte, war die Angelegenheit erledigt.« *Und jetzt erzähl ihr den Rest, dann hast du es hinter dir.* »Ich habe mit Craig Peterson gesprochen, bevor ich gegangen bin, und nach dem Vater gefragt.« Jess fuhr sich mit der Hand über die Stirn.

Kims Gesichtsausdruck verriet, dass sie ahnte, was jetzt kam.

Jess zwang sich dazu, es dennoch auszusprechen. »Er hat die OP nicht überlebt. Es tut mir leid.«

Kims ruhige Miene begann zu bröckeln. »Mein Gott. Es ist kaum zu fassen. Erst Brian, jetzt das.« Tränen traten ihr in die Augen. »Die ganze Familie innerhalb von sechs Monaten tot.«

Jess begriff nicht ganz, was Kim sagte. Die Verwirrung war ihr anzusehen.

»Deshalb war Brian in meiner Gruppe. Er hatte Schwierigkeiten, mit dem Tod seiner Mutter fertigzuwerden.« Kim weinte. »Ich habe ihn nur ein paar Mal gesehen, bevor Dr. Kapoor übernommen hat, aber ich dachte, ich wäre zu ihm durchgedrungen.«

»Ich bin sicher, dass du alles versucht hast.«

Kim schaute weg und starrte auf ein Holzscheit im Kamin. »Scheinbar war das nicht genug«, sagte sie traurig.

Jess fühlte sich angesichts von Kims Schmerz hilflos. Sie wusste nicht, was sie sagen sollte, damit Kim sich besser fühlte. Deshalb bot sie ihr den einzigen Trost an, den sie geben konnte. Sie nahm Kim in die Arme und zog sie an ihre Brust. Kims Zittern machte ihr das Herz schwer. Zärtlich küsste sie Kims Stirn.

Kim hob ihren Kopf. Tränen glitzerten auf ihren Wangen.

Jess wollte diesen Schmerz lindern und begann, Kims Tränen wegzuküssen. Sanft wie ein Schmetterling berührte sie ihre Wangen. Ein leises Wimmern zog Jess' Blick zu Kims Mund. In ihrem Innern zog sich alles zusammen, als Jess die geöffneten, einladenden Lippen sah. Ohne über die Konsequenzen nachzudenken, drückte sie ihre Lippen auf Kims.

Kim kam ihr entgegen, um die Berührung zu vertiefen.

Ein Stöhnen drang tief aus Jess' Brust. Mit ihrer Zunge leckte sie Kims Unterlippe, lautlos bittend, sich ihr weiter zu öffnen.

Jess stöhnte in ihren Mund, als Kims Lippen sie bereitwillig einließen. *So weich. So süß.*

Atemlos lösten sie sich schließlich voneinander.

Jetzt, da Kims Mund nicht länger auf ihrem war, klärte sich ihr von Leidenschaft vernebelter Verstand. Die Realität traf Jess wie ein Schwung kaltes Wasser im Gesicht. *Was zum Teufel ist mit dir los? Das geht nicht.*

Jess wollte sich zurückziehen, wurde aber von Kims Hand gestoppt, die sie am T-Shirt festhielt und versuchte, sie wieder näher heranzuziehen.

»Nein, nicht«, sagte Kim. »Hör nicht auf.«

Ihre Blicke trafen sich.

Lang unterdrücktes Verlangen und Sehnsucht brannten in Kims glänzenden Augen. Der Anblick brachte Jess völlig aus dem Konzept. Ihr ganzer Körper schien zu summen. Sie beugte sich vor, hielt dann inne, ihre Lippen nur Zentimeter von Kims entfernt. Ein kleiner Teil von ihr leistete immer noch Widerstand. *Hiernach gibt es kein Zurück.*

»Bitte«, flüsterte Kim. Ihr Atem streifte Jess' Lippen. »Ich brauche das.« Sie führte Jess' Hand zu ihrem Busen. »Ich brauche dich.«

Jess' Herz floss über, ihr Widerstand zerstob wie Rauch im Wind. Sie neigte ihren Kopf und nahm Kims Mund aufs Neue ein.

Die Luft zwischen ihnen schien statisch zu knistern.

Kim umschlang Jess, als versuchte sie, ihre Körper untrennbar zu vereinen.

»Entspann dich.« Jess beugte sich vor und dirigierte Kim auf ihren Rücken.

Ein raues, protestierendes Knurren fiel von Kims Lippen, als Jess ihre Hand von deren Brust nahm.

»Ich kümmere mich um dich«, flüsterte Jess in Kims Ohr. Sie schmeckte die Haut in Kims Nacken, bevor sie sich zu der kleinen Vertiefung ihrer Kehle bewegte. Sie küsste die empfindsame Stelle, fühlte Kims Herzschlag unter ihren Lippen.

Als sie sich wieder Kims Mund zuwandte, glitt ihre Hand abwärts, um Kims T-Shirt aus der Hose zu ziehen. Ihre Finger trafen auf warme, weiche Haut. Jess schob ihre Hand wieder höher und streichelte sanft die Unterseite von Kims entblößter Brust.

Kim seufzte und klammerte sich an Jess' Arm.

Es kostete all ihre Kraft, sich von Kims Lippen zu lösen. Jess bewegte sich nach unten. Sie wollte sehen, was sie berührte. Ihr stockte der Atem. *So perfekt.* Ehrfürchtig streichelte sie das weiche, anschmiegsame Fleisch unter ihrer Hand, dann beugte sie sich hinunter, um die verführerische Brustwarze mit ihrer Zunge zu liebkosen.

Kims Hand umschloss Jess' Hinterkopf und zog sie noch dichter.

Als Jess die inzwischen harte Brustwarze in den Mund nahm und daran saugte, bog Kim den Rücken durch.

»Ja. Genau so.« Kim stöhnte.

Jess bedachte beide Brüste mit der gleichen Aufmerksamkeit. Ihre Erregung nahm zu. So lange hatte sie hierauf gewartet. Kims seidene Haut zu berühren und ihren hinreißenden Körper mit Zärtlichkeiten zu überhäufen, lag jenseits von allem, was Jess sich vorzustellen gewagt hatte. Eine aufdringliche, innere Stimme mischte sich ein. *Aber was machst du, wenn sie bei dir zur Sache kommen will?*

Unbarmherzig jagte Jess den Gedanken aus ihrem Kopf. Nichts sollte diesen Moment mit Kim ruinieren.

Von Kims Brüsten schob sie sich wieder höher zu ihrem Mund. Als sie den Druck von Kims Zunge an ihren Lippen spürte, stöhnte Jess. Bereitwillig öffnete sie ihren Mund. Ihre Zungen umkreisten sich in einem erotischen Tanz.

Jess schnappte nach Luft und wich etwas zurück. Sie begegnete Kims Blick und versank in den vor Lust dunkelblauen Augen. Ihren Blick fest mit Kims verankert, schob Jess ihre Hand an Kims straffem Bauch hinab in deren Hose. Sie liebkoste die samtweiche Haut an Kims Unterbauch, bevor sie sich weiter der Hitze entgegenbewegte. *O Gott.* Jess stöhnte auf, als ihre Finger in den nassen Schoß rutschten, der sie empfing. Ihre eigenen Hüften ruckten gegen Kims Seite. Jess kämpfte gegen ihr rasendes Verlangen. Hier ging es nicht um sie.

Kim atmete scharf durch die Zähne aus. »Ja.« Ihre Hüften bäumten sich auf.

Jess' Finger tauchten tief ein, glitten dann wieder hoch, brachten Feuchtigkeit mit sich. Sie streichelte Kims pralle Klitoris nur mit ihren Fingerspitzen in dem Rhythmus, den Kims Hüften vorgaben. Sie genoss, wie sich Kims Höhepunkt anbahnte. »Du bist so wunderschön«, flüsterte Jess.

Kims Augen schlossen sich und ein unartikulierter Schrei drang aus ihrer Kehle. Ihr Rücken spannte sich, als sie kam. Mit dem Höhepunkt kamen die Tränen, strömten ihr Gesicht hinunter.

*Oh, Liebes.* Jess zog ihre Finger vorsichtig aus ihrer warmen Zuflucht und drückte Kim an ihre Brust.

Kim drängte ihr Gesicht gegen Jess' Busen. Sie umschlang Jess mit ihren Armen und hielt sie so fest es ging.

Zärtlich küsste Jess Kims Scheitel. »Pst, alles gut. Ich bin bei dir.« Während sich Jess beim Anblick von Kims Tränen immer noch ein wenig hilflos fühlte, wusste sie doch, dass Kim die körperliche und emotionale Erleichterung gebraucht hatte. Sie streichelte ganz ruhig Kims Rücken. »Lass alles raus.«

Langsam versiegten die Tränen und Kim entspannte sich an Jess' Körper.

Jess rieb weiter sanft über ihren Rücken. Erst nach ein paar Minuten bemerkte sie, dass Kim eingeschlafen war. Sie diskutierte mit sich selbst, ob es besser wäre, sie zu wecken und ins Bett zu schicken. *Zum Teufel damit.* Sie schwelgte in dem Gefühl, Kim in ihren Armen zu halten. Sie wollte das nicht aufgeben, solange sie nicht musste. Jess schob sie beide in eine bequemere Position.

Kim murmelte im Schlaf und kuschelte sich näher an sie, aber sie wachte nicht auf.

Jess schloss ihre Augen, obwohl sie wusste, dass sie nicht einschlafen würde. Sie hatte nie schlafen können, während jemand sie berührte. *Ich will das hier nur noch ein wenig länger genießen, dann werde ich sie wecken.*

# KAPITEL 23

DURCH EINEN SPALT IN DEN Jalousien strömte Sonnenlicht, sodass Kim ihre Augen zukneifen musste. Noch nicht ganz wach rollte sie zur Seite, um der durchdringenden Helligkeit zu entkommen. Ein scharfer Schmerz im unteren Teil ihres Rückens machte sie endgültig wach. *Autsch.* Sie setzte sich auf und rieb sich das Gesicht. *Ich bin zu alt, um auf dem Fußboden einzuschlafen.*

Während sie sich im Zimmer umschaute, brauchte Kim nur einen Augenblick, um gleich mehrere Dinge zu begreifen. Es war nicht mehr Abend und die Weingläser standen nicht mehr auf dem Kaminsims. Was ihr einen Stich ins Herz versetzte, war die Erkenntnis, dass Jess gegangen war, ohne sie zu wecken.

*Was hast du erwartet? Du weißt ganz genau, wie zögerlich Jess dabei ist, sich auf ein Verhältnis einzulassen.* Kim zog ihre Knie gegen die Brust. *Verdammt. Warum hast du das gemacht? Wenn du nur einmal in deinem Leben Geduld bewiesen hättest, wäre alles möglich gewesen: eine Freundin und eine Geliebte.* Sie umschlang ihre Beine mit den Armen und vergrub ihr Gesicht in den angewinkelten Knien. *Aber nein, du musstest dich ja auf sie stürzen. Natürlich ist sie gegangen. Sie wollte dir vermutlich nicht mehr ins Gesicht sehen, nachdem du sie zu einer Mitleidsnummer gebracht und dann in ihren Armen wie ein Baby geheult hast.* Niederschmetternde Reue überwältigte sie. *Du hast die beste Freundschaft ruiniert, die du jemals genossen hast.*

Eine warme Hand in ihrem Rücken erschreckte sie zutiefst.

*Das kann nicht sein.*

Kims Kopf schoss hoch. *Du hast mich nicht verlassen.* Ihre Erleichterung war so groß, dass sie einen Moment lang sprachlos war.

»Hey, Kim, alles in Ordnung?«, fragte Jess.

»Ja. Du hast mich nur überrascht.«

»Tut mir leid. Das wollte ich nicht. Ich musste nur zur Toilette.« Jess hielt ihr eine Hand hin.

Kim ergriff sie und ließ sich von Jess vom Boden hochziehen.

Als sie sich so dicht gegenüberstanden, verschlug es ihr plötzlich die Sprache. *Was jetzt? Sollte ich überhaupt erwähnen, was gestern Nacht passiert ist?* Sie fuhr mit den Händen über ihr zerknittertes T-Shirt und die Hose. *Ich muss schrecklich aussehen.*

Jess' Lächeln wirkte nervös. Sie neigte ihren Kopf zur Seite.

Die Geste erinnerte Kim an Thor, wenn er versuchte, etwas herauszufinden. Der Gedanke brachte sie zum Schmunzeln. *Bleib ruhig. Lass die Dinge einfach laufen.*

»Wie wär's, wenn ich uns Frühstück mache?«, fragte Kim.

»Oh, tut mir leid«, sagte Jess. Ihr Lächeln verschwand. »Ich kann nicht …«

Kims Unsicherheit kehrte zurück. *Ich hätte es wissen müssen. Sie ist nur aus Höflichkeit geblieben.* »Ist schon okay. Kein Problem. Ich habe dich schon lange genug in Anspruch genommen. Ich will dich nicht länger aufhalten.« Sie drehte sich um und wollte zur Vordertür gehen, um Jess rauszulassen.

Jess' Hand auf ihrem Arm bremste sie. »Du hast mich nicht ausreden lassen«, sagte sie. »Ich würde gern bleiben, aber ich muss Thor abholen. Am Wochenende hat die Hundepension von sieben bis neun am Vormittag und dann erst am Nachmittag wieder geöffnet. Wenn ich jetzt nicht gehe, bekomme ich ihn erst um fünf Uhr zurück.«

*Gott, Kim. Reiß dich zusammen. Zieh keine voreiligen Schlüsse. Jess wirkt nicht, als wollte sie ausflippen.* Über diese erstaunliche Beobachtung würde sie später nachdenken müssen. »Ah, ich verstehe«, sagte Kim, für den Moment beruhigt. »Hol ihn schnell, den großen Kerl.« Sie bewegte sich wieder Richtung Eingangstür.

Jess folgte ihr auf dem Fuß. Sie nahm ihre Jacke von der Rücklehne des Esszimmerstuhls und schlüpfte hinein. »Sieht aus, als würde es ein schöner Tag werden, jetzt, da es nicht mehr regnet.« Jess räusperte sich. »Ich habe mich gefragt … ähm. Wollen wir uns nachher zum Mittagessen treffen?«

*Siehst du, hab ein wenig Vertrauen.* »Gerne. Wo möchtest du hingehen?«

»Ich dachte, zu unserem Lieblingsmexikaner, weil wir dort draußen sitzen können.«

»Wieso denn draußen?« Kim war wenig begeistert von der Idee, im Freien zu essen. Es war immer noch kühl und feucht, obwohl die Sonne schien.

»Na ja.« Jess schwankte ein wenig und sah auf ihre Füße. »Ich hatte gehofft, es würde dir nichts ausmachen, wenn ich Thor mitbringe. Ich will ihn nicht gleich wieder allein zu Hause lassen, nachdem er über Nacht in der Pension bleiben musste.«

*Du bist so ein Softie.* Kim freute sich immer, wenn Jess ihre weiche Seite zeigen konnte. Es war ein riesiger Kontrast zu ihrer knallharten Dienstpersönlichkeit. Dass sie sich sicher genug fühlte, Kim die wahre Jess McKenna sehen zu lassen, bedeutete ihr viel.

Sie ergriff Jess' Hand und drückte sie fest. »Natürlich macht es mir nichts aus. Bring ihn ruhig mit. Du weißt, wie sehr ich den Großen mag.«

Als Jess aufschaute, strahlten ihre blauen Augen voller Wärme.

»Wann wollen wir uns im Restaurant treffen?«, fragte Kim.

»Thor und ich holen dich um zwölf ab.« Es klang eher wie eine Frage. Jess blinzelte sie an. »Wenn das okay ist?«

Kim betrachtete Jess für einen Moment. Ihre Körpersprache faszinierte sie. *Was ist das nur?* Jess wirkte fast schüchtern. Kim dachte darüber nach, wie Jess ihre Einladung zum Mittagessen formuliert hatte und das Angebot, sie abzuholen.

*Oh, bittet sie mich etwa um ein Date?* Normalerweise fuhren sie getrennt zu Restaurants und sonstigen Ausflugszielen.

Es gab nur einen Weg, es herauszufinden. »Ich würde liebend gern ein Date mit dir und Thor haben. Ich wird dann gegen Mittag auf euch warten.«

Das umwerfende Lächeln auf Jess Gesicht gab Kim recht. *Ein Date mit Jess.* Selbst nach dem, was gestern Nacht geschehen war, war der Gedanke sowohl aufregend als auch beunruhigend.

»Vielleicht können wir nach dem Essen ein bisschen spazieren gehen und dann zu mir … einen Film ansehen oder so?«, fragte Jess mit untypischem Stottern.

*Wow. Sie lädt mich zu sich ein? Selbst nach dem, was gestern Nacht passiert ist?* Kim fragte sich, wie es angesichts dessen mit ihnen weitergehen würde. *Darüber kannst du dir später Sorgen machen.*

»Das wäre wunderbar.« Sie warf einen Blick zur Küchenuhr. *Verdammt.* »Du machst dich jetzt besser auf den Weg.«

Jess fuhr sich mit der Hand durch ihr Haar. »Hm.«

Kim schob den Sperrriegel zur Seite und legte ihre Hand auf den Türknauf.

»Kim.« Jess trat näher, berührte sie aber nicht.

Der Ton in Jess' Stimme machte Kim hellhörig. Sie sah Jess in die Augen.

Sie waren silber-blau geworden. Jess trat vor und verringerte den Abstand zwischen ihnen.

*O ja. Bitte.*

Weich und sanft strichen Jess' Lippen über ihre.

Kim gab sich dem Kuss hin. Erleichterung mischte sich mit Erregung. Sie hatte es also doch nicht vermasselt.

»Bis später«, flüsterte Jess mit belegter Stimme. Sie wollte gehen, kehrte aber für einen zweiten Kuss zurück.

Lust stieg in Kim wie eine Flutwelle an.

Als Jess den Kuss vertiefen wollte, öffnete sie sich bereitwillig.

Jess' Zunge glitt in ihren Mund.

Kim stöhnte tief. Sie krallte sich in Jess' Jacke, als ihre Knie weich wurden.

Starke Arme umschlangen Kim und zogen sie näher.

Die Welt um Kim herum verschwand, es gab nur noch Jess. Ihren Körper, der sich an ihren presste, Jess' Duft in ihren Sinnen, der Druck ihrer Zunge in Kims Mund.

Keuchend zog Jess sich zurück.

Kim gab einen sehnsüchtigen Laut von sich. *Mein Gott.* Sie hatte schon einige Frauen geküsst, aber nie so etwas Überwältigendes erlebt.

Jess drückte ihre Stirn an Kims. Sie atmete schwer. »Wow«, murmelte sie.

Kims Herz schlug höher bei der Vorstellung, dass der Kuss Jess genauso berührt hatte wie sie selbst.

»Ich gehe jetzt wirklich«, sagte Jess. Sie schien nicht besonders begeistert von der Idee zu sein.

Jess fortzuschicken war das Letzte, was Kim wollte. *Wenn sie Thor jetzt nicht abholt, wird sie später Schuldgefühle haben und du auch.*

»Hol unseren Jungen, ich treffe euch beide dann nachher«, sagte Kim.

Ein glückliches Lächeln brachte Jess' Gesicht zum Glühen. Sie sah aus, als wollte sie Kim erneut küssen. Mit einem festen Kopfschütteln schien sie sich eines Besseren zu besinnen.

Obwohl sie Enttäuschung verspürte, wusste Kim, dass es so am besten war. Ihr Körper vibrierte noch immer vor Erregung. Noch ein Kuss und sie würde Jess in ihr Bett ziehen.

»Okay, bis später«, sagte Jess, bevor sie endgültig zur Tür hinaus schlüpfte.

Erst als die Tür sich hinter Jess geschlossen hatte, fiel Kim auf, was sie gesagt hatte. *Unser Junge.* Kim schüttelte ihren Kopf. *Meine Güte!*

Jess parkte auf einem freien Stellplatz vor Kims Wohnkomplex, machte aber keine Anstalten, aus ihrem Geländewagen zu steigen. »Ich kann das.« Sie rieb ihre feuchten Handflächen an ihrer Hose ab. »Es ist genau wie früher, wenn ich mit Kim ausgegangen bin. Wir machen das schließlich schon seit Monaten.« In dem Augenblick, da sie es laut aussprach, wusste sie, dass es gelogen war.

Die letzte Nacht hatte alles verändert.

Jetzt, da sie Kim so intim berührt hatte, konnte sie die Tiefe ihrer Gefühle nicht länger verbergen, weder vor sich selbst noch vor Kim.

Dazu kam der Schock, als sie heute Morgen mit Kim in ihren Armen aufgewacht war. Sie hatte versucht, es ihrer beider Überarbeitung und Übermüdung zuzuschreiben. Zudem waren sie auf dem Boden eingeschlafen. Dann fiel ihr Halloween ein. *Da hast du dir eingeredet, dass es an zu viel Pizza und Bier lag. Es steckt sehr viel mehr dahinter, und du weißt es.*

Jess seufzte. Der Gedanke, die Nacht in Kims Armen zu verbringen, war verlockend. Danach hatte sie sich bei keiner ihrer Exfreundinnen gesehnt. Beide hatten sich beschwert, dass sie so selten über Nacht blieb und nie kuscheln wollte. *Aber Kim ist anders. Das weißt du schon länger.*

Trotz ihrer unterschwelligen Ängste, wie es werden würde, wenn Kim im Bett den aktiven Part übernahm, wollte Jess, dass diese Beziehung funktionierte. Sie hatte sich bereits mehrmals auf unbekanntes Terrain gewagt, was Kim anging. *Sie ist es wert.*

»Okay. Das reicht.« Sie sah auf den Rücksitz. »Es wird Zeit, unser Date abzuholen.«

Thors Schwanz schlug gegen den Sitz.

Jess nahm den Blumenstrauß vom Beifahrersitz. Sie hielt ihn in der Hand, legte ihn zurück, nahm ihn wieder an sich. Kopfschüttelnd atmete sie laut aus. »Entscheide dich endlich.« Die Blumen hatten ihr gefallen, aber jetzt war sie verunsichert. »Sie ist bereits deine Freundin. Du musst sie nicht mehr beeindrucken.«

Sie drehte sich nach hinten und hielt Thor die Blumen hin. »Was denkst du? Soll ich sie mitnehmen?«

Thor gähnte.

»Du bist keine Hilfe.« Jess lachte. »Super, ich dreh gleich durch. Jetzt frage ich schon einen Hund um Rat.« Sie schüttelte den Kopf. Sie wollte Kim wirklich zeigen, dass sie etwas Besonderes war. *Also doch Blumen.*

Sie öffnete für Thor noch zwei der Fenster einen Spalt breit.. Entschlossen stieg Jess mit den Blumen in der Hand aus dem Wagen. Sie beugte sich zurück ins Auto und sah ihren Hund an. »Ich bin gleich zurück, Thor«, sagte sie. »Bleib. Pass auf.« Jess schloss die Tür.

Im Kamin brannte ein Feuer. Die Holzscheite knackten und zerbarsten. Kim seufzte, als die Wärme in ihre kühlen Gliedmaßen stieg. Wolken hatten die Morgensonne verdrängt. Ein neuer Sturm braute sich zusammen.

Kim streifte die Schuhe ab. Sie zog ihre Beine unter sich. Mittlerweile fühlte sie sich sehr wohl in Jess' Zuhause.

Thor lag wie ein großer plüschiger Teppich vor dem Feuer.

»Heiße Schokolade, wie versprochen«, sagte Jess, als sie aus der Küche kam. »Ich hoffe, du magst Marshmallows drin.«

Lächelnd sah sie auf. »Ja, mag ich sehr. Danke schön.« Sie nahm die angebotene Tasse.

Jess setzte sich neben sie auf die Couch.

*Daran könnte ich mich gewöhnen.*

Ein tiefes Wohlbefinden durchströmte Kim, als sie an der Schokolade nippte.

Es war lange her, dass eine Frau ihr das Gefühl gegeben hatte, etwas Besonderes zu sein.

Sie war immer noch erstaunt, bis vor Kurzem nichts von den tiefer gehenden Gefühlen bemerkt zu haben, die Jess für sie hegte. Vielleicht lag es daran, dass sie nach Anna, die nur der letzte in einer langen Reihe von Fehlern gewesen war, ihrem eigenen Urteilsvermögen immer noch nicht traute. Oder daran, dass Jess ihre Gefühle so gut verbergen konnte.

Egal, Kim war sehr froh darüber, wie die Dinge sich entwickelt hatten. Sie verband eine wunderbare Freundschaft mit Jess, die ihr wachsendes Miteinander nur stärken konnte. Die Vertiefung ihrer Beziehung zu Jess ließ alte Ängste zurückkehren, aber Kim gab ihnen nicht nach. *Nicht jede, an der dir was liegt, lügt dich an. Dieses Mal wird es anders sein. Ich weiß es.*

Kim drehte sich zur Seite, um Jess anzuschauen. Ihre Knie drückten gegen Jess' Oberschenkel. »Ich kann kaum glauben, dass bald Weihnachten ist. In weniger als drei Wochen.« Sie wippte ein wenig auf und ab. »Stellst du einen Baum auf?«

Jess wandte für einen Moment den Blick von Kim ab. »Da ich an Weihnachten arbeiten werde, wohl kaum.«

»Hast du denn immer die Schichten an Heiligabend und am ersten Feiertag übernommen?« Kim war bestürzt gewesen, als sie erfuhr, dass Jess zwei Zwölfstundenschichten hintereinander arbeiten wollte. Sie hatte gehofft, wenigstens einen Feiertag mit ihr verbringen zu können.

»Ich habe jedes Jahr freiwillig an den Feiertagen gearbeitet, als ich Oberärztin war. Jetzt als Stationschefin will ich mit gutem Beispiel vorausgehen, um andere alleinstehende Kollegen zu motivieren. Ich fand immer schon, dass Mitarbeiter mit kleinen Kindern am ersten

Weihnachtstag frei haben sollten. Genau wie Assistenzärzte. Die Kollegen mit Familie werden vom Dienst befreit, wenn es irgendwie machbar ist.«

Ernste Augen sahen Kim an. »Dieses Jahr wünschte ich zum ersten Mal, dass ich nicht arbeiten müsste.«

Kim hatte Mühe, ihre Überraschung zu verbergen. *Ich kann nicht fassen, dass du mir das gestanden hast.* »Ich wünschte auch, wir könnten die Feiertage zusammen verbringen, aber ich verstehe dich.« Sie streichelte mit ihrer Hand über Jess' Schulter. »Ich finde, es ist eine große Geste von dir. Weihnachten ist eine ganz besondere Zeit für Familien, insbesondere für die mit kleinen Kindern.«

Jess' Gesicht verdunkelte sich für einen Wimpernschlag, dann hellte sich ihre Miene mit einem Kopfschütteln wieder auf. »Danke für dein Verständnis.«

*Das sah nach einer unguten Erinnerung aus. Macht ihre Familie ihr das Leben schwer?*

»Feierst du mit Sam im Voraus?« Kim wusste, dass Jess morgen für Weihnachtseinkäufe mit ihrer Schwester nach San Diego fahren würde.

»O ja. Wir feiern. Mit Sam geht das gar nicht anders.« Jess lachte. »Sie liebt Weihnachten. Aber meistens treffen wir uns erst am Wochenende danach.« Ein nachsichtiges Lächeln erschien auf Jess' Gesicht. »Ich bin sicher, ihr Baum steht bereits und ihre Wohnung ist auch schon geschmückt.«

»Verbringt sie den ersten Weihnachtstag bei deiner Familie?«, fragte Kim.

»Nein, Sam meldet sich auch immer freiwillig für den Feiertagsdienst. Sie denkt genau wie ich darüber. Was ist mit dir? Bei dir habe ich auch keinen Baum gesehen.« Jess runzelte die Brauen. »Oder hast du es dir anders überlegt und willst an Weihnachten doch nach Hause fahren?«

Ihre Mutter hatte angerufen und versucht, ihr deswegen Schuldgefühle einzureden. Ein Weihnachten, an dem ihre Mutter ihr bei jeder Gelegenheit heiratsfähige Männer präsentierte, war allerdings genug gewesen, um Kim daran zu erinnern, warum sie an den Feiertagen nie nach Hause fuhr. Selbst wenn das bedeuten würde, Weihnachten allein zu sein, würde sie nicht nach Michigan fahren.

»Nein, ganz bestimmt nicht«, sagte Kim bitter. Es war nicht der einzige Grund, warum sie über die Feiertage nicht nach Hause fuhr. Sie wollte nicht, dass ihre Mutter ihre schönsten Erinnerungen an ihren Vater beschmutzte. Auch wenn der Gedanke an ihn schmerzhaft war, wollte sie seine Liebe zum Weihnachtsfest und allem, was damit zusammenhing, in sich wachhalten.

Kim lachte, um die Stimmung aufzuhellen. »Zur Warnung. Ich gehöre zu den Menschen, die einen Baum haben müssen, damit es sich wirklich wie Weihnachten anfühlt.« *Komm schon, frag sie.* »Ich wollte dich fragen, ob du Lust hättest, einen mit mir auszusuchen.«

Jess lächelte. »Das hätte ich. Wird bestimmt lustig.«

*Jetzt zieh es durch. Stell ihr endlich die Frage, vor der du dich schon die ganze Zeit drückst.* »Und ihn mit mir zu schmücken … wenn du willst.«

»Wirklich?« Jess' Augen glitzerten und ihr Gesicht leuchtete.

*Na, offenbar liebt nicht nur Sam Weihnachten. Ich weiß noch nicht, wie ich es anstelle, aber es soll etwas ganz Besonderes für dich sein.* »Natürlich. Wie soll der Weihnachtsmann auch Geschenke bringen, wenn kein Baum zum Darunterlegen da ist?«

Jess grinste. »Jetzt klingst du wie Sam.«

»Tja, dann ist sie offensichtlich eine sehr kluge Frau.« Kim lachte.

»Ähm.« Jess sah nach unten. Sie zupfte an der Naht des Couchkissens, bevor sie aufblickte. »Willst du sie vielleicht mal kennenlernen?«

Kims Kinnlade klappte herunter. *Das muss ein großer Schritt für sie sein.* Sie hatte sich gefragt, ob Jess sich jemals sicher genug fühlen würde, um ihr Sam vorzustellen. Es war unschwer zu erkennen, wie nervös Jess bei dieser Einladung war. *Hilf ihr.*

»Ich würde sehr gern deine Schwester kennenlernen.« Sie legte ihre Hand auf Jess' Bein. »Wann immer du bereit dazu bist.«

»Sie will dich auch kennenlernen«, sagte Jess.

*Sie hat mit ihrer Schwester über mich gesprochen?* Der Gedanke, dass Jess über sie reden würde, war Kim nicht gekommen. Bis heute hatte Jess ihr fast nichts über ihre Schwester erzählt, nur dass Sam Polizistin war. *Worüber mag sie gesprochen haben? Übers Memorial? Oder nur, dass wir Freundinnen sind?*

Kim wurde aus ihren Überlegungen gerissen, als sich die Muskeln unter ihrer Hand anspannten. Sie sah auf ihre Hand und stellte verblüfft fest, dass sie Jess' Oberschenkel streichelte.

Schnell wollte sie ihre Hand wegziehen, wurde aber von Jess gestoppt, die ihre eigene darauf legte und ihre Finger umschlang.

Leidenschaft funkelte in ihrem Blick.

Erregung stieg in Kim auf, als sie das Verlangen auf Jess' Gesicht sah. Kim beugte sich vor und presste fordernd die Lippen gegen Jess'.

Jess kam ihr entgegen.

Ihre Zunge glitt in Jess' Mund. *Mmh, ich könnte sie den ganzen Tag küssen.*

Der Kuss wurde inniger, als Jess' Zunge mit ihrer spielte.

Atemlos ließen sie voneinander ab.

Kim lehnte ihre Stirn an Jess' Schlüsselbein. »Du küsst ziemlich gut«, bemerkte sie um Atem keuchend.

»Du bist auch nicht schlecht.«

»Nicht schlecht?« Kim hob ihren Kopf und blitzte Jess herausfordernd an. »Was ist das denn für ein Kompliment?«

»Kein schlechtes?« Jess lachte.

Sie stupste Jess in die Seite. »Ich zeig dir gleich ›nicht schlecht‹.«

Ein freches Grinsen huschte um Jess' Mund.

Kim beugte sich vor und verschloss Jess' Lippen mit einem hitzigen Kuss.

Sie lächelte in den Kuss, als Jess stöhnte. *O ja. Viel besser.* Kim kniete sich hin und drängte ihren Busen gegen den von Jess. Ihr lange gebremstes Verlangen, Jess überall zu berühren, war nicht mehr aufzuhalten.

Jess' Arme umfassten ihre Hüften.

Kim nutzte ihre überlegene Position und drückte Jess auf die Couch, um sie gierig zu küssen. Sie stöhnte in Jess' Mund, als sie ganz auf ihr lag.

Jess' warmer, eben noch anschmiegsamer Körper wurde unter ihrem steif wie ein Stück Holz.

Jess befreite sich aus dem Kuss.

Ihr Herz schlug wild.

Sie schob das plötzlich erdrückende Gewicht von ihrer Brust und sprang auf.

Jess' Gehirn brauchte nur eine Sekunde, um mit ihrem eigensinnigen Körper mitzuhalten.

*Nein. Nicht mit Kim.*

Kims irritiertes Gesicht sah von der Couch zu ihr auf. Sie ließ sich in eine sitzende Position zurücksinken.

Jess wurde rot vor Ärger. Mit geballten Fäusten entfernte sie sich.

*Verdammt! Ein Tag. Ein einziger Tag und du hast schon alles verdorben.* Die Reaktion hatte sich über Jahre hinweg in ihr festgesetzt. Inzwischen war es reiner Instinkt. Es hatte nichts mit Kim zu tun. *Du solltest diese Beziehung nicht haben. Kim verdient etwas Besseres als dich.*

Kim berührte sanft ihren Arm. »Jess. Alles okay?«

Jess erschrak. Sie war so damit beschäftigt gewesen, mit sich zu hadern, dass sie nicht bemerkt hatte, wie Kim näher gekommen war.

Ihr Groll verrauchte. Sie zwang sich, Kim anzusehen. Scham lastete auf ihren Schultern. »Ja. Entschuldige bitte.«

Jess sah die Fragen in Kims Augen, hatte aber keine Antworten für sie. Jedenfalls keine, die sie zu geben bereit war. *Du musst ihr irgendetwas sagen. Sie ist eine kluge Frau. Und, nicht zu vergessen, Psychiaterin. Eine verdammt gute.*

Sie hielt ihr die Hand hin, wartete, bis Kim sie ergriff, und verflocht dann ihre Finger miteinander. »Wir sollten uns setzen.«

Kim nickte. Sie nahm wieder neben Jess auf der Couch Platz.

Schwer atmend versuchte Jess, sich zu erklären. »Es tut mir leid. Du hast mich überrascht. Ähm … Ich mag es nicht, auf dem Rücken zu liegen.«

Kim runzelte die Stirn. Sie wollte etwas sagen, schien es sich jedoch anders zu überlegen. Sie holte tief Luft. »Dann tut es mir leid, dass ich etwas gemacht habe, das für dich unangenehm war.« Kim drückte ihre Hände. »Möchtest du darüber reden?«

»Nein. Es gibt nichts zu reden.« Die Lüge hinterließ einen bitteren Geschmack in ihrem Mund.

»Okay, Jess.« Kim zog ihre Hände zurück und legte sie gefaltet in ihren Schoß.

*Mist. Mist. Mist.*

Jess fuhr sich mit den Fingern durchs Haar. »Hör zu, ist es in Ordnung, wenn wir den Film heute ausfallen lassen?« Jess glaubte nicht, dass sie Kim heute Nacht in ihrem Bett ertragen könnte, so entblößt und verletzlich, wie sie sich fühlte. Ganz egal, wie keusch es wäre. »Ich habe mir überlegt, dass es wohl günstiger ist, wenn ich schon heute Abend nach San Diego fahre. Dann haben Sam und ich morgen mehr Zeit zum Einkaufen.« *Feigling.*

»Ganz wie du willst.« Kim zögerte. »Wäre es dir lieber, wenn ich mir ein Taxi rufe?«

*Was?* Wie ein Stich fuhr ihr es ins Herz, dass Kim ihr zutraute, sie so mies zu behandeln. »Gott, nein. Natürlich möchte ich nicht, dass du ein Taxi rufst. Ich bring dich nach Hause.«

Unsicher, was sie zu erwarten hatte, hielt Jess ihr zögernd die Hand hin. Sie zitterte. Als Kim nicht zurückzuckte, fasste sie ihr sanft an die Wange. Sie streichelte Kims Gesicht mit dem Daumen.

Kim lächelte schwach.

Jess näherte sich langsam und gab Kim genug Zeit, den Kuss zu verweigern. Sie seufzte, als ihre Lippen sich sanft berührten.

»Es tut mir so leid«, flüsterte Jess.

Sie küsste Kim erneut. Beide seufzten.

Jess wich zurück und blickte tief in Kims warme blaue Augen. »Alles okay zwischen uns?«, fragte sie mit zitternder Stimme.

»Immer.« Kim besiegelte ihre Erklärung mit einem sanften Kuss.

# KAPITEL 24

MIT EINER KRANKENAKTE IN DER Hand ging Kim zu Schwestertresen. Mrs. Ingrams Entlassungspapiere mussten ausgefüllt werden.

Penny lächelte strahlend, als sie näher kam. »Hi, Dr. Donovan.«

Mit einem unkonzentrierten Nicken legte Kim die Akte ab, schlug sie auf und notierte ihre Bemerkungen zur Entlassung.

»Ist dieser Fall abgeschlossen?«

*Offensichtlich nicht, da ich an der Akte arbeite.* »Nicht ganz.« *Ich hätte in den Personalraum oder Jess' Büro gehen sollen.* Obwohl Penny bei jeder Gelegenheit, die sich bot, versuchte, Kim in ein Gespräch zu verwickeln, war sie an diesem Morgen besonders hartnäckig. Kim verfügte heute nicht über die mentale Energie, sie abzuwehren. *Lass deine Ängste und Unsicherheiten nicht an ihr aus.*

Aber es gab einen Grund, warum Kim entschieden hatte, am Schwesternterminal zu arbeiten. Sie wollte Jess auf keinen Fall verpassen, wenn sie jemals auftauchen würde. Sie sah von der Akte auf und ließ ihren Blick einmal mehr schweifen. *Wo zum Donner ist sie?*

Seit ihrer Verabredung am Samstag hatte Kim sie weder gesehen noch gesprochen. Im Nachhinein betrachtet hätte ihr klar sein müssen, dass Jess' Bedürfnis nach emotionaler Kontrolle sich auf ihre intimen Begegnungen übertragen würde. Aber Kim hatte in jener Situation überhaupt nicht gedacht.

Nach der Geschichte auf Jess' Couch waren ihr für den Rest des Wochenendes Tausende Fragen durchs Hirn geschossen. Die größte war wohl, was oder wer Jess so tief verletzt hatte. Keine der möglichen Antworten war besonders erfreulich. Jess war eindeutig panisch gewesen, als sie von der Couch aufgesprungen war. Ihr Kontrollbedürfnis rührte offensichtlich von einem erheblich schwereren Trauma her als nur einer unschönen Trennung.

Heute, an ihrem ersten Arbeitstag, war Jess nirgends zu finden. Da Kim sie nicht in ihrem Büro angetroffen hatte, fragte sie Penny, ob sie Jess gesehen hatte. Anscheinend war sie in der Abteilung gewesen, bevor Kim angekommen war, und dann gegangen. Penny wusste nicht wohin, nur, dass Dr. Franklin für sie eingesprungen war. Jess war häufig wegen diverser Sitzungen nicht auf der Station, aber soweit Kim wusste, war für heute Morgen keine Besprechung angesetzt. Je länger Jess nicht in der Notaufnahme war, desto besorgter wurde Kim. *Hat sie ihre Schichten getauscht, damit sie nicht mit mir arbeiten muss?* Sie musste an Anna denken. Kim biss sich auf die Lippe, als ihr ein noch schlimmerer Gedanke kam. *Hat sie ihre Meinung über uns geändert?*

Kim wurde aus ihren Überlegungen gerissen, als jemand sehr nahe, entschieden zu nahe, an sie herantrat. Für einen Augenblick flackerte Hoffnung auf, dann verschwand sie. Ohne hinzuschauen, wusste sie, dass nicht Jess neben ihr stand. Das angenehme Kribbeln fehlte, das sie stets in Jess' Nähe spürte. Sie trat einen Schritt zur Seite, weg von wem auch immer. Sie drehte sich und sah in Pennys Gesicht.

»Hey, Dr. Donovan«, sagte Penny mit einem überschwänglichen Lächeln. »Ich wollte Sie nicht erschrecken.«

Penny stand immer noch viel zu dicht bei Kim. Sie ging noch einen Schritt rückwärts. »Was kann ich für Sie tun, Penny?«, fragte sie mit betont dienstlicher Stimme und Haltung.

Das Lächeln auf Pennys Gesicht erlosch. »Kann ich mit Ihnen reden?« Sie warf einen Blick zum Schwesternbereich. »Allein.«

Eine Alarmglocke schrillte los. *Was kommt jetzt?* Sie hatte den Eindruck, ihr würde nicht gefallen, was Penny zu sagen hatte. Kim wurde nun klar, dass ihre wiederholten Ausreden anlässlich Pennys spontaner Einladungen zum Mittagessen ein Fehler gewesen waren. Genau wie ihre Hoffnung, dass Penny über diese Jungmädchenverliebtheit hinwegkommen würde. Sie hätte ihr gleich am Anfang einfach reinen Wein einschenken sollen.

»Natürlich. Lassen Sie uns in den Personalraum gehen.« Auf keinen Fall würde sie allein mit Penny in Jess' Büro gehen. Sie wollte die Frau wirklich nicht verprellen. Penny war ein wichtiger Bestandteil für den reibungslosen Ablauf in der Notaufnahme und Kim war sicher, dass Penny ihr das Leben schwer machen könnte, wenn sie wollte.

»Super«, sagte Penny mit einem erwartungsvollen Lächeln auf ihrem Gesicht. »Kommen Sie.« Sie reichte ihr die Hand.

*Mist!* Kim tat, als hätte sie es nicht gesehen, schnippte mit den Fingern und drehte sich zum Tresen. »Hab meine Akte vergessen.« Sie nahm die Akte an sich und drückte sie wie einen Schild an ihre Brust.

Penny hielt Kim die Tür zum Personalraum auf.

Kim sah sich um, als sie eintrat, und war enttäuscht, niemanden zu sehen. *Zeit, sich zu stellen.* »Worüber wollten Sie mit mir sprechen?« Sie ging zur Couch, die ganz hinten im Raum stand, und schritt dabei absichtlich am runden Tisch in der Mitte des Raumes vorbei. Stühle konnte man eng zusammenschieben. Sie setzte sich an das eine Ende der Couch und legte die Akte auf das mittlere Polster. Zudem legte sie ihre Hand darauf, damit Penny sie nicht verschieben konnte.

Penny beobachtete das Manöver und zögerte. Mit einem Seufzer setzte sie sich an das andere Ende der Couch. Sie zupfte an ihrer Hose, dann am Ende ihres Pullovers. Schließlich legte sie ihre Hände gefaltet in den Schoß.

Eine unangenehme Stille breitete sich aus.

Kim war mehr denn je davon überzeugt, dass Penny gerade versuchte, den Mut aufzubringen, sie um ein Date zu bitten. *Bringen wir es hinter uns.* »Penny?« Sie überlegte schon, was sie sagen wollte, um die Enttäuschung für Penny zu lindern.

Penny warf einen Blick zur Tür, dann wieder zu Kim. Sie holte tief Luft. »Meine BFF hat Karten für die Bed Heads bekommen.« Sie strahlte, während sie Kim ansah, als würde sie Begeisterung erwarten.

*Wer oder was zum Teufel sind die Bed Heads?* »Das ist schön«, sagte Kim mit allem Enthusiasmus, den sie aufbringen konnte. Viel war es nicht.

Pennys Miene spiegelte Enttäuschung. »Sie mögen die nicht?«

»Ehrlich gesagt, ich hab keine Ahnung, wer das ist.«

»Oh.« Penny sah Kim für einen Moment so an, als betrachtete sie sie plötzlich in einem gänzlich anderen Licht. Sie schüttelte den Kopf.

»Tja, ich bin sicher, Sie würden sie lieben. Die sind der Knaller. Und Bebas Stimme ist so ...« Penny schaute verträumt.

*BFF? Knaller? Welche Erwachsene redet denn so?* Wenn es um Angelegenheiten in der Notaufnahme ging, drückte Penny sich nicht so aus.

Kim verlagerte ihr Gewicht auf der Couch und gewann wieder Pennys Aufmerksamkeit zurück.

»Egal, die Chefin meiner Freundin gibt ihr am Samstag nicht frei.« Penny blickte finster, dann erhellte sich ihre Miene und sie lächelte. »Würden Sie mit mir zum Konzert gehen? Wir hätten bestimmt jede Menge Spaß.«

*Halt es einfach und knapp.* »Danke, aber nein«, sagte Kim.

»Nein?«, wiederholte Penny.

Kim schüttelte ihren Kopf. »Nein, danke.«

Pennys Schultern sackten nach unten. »Oh, okay. Ich schätze, das ist ein bisschen kurzfristig. Ich hätte wohl früher fragen sollen.«

*Hätte keinen Unterschied gemacht, aber das musst du nicht wissen.* Der feste Knoten in Kims Magen löste sich. *Das war nicht so schlimm.* »Ich sollte wieder an die Arbeit gehen.« Kim griff nach ihrer Akte.

»Warten Sie!« Penny rutschte über die Couch und wurde erst gestoppt, als ihr Knie gegen den Aktendeckel zwischen ihnen stieß.

Kim nahm ihre Hand von der Akte und verschränkte ihre Arme über der Brust. Sie wollte Penny keine Gelegenheit geben, wieder ihre Hand zu ergreifen. *Ich wusste, das war zu einfach.* Sie seufzte.

»Haben Sie nächstes Wochenende Zeit? Wie wär's mit essen gehen?« Pennys Augen leuchteten. »Hinterher können wir durch die Klubs ziehen.«

Kim blickte zur Tür. Normalerweise war viel los im Personalraum. Ausgerechnet heute musste es natürlich anders sein. *Zu spät. Bring es hinter dich. Du sagst Leuten jeden Tag, was sie nicht hören wollen.* Das Problem war nur, dass sie Penny mittlerweile gut genug kannte, um zu wissen, dass keine ihrer Antworten gut aufgenommen werden würde.

»Ich freue mich, dass Sie so mutig waren, mich zu fragen. Aber meine Antwort ist immer noch Nein.«

»Aber ich dachte ...« Penny errötete. »Sie sind nicht homosexuell?«

»Doch. Ich bin lesbisch.«

Penny zuckte beim Wort »lesbisch« zusammen. Sie wandte ihren Blick für einen Moment von Kim ab und sah sie dann zögernd wieder an.

Die seltsame Reaktion machte Kim neugierig, aber sie konzentrierte sich auf das aktuelle Problem. Sie wählte ihre Worte sorgfältig. Einerseits wollte sie Penny nicht verletzten, andererseits wollte sie auch nicht, dass sie weiterhin um Verabredungen bat. »Ich schätze Ihre Arbeit hier in der Notaufnahme. Und ich denke, wir arbeiten gut zusammen. Aber an mehr bin ich nicht interessiert. Ich würde unser Miteinander gerne auf die berufliche Ebene beschränken.«

Penny begann zu weinen. Sie sprang von der Couch und rannte zur Tür.

*Ach, verdammt.* Kim erhob sich, widerstand aber dem Drang, sie zurückzurufen und zu trösten. Sie wusste, das würde alles nur noch verschlimmern.

Genau in dem Augenblick, in dem Penny die Tür erreichte, öffnete sie sich.

Penny konnte nicht mehr abbremsen und stieß mit der hereinkommenden Person zusammen.

Bates ergriff ihren Oberarm, um sie beide vor einem Sturz zu bewahren. »Passen Sie verdammt noch mal auf, wo Sie hinlaufen!«, schnauzte er.

Penny riss sich von ihm los und rannte hinaus.

»Dumme Kuh«, sagte Bates. Er erschrak, als er Kim entdeckte, dann setzte er ein Lächeln auf. Er trat ein und ließ die Tür hinter sich zufallen. »Hey, Kim.«

Kim biss die Zähne zusammen. Obwohl sie wusste, dass sie ihm verbieten sollte, ihren Vornamen ohne ihre Erlaubnis zu verwenden, beschloss sie, ihn zu ignorieren. Nach der Konfrontation mit Penny und ihrer ständigen Sorge wegen Jess hatte sie im Augenblick keine Lust, auch noch mit Bates zu diskutieren. Sie ging zur Tür. »Entschuldigen Sie mich. Ich habe zu arbeiten.«

Bates blieb stehen und blockierte den einzigen Ausgang.

*Na toll. Und ich habe gerade gedacht, schlimmer könnte es heute nicht werden.*

»Was für einen Furz hat Penny denn quer sitzen?« Er schaute nachdenklich drein, dann lachte er. »Haben Sie ihr endlich gesagt, dass Sie im Gegensatz zu ihr keine verdammte Lesbe sind?«

Seine Worte brachten sie zum Explodieren. Kims Zorn brodelte auf. »Dr. Bates …«

»Ist doch okay, Kim.« Bates grinste. »Ich wusste die ganze Zeit, dass das nur ein Vorwand war, um sich die ganzen Versager vom Hals zu halten.« Er musterte ihren Körper von oben bis unten. »Sie sind viel zu schön, um lesbisch zu sein.«

Ihre lodernde Wut wurde zum Inferno und verschlug Kim die Sprache. Ihre Fäuste ballten sich an ihren Hüften.

Bates kam näher. »Keine Sorge. Das wird unser kleines Geheimnis bleiben.« Er versuchte, ihr Gesicht zu berühren.

Kim schlug seine Hand weg. Sie musste all ihre Selbstbeherrschung aufbringen, um ihren Zorn zu verbergen. Es war wichtig, besonnen zu reagieren. Ein Gefühlsausbruch würde sie ins Unrecht setzen. »Fassen Sie mich nie wieder an«, sagte sie in einem flachen, eiskalten Tonfall, der Jess stolz gemacht hätte.

Bates nahm Abstand. Die Wand neben der Eingangstür bremste seinen Rückzug. Er hob besänftigend die Hände. »Komm schon, Kim. Stell dich nicht so an.«

»Das reicht jetzt.« *Damit ist endgültig Schluss.* »Erstens: Sie sprechen mich zukünftig mit Dr. Donovan an.«

Bates Gesicht wurde rot. Er versuchte, sie zu unterbrechen.

Kim schnitt ihm das Wort ab. »Ruhe. Zweitens: Ich bin nicht Ihre Freundin und habe auch keine Lust, mit Ihnen auszugehen. Nicht jetzt …« Sie sah ihn fest an. »… und auch nicht irgendwann später. Fragen Sie mich nie wieder danach. Wenn Sie damit nicht aufhören, werde ich eine Beschwerde einreich…«

In diesem Augenblick öffnete sich die Tür zum Personalraum.

Noch im Hereinkommen blieb Terrell stehen. Sein Blick wanderte zwischen Kim und Bates hin und her.

Bates fauchte. »Verschwinde, Terry!«

Terrell funkelte Bates an. Er schob die Tür weiter auf und hielt sie mit seinem Fuß offen. »Dr. Donovan?«

*Super, Zuschauer. Das hat mir gerade noch gefehlt.* Sie sah Bates flüchtig an. Er wirkte, als würde sein Kopf jeden Moment explodieren. *Okay, vielleicht ist ein Abgang keine schlechte Taktik. Er dürfte mich auf jeden Fall verstanden haben.*

»Was kann ich für Sie tun, Dr. Johnson?«, fragte Kim ohne den frostigen Ton, den sie bei Bates benutzt hatte.

»Ich habe einen Patienten, bei dem ich wirklich Ihre Unterstützung brauchen könnte, falls Sie Zeit haben.«

»Aber natürlich«, sagte Kim. »Ich helfe Ihnen gern. Nach Ihnen.«

Ohne Bates eines letzten Blickes zu würdigen, folgte sie Terrell. Als Kim schon fast aus der Tür war, hörte sie Bates leise vor sich hin murmeln. Sie war froh, ihn nicht verstanden zu haben, denn sie fühlte sich nicht imstande, eine abfällige Bemerkung zu ignorieren.

Terrell brachte sie zum hinteren Bereich der Notaufnahme. Er hielt kurz vor Jess' Büro an.

Kim zog eine Augenbraue hoch. »Was ist los? Wo ist Ihr Patient?« Hier gab es keine Behandlungsräume.

»Ich habe nur …« Terrell trat von einem Bein aufs andere. Er schob die Spitze seines Schuhs über das das Linoleum und vermied es, Kim anzusehen. Ein wenig sah er aus wie ein Schuljunge, der sich in Schwierigkeiten gebracht hatte. »Ich habe gelogen. Es gibt keinen Patienten.«

Mehr neugierig als verärgert fragte Kim: »Warum haben Sie das gemacht?« Schon während sie sprach, kannte Kim die Antwort. *Er hat versucht, mich vor Bates zu retten.*

»Es ist nur …«, sagte Terrell, den Blick fest auf seine Schuhe gerichtet. »Ich weiß, wie Peter sein kann.«

»Das wäre nicht nötig gewesen.« Kim berührte leicht den Ärmel von Terrells gestärktem Laborkittel.

Endlich sah er ihr ins Gesicht.

»Ich weiß zu schätzen, was Sie tun wollten, aber ich wäre mit Dr. Bates allein fertiggeworden. Bitte mischen Sie sich nicht ein.«

»Ich weiß«, sagte Terrell schnell. »Ich mag Sie einfach nur sehr gern.« Mit diesem Bekenntnis wandte er seinen Blick ab. »Und …«

Obwohl das Erröten unter seinem dunklen Teint verborgen blieb, wusste Kim, dass es da war. *Gott. Was ist denn das heute? Frag-Kim-nach-einem-Date-Tag?* Sie hatte nie daran gedacht, dass Terrell sie anziehend finden könnte. Im Gegensatz zu Bates wollte sie Terrell behutsam zurückweisen. »Vielen Dank, aber ich bin wirklich nicht interessiert …«

»Nein. Das meinte ich gar nicht.« Terrell begann zu stottern. »Ich meine, Sie sind wunderschön und so, aber ich wollte nicht …« Er rieb sich über die Wangen, als wollte er seine Verlegenheit wegwischen. »Ich halte jetzt lieber meinen Mund.«

Kim stieg Hitze ins Gesicht. *Das hast du jetzt von deiner Unterstellung. Du solltest es besser wissen.* »Nein. Es tut mir leid. Ich habe Sie missverstanden. Bitte, sagen Sie mir, was Sie sagen wollten.«

Terrell atmete laut aus. Seine dunklen Augen waren fest auf Kim gerichtet. »Ich habe so viel von Ihnen gelernt. Ich möchte nicht, dass Sie aufhören, in der Notaufnahme zu arbeiten, nur weil Peter so ein Armleuchter ist. Deswegen habe ich mich eingemischt, obwohl es nicht angebracht war. Entschuldigen Sie bitte.«

»Oh, keine Sorge. Ich habe nicht die Absicht, woanders zu arbeiten. Ich mag den Dienst in der Notaufnahme. Was Bates betrifft, lassen Sie mich das klären. In Ordnung?« Mit einem Lächeln versuchte sie, die unbehagliche Stimmung aufzulösen.

Terrell erwiderte das Lächeln. »Okay. Ich gehe wohl besser wieder an die Arbeit.«

»Ich auch.« *Und bitte, keine Aufregung mehr heute. Ich hatte genug Drama für einen Tag.*

Kim war dabei, ihm zu folgen, als Schritte hinter ihr sie aufhorchen ließen. Sie warf einen Blick über ihre Schulter und war erleichtert, als sie sah, wie Jess ihre Bürotür öffnete.

»Gehen Sie schon vor«, sagte Kim. »Wir sehen uns später.«

Kaum war Terrell außer Sichtweite, eilte sie zu Jess' Büro.

Kims Hand schwebte über dem Türknauf. Unsicherheit erfasste sie wieder. *Geh einfach rein. Das hast du schon so oft gemacht.* Dennoch zögerte sie. Sie entschied sich, erst anzuklopfen, bevor sie die Tür öffnete.

Kim steckte ihren Kopf ins Büro. »Hi.«

Jess war bereits halb aufgestanden. Sie sah ihr mit undurchdringbarer Ich-bin-im-Dienst-Miene entgegen.

»Hey, Kim.« Jess ließ sich mit einem Schnaufen wieder in den Stuhl fallen. Die Maske fiel und Kim konnte die gestresste Frau erkennen, die darunter zum Vorschein kam.

Schuldgefühle befielen Kim. *Anstatt deinen eigenen Befindlichkeiten nachzugeben, hättest du dir mehr Sorgen um Jess machen und nicht an ihr zweifeln sollen. Es geht nicht immer nur um dich.* Ihre Zweifel vertreibend, näherte sie sich Jess' Stuhl. »Alles in Ordnung?«

Jess rieb sich die Schläfen. »Langer Vormittag. Und ich habe mörderische Kopfschmerzen.« Sie öffnete die Schublade ihres Schreibtisches und nahm eine Flasche Aspirin heraus. Sie drehte den Deckel ab, warf sich zwei Tabletten in den Mund und schluckte sie trocken.

Kim verzog das Gesicht. »Wie kriegst du das nur fertig?«

»Viel Übung.« Jess massierte sich weiter die Schläfen.

»Ich habe dich heute Morgen gesucht.« Deutlicher konnte Kim ihren Sorgen nicht Ausdruck verleihen.

Jess hob den Blick. Sie lächelte müde. »Glaub mir, ich wäre viel lieber hier bei dir gewesen als in der KMA-Besprechung, in der ich festsaß.«

Kim war überrascht. Das Komitee zur medizinischen Ausbildung traf sich vierteljährlich. Die nächste Sitzung sollte erst im kommenden Monat stattfinden. Verfahrenstechnische und programmspezifische Probleme konnten bis zur nächsten Sitzung warten. Wenn sich das Komitee zu einer Sondersitzung traf, musste ernsthafter Handlungsbedarf um einen der Assistenzärzte bestehen.

»Es ging nicht um jemanden aus deiner Abteilung, oder?«, fragte Kim. Sie wusste, dass Jess nicht ins Detail gehen durfte, aber sie fürchtete, dass ein unzuverlässiger Assistenzarzt ein schlechtes Licht auf ihr Programm werfen konnte.

»Nein. Zum Glück nicht.« Jess rieb sich den Nacken.

Kim trat hinter Jess' Stuhl. Sie wollte helfen, aber gleichzeitig Jess' Bedürfnis nach emotionaler und körperlicher Kontrolle gerecht werden.

Kurz oberhalb von Jess' Schultern verharrten ihre Hände in der Luft. »Darf ich?«

»Ja. Bitte.« Jess seufzte, als Kim ihre Schultern knetete.

Die Muskeln unter Kims Händen waren steinhart. Sie verstärkte die Intensität der Massage.

»Oh. Ja.« Jess' Kopf fiel nach vorn und sie stöhnte, lang und tief.

Der Laut schoss durch Kims Körper. Erregung begann in ihr zu pulsieren.

Das Klingeln des Telefons schreckte sie beide auf.

Das Geräusch wirkte wie ein Schwall kaltes Wasser auf Kims Libido und erinnerte sie daran, wo sie sich befanden. Sie ließ ihre Hände sinken, trat einen Schritt von Jess' Stuhl weg und lehnte sich mit der Hüfte gegen die Kante des Schreibtischs.

»Danke dir«, sagte Jess, bevor sie den Hörer abnahm. Ihre Stimme war sanft und warm.

Jess setzte sich aufrecht hin. »Dr. McKenna hier.«

In den wenigen Sekunden zwischen dem Aufnehmen des Hörers und den ersten Worten war jeder Hauch von Wärme aus Jess' Stimme gewichen. Die Stationschefin war zurück.

Jess' Kiefer verspannte sich augenblicklich. Wer auch immer am anderen Ende der Leitung war, er brachte keine guten Nachrichten.

»Sie ist einfach gegangen? Ohne auf Ersatz zu warten?« Jess' Hand bewegte sich wieder zur Schläfe. »Hat jemand aus der Abteilung sie untersucht?« Sie atmete laut aus. »Rufen Sie Mrs. Gotti an und erklären Sie ihr, was vorgefallen ist und dass jemand den Empfang übernehmen muss … Danke.«

Kim wurde flau im Magen. Sie hatte eine schlimme Ahnung. Wurde dieser ohnehin schon furchtbare Tag noch schlimmer? *Bitte, hoffentlich geht es nicht um Penny.*

»Was ist los?«, fragte Kim. Mrs. Gotti war die Oberschwester der Notaufnahme.

Jess zuckte zusammen, als hätte sie vergessen, dass Kim im Zimmer war. Der geschäftsmäßige Gesichtsausdruck verschwand und Kim hatte wieder Jess vor sich, sah die tiefen Falten um deren Augen. »Das war Henry.«

*Verdammt, es geht tatsächlich um Penny.* Henry war einer der anderen Angestellten, die am Empfang arbeiteten.

»Er war am Schwesterntresen, um Unterlagen für neue Patienten abzugeben. Penny hat ihn angesprochen und gesagt: ›Ich bin krank, du musst für mich übernehmen.‹ Laut Henry hatte sie ihre Tasche bereits in der Hand und ihre Jacke an. Und sie sah aus, als hätte sie geweint.« Jess schüttelte den Kopf. »Ich weiß nicht, ob ich besorgt oder wütend sein soll. Das passt nicht zu ihr. Sie war immer sehr zuverlässig. Sie hätte sich wenigstens von einem der Ärzte untersuchen lassen sollen.«

*Das wird ihr gleich noch mehr den Tag versauen ... und mir auch. Du musst ihr sagen, was passiert ist.*

»Ich war das, das geht auf mein Konto«, sagte Kim, bevor ihr Verstand ihren Mund überstimmen konnte. *Wie ungeheuer wortgewandt. Das klingt so einleuchtend. Und du redest beruflich mit Menschen. Meine Güte.*

Jess blinzelte mehrmals. Sie runzelte die Stirn. »Wie bitte?«

Kim brauchte ein bisschen Abstand, deshalb setzte sie sich auf den Stuhl vor Jess' Schreibtisch. »Dass Penny einfach gegangen ist, liegt an mir. Sie hat mich vorhin gefragt, ob ich mit ihr ausgehe, und ich habe abgelehnt – zweimal.« Kim seufzte. »Ich habe versucht, so behutsam wie möglich zu sein, aber sie hat es nicht sonderlich gut aufgenommen. Es tut mir leid. Ich weiß, dass du den zusätzlichen Ärger nicht gebrauchen kannst, besonders heute.« Sie faltete ihre Hände im Schoß. Schuldbewusst hielt sie den Blick gesenkt. Das Letzte, was sie wollte, war, Jess noch mehr Stress aufzubürden.

»Das ist doch Quatsch und du weißt das«, sagte Jess.

Kims Kopf schoss hoch.

Jess' Augen funkelten silbrig. »Gerade du solltest wissen, dass du nicht für das Verhalten anderer Leute verantwortlich bist. Es geht um Pennys Verhalten, nicht um deins.«

»Aber wenn ich sanfter mit ihr umgegangen wäre ...«

»Vergiss es.« Jess machte eine abwehrende Handbewegung. »Ich arbeite schon viel länger mit Penny als du. Ich kenne ihre Stärken genau ... und ihre Schwächen. Mach dir keine Vorwürfe. Ich rede morgen mit ihr.«

*Dann wird Penny denken, dass ich hinter ihrem Rücken über sie gesprochen habe. Und so war es nicht. Das wird alles nur verschlimmern.* »Jess. Ich denke nicht …«

Jess stoppte sie mit hochgehaltener Hand. »Ich werde nicht erwähnen, dass du mir die Sache mit der Verabredung erzählt hast. Es wäre sicher alles andere als hilfreich.«

*Du nimmst mir das Wort aus dem Mund.* Jess hatte recht. Sie hatte die Angelegenheit nicht richtig durchdacht. »Welche von uns beiden ist nochmal die Psychiaterin?«, flachste Kim.

Jess lachte. Sie stand auf und setzte sich auf die Ecke des Schreibtisches neben Kims Stuhl. »Ich könnte niemals tagtäglich deinen Job machen. Aber ich habe viel Erfahrung im Umgang mit meinem Personal.«

»Und das hast du gut im Griff.« *Mich durchschaust du offensichtlich auch mühelos.*

»Vielen Dank, meine Dame«, sagte Jess und machte eine kleine Verbeugung, die Kim zum Lachen brachte. »Ernsthaft, Penny ist nicht die erste Mitarbeiterin, die wegen Herzschmerz aus der Notaufnahme rennt. Ich bin froh, dass du es mir erzählt hast. So muss ich mir nicht den ganzen Tag Sorgen machen, ob sie wirklich krank ist.«

Mit den Händen in den Taschen ihres Laborkittels stand Jess auf. Sie lächelte verlegen. »Ich, ähm.« Nervös stieg sie von einem Fuß auf den anderen. »Du hast mir am Sonntag gefehlt.«

Diese einfachen Worte ließen Kims Bedenken und den Druck, der sie den ganzen Morgen über gequält hatte, verschwinden. Als wären sie nie da gewesen.

# KAPITEL 25

Jess' Kopf schnellte hoch, als ihre Bürotür aufgerissen wurde.

Kim, in blauer OP-Kleidung und Schuhschonern, kam ins Büro marschiert. Sie warf Jess einen kurzen Blick zu und ging direkt zur Couch. Dort ließ sie die Plastiktüte auf den Boden fallen und warf sich bäuchlings auf die Polster. Sie murmelte irgendetwas Unverständliches ins Kissen.

*Oh. Das sieht nicht gut aus.* Jess trat neben die Couch. Als sie Kims Rücken betrachtete, fiel ihr auf, dass Kim keinen BH trug. Sie zuckte zusammen. *Ihre Unterwäsche hat es auch erwischt.*

Den Zustand, in dem Kim vorhin aus dem Behandlungsraum gekommen war, würde Jess so schnell nicht vergessen. Kim hatte genau in der Schusslinie gestanden, als der Patient die verabreichte Aktivkohle zusammen mit dem Inhalt seines Magens im hohen Bogen wieder ausspuckte. Ihr Shirt hatte den größten Teil der ekligen, schwarzen Brühe abbekommen, aber es war auch ihre Hose hinunter und bis in die Schuhe hinein gelaufen.

»Kim?«

»Gibt's hier nicht. Hat gekündigt.«

»Das meinst du doch nicht so.« Jess stupste Kims Hüfte an. »Rutsch rüber.«

Grummelnd drehte sich Kim auf die Seite, um Jess Platz zu machen. »Ich hasse Bates.«

Jess biss sich auf die Innenseite ihrer Wange, um ernst zu bleiben, als sie sich zu ihr gesellte.

Kim starrte ihr wutentbrannt entgegen.

*Ups. Denk dran, wie gut sie dich durchschaut.* Offensichtlich war Kim nicht in der Verfassung, die Situation komisch zu finden. Erschwerend kam hinzu, dass Bates der Missetäter war. Nachdem Kim am Montag ein Machtwort gesprochen hatte, schien er seine Aufdringlichkeit abgelegt zu haben. Tatsächlich war er Kim demonstrativ aus dem Weg gegangen – bis zu diesem Ereignis. Bei jedem anderen hätte Kim wahrscheinlich lachen können.

Sie riskierte es, Kims Arm zu streicheln. »Er hat das bestimmt nicht absichtlich gemacht. Notärzte haben einfach einen gut entwickelten Anti-Kotz-Reflex.«

»Ich bin schon genug Kotze ausgewichen«, grummelte Kim. »Du warst nicht dabei. Ich hatte den Patienten noch nicht einmal begrüßt und war gerade erst an die Rolltrage getreten. Bates hat keinen Ton gesagt. Er grinste nur, als er sich hinter mich stellte. Und dann – klatsch.«

Kim schlug mit der Handfläche aufs Couchkissen. »Er hätte mich warnen können. Er wusste genau, was passieren würde.« Ihre Augen wurden schmal. »Ich weiß, dass der Mistkerl nur darauf gewartet hat.«

Jess sah in die blauen Augen, die von innen zu brennen schienen. *Huch. So wütend habe ich sie noch nie gesehen. Jetzt ist vermutlich nicht der richtige Zeitpunkt, ihr vorzuschlagen, dass sie zukünftig einen Kittel tragen sollte.* Bei der letzten Gelegenheit, als Kims Kleidung beschmutzt wurde, hatte Jess danach gefragt, warum sie keine Schutzkleidung tragen wollte. Kim vertrat die Ansicht, es würde ihre Patienten einschüchtern und dazu führen, dass sie sich ihr nicht mehr so leicht anvertrauten.

In der Hoffnung, sie zu beruhigen, streichelte Jess Kims seidige Locken. »Es tut mir leid.«

Kim lehnte sich in die Berührung und seufzte. »Ist ja nicht deine Schuld. Aber ich hasse Bates.«

*Hm. Ich weiß.* »Ich könnte ihm einige wirklich eklige, stinkende Patienten zuteilen, wenn es dir hilft.«

Ein Lächeln huschte über Kims Gesicht und verschwand so schnell, wie es gekommen war.

*Schon besser.*

Kim schnaubte. »Führ mich nicht in Versuchung.« Sie legte sich ihren Arm mit einem übertriebenen Seufzer über die Augen. »Ist wenigstens schon Freitag?«

»Schön wär's«, sagte Jess. »Ein Tag noch.«

Ihre Arbeitswoche war die Hölle gewesen. Der unglückliche Sachverhalt um den chirurgischen Assistenzarzt war zu einem PR-Fiasko geworden. Täglich waren Presseleute überall im Krankenhaus herumgerannt und hatten Chaos verursacht. Jess war so mit dem medizinischen Ausbildungskomitee und der anstehenden Quartalsabrechnung ihrer Abteilung beschäftigt gewesen, dass sie und Kim nicht ein einziges gemeinsames Abendessen zustande gebracht hatten. *Wir haben eine Pause bitter nötig.*

Jess lächelte. »Ich weiß, was du brauchst.«

Kim nahm ihren Arm hoch und blinzelte Jess an. »Einen Schnaps.«

»Na ja, das ginge auch. Aber ich dachte mehr an ein Glas Wein.« Angesichts Kims skeptischer Miene hob Jess eine Augenbraue. »Okay, vielleicht zwei Gläser Wein und ein nettes Abendessen.« Kim schien immer noch nicht überzeugt zu sein. »Ah, ich vergaß, die Rückenmassage und das ausgiebige Bad in einem sprudelnden Whirlpool zu erwähnen.«

»Klingt himmlisch, besonders das ausgedehnte Bad.« Kim drehte den Kopf zur Seite. »Du hast einen Whirlpool?«

»Hab ich.« Jess hatte es bisher vermieden, Kim die hintere Terrasse zu zeigen, wo der Whirlpool stand. *Weil dich der Gedanke an Kim im Badeanzug verrückt gemacht hätte, aber jetzt ...* Jess grinste. »Einen großen, mit vielen Düsen. Darin verschwindet garantiert alles, was dich quält. Es ist fantastisch.« *Zumindest wird es das sein, wenn ich mit dir dort drin bin.*

»Ich bin dabei.« Kim setzte sich auf und küsste sanft Jess' Lippen. »Danke vielmals.«

»Mehr Wein?« Jess hielt die Flasche Merlot hoch.

»Vielleicht noch ein wenig«, sagte Kim. Sie war zum ersten Mal seit dem Zwischenfall am letzten Samstag bei Jess. Ein wenig war sie in Sorge gewesen, ob es sich seltsam anfühlen würde, aber das tat es nicht. Nach einem ruhigen Abendessen hatten sie es sich auf der Couch gemütlich gemacht, während der Whirlpool aufheizte.

Jess versuchte, beim Eingießen ein Gähnen zu unterdrücken.

»Bist du sicher, dass du noch ins Wasser möchtest?« Während Jess auf der Arbeit davon erzählt hatte, war Kim von einem durchschnittlichen Pool für zwei Personen ausgegangen. Als Jess sie vorhin zum ersten Mal hinters Haus geführt hatte, war ihr der Mund offen stehen geblieben. Dort stand, abgeschirmt durch Sichtschutzelemente, ein riesiges Modell.

Jess sah zur Uhr auf dem Kaminsims. »Unbedingt. Das Wasser sollte jetzt warm genug sein.« Sie hatte die Poolheizung noch vor dem Abendessen angestellt.

Durchdringend klingelte das Telefon.

Jess nahm das schnurlose Gerät vom Tisch. Sie warf einen Blick auf die Anzeige und warf es zurück. »Harold ist die hartnäckigste Hyäne von allen. Das muss ich ihm lassen.«

Mehrere Reporter waren auf die Idee gekommen, Jess anzurufen, als bekannt wurde, dass sie im Ausbildungskomitee saß. Es war schlimm genug, mit ansehen zu müssen, wie Jess in der Klinik mit dem ganzen Ärger zurechtkommen musste. Zum Glück hatte ihr bisher noch niemand zu Hause aufgelauert.

»Was für ein Irrsinn«, sagte Kim. »Wer hätte gedacht, dass ein einziger Hieb nach Feierabend so etwas auslösen würde.« Auch wenn Dr. Woods einen Fehler gemacht hatte, fühlte sie mit ihm. Die ganze Angelegenheit bereitete ihr eine Gänsehaut. Sie schlang die Arme enger um ihren Bauch. *Das hätte genauso gut dir passieren können.* Hätte die falsche Person von der Sache am Memorial erfahren, wären ihr Leben und ihre Karriere vielleicht auf gleiche Art zerfleddert worden. Die Wahrheit hätte niemanden interessiert.

Jess schnaubte. »Wem sagst du das? Die Reporter treiben einen in den Wahnsinn. Und die miese Berichterstattung schadet dem L.A. Metro.« Sie schüttelte den Kopf. »Und das alles nur, weil so ein Idiot den Schlag mit dem Handy gefilmt hat und seine fünfzehn Minuten Ruhm brauchte. Das war dieser drittklassige Möchtegernjournalist.« Ihre Hand umklammerte das Weinglas. »Als er rausfand, dass Woods Arzt ist, konnte er es nicht erwarten, diesen reißerisch aufgemachten Scheiß in den Medien zu verbreiten.« Jess trank einen großzügigen Schluck. »Ich hab das Video und die verdammte Schlagzeile immer noch vor Augen. ›Gewalttätige Ärzte in unseren Krankenhäusern. Könnten Ihre Angehörigen die Nächsten sein?‹ Mein Gott.«

Kim stellte ihren Wein ab und rutschte näher an Jess heran. Sie massierte ihr sanft den Nacken. Jess seufzte leise und Kim verstärkte den Druck.

Laut atmete Jess aus und riss sich los. »Ich sollte eigentlich dir den Rücken massieren.« Sie zog eine Schnute. »Tut mir leid. Ich bin wohl nicht besonders fürsorglich.«

*Du findest immer einen Vorwand, um dich nicht lange trösten zu lassen. Wer hat dir eingeredet, dass du es nicht verdienst?* »Ich fühle mich sehr umsorgt.« Kim küsste sanft Jess' Lippen, behielt aber ihre Hände bei sich. »Was ist jetzt mit dem Bad, das du mir versprochen hattest?«

Jess lächelte. »Geht sofort los.« Sie sprang auf und hielt Kim ihre Hand entgegen.

Bereitwillig ließ sie sich von Jess von der Couch ziehen.

Vorfreude und Nervosität durchströmten Kim. Der Gedanke an Jess im Badeanzug löste ein angenehmes Schwindelgefühl aus und weckte andere Teile ihres Körpers. Zwischen Nervosität und Vorfreude überlegte sie, wie dieser Abend enden könnte. So sehr sie auch Jess' Geliebte sein wollte, sie würde keinen Fehler mehr begehen und ihr erstes Mal ruinieren. Nicht zu wissen, welche Minenfelder sich vielleicht auftaten, sobald sie sich Jess intim näherte, war nervenaufreibend. *Überlass den ersten Schritt einfach ihr.*

*Mist.* Schlagartig fiel ihr etwas ein. »Oh. Warte, Jess. Ich habe meinen Badeanzug vergessen.«

Ein verschmitztes Lächeln erschien auf Jess' Gesicht.

Kim hätte ihr nächstes Monatsgehalt gegeben, um zu erfahren, was sie in diesem Moment dachte.

»Kein Problem.« Jess lächelte noch ein bisschen breiter. Ihre Augen funkelten.

*Gott. Sie wird doch nicht etwa vorschlagen, dass wir nackt reingehen?* Kim hatte Zweifel, ob sie dieser Herausforderung gewachsen wäre. Keinesfalls würde es ihr gelingen, ihre Hände bei sich zu behalten.

Jess schien etwas sagen zu wollen, blieb dann jedoch still.

Kim wusste nicht, ob sie erleichtert oder enttäuscht sein sollte.

»Ich habe zwei Badeanzüge.« Jess musterte Kims Körper langsam von Kopf bis Fuß und zurück.

Kim spürte den Blick bis in ihr Innerstes.

»Einer sollte dir passen.« Jess wandte sich zum Flur. »Komm mit.« *Die Hoffnung stirbt zuletzt.*

Jess zog die Badezimmertür hinter sich zu. *Feigling.* Um ein Haar hätte sie vorgeschlagen, einfach auf Badesachen zu verzichten, aber dann hatte sie der Mut verlassen. Zum Umziehen war sie ins Bad geflüchtet. Kim jetzt nackt in ihrem Schlafzimmer zu sehen, überforderte sie. Natürlich wollte sie Kim irgendwann ganz ohne Kleidung sehen. Sie sehnte sich danach, mit ihr zu schlafen. Ihre Träume waren voller Erinnerungen an ihr viel zu kurzes Zwischenspiel vor Kims Kamin.

Jess begann, sich auszuziehen. *Was machst du, wenn Kim mehr will? Wenn sie aufs Ganze geht?* Sie ahnte, dass Kim es früher oder später versuchen würde. Mit ihren früheren Geliebten war Jess offen umgegangen. Jess fand es in erster Linie erfüllend, sie zu berühren. Sie selbst legte keinen großen Wert darauf, sich passiv hinzugeben. Ihre beiden Exfreundinnen hatten sich darauf eingelassen, wenigstens für eine Weile.

Aber mit Kim war es anders. Jess schämte sich für ihr ausgeprägtes Kontrollbedürfnis. Aber das war noch nicht alles. *Du willst, dass sie dich anfasst.* Hier lag das eigentliche Problem. Die Vorstellung, mit Kim Intimität zuzulassen, löste Sehnsucht und gleichermaßen Besorgnis aus.

Jess zupfte ihren Badeanzug zurecht. *Genug jetzt. Es ist zu spät für einen Rückzieher. Und das willst du auch gar nicht.* Tatsächlich bedeutete Kim ihr bereits viel zu viel, als dass sie es nicht wenigstens versuchen wollte. Jess hoffte nur, dass sie sie nicht allzu sehr enttäuschen oder gar in die Flucht treiben würde.

Sie öffnete die Badezimmertür und trat einen Schritt in den Raum, dann verharrte sie.

Kim stand in ihrem dunkelblauen Badeanzug neben dem Bett. Er schmiegte sich wie eine zweite Haut an ihre schönen Kurven und vollen Brüste.

»Du bist einfach atemberaubend.« Der Klang ihrer eigenen Stimme ließ Jess erröten. Sie hatte den Gedanken nicht laut aussprechen wollen.

Kim lächelte, als sie sich Jess näherte. »Danke schön.« Sie bewunderte Jess' ähnlich geschnittenen schwarzen Badeanzug. »Du aber auch.«

Kims Blick war wie ein Streicheln auf ihrem Körper. Nervös platzte Jess mit dem Erstbesten heraus, das ihr einfiel. »Das Wasser dürfte inzwischen heiß sein.« *Aber bestimmt nicht so heiß, wie mir gerade ist.* Sie war dankbar, dass sie den zweiten Teil diesmal nicht laut gesagt hatte.

Kim hob den Blick und sah Jess an. »Dann nichts wie rein ins Vergnügen.« Ihre Augen versprachen die Welt.

*Träume werden wohl doch wahr.*

Jess linste unter halb geöffneten Lidern zu Kim. Sie hatte ihr empfohlen, den Liegesitz mit den Massagedüsen auszuprobieren. Kims Kopf lehnte mit geschlossenen Augen gegen das kleine Kissen. Im gedämpften Licht konnte Jess ihren Körper unter Wasser nur schemenhaft erkennen. Aber allein der Anblick ihrer Brüste, die ein wenig aus dem Wasser lugten, brachte Jess in Wallung. Sie zwang sich, Kim ins Gesicht zu sehen. Es wirkte völlig ruhig und gelöst.

*Wenigstens eine von uns ist entspannt. Das hier macht mich fix und fertig.* Jess rutschte vom Sitz tiefer ins heiße Wasser und versuchte, sich abzulenken. Sie stützte ihre Füße in der Ecke ab und konzentrierte sich darauf, den Kopf über Wasser zu halten. Es half nichts. Jedes Mal, wenn sie die Augen schloss, rasten ihre Gedanken zurück zu der Nacht bei Kim. Ihre Augen fielen zu. *O ja …* Das Gefühl von Kims seidig weicher Haut. Der Geschmack ihrer Brustwarzen. Die Hitze zwischen Kims Schenkeln, als ihre Finger …

»Jess?«

Mit einem kleinen Schrei fuhr Jess aus ihrem Traum.

Ihre Füße rutschten ab, sie tauchte unter.

Prustend kam sie wieder hoch.

»Alles okay?« Kim glitt durch das Wasser neben sie und berührte leicht ihren Rücken. »Ich wollte dich nicht erschrecken.«

*Verdammt.* Jess hoffte sehr, dass Kim ihr erhitztes Gesicht als Reaktion auf die Wassertemperatur deutete. Sie wischte sich mit den Händen durch ihr nasses Haar und klemmte es hinter die Ohren. »Alles gut. Ich muss eingedöst sein.« *Sie glaubt besser das, als zu erfahren, womit ich tatsächlich beschäftigt war.*

»Möchtest du raus?«

Jetzt, da Kim so nahe bei ihr war, konnte Jess nicht widerstehen, Körperkontakt herzustellen. Sie fuhr mit ihren Fingerspitzen durch die Tropfen auf Kims Oberarm. »Ich schulde dir noch eine Rückenmassage.«

Kim rutschte näher und ihre Oberschenkel drückten unter Wasser aneinander.

Ihre Blicke trafen sich.

»Wo hättest du mich denn gern?« Kims raue Stimme jagte Jess einen Schauer über den Rücken.

*Unter mir.* Jess biss sich auf die Zunge, um es nicht laut zu sagen. Sie presste ihre Oberschenkel zusammen.

Kim gab ein leises Geräusch von sich, als hätte sie die Worte tatsächlich gehört.

Es war zu viel für Jess. Sie drängte vorwärts, wollte unbedingt Kims süße Lippen schmecken. Ihre Arme schlangen sich um Kims Rücken.

Als ihre Zunge in Kims Mund eindrang, lehnte sie sich vor und vergaß einen Moment lang, wo sie sich befanden.

Mehr brauchte es nicht.

Jess spürte, wie sie beide über die polierte Acryloberfläche rutschten. Bevor sie sich abfangen konnte, tauchten sie gemeinsam unter.

Zum zweiten Mal an diesem Abend kam Jess prustend wieder hoch. *Meine Güte. Ich bin doch sonst nicht so unbeholfen.* Allerdings hatte sie auch noch nie eine Frau so sehr gewollt wie Kim. *Entspann dich, bevor du euch beide noch ertränkst.*

Kim tauchte neben ihr aus dem Wasser auf. Trotz ihrer tropfnassen Haare sah sie wie eine Göttin aus.

Jess schob sich eine Strähne aus dem Gesicht und sagte: »Tut mir wirklich leid.«

Kim lachte und setzte sich wieder neben sie. »Macht nichts. Nur in Büchern klingt es immer so sexy, wenn die Hauptfiguren im Whirlpool rummachen.« Sie wrang ihre Haare über der Schulter aus. »Das nennt man dann kreatives Schreiben.«

*Ich tauche sie unter, und sie versucht trotzdem, mich aufzumuntern.* Jess lächelte. »Warum suchen wir uns nicht …« Sie schüttelte ihren nassen Kopf wie ein Hund. »… ein etwas trockeneres Plätzchen?«

»Hmm …« Kim ließ nun ebenfalls ihre Finger über Jess' Arm wandern. »Was schwebt dir denn vor?«

Die Worte waren draußen, bevor Jess sich bremsen konnte. »Wie wär's mit meinem Bett?«

Sie schnappten sich die Handtücher, trockneten sich eilig ab und blieben erst vor Jess' Bett wieder stehen.

Jess glaubte, neben heftiger Erregung ein Zögern in Kims Augen zu erkennen. *Wie kannst du es ihr übel nehmen, nachdem du beim letzten Mal die Flucht ergriffen hast?* Jess vertrieb die Erinnerung. Sie wollte sich diesen Moment nicht verderben lassen.

Sie beugte sich vor und küsste sanft Kims Hals. Als Kim ihren Kopf zurücklehnte, musste sie leise lächeln. Sie küsste Kims Hals entlang und stoppte an ihrem Puls.

»Gott, Jess. Küss mich.« Kim drängte sich an sie und legte ihre Hände auf Jess' Hüften.

»Mache ich doch.«

Kim zog ihren Hals von Jess' Mund weg. »Küss mich richtig. Bitte.«

Jess zog Kim in ihre Arme. Sie drückte ihre Lippen auf Kims und stöhnte, als Kim sie einließ.

Jess konnte nicht sagen, wie lang sie so neben dem Bett standen. Und obwohl es wundervoll war, wollte sie mehr. So lange hatte Jess sich eingeredet, dass eine romantische Beziehung zu Kim für sie keine Option war. In dem Wissen, damit falsch gelegen zu haben, wollte sie jetzt alles. Ihre Hände wanderten ziellos über Kims Rücken. Sie löste sich von Kims Mund und küsste einen Pfad bis zu ihrem Ohr. »Ich muss dich anfassen. Überall. Bitte, darf ich?«

Kim nahm Jess' Gesicht zwischen ihre Hände. Der Blick ihrer Augen, dunkel vor Leidenschaft, bohrte sich in Jess'. »Schlaf mit mir.«

Ihr Herz machte einen Sprung, als sie das Vertrauen in Kims Blick sah. Jess griff nach dem Handtuch, das Kim um sich geschlungen hatte, und öffnete es vorsichtig. Es fiel zu Boden und war im nächsten Moment vergessen.

Sie spielte mit dem Träger von Kims Badeanzug, zögerte dann aber. »Darf ich?«

Kim nickte.

Langsam zog sie den Anzug von Kims Körper, als würde sie ein wertvolles Geschenk auspacken, und bewunderte dabei jeden Zentimeter nackter Haut. Sie hielt zwischendurch oft inne, um mit ihren Fingern über eine aufreizend weiche Stelle oder entlang einer verführerischen Kurve zu streicheln.

Bei jeder federleichten Berührung stockte Kims Atem.

Der Badeanzug gesellte sich zum Handtuch.

Jess fuhr mit ihren Fingern leicht über Kims Körpermitte. Kim bog sich der Berührung entgegen. »Du bist bezaubernd«, sagte Jess mit vor Erregung rauer Stimme.

Ein wunderschöner Rotschimmer breitete sich auf Kims Oberkörper bis hin zu ihren rosigen Brustwarzen aus.

»Setzt du dich bitte auf die Bettkante?«, fragte Jess.

Kim folgte der Bitte und sah zu ihr auf.

Jess nahm ihr Handtuch ab und ließ es auf den Boden fallen, behielt aber den Badeanzug an. Sie ging vor Kim auf die Knie. »Ich will das hier ... will dich seit Monaten«, sagte Jess. Sie konnte die Verblüffung in Kims Augen sehen und lächelte. »Doch, das stimmt.« Sie legte ihre warmen Hände auf Kims Oberschenkel und streichelte die seidenweiche Haut.

Kim fuhr mit ihren Fingern liebevoll durch Jess' Haar. »Ich will dich auch, Jess.« Sie ließ sich von Jess die Beine spreizen.

Beim Anblick des Schatzes, der nun offen vor ihr lag, schlug Jess' Herz schneller. Sie rutschte zwischen Kims Beine. Ihre Hände glitten nach oben und umfassten volle Brüste. Sie fuhr mit ihren Daumen über die bereits harten Brustwarzen. *So wunderschön.*

Kim lehnte sich vor und drückte sich gegen Jess' Hände. Ihr Puls schien durch die Decke zu gehen.

*Das ist der Himmel.* Jess bedeckte Kims Brüste ausgiebig mit Küssen, bevor sie eine der Brustwarzen in den Mund nahm und daran saugte.

»Gott.« Kim legte ihre Hand auf Jess' Hinterkopf. Sie zog Jess' Hand von ihrer anderen Brust und drückte sie sich zwischen die Beine.

Jess stöhnte auf, als glitschige Hitze ihre Finger willkommen hieß. Sie strich durch die üppige Nässe und bemühte sich, ihre rapide ansteigende Erregung im Zaum zu halten. Ihre eigenen Hüften strebten nach vorn und sie drängte ihre Hand fester gegen Kim.

Kim schnappte nach Luft und bewegte ihr Becken vor und zurück. Jess wich zurück.

»Warum hörst du auf?«, keuchte Kim und versuchte, Jess' Hand wieder zwischen ihre Beine zu führen.

Jess sah in Kims weite, flehende Augen. »Ich mache gleich weiter. Versprochen.« Jess rutschte ein wenig mehr zurück und brachte Kim dazu, ihre Beine noch weiter zu öffnen.

»Darf ich dich schmecken?«, fragte Jess. Ihre eigenen Schenkel zuckten allein bei dem Gedanken. »Bitte.«

Kims Antwort bestand aus einem kehligen Stöhnen. Ihre Hände griffen nach der Bettdecke, als hinge ihr Leben daran.

Mit den Daumen öffnete Jess Kim und senkte dann ihren Kopf für eine erste Kostprobe. *Perfekt. Einfach perfekt.* Kims Hüften stemmten sich gegen ihren Mund. Ohne ihre Erkundungen zu unterbrechen, hielt sie mit ihren Unterarmen Kims Oberschenkel an Ort und Stelle. Lange würde Kim nicht mehr brauchen. Jess konnte es im Pulsieren der Klitoris an ihrer Zunge spüren. Sie schloss ihre Lippen darum und saugte behutsam.

Ein gutturaler Schrei entfuhr Kim, dann sank sie rückwärts aufs Bett. Ihr Orgasmus kam im nächsten Augenblick. Für einen Moment bog sich ihr Rücken durch, dann sackte sie zusammen.

Jess leckte zärtlich weiter, bis Kims Körper vollständig erschlaffte und ihre Oberschenkel sich entspannten. Ihre eigene Erregung simmerte beharrlich zwischen ihren Beinen, aber sie weigerte sich, dem nachzugeben.

Ein warmes Lächeln zierte Kims erhitztes Gesicht, als sie schließlich den Kopf hob. Sie hielt Jess ihre Hand hin. »Kommst du zu mir?«

Jess nickte. Sie stand auf und wollte Kims Hand nehmen, dann zögerte sie. *Jetzt zieh es auch durch. Sei kein Feigling und ruinier nicht alles.*

Kims Miene verdunkelte sich, sie setzte sich auf.

*Es ist Kim. Du kannst das.* Jess lächelte, um Kim zu besänftigen. Mit einem tiefen Atemzug griff sie nach den Trägern ihres Badeanzugs. Sich Kims Blick auf ihrem Körper mehr als bewusst, zog sie ihn schnell herunter.

Sie legte sich zu Kim aufs Bett und gemeinsam rutschten sie in die Mitte. Jess lag auf dem Rücken und öffnete ihre Arme. Kim kuschelte sich an ihre Seite und seufzte.

Trotz des anhaltenden Pochens zwischen ihren Schenkeln war Jess mit einer Zufriedenheit erfüllt, die sie noch nie zuvor erlebt hatte.

Nach einigen Minuten stiller Glückseligkeit rappelte Kim sich auf. Das Streicheln von Jess' Hand auf ihrem Rücken hatte sie schläfrig gemacht.

*Du kannst doch jetzt nicht einschlafen, völlig ausgeschlossen. Erst recht nicht, nachdem sie auf ihre Knie gefallen ist und dich regelrecht angebetet hat.* Es war ein einzigartiges Erlebnis gewesen. Noch nie war jemand so behutsam und vorsichtig mit ihr gewesen. Durch Jess' Blicke und ihre weichen, aufmerksamen Berührungen hatte sich Kim bis in ihr Innerstes begehrt gefühlt.

Sie richtete sich auf und betrachtete Jess' wunderschönes Gesicht. Deren Augen öffneten sich langsam. Sie lächelte. Kim konnte nicht widerstehen, beugte sich vor und küsste Jess.

Jess summte in den Kuss und öffnete ihre Lippen.

Kim rückte näher, während sie ihre Zunge in Jess' Mund schob. Sich selbst auf Jess' Lippen zu schmecken, weckte neue Erregung. Sie legte ihre Hand auf Jess' nackten Bauch und ließ sie dann aufwärts gleiten.

Jess versteifte sich.

*Verdammt. Du weißt, dass du mit ihr nicht wie mit anderen umgehen kannst.* Kim zog die Hand zurück und unterbrach den Kuss. Sie blieb auf ihrer Seite, rutschte aber weit genug weg, dass ihre Körper sich nicht mehr berührten. »Entschuldige.«

»Nein.« Jess drehte sich auf die Seite und zog ihre Knie an. Sie legte einen Arm über ihre Brüste. »Du hast nichts falsch gemacht. Es tut mir leid. Ich … Ich will ja, dass du mich berührst, aber …« Jess wandte den Blick ab. »Ich weiß nicht, ob ich es zulassen kann«, flüsterte sie.

*Oh, Liebes.* Jess, die normalerweise das Selbstbewusstsein in Person war, nun so unsicher und verletzlich zu sehen, brach Kim fast das Herz. *Wie kann ich dir helfen?* Sie wollte, dass diese Nacht für Jess genauso besonders wurde wie für sie selbst.

Dann kam ihr eine Idee. Während Jess sie eben liebkost hatte, war offenbar geworden, was Kim wissen musste. *Das kann ich ihr geben.* »Ist schon okay.«

Jess' Blick verharrte auf der Bettdecke. »Nein. Es ist nicht …«

Kim legte ihren Finger auf Jess' Lippen. »Doch, das ist es.« Sie streichelte Jess' Wange. »Bitte schau mich an.« Es dauerte einen Moment, doch schließlich hob Jess die Lider. Kim sah ihr tief in die Augen, in dem Wunsch, Jess möge ihr glauben. »Ich verstehe es. Was immer du brauchst. Es ist okay. Vertrau mir.« Sie positionierte sich nahe bei Jess, ohne sie zu berühren.

»Setz dich ans Kopfteil für mich. Bitte.« In Jess' Gesicht zeigte sich Verwirrung, aber sie folgte Kims Bitte. »Ich möchte etwas ausprobieren, wenn du mich lässt. Wenn du dich auch nur im Geringsten unwohl fühlst, höre ich auf. Ja?«

Jess atmete laut durch und nickte zaghaft.

*Begeisterte Zustimmung sieht anders aus, aber sie hat zumindest nicht Nein gesagt.* Kim rutschte wieder an Jess heran. Sie setzte sich auf ihre Fersen. Ganz leicht berührte ihr Oberschenkel Jess' Hüfte. »Darf ich dich küssen?«

Dieses Mal war das Nicken überhaupt nicht zögerlich. Jess lächelte.

Mit den Händen fest auf ihren Oberschenkeln beugte Kim sich vor und küsste Jess sacht. Sie nahm sich Zeit, nur ihre Lippen berührten sich. Dann küsste sie an Hals und Brustbein hinunter, nie tiefer als bis zum oberen Ansatz von Jess' Brüsten.

Es dauerte nicht lange, bis Jess reagierte. Sie drückte ihre Lippen auf Kims und küsste sie leidenschaftlich.

*So weit, so gut.* Kim konnte das heftige Pochen an Jess' Halsschlagader sehen. »Alles gut?«

»Ja, mehr«, flüsterte Jess.

Kim legte eine von Jess' Händen über ihre eigene. Behutsam brachte sie beide Hände auf eine von Jess' Brüsten. Sie rückte dichter heran und sagte: »Zeig mir, wie ich dich berühren soll.«

Jess stöhnte. Sie übte sacht Druck auf Kims Hand aus und führte sie, schob Kims Handfläche fest über ihre Brust und massierte mit ihr die nachgiebige Erhebung. Dann benutzte sie Kims Finger, um mit ihnen um ihre Brustwarze zu streicheln.

*Genau so. Zeig es mir.* Kim sah Jess lächelnd in die Augen, als ihr Atem in Stößen kam. Sie hob ihre freie Hand und liebkoste die andere Brust auf dieselbe Weise.

Bald schlossen sich Jess' Augen und sie lehnte ihren Kopf zurück. Ihre eigene Hand ließ sie sinken, Kims Hand blieb, wo sie war.

Kim bedeckte Jess' Brüste mit Küssen, bevor sie sich hinabbeugte, um eine der harten Brustwarzen zwischen die Lippen zu nehmen. Als ihr Mund sich darum schloss, stöhnte Jess laut. Ihre Hand legte sich auf Kims Hinterkopf und drückte ihn gegen ihre Brust.

Kim widmete sich hingebungsvoll Jess' Brüsten, bis sie das Rucken ihrer Hüften spürte. Ihre eigene Erregung wuchs, dennoch konzentrierte sie sich ganz auf Jess. Schließlich ließ sie von ihren Brüsten ab.

Ein unwilliges Stöhnen entfuhr Jess' Lippen. »Hör nicht auf.« Sie versuchte, Kim an sich zu ziehen.

»Ich höre nicht auf. Versprochen.« *Gut so. Merk dir, wie schön sich das angefühlt hat.*

Kim wartete, bis Jess ihre Augen öffnete, bevor sie ihre Zärtlichkeiten wieder aufnahm. Es war ihr wichtig, dass Jess sie sah. *Ich will nicht, dass irgendetwas das hier kaputt macht.* Sie hielt Jess ihre Hand entgegen und war glücklich, als Jess ohne zu zögern danach griff. Sie verflocht ihre Finger und führte die verschlungenen Hände gemächlich zu Jess' Unterleib. Dann beugte Kim sich vor und leckte behutsam an Jess' Ohr. »Nimm deine Beine auseinander für mich, Jess.«

Jess stöhnte, lang und tief. Da war kein Zögern. Ihre Schenkel öffneten sich.

Ein heißer Schauer der Erregung jagte Kims Rücken hinab. »Zeig es mir, Jess«, sagte sie. »Lass mich dich auf deine Weise anfassen.«

Jess' Hüften hoben sich, als sie Kims Finger durch ihren Schritt streichen ließ und sich selbst immer näher an den Höhepunkt brachte. Sie warf ihren Kopf zurück, ihre Lider fest geschlossen, und schnappte nach Luft.

Kim merkte, wie Jess zu zittern begann. Sie übernahm die Bewegung, mit der Jess begonnen hatte, glitt mit ihren Fingern schneller über die pochende Klitoris. Kim konnte das nahende Beben spüren. Sie wusste, dass Jess kurz davor war.

»Komm für mich, Jess«, flüsterte Kim nahe an ihrem Ohr.

»O mein Gott, Kim!« Jess kam. Ihr ganzer Körper wurde starr. Nur ihr Rücken bog sich vom Bett hoch.

Als Jess schließlich in sich zusammensank, kuschelte Kim sich neben sie. Sie war bestürzt, als sie Tränen zwischen Jess' Wimpern hervorquellen sah.

»Jess, was ist los? Oh, Liebes, habe ich dir wehgetan?« *Bitte sag mir, dass es nicht so ist.* Sie bedeckte Jess' Gesicht mit kleinen, weichen Küssen.

Langsam öffnete Jess ihre Augen und sah Kim an.

»Habe ich dir wehgetan?«, fragte Kim erneut. Jess wirkte eher betäubt als verletzt. Kim begann, Jess' Bauch in kleinen, beruhigenden Kreisen zu streicheln.

Jess bedeckte Kims Hand mit ihrer und drückte sie. »Nein, hast du nicht. Das war ... das war ... unglaublich.« Jess hatte immer noch einen glasigen Ausdruck in ihren Augen. »Das hat noch nie jemand für mich gemacht.« Sie schüttelte ihren Kopf, als könnte sie kaum glauben, was passiert war.

*Wie bitte?* »Es hat dich noch keine zum Höhepunkt gebracht?«, fragte Kim und zweifelte, ob sie richtig verstanden hatte. *Das kann doch nicht stimmen. Oder?*

»Nein. Nicht auf diese Weise. Und wenn es eine versucht hat ...« Jess errötete. »Bin ich nie gekommen.«

*O mein Gott.* Kim glaubte, ihr Herz müsse zerspringen. »Oh, Jess. Ich danke dir, Liebes.«

Jess rieb sich ihr Gesicht, als könnte sie die Röte wegwischen. Schließlich sah sie Kim an. »Warum bedankst du dich? Ich sollte wohl eher dir danken.«

Liebevoll küsste Kim Jess' Lippen. »Ich danke dir für dein Vertrauen. Und dafür, dass ich dich glücklich machen durfte.«

»Sehr gern geschehen. Es war mir ein Vergnügen, glaub mir.« Jess lachte.

Es freute Kim unendlich, Jess' entspanntes Lachen zu hören und zu sehen, wie die Schatten um ihre Augen verschwanden. Ihr war klar, dass eine einzige zärtliche Nacht all die dunkeln Gedanken, die Jess plagten, niemals vertreiben konnte. Aber sie hatten einen guten Anfang gemacht – zusammen.

# KAPITEL 26

LANGSAM DÄMMERTE JESS AUS DEM SCHLAF. Irgendetwas fühlte sich merkwürdig an, aber sie war noch nicht wach genug, um herauszufinden, woran das lag. Sie öffnete ihre Augen und fand sich mit dem Gesicht in einer Masse blonder Haare. *Kim.* Sie lag an Kims Rücken geschmiegt, den Arm um deren Bauch gelegt. Ihre nackten Körper waren eng aneinander gekuschelt. Jess erinnerte sich daran, wie sie nach dem Sex geschmust hatten, aber nicht ans Einschlafen. *Das wird allmählich zur Gewohnheit.* Sie konnte nicht fassen, dass sie Haut an Haut mit Kim hatte schlafen können. *Sie ist die Allererste.* Myra hatte sich in den seltenen gemeinsam verbrachten Nächten stets bitterlich beklagt, weil Jess darauf bestand, ihren Schlafanzug anzuziehen.

*Nicht nur in dieser Hinsicht war Kim die Erste.* Bilder der letzten Nacht gingen ihr durch den Kopf. Kim eröffnete ihr eine ganz neue Welt. Zuerst mit ihrer unerschütterlichen Freundschaft und nun als ihre Liebhaberin. Kim hatte ihr nicht nur Wertschätzung, sondern auch Sicherheit vermittelt, sodass Jess sich überwinden und Berührungen zulassen konnte. Und noch unglaublicher war, dass Kim sie zum Orgasmus gebracht hatte. Jess hatte schon vor langer Zeit aufgegeben, darauf zu warten, dass dies jemals durch die Hand einer Geliebten geschehen würde. Kim hatte sie damit beschenkt und mit noch so viel mehr. Es war ein wahnsinniges Erlebnis gewesen. *Und du willst, dass es wieder passiert.*

In dem Wissen, sich weit über das gewohnte Maß hinaus offenbart und verletzlich gemacht zu haben, stellte sich Jess auf die einsetzende Angst ein. Sie war entschlossen, dagegen anzukämpfen.

Die Panik blieb aus.

Jess' Brustkorb wurde eng bei der heftigen Zuneigung und Dankbarkeit, die Kim in ihr auslöste. Ein Gefühl von Frieden und Wohlbefinden erfüllte sie. Zärtlich streichelte sie mit ihrer Hand über Kims Hüfte.

»Guten Morgen«, murmelte Kim mit schläfrig rauer Stimme. »Gut geschlafen?«

Jess stützte sich auf einem Arm auf und küsste ihre Schläfe, den Duft ihrer Haare einatmend. »Ja, habe ich … dank dir.«

Kim rollte sich in Jess' Armen herum und sah sie an. »Also war letzte Nacht wirklich okay?«

»Mehr als okay.« Sie küsste Kim und genoss das Gefühl der weichen Lippen unter ihren eigenen. »Viel, viel mehr als okay«, sagte Jess und streute bei jedem Wort einen federleichten Kuss ein. Kims Brüste rieben an ihren eigenen und weckten ihr Verlangen. Jess zog Kim enger in ihre Arme. Als der Kuss leidenschaftlicher wurde, entfuhr ihr ein Stöhnen.

Jess hielt inne, als Kim sich auf den Rücken drehte und versuchte, sie auf sich zu ziehen. Sie stützte sich seitlich mit einem Arm ab, um ihr Gewicht von Kim wegzuhalten.

Kim grummelte protestierend. »Ich will dich auf mir.«

Vorfreude erfüllte Jess. »Wirklich?«

Kim hielt Jess' Blick stand und sagte: »Unbedingt.« Sie schob die Decken von sich und entblößte ihren Körper. »Komm her, bitte«, sagte sie und öffnete ihre Beine, um Platz zu machen.

Jess musste nicht weiter ermuntert werden. Der Gedanke daran, Kim unter sich zu haben, erregte sie heftig. Sie glitt zwischen Kims Oberschenkel und kam auf ihr zu liegen. *O Gott.* Ihre Hüften zuckten und drückten ihren Bauch gegen Kims Mitte.

Beide stöhnten auf.

Jess stützte sich auf und verlagerte das Gewicht auf ihre Arme. Sie schaute in Kims liebevolle Augen. »Fass mich an.«

Kims Augen wurden groß. Sie hob langsam die Hände und umschloss Jess' Brüste.

Jess' Becken rollte vorwärts. »Ja. Genau so.« Sie neigte den Kopf und bedeckte Kims Lippen mit einem glühenden Kuss. Kims Unterleib rieb sich an ihrem und Jess übernahm den Rhythmus.

Das Dröhnen eines Weckers zerstörte den Augenblick.

Jess sackte auf Kim zusammen. *Nein. Nicht jetzt.* Sie rollte mit einem frustrierten Knurren von Kim und rutschte zum Nachttisch. »Es tut mir leid«, sagte sie, als sie den Wecker ausstellte. »Ich habe ein Meeting heute Morgen.«

Sie betrachtete Kim, die warm und weich und nackt in ihrem Bett lag. Lust flammte erneut in ihr auf. Jess konnte nicht widerstehen, glitt zurück zu Kim und küsste sie noch einmal. Sie drückte ihre Zunge in Kims Mund und stöhnte dunkel, als Kims Zunge ihr entgegenkam. »Ich will dich so sehr.«

»Gott. Jess. Ich will dich auch, aber du musst los.«

Jess riss sich von Kim los. Ihr schneller Herzschlag passte sich dem beharrlichen Pulsieren zwischen ihren Schenkeln an. *Arbeit. Denk an die Arbeit.*

Kim setzte sich neben sie. »Ich sollte mich auch auf den Weg machen.«

Die Vorstellung, Kim in ihrem Bett schlafen zu lassen, war plötzlich sehr verlockend. »Es ist noch früh. Ich stelle dir den Wecker.« Jess streichelte beiläufig einen seidigen Oberschenkel, während sie sich in den leuchtenden blauen Tiefen von Kims Augen verlor. Sie merkte nicht einmal, wie hoch ihre Hand geklettert war, bis ihre Finger in feuchte Hitze glitten.

Kim ergriff ihr Handgelenk. »Nicht. Wir müssen aufhören. Arbeit … Duschen … Spät.« Sie keuchte.

Bisher hatte sich Jess noch nie damit befassen müssen, ihre Libido im Zaum zu halten. Sie atmete schwer aus und zog ihre Finger zurück. Unter Aufbringung all ihrer Willenskraft stand sie auf und trat vom Bett weg. »Genau. Ich gehe duschen. Du bleibst hier und entspannst dich. Kein Grund zur Hektik.« Sie rieb sich das Gesicht und stöhnte.

»Duschen, Arbeit, spät«, murmelte Jess, als sie sich umdrehte.

Kim ließ sich mit einem frustrierten Knurren wieder aufs Bett fallen. Sie wollte Jess nicht hinterherstarren. Die Versuchung des festen Hinterns hielt sie nicht aus.

Mit inzwischen wacherem Kopf fiel ihr auf, wie wohl und geborgen Jess sich heute Morgen gefühlt haben musste, um so selbstverständlich körperliche Nähe zuzulassen. *Und dich anzufassen.* Die Erinnerung an die leichte Berührung von Jess' Fingern zwischen ihren Oberschenkeln ließ Kims Herz schneller schlagen. *Schluss damit! Du musst heute den Arbeitstag ohne ihre Zärtlichkeiten überstehen.*

Der Gedanke an die Arbeit brachte Kim auf eine Idee. *Jess hat sich so um dich bemüht, jetzt bist du dran.* Sie stand auf und sah sich suchend im Zimmer um, fand ihr Shirt und die Hose von gestern und zog sie an. Barfuß tapste sie in die Küche.

Thor sprang aus seinem Korb, als er sie sah, und kam schwanzwedelnd zu ihr.

»Hey, du.« Kim umarmte den großen Hund liebevoll. Sie schaffte es, ihr Gesicht vor einer zungenschleckenden Begrüßung zu bewahren. »Na, komm. Ich will für deine Mama Kaffee und Bagels machen. Du kannst mir zeigen, wo alles ist.«

Thor folgte ihr in die Küche, war beim Finden der Frühstückszutaten jedoch keine große Hilfe. Kim durchsuchte die Küche. Sie wusste, dass sie nicht viel Zeit hatte.

Der Kaffee kochte und die Bagels waren im Toaster, als Thor zu ihr kam und ihren Arm stupste. »Was denn? Du bekommst weder Kaffee noch Bagels.«

Er stupste sie erneut und bellte.

Kim war ratlos. »Tut mir leid. Ich weiß nicht, was du willst.«

Thor starrte ihr in die Augen, als würde er versuchen, ihr etwas zu sagen.

»Hilf mir.«

Der Hund ging ein paar Schritte von Kim weg, dann sah er sie über die Schulter an.

Kim verstand endlich und folgte ihm. Er führte sie zur gläsernen Schiebetür. Sie hatte schon früher gesehen, dass Jess ihn hier nach draußen ließ. Kim hoffte, das Richtige zu tun, und öffnete die Tür.

Thor bellte sanft, was wie ein Danke klang, und trabte auf die Terrasse.

Kim ging ihm nach auf die Terrasse. Ihre Zehen verkrampften sich auf dem eiskalten Holz.

Thor sprang ein paar Stufen hinab, die Kim gestern Abend nicht bemerkt hatte. Sie führten zu einem kleinen, umzäunten Bereich.

Zufrieden, ihn gut aufgehoben zu wissen, huschte sie wieder ins warme Haus.

Als sie den Deckel auf Jess' Thermosbecher legte, hielt Kim plötzlich inne. *Ah, Mist.* Ihr Blick glitt durch die Küche, in der sie so selbstverständlich werkelte. Sie hatte sich nur darauf konzentriert, Jess eine Freude zu machen und darüber ganz vergessen, was sie wohl davon halten könnte. *Das hier ist Jess' Küche und du hast dich einfach breit gemacht.*

Ein unterschwelliges Prickeln ließ sie ahnen, dass Jess in der Nähe war. Kim sah auf und fand Jess im Türrahmen, mit einem schwer deutbaren Ausdruck auf ihrem Gesicht.

Als Jess durch die Küche ging, erwog und verwarf Kim etliche Entschuldigungen. *Es tut mir leid, ich wollte nicht Hausfrau spielen. Entschuldige bitte, dass ich ohne Erlaubnis deine Küche in Beschlag genommen habe. Tut mir leid, ich bin eine Idiotin.*

Jess blieb ihr gegenüber stehen, die Kochinsel zwischen ihnen.

Kim war so damit beschäftigt, nach Erklärungen zu suchen, dass sie erst nach einer Weile bemerkte, wohin Jess schaute.

Sie sah an sich hinab, um zu prüfen, was Jess' Aufmerksamkeit erregt hatte. Die Frühstücksutensilien waren es nicht. Kim grinste und vor Erleichterung wurden ihre Knie weich. Als sie sich vorhin angezogen hatte, hatte sie auf ihren BH verzichtet. Zudem hatte sie in der Eile ein paar Hemdknöpfe ausgelassen.

Jess' Blick war fest auf ihren klaffenden Ausschnitt gerichtet. Jetzt schaute sie auf.

Kim schluckte. Die Lust in Jess' Augen ließ ihr Innerstes glühen. *Arbeit. Sie muss zur Arbeit.* So sehr Kim auch um die Kochinsel herumgehen und der Aufforderung in Jess' Blick nachgeben wollte, sie wusste es besser. Sie würden es beide bereuen. Ihre Nervosität kehrte zurück. »Ich weiß, dass du nicht viel Zeit hast. Deswegen habe ich dir Frühstück zum Mitnehmen gemacht.«

Jess blinzelte ein paarmal und schüttelte dann ihren Kopf, als müsse sie ihn freimachen. Dann lächelte sie. »Das wäre doch nicht nötig gewesen. Danke schön.« Sie sah sich um und runzelte die Stirn. »Thor ist nicht hier?«

»Ich habe ihn rausgelassen«, sagte Kim. »Ich hoffe, das war in Ordnung?«

Ein strahlendes Lächeln breitete sich auf Jess' Gesicht aus.

*Hm? Okay. Offenbar habe ich das richtig entschieden. Aber so eine große Sache ist das nun auch nicht.*

»Er hat dir deswegen keine Schwierigkeiten gemacht?«

»Nein. Eigentlich hat er irgendwie darum gebeten.« Sie erklärte Jess, was passiert war.

Jess' Augen blitzten erfreut. »Das ist ja toll.« Sie schien Kims Verwirrung zu bemerken und sagte: »Auf Myra hat er nie gehört.« Ihre Miene verzerrte sich kurz. »Meine Ex. Sie wurde immer wütend auf ihn. Er wollte weder mit ihr rausgehen noch im gleichen Zimmer sein, wenn ich nicht da war.« Sie wirkte bedrückt. »Ich denke, ich hätte seinem Urteilsvermögen vertrauen sollen.« Jess schaute ernst drein. »Er weiß, dass du hier hingehörst.« Kaum hatte sie die Worte ausgesprochen, schien sie deren Bedeutung zu begreifen. Ihr Gesicht wurde tiefrot.

Kim ging nun doch um den Tresen. Sie sah Jess in die Augen, streichelte ihre Wange und ließ ihren Gefühlen freien Lauf. »Es macht mich sehr glücklich, das zu hören.« Und es ging nicht nur um Thor. Es war das erste Mal, dass Jess etwas aus ihrer Vergangenheit erzählte.

»Mich auch«, flüsterte Jess. Sie streifte sanft mit ihren Lippen über Kims, wich dann aber zurück. »Ich will wirklich nicht, aber ich muss jetzt in die Klinik.« Sie sah auf ihre Armbanduhr. »Thor muss ich auch noch füttern.«

»Das kann ich übernehmen, wenn du willst«, sagte Kim. Ihr wurde ein wenig bange, als sie Jess' weit aufgerissene Augen sah. *Das war wohl zu viel verlangt.*

»Würdest du?«, fragte Jess erstaunt. »Es macht dir nichts aus?«

*Oh ... Darum geht es. Wow. Myra muss sich wegen Thor ziemlich angestellt haben.* »Natürlich nicht. Ich habe den großen Kerl schrecklich lieb. Das weißt du doch.«

»Ja. Das weiß ich.« Jess Lächeln kehrte zurück. »Okay. Sein Futter ist in der Tonne da drüben.« Sie zeigte auf einen großen, abgedeckten Behälter. »Die Schaufel liegt drinnen. Er bekommt nur eine.« Jess drohte mit dem Finger. »Und lass dich nicht zu mehr überreden.«

Kim lachte. »Nur eine Schaufel voll. Verstanden.«

Ein weiterer Blick auf die Uhr ließ Jess das Gesicht verziehen. »Verdammt, schon so spät. Ich bin weg.« Sie schnippte ihre Finger. »Oh, warte.« Sie drehte sich um und flitzte aus der Küche.

*Was macht sie denn jetzt?*

Jess kam im nächsten Moment zurück, Thor dicht hinter ihr. »Bitte schön.« Sie streckte ihre geschlossene Faust aus.

Kim hielt ihre Hand darunter. Dann starrte sie ungläubig auf die Schlüssel, die Jess ihr in die Hand fallen ließ. *Sie hat mir ihren Schlüssel gegeben.* Ihre pragmatischere Seite drängelte sich nach vorn. *Das verstehst du falsch. Sie wird sie später zurückhaben wollen.*

»Ich muss jetzt wirklich los. Bitte, fühl dich wie zu Hause.« Jess nahm den Thermosbecher und den Bagel. »Noch mal vielen Dank hierfür und dass du dich um Thor kümmerst.« Sie gab Kim einen schnellen Kuss. »Ich sehe dich später bei der Arbeit.« Jess tätschelte kurz Thor. »Und du bist nett zu Kim.«

Mit einem flüchtigen Winken war Jess aus der Tür.

Kim stand ein paar Minuten lang wie vom Donner gerührt. Sie fühlte sich euphorisch, weil Jess ihr so viel Vertrauen entgegenbrachte. Dies war ein großer Schritt für sie beide, und der Weg dorthin war nicht leicht gewesen. Kim musste zugeben, dass nach all den bisherigen Erfahrungen dieser Morgen sehr viel besser ausfiel, als sie sich vorgestellt hatte. Und auch als jeder, den sie zuvor mit einer Frau erlebt hatte.

Trotzdem machte das Maß der übertragenen Verantwortung ihr ein wenig Sorge. Sie sah zu Thor, der sich an sie lehnte. Er blinzelte sie mit ruhiger Zuversicht an. Sie streichelte seinen Hals und er leckte ihr im Gegenzug die Hand. »Tja, jetzt sind wir beide allein, Großer. Was hältst du von Frühstück?«

Jess beschleunigte ihre Schritte, während sie sich der Notaufnahme näherte. Das Meeting hatte länger gedauert als erwartet. Nun wollte sie so schnell wie möglich zurück auf ihre Station kommen. *Und Kim sehen.* Allein der Gedanke daran machte ihr Herz leicht.

Dieser Morgen hatte viele Überraschungen gebracht. Dass Kim sich in ihrer Küche zu schaffen gemacht hatte, störte sie nicht im Geringsten. *Du warst sowieso viel mehr an ihrem Ausschnitt interessiert.* Die Erinnerung ließ ihre Wangen erröten. Aber es ging um viel mehr als das, und Jess wusste das. Während der Monate, in denen ihre Freundschaft gewachsen war, hatte sie Kim immer mehr vertraut. Es fühlte sich wunderbar an, dass sich jemand um sie sorgte.

*Ich frage mich, wie sie mit Thor zurechtgekommen ist?* Sie bezweifelte nicht, dass Kim den Hund tatsächlich mochte, und wusste, dass er bei ihr in den besten Händen war. Im Gegensatz zu Myra, die abwechselnd so getan hatte, als ob sie ihn mochte und dann seine Anwesenheit gerade so duldete.

»Guten Morgen, Dr. McKenna.«

Jess' Herz schlug schneller, als sie Kim am Schwesterntresen stehen sah. *Sei ehrlich. Es hat dich heftig erwischt.* Sie lächelte. »Guten Morgen, Dr. Donovan.« Sie blieb gegenüber von Kim stehen.

Penny warf ihr vom anderen Ende des Tresens einen schiefen Blick zu.

»Der Artikel, den ich neulich erwähnte, liegt in meinem Büro«, sagte Jess. »Falls Sie ihn noch haben möchten, kommen Sie doch schnell mit, sofern Sie gerade nicht zu beschäftigt sind.« Jess bemerkte die flüchtige Irritation in Kims Augen, bevor diese verstand.

»Wunderbar. Ich kann es gar nicht erwarten, ihn zu lesen.« Kim gesellte sich zu Jess. Sie wandte sich an Penny. »Demnächst wird jemand aus der Psychiatrie Mr. Gale abholen. Wenn innerhalb der nächsten halben Stunde niemand hier war, piepsen Sie mich bitte an.«

Penny grunzte zur Bestätigung.

Kim schüttelte ihren Kopf und lächelte Jess an. »Nach Ihnen.«

Auf dem Weg zu Jess' Büro schwiegen beide.

Jess hielt Kim die Tür auf. »Nach Ihnen.« Sie wollte höflich sein und gleichzeitig ohne Schuldgefühle den hübschen Anblick genießen.

Kaum war die Bürotür geschlossen, nahm sie Kim in die Arme. »Ich habe dich vermisst.« Sie stöhnte leise beim Anblick von Kims verlockenden Lippen. Ohne Rücksicht auf ihren Aufenthaltsort gab sie dem Verlangen nach, Kim zu küssen. Der Kuss wurde schnell leidenschaftlich, und Jess stöhnte wiederum in Kims Mund. Ihre Hände ergriffen Kims Hintern.

Nach Luft schnappend fuhren sie auseinander.

»Gott, wir können das hier nicht machen«, sagte Kim.

*Bist du verrückt? Irgendjemand könnte hereinkommen.* Jess wich zurück. »Es tut mir leid. Ich wollte nicht …«

»Stopp.« Kim legte Jess ihren Finger auf die Lippen und lächelte. »Es gibt nichts, was dir leidtun müsste. Ich wollte dich schon in der Sekunde küssen, in der ich dich am Empfang gesehen habe.«

Jess zog eine Grimasse. *Rodman würde fuchsteufelswild werden.* »Das würde die Gerüchteküche in Nullkommanichts zum Brodeln bringen.« Sie rieb ihre Hände übers Gesicht. »Wir müssen sehr vorsichtig sein.« *Wieso wir? Du bist diejenige, die ihren Mund nicht bei sich behalten kann.*

Kims Miene verschloss sich, sie ging auf Distanz.

*Mist. Das erinnert Kim bestimmt an das Verhalten ihrer Ex.* Jess verringerte den Abstand zwischen ihnen. »Neue Regeln. Egal, wie sehr ich es auch gern anders hätte: Kein Knutschen auf der Arbeit. Alles andere bleibt wie gehabt. Wir arbeiten zusammen. Wir essen zusammen. Wir teilen uns ein Büro.«

Tränen schimmerten in Kims Augenwinkeln.

Jess nahm Kims Gesicht in ihre Hände und küsste sie fort. Dann küsste sie sanft ihre Lippen.

Kim lächelte. »Ich dachte, auf der Arbeit wird nicht geküsst.«

»Besondere Ausnahme«, sagte Jess. »Besser?« Eine feste Umarmung war die Antwort. »Gut.«

Als Kim sie losließ, setzte sich Jess auf die Ecke ihres Schreibtischs, um einer weiteren Versuchung zu entgehen.

Jess biss sich auf die Lippen. *Frag sie einfach.* Innerlich wappnete sie sich für eine Absage, entschlossen, ihre Enttäuschung nicht zu zeigen. »Hast du schon deinen Weihnachtsbaum gekauft?«

Kim schüttelte ihren Kopf, sodass die blonden Locken wippten. »Nein. Du hast doch versprochen, zu helfen.«

*Sie hat auf mich gewartet.* Am Anfang der Woche hatten sie geplant, gemeinsam einen Baum auszusuchen, aber zahlreiche Überstunden hatten das verhindert. »Morgen. Versprochen. Wir kaufen erst den Baum und gehen dann am Abend zum Lichterfest.« Jess strahlte und konnte ihre Ungeduld kaum verbergen.

Kim lehnte sich ebenfalls an Jess' Schreibtisch und sagte: »Das klingt nach einem guten Plan.«

»Tja ... ich habe gedacht ...« Jess schob ihre Hände in die Taschen ihres Kittels. *Komm schon. Im schlimmsten Fall sagt sie Nein.* »Wenn du willst, könntest du bei mir übernachten. Dann können wir gleich früh zum Baumkaufen losfahren. Und danach könnten wir ihn schmücken, bevor wir zum Lichterfest gehen.« *Bitte sag Ja.*

»Das würde mir gefallen, Jess.« Kims Stimme wurde sanft und rau. »Sehr sogar.«

Die Vision von Kim, die heute Morgen nackt unter ihr gelegen hatte, überrumpelte Jess. Sie sah Kim in die Augen und errötete. *Das wird ein langer Tag.* »Tja, ich gehe jetzt besser wieder an die Arbeit.«

»Ich wohl auch.« Kim ging zur Tür und hielt dann inne. »Hätte ich beinahe vergessen.« Sie griff in ihre Tasche und nahm einen Schlüsselbund heraus. »Ich habe Thor versorgt und alles abgeschlossen.« Sie hielt Jess die Schlüssel hin.

Jess schüttelte ihren Kopf. »Behalt sie. Du kannst nicht wissen, wann du sie wieder brauchst.« Sie lächelte, als Kim die Schlüssel gegen ihre Brust drückte, als hätte sie ein besonderes Geschenk erhalten.

Kims verblüffter Gesichtsausdruck war schwer zu übersehen gewesen, als sie ihr am Morgen die Schlüssel gegeben hatte. Und die Tatsache, dass sie sie nicht automatisch behalten wollte, war Grund genug, sie ihr zu lassen. Myra hatte wiederholt um die Schlüssel gebeten, fast von der ersten gemeinsamen Nacht an. Jess hatte dem nie nachgegeben. Jetzt fühlte es sich richtig an, dass Kim sie behielt.

Sie drückte schnell Kims Hand. »Lass uns an die Arbeit gehen.«

# KAPITEL 27

KIM RICHTETE EINE MITTELGROSSE DOUGLASIE auf und ging um sie herum. *Perfekt.* Sie hatte in ihrer Wohnung nicht viel Platz für einen Baum. Tatsächlich würde sie ihren Esszimmertisch vor die Schrankwand schieben müssen. Sie sah sich nach Jess um, der sie ihren Favoriten unbedingt zeigen wollte. *Wo ist sie nur hin?*

»Hey, Kim. Hierher. Ich habe ihn gefunden.«

Die Begeisterung in Jess' Stimme war nicht zu überhören. *Ich bin froh, dass ich gewartet habe, bis sie Zeit hatte.* Sie legte den Baum zurück auf den Stapel und ging zur nächsten Reihe mit deutlich größeren Bäumen.

Jess stand neben einem Exemplar, das sie um mindestens dreißig Zentimeter überragte. Wenn man bedachte, dass Jess fast eins achtzig groß war, wirkte der Baum riesig. Der untere Durchmesser betrug bestimmt einen Meter fünfzig, wenn nicht mehr. »Wie wär's mit diesem?«

Der Baum würde auf gar keinen Fall in ihre Wohnung passen. *Wie um Himmels willen soll ich das ablehnen?* Jess hatte den gleichen Ausdruck im Gesicht wie in dem Moment, als sie gefragt hatte, ob der Baumkauf schon erledigt wäre. Gespannt, aber in Erwartung einer Enttäuschung. *Was zum Teufel hat dieses Biest Myra dir angetan?*

»Der ist wirklich schön, Jess. Aber wie soll ich den denn in meiner winzigen Wohnung unterbringen?«

»Oh.« Jess' Schultern sackten nach unten. »Okay.« Sie stellte den Baum zurück.

*Verdammt.* Kim dachte schnell nach. »Du könntest ihn doch kaufen. Ich bin sicher, dass er sich bei dir ganz wunderbar macht. Und ich würde dir beim Schmücken helfen.«

Jess' Miene erhellte sich. Sie wollte den Baum gerade wieder aufrichten, da verfinsterte sich ihr Gesicht und sie ließ ihn endgültig los. »Ganz vergessen. Ich habe keinen Weihnachtsschmuck.«

»Wir könnten dir welchen kaufen.« Ihr kam eine Eingebung. *Riskier es*. Schließlich verbrachte Kim die meiste Zeit sowieso bei Jess. »Oder wie wär's damit ... Wir könnten uns den Baum teilen. Du stellst ihn bei dir auf und ich liefere die Deko.«

»Das würdest du wirklich machen?«, fragte Jess.

Ihre zurückhaltende Frage bestärkte Kim in ihrem Plan, dieses Weihnachtsfest für Jess unvergesslich zu machen. »Aber natürlich. Warum denn nicht? Das wird bestimmt lustig.«

Jess schüttelte ihren Kopf. »Natürlich würdest du«, sagte sie wie zu sich selbst. Das Funkeln in ihren Augen war zurückgekehrt, als sie Kim ansah. »Danke schön.«

»Nichts zu danken. Es ist schon eine Weile her, dass ich an Weihnachten mit jemandem zusammen war.« Sie stupste Jess' Schulter mit ihrer eigenen an. »Ich freue mich wirklich drauf.«

»Ich auch.« Jess legte einen Arm um Kims Schultern und drückte sie kurz.

*Wow. Damit hatte ich nicht gerechnet.*

»Haben die Damen sich für einen Baum entschieden?«

*Ich dachte, den wären wir los.* Der übereifrige Verkäufer war ihnen gleich bei der Ankunft nachgelaufen. Erst als Jess ihn ihre knallharte Chefarzt-Attitüde spüren ließ, hatte er sich zurückgezogen.

Kim sah fragend zu Jess. »Haben wir uns entschieden?«

Mit einem breiten Grinsen zeigte Jess auf den Zweimeterbaum, den sie ausgesucht hatte. »Den da.«

Der Verkäufer zog seine Handschuhe an und hievte den Baum hoch.

»Können Sie ihn noch heute liefern?«, fragte Kim.

»Ja. Kostet aber zusätzlich fünfundzwanzig.«

»Wir müssen den nicht ...«

Kim schnitt Jess das Wort ab. »In Ordnung. Vielen Dank.« Als der Verkäufer außer Hörweite war, drehte sie sich zu Jess. »Ich zahle für die Lieferung.«

»Ich hätte ihn auch mitnehmen können.«

»Willst du wirklich mit so einem riesigen Baum auf dem Autodach über die Autobahn fahren? Was, wenn Harz am Lack klebt? Und dann versuchen, das Monster ins Haus zu kriegen?«

Jess blinzelte unsicher. »Hm. Ich schätze, ich hätte wohl doch einen kleineren nehmen sollen.«

Kim knuffte Jess in die Hüfte. »Ich liebe den Baum. Er ist perfekt. Komm. Machen wir die Lieferung klar, dann können wir bei mir vorbeifahren und den Weihnachtsbaumschmuck holen.«

Sie wollten gerade den Markt mit den Weihnachtsbäumen verlassen, als Jess' Handy klingelte. Sie zog es aus der Tasche und sah aufs Display. »Meine Schwester. Die kann ich später zurückrufen.«

»Nein. Ist schon okay. Geh ran, wenn du willst.« Kim war neugierig, wie Sam und Jess am Telefon miteinander umgingen.

Lächelnd drückte Jess das Handy ans Ohr. »Hi, Sam. Was gibt's?« Sie hörte einen Moment zu, dann lachte sie. »Ist das ein Wink mit dem Zaunpfahl?« Sie hielt das Handy von ihrem Mund weg und sagte: »Sie erklärt mir gerade, wo das Videospiel, das sie sich zu Weihnachten wünscht, im Angebot ist.« Sie wandte sich wieder zum Handy. »Das war Kim …« Sie rollte die Augen. »Nein. Wir haben mir gerade einen Weihnachtsbaum gekauft.« Jess riss die Augen auf. »Nein. Das werde ich ihr bestimmt nicht sagen.«

Kim wollte zu gern die andere Seite der Unterhaltung hören. Sie erwischte sich dabei, wie sie sich ein bisschen näher zu Jess beugte. *Wenn sie dich einweihen will, wird sie das schon tun.*

»Ich muss los, Sam. Ich ruf dich später an … Okay … Mach's gut.«

Als Jess im Wagen das Telefon auf die Mittelkonsole legte, bemerkte Kim das gesprungene Display. »Was ist denn da passiert?«

»Ähm …« Jess schaute plötzlich überall hin, nur nicht zu ihr. »Es ist vom Couchtisch gefallen. Thor ist draufgetreten.« Sie steckte das Handy eilig ein und sah Kim mit unschuldiger Miene an.

Kim zog eine Augenbraue hoch. *Komm schon. Erzähl es mir.* Sie wusste, dass mehr hinter dieser Geschichte steckte.

Jess errötete. Sie rutschte auf ihrem Sitz hin und her, schien sich dann jedoch zu einer Antwort durchzuringen. »Na ja … Sam und ich haben Videospiele gespielt und darüber gestritten, wer dran ist.« Sie schob die Hände in die Taschen ihrer Lederjacke. »Wir haben um die Steuerung gekämpft. Thor kam angerannt und wollte mitmachen.« Sie sah nach unten. »Eine von uns hat entweder auf dem Handy gesessen oder Thor ist draufgetreten, ich weiß es nicht genau«, endete sie schnell.

Kim biss sich auf die Lippe, um nicht zu lachen. *Das hätte ich für mein Leben gern gesehen.* Hoffentlich würde sie Sam bald kennenlernen. Sie ahnte, dass sie dann ganz neue Seiten an Jess entdecken würde.

»Hast du gewonnen?«, fragte Kim.

»Hm?« Jess sah auf.

»Hast du das Videospiel gewonnen?«

Jess grinste verlegen. »Ich bin zwei Level weiter als Sam gekommen. Ohne sie auch nur einmal zu töten.«

Es machte Kim viel zu viel Spaß, als nicht darauf einzugehen. »Sam?«

»Nein.« Jess lachte. »Adara.«

*Ich hätte es wissen müssen.* »Ah. Die furchtlose Erforscherin exotischer Länder.« *Die zufällig unglaublich gut gebaut ist. Jetzt weiß ich, was ich Jess zu Weihnachten schenke.*

Jess' Augenbrauen schnellten in die Höhe. »Du kennst die Spiele?«

»Ich hab schon lange nicht mehr gespielt.« Kim schmunzelte. »Aber ja. Ich habe früher ab und zu gespielt … ein- oder zweimal.«

»Wow. Sam wird Platzen vor Neid. Bisher mochte keine ihrer Freundinnen Adara.«

Kims Kinnlade fiel herunter. *Unmöglich.* »Deine Schwester ist lesbisch?«, platzte sie heraus, bevor sie sich bremsen konnte.

»Oh. Ich dachte, das hätte ich erwähnt.« Jess tat überrascht und lachte leise. »Ist das ein Problem?«

Kim schnaubte. »Wohl kaum.« Genau in diesem Moment knurrte ihr Magen. »Ich bin am Verhungern. Wollen wir noch etwas essen, bevor sie den Baum bringen?«

Jess lachte. »Erzähl mir mal etwas Neues.« Sie wich Kims Knuff aus. »Okay. Ich lade dich ein.« Sie ließ den Motor an. »Mexikanisch?«

»Was sonst?«, fragte Kim.

»Alles klar?« Kim beugte sich zur Steckdose.

»Nein. Warte. Ich mach erst die Lampe aus.« Jess drückte auf den Schalter, das Licht ging aus. »Kann losgehen.«

Kim lächelte. Jess' Ausgelassenheit beim Schmücken des Baumes war herzerwärmend gewesen. Kim hatte seit Jahren nicht mehr so viel Spaß beim Dekorieren gehabt. Sie schaltete die Weihnachtsbaumbeleuchtung an.

Als sie hinter dem Baum hervorkam, sah sie, wie Jess diesen ehrfürchtig anschaute. Kim trat zu ihr und fragte leise: »Gefällt er dir?«

»Er ist perfekt.« Jess nahm Kims Gesicht zwischen ihre Hände. »Genau wie du.«

Die Hitze in Jess' Blick ließ Kim erröten. »Ich bin noch nicht einmal ansatzweise perfekt.«

»Für mich bist du es«, sagte Jess. Sie zog Kim in ihre Arme und küsste sie lange und liebevoll.

Kim drückte sich an Jess und seufzte, als Jess' Zunge in ihren Mund glitt. *Oh, was du mir mit einem simplen Kuss antust.* Sie umschlang Jess mit ihren Armen. Ihre aneinandergedrückten Brüste befeuerten ihre Erregung.

Jess griff nach Kims Hintern und zog sie fest zwischen ihre Beine.

Kim konnte nicht anders, als sich an Jess zu reiben. Keuchend riss sie sich schließlich los. »Gott, Jess.« Als Jess an ihrer Kleidung zupfte, stöhnte Kim erleichtert. »Ja.« Sie hob ihre Arme und Jess befreite sie von ihrem Pullover.

Beim Anblick von Kims BH begannen Jess' Augen zu funkeln. »Einfach perfekt.« Ihre Hände umschlossen die vollen Brüste und drückten sie.

Als ihre Beine schwach wurden, hielt Kim sich an Jess' Schultern fest. »Ich falle gleich.«

»Ich hab dich.« Jess schob Kim zur Couch.

Die Lichter des Weihnachtsbaums bildeten eine farbige Aura um Jess.

Kim wollte nicht länger warten, Jess auf sich zu spüren, deshalb streckte sie die Hand aus und zog an Jess' Gürtel. »Komm her.«

Jess zögerte. »Warte«, sagte sie mit samtweicher, erregter Stimme. Sie zog ihr Hemd aus der Hose, kämpfte mit den Knöpfen und zerrte es schließlich knurrend über den Kopf. Sie legte ihren Sport-BH ab, beugte sich hinab und schob ihre Hände hinter Kims Rücken, um auch deren BH zu öffnen. »Weg damit.«

Kim erhob sich gerade so weit, dass Jess an den Verschluss kam. Kaum war der BH offen, warf sie ihn zu Boden. Sie sah Jess fordernd an. »Ich brauch dich auf mir. Jetzt.«

Jess atmete tief durch, dann legte sie sich auf Kim.

Beide stöhnten, als ihre nackten Brüste sich an einander rieben.

Jess schob ein Bein zwischen Kims Oberschenkel und drückte gegen ihre Mitte.

Kim hob ihre Hüften, um den Kontakt zu intensivieren.

Mit einem weiteren innigen Kuss verschloss Jess Kims Lippen, bewegte ihre Hüften und hielt die Spannung.

Die Naht von Kims Jeans rieb gegen ihre Klitoris. Ihre Erregung stieg rasant. Sie umfasste Jess' straffen Hintern und ermutigte sie. »Fester!«

Jess richtete sich ein wenig auf, um nach der Armlehne hinter Kims Kopf zu greifen. Sie veränderte ihre Position, legte sich rittlings auf Kims Oberschenkel und sah ihr in die Augen. Jess' Hüften begannen zu rucken, hart und schnell.

»Gott, ja, genau so«, knurrte Kim. Sie drückte Jess' Hintern im gleichen Rhythmus ihrer Stöße. Die Lust verdichtete sich in ihrem Bauch und schoss ihr in die Beine. Mit fest zusammengepressten Lidern schrie sie auf. Ihre Hüften stemmten sich mit so viel Kraft hoch, dass sie beide von der Couch gehoben wurden.

Jess stieß noch einmal. Ein unartikulierter Laut sprang von ihren Lippen, als sie auf Kim zusammensackte.

Schwer atmend versuchte Jess, ihren zitternden Körper von Kim hinunterzuschieben. *Mein Gott.* Die Intensität ihres Orgasmus' war überwältigend.

Kim umfasste ihren Rücken. »Bleib.«

»Ich gehe nirgendwohin, ich will dich nur nicht zerquetschen«, erwiderte Jess.

Schließlich kam Jess hinter Kim zu liegen. Träge zeichnete Jess Spuren in den Schweiß auf Kims nacktem Bauch. Sie hatte ihre Libido nie für besonders ausgeprägt gehalten. Und wie bei so vielen Dingen in Jess' Leben hatte Kim diese Vorstellung auf den Kopf gestellt. Jess konnte ihre Hände nicht von ihr lassen.

Kim seufzte und kuschelte sich an Jess. »Das war ein ziemlich spezielles Baumbeleuchtungsritual.«

»Mir hat es gut gefallen.« Ihre Hand streichelte eine weiche Brust. »Wir sollten es zu einer Tradition machen.«

»Mmh … lässt sich bestimmt einrichten.« Kim hielt Jess' Hand fest. »Gefällt er dir wirklich?«

Jess betrachtete den Baum. Bunte Lichter funkelten im verdunkelten Zimmer. »Es ist der schönste, den ich jemals hatte.«

Kim lachte. »Na ja, vorhin hast du noch gesagt, dass du normalerweise keinen Baum aufstellst. Und wenn es dein erster ist, sagt das natürlich nicht viel. Aber es freut mich, dass er dir gefällt.«

Es war für Jess viel einfacher, Wahrheiten auszusprechen, wenn sie Kim dabei nicht direkt ansah. »So ganz stimmt das eigentlich nicht. Sicher habe ich schon mal einen Weihnachtsbaum gehabt, nur eben nicht in den letzten Jahren.« Jess lächelte, als Kim ihre Finger miteinander verflocht und sie gegen ihren Bauch drückte.

»Wie kam das eigentlich?«, fragte Kim.

In der weichen, verletzlichen Stimmung sprudelten die Wort nur so aus Jess heraus. »Myra hielt nichts von Weihnachten. Sie gab mir das Gefühl, dumm und kindisch zu sein, wenn ich mich freute. Und eine totale Barbarin, weil ich einen Baum getötet hatte.« Jess schaute finster drein. »Andererseits sorgte sie dafür, dass ich genau wusste, welches Geschenk sie gern zur Wintersonnenwende hätte. Und nachdem sie fort war …« Jess zuckte mit den Schultern. *Merk es dir für die Zukunft: Unglaublich toller Sex macht dein Hirn weich und verwandelt dich in ein Plappermaul. Könntest du eigentlich noch erbärmlicher klingen?* »Entschuldige bitte. Ich sollte dir das nicht erzählen und dir damit den Tag verderben. Meine Ex muss dich nicht interessieren.«

»Das stimmt nicht.« Kim brachte die verschränkten Hände zwischen ihre Brüste. »Ich will alles von dir wissen, Gutes und Schlechtes.«

Diese Aussage machte Jess bange und glücklich gleichermaßen. Sie vergrub ihr Gesicht in Kims seidigem Haar. *Ich hoffe sehr, dass ich das Beste, was mir jemals passiert ist, nicht verderbe.*

»Das ist hinreißend«, sagte Kim. Es war ein wunderschönes Ende für einen bereits fantastischen Tag. *Na ja, eine weitere Nacht in Jess' Bett wäre ein perfektes Ende für diesen Tag. Aber das hier ist eine ausgezeichnete zweite Wahl.*

Sie schlenderten über den Rummelplatz. Ein Meer von Lichterketten funkelte in jeder Farbe, zahllose festliche Weihnachtsdekorationen buhlten um ihre Aufmerksamkeit. Überall lachten Kinder und auch Erwachsene.

»Und es wird jedes Jahr aufwändiger.« Die Lichter reflektieren auf Jess' Gesicht und ließen sie noch heiterer wirken. »Das hier sollte unbedingt Teil unserer Weihnachtstradition werden.«

Kim konnte dem Wunsch, Jess zu umarmen, kaum widerstehen. Ihr Herz quoll über vor Freude, weil Jess so selbstverständlich über ihre gemeinsame Zukunft sprach.

Alte Ängste tauchten auf und trübten ihre Stimmung. Mit keiner ihrer Freundinnen hatte sie sich bisher Zukunftspläne gestattet. *Wenn du einen Menschen zu sehr magst, wird er dich früher oder später verlassen.* Kim zwang den Gedanken beiseite. *Nein. Diesmal nicht. Mit Jess ist es anders.*

»Kim«, sagte Jess. Sie klang ein wenig besorgt.

Sie befreite sich von ihren missmutigen Gedanken und lächelte Jess an. *Mach den Tag nicht kaputt.* »Das klingt großartig.« Kim beugte sich zu ihr, damit sie auch wirklich gehört wurde, und fügte hinzu: »Natürlich nicht so großartig wie unser privates Lichterritual.«

Jess schmunzelte. »Wollen wir zum Pavillon gehen? Dort gibt es einen Stand, der kommt nur anlässlich dieser Veranstaltung. Sie verkaufen fantastische heiße Schokolade und Zimtschnecken.«

»Oh, genau das Richtige für mich«, sagte Kim. »Geleite mich sogleich dorthin!«, forderte sie und brachte Jess zum Lachen.

Kim trat durch die Tür, die Jess für sie offen hielt, und atmete tief ein. Himmlische Düfte lagen in der Luft, überwiegend Schokolade und Gewürze. Ein Mann mit einer großen, von Zuckerguss überzogenen

Zimtschnecke kam ihnen entgegen. Ihr lief das Wasser im Mund zusammen. »O ja. Davon brauch ich eine.«

Sie blinzelte irritiert, als Jess sich ganz dicht zu ihr beugte.

»Du bringst mich um, Gnade«, flüsterte Jess mit leiser, tiefer Stimme.

Kim schaute in die silber-blauen Augen. *Oh. Gott.* Das Begehren darin weckte ihre eigene Lust. Kim schluckte schwer. Ohne nachzudenken, trat sie näher an Jess heran.

Eine Gruppe, die hinter ihnen zur Tür hereinkam, rempelte sie an und brachte sie auf den Boden der Tatsachen zurück.

*Verdammt.* Kim errötete. Sie zog Jess aus dem Strom der Leute zur nächsten Wand. »Du wirst mir gefährlich«, sagte sie.

Jess sah sich schnell um und dann wieder zu Kim.

Das vorwitzige Grinsen, das Kim inzwischen gut zu deuten wusste, erschien. *Oh, oh!* Sie hielt reglos inne, während Jess ihr immer näher kam, ohne sie zu berühren.

»Ich war nicht diejenige, die so aussah, als wollte sie Se…«

»Ah …« Sie drohte Jess mit dem Finger. »Sag es ja nicht!«, sagte Kim und versuchte, nicht zu lachen.

Ein wildes Kichern brach aus Jess heraus. Sie wich Kims Knuff aus. »Ich kauf dir eine Zimtschnecke und eine heiße Schokolade. Aber nur, wenn du versprichst, mich nicht weiter zu quälen.«

*Wow.* Auch wenn Jess sich seit einiger Zeit immer häufiger von ihrer ausgelassenen Seite zeigte, hätte Kim nicht gedacht, dass sie so offen und spielerisch mit ihrer Sexualität umgehen würde. *Ich liebe es.*

Ein freches Lächeln erschien auf Kims Lippen. »Ich verspreche gar nichts.«

»Dann bin ich erledigt«, murmelte Jess.

Kim lachte. »Komm schon. Stellen wir uns an. Ich bin am Verhungern.«

Jess führte sie zu den zwei Warteschlangen vor dem Verkaufsstand.

Während sie sich einreihten, ließ Kim ihre Blicke umherschweifen. Es gab viele Imbissstände, ein großer Teil des Pavillons war mit Tischen gefüllt.

Sie spitzte die Ohren, als sie glaubte, eine bekannte Stimme an einem der Tische zu hören. Sie drehte sich in die Richtung und erstarrte augenblicklich. *O Mist! Jess wird ausflippen.* Ganz in der Nähe saß Penny mit einem älteren Paar.

Kim drehte sich hastig um und ergriff den Ärmel von Jess' Jacke. Ihr Herz klopfte hektisch. »Wir müssen gehen. Sofort.«

Jess runzelte die Stirn. »Was hast du?«, fragte sie, folgte jedoch Kims Aufforderung.

»Nicht hier. Draußen.« Kim wich den Leuten links und rechts aus und hielt nicht an, bis sie vor der Tür waren. Sie lehnte sich gegen die Wand und atmete schwer aus.

»Was war das denn jetzt?«, fragte Jess.

»Penny saß an einem der Tische, keine zwei Meter von uns.« Dunkle Erinnerungen aus ihrer Zeit mit Anna überwältigten sie beinahe. *Es ist nicht das Gleiche. Jess will ihr Privatleben nur privat halten, nicht dich verstecken.*

Jess blinzelte ein paarmal, bis der Groschen fiel. »Ich wusste, es ist nur eine Frage der Zeit. Ich dachte nur nicht, dass es so bald sein würde, aber gut.«

Kim seufzte. *So hatte ich mir das Ende unseres Tages nicht vorgestellt.* »Wir sollten verschwinden, bevor sie herauskommt.«

»Nein«, sagte Jess mit fester und deutlicher Stimme.

*Nein?* »Aber du weißt doch, dass sie überall im L.A. Metro herumerzählen wird, dass sie uns zusammen gesehen hat. Sie werden schnell darauf kommen, dass wir zusammen sind.« *Und ich will nicht, dass du es bereuen musst, etwas mit mir angefangen zu haben.*

Jess nahm Kim bei der Hand und führte sie zu einer Bank. »Setz dich einen Moment.«

Kim sah hektisch zur Eingangstür, als Jess ihre Hände nahm.

»Bitte schau mich an.«

Sie zwang sich dazu, Jess anzusehen.

»Ob es mich nervt, dass wir uns mit solchen Situationen herumärgern müssen? Auf jeden Fall. Unser Privatleben geht niemanden etwas an.« Sie griff fester zu, als Kim ihre Hände wegziehen wollte. »Aber werden wir uns verstecken? Ganz bestimmt nicht.«

Ein Kloß bildete sich in Kims Hals und Tränen kribbelten in den Augenwinkeln. *Sie ist nicht Anna. Kapier das endlich.* »Es tut mir leid. Ich will nicht ...« In diesem Moment zog Jess ihre Hände weg und stopfte sie in ihre Taschen. Ihr Gesicht verschloss sich. »Ich weiß, dass du Geschichten über Myra und das, was in der Notaufnahme passiert ist, gehört hast. Ich habe in der Klinik nicht den allerbesten Ruf. Ich verstehe es also, wenn du nicht möchtest, dass die Leute von uns beiden erfahren.«

*Oh, Jess. Nein. Du warst so offen und ehrlich mit mir. Die Zeit ist reif, das zu erwidern.*

Kim legte ihre Hand auf Jess' Oberschenkel. Ihr Herz wurde schwer, als sie ein Zucken spürte. »Bitte sieh mich an.«

Verdunkelte Augen begegneten ihrem Blick.

*Ach, Jess. Wir sind vielleicht ein Paar.*

»Es tut mir leid. Du hast mich missverstanden. Du bist nicht die Einzige mit einer teuflischen Ex.« Kim atmete laut aus. »Du weißt, Anna wollte nicht mit mir auf der Arbeit gesehen werden. Was du aber nicht weißt, ist, dass sie sich in unserer Freizeit genauso verhielt. Wenn ich ihr in der Öffentlichkeit auch nur ein kleines bisschen zu nahe kam, flippte sie aus.« Kim hielt Jess' Blick stand. »Sie war gerne bereit, es mir im stillen Kämmerlein zu besorgen, aber sonst behandelte sie mich wie ihr kleines schmutziges Geheimnis.« *Und jetzt erzähl ihr den Rest.* »Ich habe erst viel später gemerkt, dass sie das angetörnt haben muss.«

Ein Knurren war aus Jess' Kehle zu hören. »So ein Miststück.«

»Ganz meine Meinung.« Kim wand sich ein wenig. »Und was ich eventuell noch nicht erwähnt habe.« *Eventuell noch nicht? Du weißt ganz genau, dass du es verschwiegen hast.* »Sie hatte den gleichen Job wie du.«

Jess riss die Augen auf. »Das gibt's doch nicht.« Sie schüttelte den Kopf. »Und dennoch hast du es riskiert, dich auf mich einzulassen? Du bist wirklich eine ganz besondere Frau.«

Wärme durchströmte Kim und heilte nun Wunden, die Anna vor langer Zeit geschlagen hatte. »Du auch.« *Gott, ich lie... Hoppla. Wo kam das jetzt her? Nur nicht übermütig werden.*

Eine leuchtende Röte bedeckte Jess' Wangen. »Wir sind vielleicht ein Paar, hm?«, fragte Jess ohne zu ahnen, dass sie Kims vorherigen Gedanken wiederholte.

»Das sind wir.« Kims Magen knurrte. »Könnte ich jetzt vielleicht doch meine heiße Schokolade und meine Zimtschnecke haben?«

Jess lachte. »Manche Dinge ändern sich nie.« Sie stand auf und reichte Kim ihre Hand. »Na komm.«

Kaum hatten sie das Gebäude wieder betreten, da standen sie auch schon vor Penny und ihrer Begleitung. *Verdammt.* Kim hatte gehofft, dass Penny inzwischen gegangen war.

Pennys starrer Blick wanderte über Kims Schulter und ihr Mund wurde zu einem »Oh«, als sie dort Jess erblickte.

»Penny«, sagte Kim zur Begrüßung. Sie versuchte, sich ihre Nervosität nicht ansehen zu lassen. Es fehlte gerade noch, dass Penny bemerkte, wie unwohl sie sich fühlte und so noch mehr Öl ins Feuer geriet.

Sie spürte, dass Jess sich neben sie stellte, sah sie aber nicht an.

»Dr. Donovan.« Penny warf Jess einen grimmigen Blick zu. »Dr. McKenna.«

Kim wagte einen schnellen Seitenblick zu Jess, um ihre Reaktion zu erhaschen. Ihr Gesicht war völlig ruhig, sie war ganz Vorgesetzte.

»Guten Abend«, sagte Jess.

»Penelope, wo sind denn deine Manieren?«, fragte die Frau neben Penny.

»Mama«, jammerte diese wie ein bockiger Teenager.

Ihre Mutter hob mahnend eine Augenbraue.

Penny atmete laut aus und zerblies damit ihren Pony. »Das sind Dr. Donovan und Dr. McKenna. Ich arbeite mit ihnen.«

Pennys Mutter reichte ihnen die Hand. »Es ist schön, endlich Pennys Kolleginnen kennenzulernen.« Sie schüttelte ihren Kopf, als sie Jess' Hand losließ. »O je, verzeihen Sie mein Benehmen. Ich bin Cynthia Graham und das ist mein Ehemann, Gerald. Wir sind Penelopes Eltern.«

Mr. Graham nickte, reichte ihnen aber nicht seine Hand.

»Schön, Sie beide kennenzulernen«, sagte Kim. Sie konnte Pennys Blick auf sich spüren. *Sei nett, aber fass dich kurz. Bring es hinter dich.*

Jess sprach, bevor Kim es konnte. »Nun, wenn Sie uns bitte entschuldigen, wir wollten uns gerade ein paar von den wunderbaren Zimtschnecken holen, bevor der Stand schließt.«

*Tolle Überleitung, Jess.*

»Oh, die werden Ihnen schmecken«, sagte Mrs. Graham. »Bei uns sind sie schon Familientradition. Wir kaufen sie jedes Jahr.«

*Na wunderbar. Dann können wir uns schon jetzt darauf freuen, ihnen nächstes Jahr wieder über den Weg zu laufen.* Kim klebte sich ein Lächeln ins Gesicht. »Schönen Abend noch.« Sie wollte endlich gehen.

»Ihnen auch, meine Damen«, antwortete Mrs. Graham. »Frohe Weihnachten.«

»Ja, frohe Weihnachten«, sagte Penny. Sie stierte Jess an und warf dann Kim einen bösen Blick zu. »Ich sehe Sie … beide in der Klinik.«

*Ach verflucht.* »Frohe Weihnachten.«

# KAPITEL 28

KIM GING UM DIE ECKE.

Zwei Krankenpfleger, die vor einem Untersuchungsraum standen, unterbrachen sofort ihre Unterhaltung. Einer warf ihr ein spöttisches Lächeln zu.

Kim konnte dem Drang, ihm einen grimmigen Blick zu schicken, kaum widerstehen. Den ganzen Morgen ging das schon so. Offensichtlich hatte Penny überall brühwarm herumerzählt, sie und Jess zusammen gesehen zu haben. *Wie um alles in der Welt hat sie die Geschichte ausgeschmückt, wenn sich alle so merkwürdig verhalten?*

Auch wenn Kim wusste, dass Jess sehr gut auf sich selbst aufpassen konnte, weckte die Situation dennoch ihren Beschützerinstinkt. *Warum können sie uns nicht einfach in Ruhe lassen? Jess' Job ist anstrengend genug. Sie braucht nicht auch noch so etwas.* Kim war dankbar, dass Jess mit der vierteljährlichen Budgetsitzung beschäftigt war. Vielleicht legte sich das kindische Verhalten der Belegschaft, bevor Jess wiederkam. *Na klar. Wer's glaubt, wird selig.*

Kim ignorierte die Pfleger und betrat das Behandlungszimmer, in dem sie vor Kurzem gewesen war. Sie hatte ihren kleinen Notizblock verlegt und war den Weg zurückgegangen, in der Hoffnung, ihn zu finden.

Sie lächelte erleichtert, als sie ihren Block unter der Rolltrage erblickte. Im Notizblock standen Verweise auf Medikamente und Dosiertabellen. *Zum Glück muss ich nicht von vorn anfangen.*

Während sie sich hinhockte, um den Notizblock aufzuheben, hörte sie weibliche Stimmen und Gelächter vor der Tür.

Kim griff gerade danach, als die Tür aufging.

Eine laute, bekannte Stimme war kristallklar vernehmbar, als die Frauen hereinkamen.

»Ich sag dir. Die beiden waren heiß.« Cindy schnaubte. »Ich meine die Schöne und das Biest. Ich frag mich, wie Donovan sie nennt, wenn sie ...«

Kim stand auf, sodass die Frauen sie bemerkten. *Hinterhältige Schlange. Jess hat dich immer fair behandelt und so dankst du es ihr?*

Nancy, eine der Hilfsschwestern, besaß zumindest den Anstand, verlegen auszusehen.

Cindy blinzelte Kim schadenfroh an, so also wollte sie sie herausfordern, das Gehörte zu kommentieren. Seit Kim ihr vor ein paar Monaten wegen der Tratscherei über Jess die Meinung gesagt hatte, konnte Cindy sie offenbar nicht mehr leiden.

Kim sah ihr direkt ins Gesicht und weigerte sich, den Blick zu senken. Eine entscheidende Sache über den Mangel an Privatsphäre in einem Krankenhaus schien Cindy vergessen zu haben: Es gab immer zwei Seiten einer Medaille.

Als Kim zur Tür ging, blieb sie direkt neben Cindy stehen und sprach so leise, dass nur die sie hören konnte. »Genau wegen solchen Verhaltens wurden Sie aus der Pädiatrie versetzt. Es wäre doch bedauerlich, wenn sich das wiederholen würde.«

Kim versuchte, nicht zu befriedigt zu sein angesichts Cindys fassungsloser Miene. *Lass Jess gefälligst in Ruhe.* Sie verließ den Ort des Geschehens, bevor Cindy antworten konnte.

Jess bemerkte die abschätzigen Blicke, die ihr zugeworfen wurden, schon als sie die Notaufnahme betrat. *Na prima. Penny hat also keine Zeit verschwendet.* Sie sah sich suchend um, in der Hoffnung, Kim zu entdecken. *Ich frage mich, wie sie dem standhält?* Jess mochte es nicht, aber sie war an die Gerüchte gewöhnt. Die Leute wussten nicht viel über sie, deshalb dachten sie sich einfach etwas aus, um die Lücken zu füllen, oder redeten wie Cindy über das Einzige, von dem sie wussten – den Zwischenfall mit Myra. Der Gedanke, dass sie vielleicht auch abfällig über Kim sprachen, ging ihr durch Mark und Bein.

Sie ging zum Schwesternterminal.

Mehrere Krankenschwestern sowie Bates und Aimee hatten sich nahe der Statustafel um Terrell versammelt. Penny telefonierte am Tresen.

»Sie hätten den Blick auf Dr. Donovans Gesicht sehen sollen, als dieser Typ ...« Terrell stoppte mitten im Satz, als er Jess kommen sah.

Im ersten Moment dachte sie an Kims Begegnung mit Brian und erschrak. *Beruhige dich. Kim kann auf sich aufpassen. Und Terrell sieht nicht besorgt aus.*

»Morgen, Dr. McKenna«, sagte Terrell. »Dr. Do...«

Penny unterbrach ihn. »Hatten Sie ein vergnügliches Wochenende, Dr. McKenna?«, fragte sie mit anzüglichem Unterton.

Jess wandte sich ihr zu. Sie spürte, dass sich die Aufmerksamkeit aller Mitarbeiter auf ihre Unterhaltung richtete.

Penny warf dem anscheinend gespannten Publikum hinter Jess einen selbstgefälligen Blick zu.

*Du hast mich vielleicht mit Kim gesehen. Aber ich bin immer noch dein Boss. Fordere mich nicht heraus.* »Ja. Das hatte ich. Hat Ihnen das Lichterfest auch gefallen?«

Pennys Augen wurden groß.

*Damit hast du nicht gerechnet, oder?* Jess konnte das »Oh, Mist!« von Penny beinahe hören. »Es war schön, Ihre Eltern kennenzulernen.«

Jemand kicherte hinter Jess.

Eine leuchtende Röte erfüllte Pennys Gesicht. »Ich, ähm ...«

*Das hast du ihnen nicht erzählt, was?* Jess hatte es sich denken können.

Das klingelnde Telefon rettete Penny vor weiterer Scham. Augenblicklich griff sie danach.

Jess drehte sich auf dem Absatz um.

Alle jagten davon wie Ratten auf einem sinkenden Schiff, abgesehen von Terrell.

»Wie ich Ihnen eben sagen wollte, Dr. Donovan bat mich, Ihnen auszurichten, dass sie mit Ihnen über einen Patienten sprechen möchte, sobald Sie hier sind«, sagte Terrell. Er schüttelte den Kopf, grinste und deutete dann auf die Statustafel. »Über den sollte man ein Buch schreiben.«

Jess überflog die Tafel auf der Suche nach dem Raum, in dem Kim sich aufhalten musste. Ihre Augenbrauen schnellten in die Höhe, als sie den Eintrag sah. Der Patient war als Katzenmann vermerkt. *Was zum Teufel …?*

»Danke.« Sie machte sich auf den Weg zum Untersuchungsraum.

Jess hörte die Geräusche, bevor sie auch nur die Tür erreichte.

Es klang wie eine miauende Katze. *Aha. Deshalb also Katzenmann.*

Sie drückte die Klinke des Untersuchungsraums herunter und zuckte zusammen, als der Radau lauter wurde. Kim und Karen Armstrong standen links und rechts von einer Rolltrage. Ein kleiner Mann mit feinen, überraschend katzenhaften Gesichtszügen kauerte an deren Kopfende. Sein fettiges Haar war so fest zurückgekämmt, dass es wie eine Badekappe wirkte. Er maunzte ununterbrochen. Auf dem Tablett vor ihm stand eine Untertasse mit einem Pfützchen Milch.

Jess trat an die Liege heran. »Dr. Donovan, was haben wir hier?«

Der Katzenmann fauchte wütend.

Jess wich einen halben Schritt zurück und warf Kim einen irritierten Blick zu. *Was ist das denn? Haben wir schon Vollmond?*

Kim biss sich auf die Lippe und versuchte, ernst zu bleiben. »Ich denke, er mag Sie nicht, Dr. McKenna.«

Karen lachte auf und schlug sich die Hand vor den Mund.

Der Katzenmann miaute weiter.

»Gehen wir auf den Flur«, sagte Jess. Sie strebte zur Tür.

Kim folgte ihr. Karen blieb am Bett des Patienten.

»Kann man ihn allein lassen?«

»Sicher, das sollte gehen, solange ich ihn durch das Sichtfenster im Auge behalten kann«, sagte Kim

Jess zog die Tür auf. »Kommen Sie bitte mit, Dr. Armstrong.«

Karen warf Jess einen dankbaren Blick zu und eilte ihnen nach.

Kaum standen sie auf dem Flur, wurde das Miauen zu herzzerreißendem Jaulen. Er klang wie ein brünstiger Kater.

»Was ist mit ihm los?«, fragte Jess.

»Die Polizei hat ihn gebracht. Sie haben ihn im Park aufgegabelt. Er hat sich Spaziergängern genähert, sich an ihnen gerieben und miaut.« Kim sah in den Untersuchungsraum. »Er maunzt und jault, seit sie ihn hergebracht haben. Ich habe nichts aus ihm herausbekommen. Keinen Namen, gar nichts.«

»Und er versucht, mit Ihnen zu schmusen, wenn Sie zu nahe kommen«, sagte Karen mit einem Schaudern.

»Irgendwelche Verletzungen?«, fragte Jess an Karen gerichtet.

»Nur ein kleiner Schnitt in der Handfläche. Ich habe ihn gereinigt.« Karens Gesicht verzog sich. »Er hat dabei versucht, mich und den Schnitt abzulecken. War nur ein kleiner Riss, musste nicht genäht werden.«

»Haben Sie ihn körperlich untersucht?«, fragte Jess. Der Mann war schmutzig und stank. Sie wusste, dass unter solchen Umständen die Versuchung groß war, eine Untersuchung kurz zu halten.

Karen nickte. Es war ihr deutlich anzusehen, wie unangenehm es gewesen sein musste. »Ich habe nichts Auffälliges gefunden. Er hat ein wenig Fußpilz auf den Nägeln.« Leise fügte sie hinzu: »Und jede Menge Dreck.«

»Gut gemacht«, lobte Jess. Nach dem etwas holprigen Start ihrer Ausbildung hatte Karen sich wirklich gemausert. Sie war dabei, eine der Besten ihres Jahrgangs zu werden.

Karen strahlte.

Jess wandte sich wieder an Kim. »Warum hat ihn die Polizei nicht direkt nach Gateway gebracht? Die sind auf solche Fälle eingestellt. Er hat eigentlich nichts in der Notaufnahme zu suchen.«

»Danach habe ich auch gefragt. Die behaupteten, er hätte geblutet.« Kim schaute mürrisch. »Ich denke, sie haben ihn hier abgeladen, weil sie nichts mit ihm zu tun haben wollten und wir schnellstmöglich erreichbar waren.«

*Meine Güte.* Jess rieb sich die Ohren, als das Jaulen wieder anschwoll. »Wie lange hält er das durch?«

»Er ist seit fast zwei Stunden hier«, sagte Kim.

*Toll.* Sie war erst seit ein paar Minuten in seiner Nähe und bekam schon Kopfschmerzen. »Was kann ich tun? Will Gateway ihn nicht nehmen? Soll ich mich bei ihnen melden?«

»Nein. Ich wollte wissen, ob Sie ihn hier schon mal gesehen haben. Ich bin nämlich davon überzeugt, dass dieser Typ uns etwas vorspielt. Die toxische Untersuchung war negativ. Und soweit ich es bis jetzt sagen kann, erfüllt er nicht die Kriterien für eine Achse-I- oder Achse-II-Störung.« Kim rieb sich den Nacken. »Er hat das bestimmt schon früher gemacht. Ich würde wetten, dass er bei uns die Gelegenheit wittert, ein paar Tage Ruhe und ein paar warme Mahlzeiten zu bekommen. Er passt auch nicht in das Schema, das ich bei einem Furry, der es ein bisschen zu weit getrieben hat, erwarten würde.«

Jess spähte ebenfalls durchs Fenster. »Na ja, ich finde, er sieht schon ziemlich katzenhaft aus.«

Kim lachte. »Ist mir nicht entgangen. Aber ich glaube trotzdem nicht, dass wir es hier mit einer echten Störung zu tun haben. Sie können die Berechnung in seinen Augen beinahe sehen.«

»Entschuldigen Sie, aber was bitte schön ist ein Furry?«, fragte Karen.

Jess überließ Kim die Erklärung.

»Es gilt nicht als echte psychiatrische Diagnose. Furry ist ein Oberbegriff, unter den Leute fallen, die lieber als Tiere und nicht als Menschen mit anderen interagieren. Sie fühlen sich dadurch sicherer.«

»Ernsthaft?« Karen schüttelte ihren Kopf. »Sie machen also was? Verkleiden sich als Tiere?«

»Zum Beispiel. Die Extremsten ändern ihr körperliches Aussehen mit Tätowierungen und Implantaten, damit es zu ihrem inneren Tier passt.«

»Wow.«

»Zurück zu unserem Kater«, warf Jess ein. Er hatte immer noch nicht aufgehört, zu jaulen, und ihre Kopfschmerzen wurden schlimmer. »Ich habe ihn noch nie zuvor in der Notaufnahme gesehen. Und ich hätte sicher davon gehört, wenn er in meiner Abwesenheit hier aufgekreuzt wäre. Was wollen Sie mit ihm machen?«

Kim zuckte mit den Schultern. »Ich würde ihn gern vor die Tür setzen. Vielleicht hört er dann mit dem Theater auf.« Kim strich sich durchs Haar. »Es gibt viele Möglichkeiten, ein Obdach und ein warmes Essen zu bekommen, ohne die begrenzten Mittel eines Krankenhauses zu belasten. Aber so lange er sich so aufführt, kann ich natürlich kein Risiko eingehen, falls ich unrecht habe.«

Jess zerbrach sich den Kopf. Sie kicherte innerlich, als ihr eine Idee kam. *O ja. Das wird dich aus der Reserve locken, Freundchen.* »Sie sind sich also sicher, dass er schwindelt?«

»So sicher, wie ich im Moment sein kann«, sagte Kim. »In der Psychiatrie ist nichts hundertprozentig.«

»Na gut. Ich habe einen Plan.« Jess sah Karen an. »Sie versuchen so etwas niemals allein, ohne vorher mit Dr. Donovan oder mir gesprochen zu haben. Ist das klar?«

Karen nickte. In ihren Augen standen Fragen, aber sie sprach sie nicht aus.

»Ich möchte, dass Sie dort drin meinen Anweisungen ungefragt Folge leisten.«

»Das kriege ich hin«, sagte Karen.

»Was haben Sie mit ihm vor?«, fragte Kim.

Jess lächelte zurück. *Ich wusste, du würdest fragen.* Obwohl Kim glaubte, dass der Patient simulierte, galt ihre Hauptsorge ihm.

Karens verdutzter Gesichtsausdruck angesichts ihres Lächelns war Jess nicht entgangen. *Vielleicht wird es langsam Zeit, sich etwas lockerer zu geben.* Kim bewies ihr, dass es möglich war, professionell zu wirken, ohne alle auf Distanz zu halten. *Myra hat sich lange genug in deinem Leben breitgemacht. Du solltest all das endlich hinter dir zurücklassen.*

Jess konzentrierte sich wieder auf den vorliegenden Fall und sagte: »Manchmal erfordern merkwürdige Situationen auch ungewöhnliche Lösungen.« Sie drückte die Tür auf und trat ein, bevor Kim weitere Fragen stellen konnte. Der Patient musste zwingend Kims und Karens schockierte Reaktion sehen, damit es funktionierte.

Sobald sie im Zimmer waren, stellte der Katzenmann sein Jaulen ein und begann zu miauen.

Jess stellte sich vor ihn und sah ihm fest in die Augen. Er starrte zurück und fauchte. Er versuchte gar nicht, ihrem Blick auszuweichen und zeigte auch sonst keine der Verhaltensweisen, die sie von einem Patienten mit Realitätsverlust erwartet hätte. Kims Vermutung schien richtig. Dieser Typ wusste genau, was er tat.

Karen stellte sich auf die andere Seite der Rolltrage.

»Dr. Armstrong, würden Sie mir bitte die Nähinstrumente holen?«

Karens Augenbrauen schossen nach oben, aber sie drehte sich um und ging zum Schrank mit den chirurgischen Bestecken.

Den Patienten völlig ignorierend wandte sich Jess an Kim. »Das ist ein sehr interessanter Fall. Ich habe Studien darüber gelesen. Wenn sie erst vollständig zum Tier geworden sind, gibt es kein Zurück mehr.«

Das Miauen des Katzenmannes wurde leiser, versetzt mit längeren Pausen. Er war unübersehbar besorgt darüber, was Jess unternehmen würde.

Karen kam mit den angeforderten Gerätschaften zurück.

»Ah, gut. Danke schön.« Jess schob das Tablett zur Seite. Sie legte das chirurgische Besteck gemächlich zurecht.

Kims Augen weiteten sich. »Ähm … Dr. McKenna?«

*Perfekt.* Kim klang wirklich nervös.

Aus dem Augenwinkel konnte sie erkennen, dass der Katzenmann ebenfalls beunruhigt zwinkerte. Jess konnte Schweißperlen auf seiner Stirn sehen. *War wohl doch kein so toller Einfall, hm, Freundchen?*

»Keine Sorge, Dr. Donovan. Das Kastrationsverfahren ist sehr einfach. Glauben Sie mir, so ist es am besten für ihn. Es wird ihn viel ruhiger machen … und leiser.«

Der Katzenmann fiepte, dann hörte sein Miauen auf. Der Schweiß lief ihm seitlich am Gesicht herab.

»Aber … brauchen Sie denn keine Einwilligung?«, fragte Karen. Ihre Augen blitzten interessiert.

*Gute Arbeit, Karen.* Jess warf ihr einen beeindruckten Blick zu.

»Tja. Das würde ich, Dr. Armstrong, wenn er eine Person wäre. Aber wie er uns eindeutig demonstriert, ist er eine Katze.« *Komm schon, Junge. Gib auf. Sehr viel weiter kann ich nicht gehen.* »Eine Person könnte natürlich Einspruch erheben und diesen Eingriff verweigern.«

Jess ließ sich Zeit beim Anordnen der Werkzeuge, bevor sie die sterilen Latexhandschuhe anzog. *Mist. Er fällt nicht drauf rein.* Eines konnte sie noch versuchen. Sie ging zu einer Schublade in der Nähe und nahm ein Einwegskalpell heraus. Auf dem Weg zum Bett zog sie die äußere Verpackung ab, ließ aber die Klinge in der Scheide.

Sie sah den Katzenmann an. »Bereit?«

Kim und Karen schnappten gleichzeitig nach Luft.

»Warten Sie! Nein! Das können Sie nicht machen. Ich lasse das nicht zu.« Die Worte brachen schnell aus ihm heraus. Er drückte sich gegen das Ende der Rolltrage, möglichst weit weg von Jess.

*Höchste Zeit!* Jess ließ nicht locker. »Menschen nennen ihren Namen, wenn sie danach gefragt werden. Katzen nicht. Wie heißen Sie?«

»Donny. Donny Nowicki. Ich schwöre es. Sie können meine Sozialversicherungsnummer prüfen.«

Jess drehte sich von Donny und Karen weg, um ihr Grinsen zu verstecken. »Er gehört dann wohl Ihnen, Dr. Donovan.«

Sie warf das Skalpell auf das Tablett und nahm die offene Nähausrüstung an sich. Als sie an Kim vorbeiging, sagte sie leise: »Viel Glück mit deinem Kater. Wie du weißt, bin ich eher ein Hundemensch.«

Jess zog ihren Kittel aus und warf ihn in den gekennzeichneten Wäschekorb neben der Tür. Über die Schulter sah sie eine der Krankenschwestern an. »Prüfen Sie alle fünf Minuten den Puls in dem Bein, bis jemand aus der Orthopädie kommt, um ihn zur OP zu bringen. Sollte sich vorher irgendetwas verändern, piepsen Sie mich an.«

»Geht klar, Dr. McKenna.«

Jess' knurrender Magen erinnerte sie daran, dass es Zeit fürs Mittagessen war. Gleich nachdem sie Kim und Karen verlassen hatte, war sie zu einem Notfall gerufen worden.

*Ich frage mich, was Kim mit diesem Kätzchen gemacht hat.*

Sie bog um die Ecke und nahm Kurs auf ihr Büro. Fast automatisch musste sie lächeln, als sie Kim vor sich im Flur entdeckte. »Dr. Donovan.«

Kim blieb stehen und wartete, bis sie sie einholte.

»Wie lief es mit Donny?«, fragte Jess im Weitergehen.

»Ich kann nicht fassen, was du da gemacht hast«, sagte Kim und knuffte sie mit dem Ellbogen.

»Hey. Ich habe ihn nicht angefasst.«

»Stimmt.« Kim schüttelte ihren Kopf. »Es war auf jeden Fall effektiv, das muss ich dir lassen. Als er dann endlich anfing, zu reden, dachte ich, er will gar nicht mehr aufhören.«

»Hast du ihn vor die Tür gesetzt?«, fragte Jess.

»Nein. Er ist kein Schmarotzer. Seine Mutter ist gestorben und kurz darauf hat er seine Wohnung verloren. Er hat einfach Pech gehabt und die falschen Entscheidungen getroffen.«

*Hm. Ich bin nicht überrascht. Du machst dich immer für deine Patienten stark.*

»Ich habe die Behörde für Obdachlose kontaktiert«, sagte Kim. »Sie werden ihn vorübergehend unterbringen und ihm dann einen Therapeuten suchen.«

Ihr Gespräch wurde von lauten Stimmen unterbrochen.

*Was zum ...?* Jess beschleunigte ihre Schritte.

Als sie sich der Kreuzung der beiden Flure näherten, wurde Karens Stimme deutlich. »Es reicht, Peter. Keiner will diesen Müll hören. Wen stört es, wenn sie zusammen sind? Ist doch schön für die beiden.«

»Du bist doch bloß sauer, weil Donovan dich hat abblitzen lassen«, sagte Terrell.

Jess hielt kurz vor der Ecke an. Sie sah zu Kim, deren Gesichtsausdruck verriet, dass auch sie die Worte gehört hatte.

Wortlos kehrten sie um und nahmen einen anderen Weg zu Jess' Büro.

Kim begann zu sprechen, sobald sich die Tür hinter ihnen geschlossen hatte. »Es tut mir leid. Ich wünschte, du müsstest das nicht durchmachen.« Sie seufzte. »Aber ich weiß nicht, wie das aufzuhalten ist.«

»Es geht doch nicht nur um mich. Ich will genauso wenig, dass du das aushalten musst.« Jess drückte sanft Kims Arm. »Wenn erst alle wissen, dass du meine Freundin bist, wird es uninteressant. Sie suchen sich dann ein neues Gerücht.«

Kim starrte Jess einen Augenblick lang überrascht an. Ein strahlendes Lächeln erschien auf ihrem Gesicht. »Deine Freundin?«

Jess bemerkte, dass sie zwar immer wieder über ihre Zukunft sprach, jedoch Kim nie wirklich gesagt hatte, als was sie sie ansah. Sie wusste, ihr Lächeln war genauso breit wie Kims. »Wenn du mich willst?« *Sie ist mehr als nur deine Freundin. Du musst ihr sagen, was du für sie fühlst.*

Kim trat näher und sagte: »Freundin. Das gefällt mir.«

Jess verringerte den verbleibenden Abstand zwischen ihnen. »Mir auch.« Sie streifte sanft mit ihren Lippen über Kims, dann machte sie einen Schritt zurück, bevor sie der Versuchung erlag. Jess fragte sich, ob Kim auch nur ansatzweise wusste, welche Macht sie über sie hatte. *Wenn sie wüsste, wie sehr ich sie lie... Nein.* Jess brach den Gedanken ab. Sie war noch nicht bereit für ein Eingeständnis wie dieses.

Kim ließ sich wenig graziös auf die Couch fallen. »Wir müssen diesen Mist nur so lange ertragen, bis das ganze Krankenhaus Bescheid weiß.«

»Tja, zumindest die Notaufnahme ist im Bilde.« Jess setzte sich zu Kim auf die Couch. »Und hey, zwei meiner Assistenzärzte halten sogar zu uns.« Sie knuffte Kim in die Seite und lächelte. »Meine Gefühle für dich wären nicht anders, wenn sie es nicht täten, aber es ist trotzdem erfreulich.«

»Du hast recht«, sagte Kim. »Ich will nur nicht, dass du das hier demnächst satt hast.« Sie sah Jess an.

Jess erkannte die Sorge und Verwundbarkeit in ihren Augen. »Das werde ich nicht.« Nachdem sie wusste, wie schlecht Anna Kim damals behandelt hatte, tobten Wut und Kummer in Jess. Sie wollte nicht, dass Kim so etwas jemals wieder durchstehen musste, nicht mal für eine Sekunde. Sie legte ihren Kopf zurück und schloss die Augen.

*Was kann ich noch tun?*

Ihre Augen sprangen auf. »Komm.« Jess erhob sich und hielt Kim ihre Hand hin.

»Wohin gehen wir?«, fragte Kim, als sie ihre Hand in Jess' legte.

»Zur Cafeteria.«

Als sie sich dem Eingang zur Cafeteria näherten, wurde Kim flau im Magen. Es war ein großer Schritt für sie beide, fast wie ein zweites Coming-out. Sie warf einen Blick zu Jess. Der entschlossene und gleichzeitig gefasste Ausdruck auf ihrem Gesicht beruhigte Kim. *Das hier ist genau das, was du immer wolltest.*

Jess schob die Schwingtür auf. »Bereit?«

»Du hast kein Skalpell dabei, oder?«

Lachend betraten sie gemeinsam die Cafeteria.

Die Aufmerksamkeit aller Anwesenden war sofort auf sie gerichtet.

Als sie zur Essensausgabe gingen, drehten sich Köpfe und Leute begannen zu tuscheln.

Jess bezahlte das Essen. »Komm mit.«

Kim zögerte ein wenig, als sie merkte, wo Jess sitzen wollte. Die Zweipersonentische in der hinteren Ecke des Raumes wurden regelmäßig von Pärchen genutzt, die etwas Privatsphäre suchten.

»Meinst du, das ist eine gute Idee?«, fragte Kim ruhig.

»Ja.« Jess' Blick und Stimme waren felsenfest. Sie stellte das Tablett auf den kleinen Tisch und setzte sich. Sie lächelte Kim an, die ebenfalls Platz nahm. »Das wird dafür sorgen, dass die allermeisten Leute es mitbekommen.«

*Du bist unglaublich. Da dachte ich, ich hätte dich durchschaut, und dann überrumpelst du mich völlig.* Kim schüttelte ihren Kopf.

»Was ist?«, fragte Jess.

»Du überraschst mich immer wieder.«

»Und das ist gut so … Richtig?«

Kim drückte schnell Jess' Arm. »Bis jetzt schon.«

»Tja, dann lass uns mal sehen, ob ich so weitermachen kann.«

Kim hielt die Luft an. Sie wurde stets vorsichtig, sobald sich bei Jess ein ganz spezielles, hintergründiges Lächeln zeigte.

Jess lachte. »Erwischt.«

Stirnrunzelnd sah Kim sich um. Wie sie vermutet hatte, starrten einige Leute sie ungeniert an.

Ein Zupfen am Ärmel brachte sie wieder zu Jess zurück.

»Ignorier sie.« Jess sah plötzlich ein wenig nervös aus. »Ich wollte dich was fragen.« Sie räusperte sich. »Würdest du mit mir nach San Diego kommen, um Sam kennenzulernen?«

*Du steckst heute tatsächlich voller Überraschungen.* »Aber gern. Wann?«

Jess spielte mit ihrem Tablett. »Na ja, Heiligabend fällt auf einen Freitag und wie du weißt, arbeite ich da. Aber ich werde am Samstag zu Sam fahren. Kommst du mit mir?«

*Wow. Weihnachten?* »Möchtest du wirklich, dass ich ausgerechnet dann mitkomme? Ich meine, wird es Sam nicht stören, wenn ich in eure Weihnachtsfeier reinplatze?«

»Auf gar keinen Fall, nein. Sie drängelt doch schon die ganze Zeit, dass sie dich kennenlernen will.« Jess faltete ihre Hände. »Es sei denn, du hast etwas anderes vor?«

Kim lächelte. »Du weißt doch, wie meine Pläne aussehen. Ich würde Sam sehr gerne kennenlernen.«

»Dann ist das ja geregelt.«

Wie aufs Stichwort schrillte Jess' Pager. Sie blickte aufs Display. »Zurück in die Schützengräben.«

# KAPITEL 29

JESS LEGTE IHR KINN AUF Kims Schulter ab. »Der Baum ist wirklich märchenhaft.«

»Ja, stimmt.« Kim streichelte Jess' Hand auf ihrem Bauch. *Ich kann kaum erwarten, dein Gesicht zu sehen, wenn du dein Geschenk darunter findest.*

Sie hatten beizeiten ihr Weihnachtsmenü genossen und es sich dann auf der Couch bequem gemacht, bevor Jess wieder in die Klinik musste. Kim lag auf der Seite, Jess hatte sich an ihren Rücken geschmiegt. Der Raum wurde nur durch die Lichterketten und ein knackendes Feuer erleuchtet.

Kim sah zu Thor. Sie konnte ihn im abgedunkelten Zimmer kaum erkennen. Er hatte sich in seiner Ecke zusammengerollt. »Obwohl ich glaube, dass Thor ihn nicht mag.«

Thors Schwanz hatte kurz zuvor einen Glasanhänger getroffen, der klirrend auf dem Parkettboden zersprungen war.

»Meinst du, es geht ihm gut?«, fragte Kim. Jess hatte gründlich nachgeschaut, ob er sich nicht in den Schwanz oder die Pfoten geschnitten hatte. Seitdem hatte er sich nicht mehr vom Fleck gerührt.

»Natürlich geht's ihm gut.« Jess erhob sich. »Komm her, du Riesenbaby.«

Thor sprang auf und trabte durch das Zimmer. Er versuchte, sich vor Kim auf die Couch zu drängeln und leckte sie beide ausführlich ab.

Lachend versuchten sie, ihn abzuwehren.

Er landete einen präzisen Treffer auf Kims Mund.

»Bah.« Kim schubste seine breite Brust. »Thor, ab!«

Er sprang von der Couch, blieb aber direkt vor Kim stehen, keuchte ihr ins Gesicht und wedelte unentwegt mit dem Schwanz.

»Ist ja gut, ich glaube dir«, sagte Kim.

Jess lachte. »Thor, sitz!«

Er ließ sich direkt neben die Couch fallen.

Kim beugte sich hinunter und streichelte ihn.

Jess kuschelte sich wieder hinter Kim und seufzte.

»Was ist los?«, fragte Kim.

»Ich wünschte, ich müsste nicht arbeiten.«

*Da sind wir schon zwei.* Aber sie war entschlossen, Jess den Abschied nicht unnötig schwer zu machen. Kim nahm Jess' Hand und drückte sie gegen ihre Brust. »Wir feiern hinterher.«

Jess stützte sich auf und küsste Kim auf die Schläfe. »Bist du sicher, es macht dir wirklich nichts aus, auf Thor aufzupassen? Ich kriege ihn bestimmt noch in der Hundepension unter.«

Es war eine große Verantwortung. Kim wusste, dass Jess Thor bisher bei niemandem außer Sam oder in der Pension gelassen hatte. Auch wenn sie selbst sich der Herausforderung durchaus gewachsen fühlte, hatte Jess vielleicht immer noch Zweifel, ihn so lange in ihrer Obhut zu lassen.

»Ich freue mich sehr über seine Gesellschaft. Aber wenn du dich wohler damit fühlst, ihn in der Pension unterzubringen …«

»Nein.« Jess schloss ihren Arm fester um Kims Bauch und zog sie enger an sich. »Du solltest dich nur nicht dazu verpflichtet fühlen. Er liebt dich und wird mit dir hier viel glücklicher als irgendwo sonst sein. Und ich fühle mich auch besser, wenn ich weiß, dass ihr beide hier seid.«

»Gut. Es dürfte auch nur ein paar Stunden dauern, Sid und Alan heute Abend zu helfen. Sie geben sich solche Mühe, den Jugendlichen im Waisenhaus ein schönes Fest zu bereiten.« Kim zog Jess' Hand an ihre Lippen und küsste ihre Handfläche. »Danach werden Thor und ich es uns hier gemütlich machen und warten, bis du zu Hause bist.«

*Zu Hause?* Die Erkenntnis traf Kim wie ein Schlag. Es war nicht zu leugnen. *Ja. Zu Hause.* Ihr Herz stand still, während sie auf Jess' Reaktion wartete.

Sekunden vergingen wie Minuten.

Jess berührte Kims Kinn und brachte sie dazu, sie anzuschauen.

Kim sah in warme silber-blaue Augen und ihr Herz schlug weiter.

»Ich werde die Stunden zählen, bis ich wieder zu dir nach Hause kommen kann«, sagte Jess.

*Und ich werde warten.* Kim beugte sich vor und küsste Jess. Ihr Herz quoll über vor Liebe und Hoffnung auf ihre Zukunft.

# KAPITEL 30

KIM BALANCIERTE DIE TASCHE IN ihren Armen zur Seite und drückte mit der freien Hand auf den Knopf für das Erdgeschoss. Sie hatte das Krankenhaus durch den Vordereingang betreten und den Hauptfahrstuhl in den ersten Stock genommen. Der lag dem Lastenaufzug am nächsten.

Als die Türen sich öffneten und einen leeren Flur freigaben, seufzte sie erleichtert. Sie sprach sich selbst Mut zu, als sie einen Umweg zu Jess' Büro nutzte. *Es ist Weihnachten. Jess wird sich freuen, dich zu sehen. Gestern Nachmittag konnte sie sich gar nicht von dir trennen.*

Ihr Magen flatterte nervös. Als sie das Frühstück für Jess zubereitet hatte, war ihr die Idee noch viel besser vorgekommen. Kim war nie in der Notaufnahme gewesen, wenn Jess Dienst hatte und sie selbst nicht.

Jess' Büro war unverschlossen. Leise öffnete sie die Tür und lächelte bei dem Anblick, der sich ihr bot.

Das Licht vom Flur fiel auf eine in Decken gehüllte Jess, die zusammengerollt auf der Couch schlief. Ihre langen Beine waren fast bis zur Brust hochgezogen, damit sie auf das kurze Möbelstück passte.

Kim trat ein und schloss leise die Tür. Sie stand einen Augenblick still, bis sich ihre Augen an die im Raum herrschende Dunkelheit gewöhnt hatten. Lediglich ein Nachtlicht neben der Couch sorgte für etwas Beleuchtung. Als sie genug sehen konnte, um nicht gegen irgendetwas zu stoßen, ging Kim hinüber und stellte die Tasche mit dem Frühstück auf Jess' Schreibtisch.

Dann trat sie zur Couch und sah in Jess' Gesicht. Kim streckte ihre Hand aus, um es zu berühren, besann sich dann aber. Sie hockte sich hin. »Jess.«

Jess' Lider flatterten, aber sie erwachte nicht.

»Jess«, sagte Kim etwas lauter. »Zeit, aufzustehen.«

Als Jess die Augen öffnete, musste Kim sie einfach berühren. Sie streichelte Jess' Arm durch die Decke. »Guten Morgen.«

Ein erfreutes Lächeln huschte über Jess' Gesicht. »Hi. Wie spät ist es?«

»Kurz nach sieben«, sagte Kim.

Jess wickelte sich aus der Decke und setzte sich auf. Sie streckte ihre Hand aus, zog Kim zu sich auf die Couch und in ihre Arme.

Kim seufzte in die zärtliche Begrüßung. »Frohe Weihnachten.«

Mit zurückgelehntem Kopf sah Jess ihr in die Augen. »Dir auch frohe Weihnachten«, sagte sie und küsste sie dann.

Nach dem Kuss kuschelte sich Kim an Jess. *Das war eine gute Idee. Eine sehr gute Idee.*

Ein lautes Magenknurren unterbrach die Ruhe.

Jess lehnte sich zurück und rieb sich den Bauch. »Entschuldige. Wir wurden gestern Abend förmlich überrannt. Als wir endlich alle versorgt hatten, war es fast drei Uhr nachts und die Cafeteria geschlossen. Es ist zwar nichts Besonderes, aber hättest du Lust auf ein Weihnachtsfrühstück in der Cafeteria?«

Kim lächelte und strich mit ihren Fingern durch Jess' vom Schlaf zerzauste Haare. »Ich habe eine viel bessere Idee.«

Jess seufzte und gab sich der Berührung hin. »Und die wäre?«

»Guck mal auf den Schreibtisch.«

Mit schräg gelegtem Kopf sah Jess in die entsprechende Richtung. »Du hast mir was mitgebracht?«

*Du klingst so überrascht. Ich sollte dir wohl öfter eine Freude mit ein paar Kleinigkeiten machen, damit du dich umsorgt fühlst.* »Sieht ganz danach aus.«

»Wie lieb. Danke schön.« Jess löste sich aus Kims Umarmung und ging zum Schreibtisch. Sie nahm einen Umweg, schaltete das Deckenlicht ein und musste in der plötzlichen Helligkeit blinzeln. Jess atmete die köstlichen Düfte ein, die der geöffneten Tasche entströmten. Ihr Magen knurrte noch lauter.

Kim folgte ihr und öffnete einladend die Tasche. »Einmal offizielles Weihnachtsfrühstück, bitte sehr.«

Jess schob die leeren Teller von sich und kehrte zurück zur Couch. Sie setzte sich so dicht neben Kim, dass ihre Oberschenkel sich berührten. Zufrieden strich sie sich über den Magen und seufzte. »Das war wunderbar. Noch einmal vielen Dank.«

*Es war vor allem wunderbar, dass ich dich endlich mal ohne Protest verwöhnen konnte.* Kim streichelte Jess' Oberschenkel. »Schön, dass du dich freust.«

Die Bürotür flog auf.

*Mist. Nein.* Kim zog blitzschnell ihre Hand von Jess' Bein.

Rodman kam hereingetrampelt.

Er starrte sie einen Moment an, dann grinste er gehässig. »Na, ist das nicht heimelig.«

Kim widerstand dem Impuls, von Jess abzurücken. *Wir machen nichts Falsches.* Sie legte ihre Hände in den Schoß, äußerlich völlig ruhig, als wäre es das Normalste von der Welt, dass Rodman sie in dieser Situation fand.

Jess stand langsam auf. »Was kann ich für Sie tun?«, fragte sie mit einer Stimme, die ihre vorherige Wärme völlig verloren hatte.

»Meine Schwester ist auf dem Weg hierher, mit meiner Nichte. Ihr Blinddarm ist entzündet. Sorgen Sie dafür, dass sie umgehend versorgt wird, sobald sie ankommt. Sie nehmen sie lediglich auf und erledigen den Papierkram.« Rodman drohte mit dem Finger. »Und halten Sie Ihre Assistenzärzte fern. Ich gehe rauf und alarmiere den OP. Dann komme ich für die Einwilligung runter.« Nach einem letzten vernichtenden Blick drehte er sich um und ging zur Tür. Er blieb stehen und knurrte über die Schulter: »Wenn ich wiederkomme, ist sie für den Transfer zur OP bereit.«

Mit einem lauten Knall fiel die Tür hinter ihm zu.

Das Geräusch ließ Kim von der Couch hochfahren. Angst legte sich schwer auf ihren Magen. Es war eine Sache, dass die Leute von ihr und Jess wussten, aber dass Rodman sie außerhalb ihrer Dienstzeit zusammen in Jess' Büro fand, war etwas anderes. *So viel zu meinem diskreten Besuch in der Notaufnahme.*

Kim wagte einen Blick zu Jess und erschrak. Ihre Hände ballten sich zu Fäusten und Kim schwor, dass sie Jess' Zähne knirschen hören konnte. *Verdammt.*

»Ich sollte gehen«, sagte Kim bedrückt. *Das ist dann wohl das Ende eines herrlichen ersten gemeinsamen Weihnachtsmorgens. Es war zumindest schön, solange es währte.*

Jess drehte sich zu ihr um. Ihre Augen waren voller Wärme. »Nein. Bleib hier. Ich komme zurück, sobald die Sache erledigt ist.«

»Aber Rodman …«

»Rodman kann mich mal. Wir haben nichts Verbotenes gemacht.« Jess trat näher und umarmte Kim. Süß und sanft küsste sie ihre Lippen. Als sie den Kuss löste, streichelte sie Kims Wange. »Warte auf mich.«

Auf dem Weg zum Untersuchungsraum sah Jess den Aufnahmebogen durch. Ihr war egal, was Rodman sagte. Er war vielleicht der Stabschef, aber seine Nichte war jetzt in ihrem Reich. Sie würde auf gar keinen Fall jemanden in den OP schicken, ohne wenigstens die Vorgeschichte abzufragen und eine körperliche Untersuchung durchzuführen. Alles andere wäre nachlässige Patientenversorgung und das würde sie nicht dulden.

Jess betrat den Raum und wurde stutzig. *Habe ich die falsche Zimmernummer?*

Auf der Rolltrage lag eine junge asiatische Frau. Neben ihr stand eine makellos gekleidete Frau mit schlohweißem Haar, die ihre Hand hielt. Sie hätte Rodmans Mutter sein können.

Jess trat näher. »Beatrice Hartford?«

Die junge Frau nickte.

Beatrice wirkte jünger als zweiundzwanzig, wie auf dem Anmeldeformular vermerkt.

»Ich bin Dr. McKenna. Ich werde mich heute Morgen um sie kümmern.« Sie sah die ältere Frau an. »Mrs. Hartford?«

»Eleanor Hartford«, erwiderte die mit einem unerwartet starken neuenglischen Akzent. Höflich hielt sie Jess über die Rolltrage hinweg ihre Hand hin. »Ich bin Beatrices Mutter.« Als Jess ihre Hand nahm, umschloss Mrs. Hartford ihre Finger mit beiden Händen. »Danke, dass Sie sich so schnell um Beatrice kümmern. Ich mache mir große Sorgen.«

*Was für eine angenehme Überraschung.* Jess hatte sich ursprünglich auf die weibliche Version von Rodman eingestellt.

Beatrice schrie auf und hielt sich den Unterleib.

Jess legte ihr sanft eine Hand auf die Schulter. »Werden die Schmerzen schlimmer?«

Beatrice nickte.

»Wie lange geht das schon so?«, fragte Jess.

Beatrice sah zwischen ihrer Mutter und Jess hin und her. »Immer wieder mal, seit ein paar Tagen … glaube ich.«

»Hatten Sie Fieber? War Ihnen übel oder mussten Sie sich übergeben?«

Sie sah schnell zu ihrer Mutter, bevor sie antwortete. »Mir war schlecht und so …«

Jess runzelte die Stirn. *Will sie ihre Mutter nicht im Zimmer haben?* Bevor Jess vorschlagen konnte, dass Mrs. Hartford hinausging, schrie Beatrice wieder auf.

»Können Sie mir zeigen, wo die Schmerzen sind?«, fragte Jess.

Beatrice kreiste mit der Hand über ihrem Unterleib.

»In Ordnung. Lassen Sie mich mal sehen.« Jess zog das Laken zurück. Sie griff nach Beatrices Kleid.

In diesem Moment krachte die Tür in ihrem Rücken auf.

Rodman kam hereingerauscht. Er packte das Ende der Rolltrage. »Was zur Hölle machen Sie da?«

»Meine Arbeit«, sagte Jess. Sie erwiderte Rodmans wütenden Blick mit Gelassenheit. »Wenn Sie dann bitte den Raum verlassen würden? Ich habe die Untersuchung noch nicht beendet.«

Rodman fauchte. »Das werde ich auf keinen Fall. Sie sind hier fertig, McKenna. Raus!« Er tätschelte Beatrices Bein. »Keine Sorge, Süße. Ich pass gut auf dich auf.«

»Richie«, warf Mrs. Hartford mit mahnender Stimme ein.

Rodman erstarrte. Er warnte Jess mit einem zornigen Blick davor, das zu kommentieren.

*Richie?*

»Lass Dr. McKenna ihre Arbeit machen.«

Rodman drehte sich zu seiner Schwester. »Ich bin auch Arzt«, sagte er wie ein kleiner, bockiger Junge.

»Ja, mein Lieber.« Mrs. Hartford klang, als würde sie ein stures Kind beschwichtigen. Sie näherte sich ihm. »Lass uns jetzt gehen. Wir kommen wieder, wenn Dr. McKenna fertig ist.«

»Ich weiß, was Bea fehlt.« Rodmans Kinn zuckte zu Jess. »Sie arbeitet nur für mich.«

»Ja, mein Lieber. Ich weiß.« Seine Schwester tätschelte seinen Arm. »Komm jetzt. Du kannst mir dein großes Büro zeigen.«

Mrs. Hartford zog Rodman zur Tür. Er schimpfte weiter vor sich hin, ging aber doch.

Jess biss sich auf die Innenseite ihrer Wange, um nicht zu lachen. *Ich fasse es nicht. Wenn ich es nicht selbst gesehen hätte, würde ich es nicht glauben.*

Als sich die Tür hinter ihnen geschlossen hatte, wandte sich Jess wieder ihrer Patientin zu.

*Verdammt. Das hat mir gerade noch gefehlt. Besonders mit Rodman im Nacken.* Jess verließ den Untersuchungsraum. Sie sah sich um, erleichtert, dass Rodman sich nicht auf sie stürzte.

Wie von allein nahmen ihre Füße den Weg zu ihrem Büro.

»Hey, Jess.« fragte Kim. »Wie lief es mit Rodmans Nichte?«

Jess näherte sich der Couch, war aber zu aufgebracht, um sich zu setzen. »Nicht gut. Mit der Hilfe seiner Schwester habe ich es geschafft, Rodman aus dem Raum zu kriegen, um das Mädchen in Ruhe untersuchen zu können.«

Kim hob eine Augenbraue.

»Ich erzähl dir alles später, aber im Augenblick habe ich ein Problem.«

»Mit Rodmans Nichte?«

»Ja. Sie hat offensichtlich Schmerzen, aber sie kooperiert nicht. Ich dachte zuerst, es läge daran, dass die Mutter im Zimmer war. Beatrice antwortete sehr unklar und sagte Dinge wie ›glaube ich‹. Aber kaum waren wir allein, wurde es noch schlimmer. Jede meiner Fragen beantwortete sie mit ›Onkel Richie sagt, ich habe eine Blinddarmentzündung‹.«

»Richie«, wiederholte Kim tonlos.

Jess grinste. »Später.«

»Entschuldigung, erzähl weiter!«, sagte Kim.

»Ich fragte sie, ob sie vielleicht schwanger sein könnte. Sie wirkte panisch, antwortete aber nicht. Als ich sie drängte, murmelte sie ein unglaubwürdiges Nein und wollte dann gar nicht mehr mit mir reden. Ich hatte sie davor untersucht, und obwohl ihre Bauchschmerzen gut und gerne eine Blinddarmentzündung sein könnten, kann ich eine Bauchhöhlenschwangerschaft nicht ausschließen.« Jess strich mit den Händen durch ihr Haar. »Sie verweigert eine Blutabnahme, eine gynäkologische Untersuchung und auch einen Ultraschall.«

»Kann ich dir helfen?«, fragte Kim.

»Ich hatte gehofft, du wüsstest irgendeine brillante Lösung, wie wir sie davon überzeugen können, dass es ernst ist. Sonst muss ich ihre Mutter und Rodman einweihen. Beatrice ist erwachsen, wenn Rodman also ihre Einwilligung bekommt, kann er sie ohne Weiteres in den OP bringen.« Jess schob die Hände in die Taschen ihres Kittels. »Ich werde das auf keinen Fall zulassen ohne entsprechende präoperative Blutuntersuchung und Ultraschall, besonders nachdem die Möglichkeit besteht, dass sie schwanger ist.«

»Und du glaubst, Rodman wird ausflippen, wenn du auf einem Schwangerschaftstest bestehst?«

»So wie er sich gerade aufführt, ist das mehr als wahrscheinlich. Ich vermute, davor hat sie Angst. Dass Rodman oder ihre Mutter von einer eventuellen Schwangerschaft erfahren.« Jess ging auf und ab. »Sie sieht aus, als wäre sie zwölf.« Sie atmete laut aus. »Ich wette, dass Rodman sie noch als Kind betrachtet.«

»Soll ich versuchen, mit ihr zu reden?«, fragte Kim.

Jess blieb stehen. *Bin ich deswegen hergekommen?* Ging es ihr darum, dass Kim das Mädchen übernahm? Jess fühlte sich schuldig. *Sie kommt an Weihnachten, bringt dir Frühstück und du dankst es ihr, indem du sie mit deinen Problemen belastest?* »Nein. Ist schon in Ordnung. Du bist heute nicht in Bereitschaft. Es ist Weihnachten.«

Kim erhob sich von der Couch und ging zu Jess. »Es macht mir wirklich nichts aus.« Sie zupfte an ihrem Shirt. »Ich weiß nur nicht, ob ich passend angezogen bin.«

Jess nutzte die Chance, Kims Körper zu betrachten. Sie trug eine langärmelige Hemdbluse und Jeans, die ihre Kurven betonten. Jess legte ihre Hände auf Kims Hüften. »Du siehst aus, als würdest du noch zur Uni gehen. Vielleicht ist das gar nicht schlecht.« Sanft drückte sie das feste Fleisch unter ihren Händen. »Würdest du das wirklich übernehmen?«

Kim küsste kurz Jess' Lippen. »Ich lass dich wissen, wie es gelaufen ist.« Sie holte ihr Namensschildchen aus der Brieftasche und war im nächsten Augenblick aus der Tür.

Jess erstellte Beatrices Krankenakte, während sie auf Kim wartete. *Ich hoffe, sie hat mehr Glück als ich.* Das war nicht so unwahrscheinlich. Kim hatte eine Art, mit Menschen umzugehen, die Jess nur bewundern konnte. Irgendetwas an Kim suggerierte den Leuten Sicherheit und weckte ihr Vertrauen.

Die Tür zu ihrem Büro flog mit so viel Kraft auf, dass sie gegen die Wand schlug.

Jess schrak zusammen. *Verdammt.*

Sie starrte Rodman entgeistert an.

Er stürmte auf sie zu und bremste mit wütendem Blick neben ihren Stuhl. »Was zur Hölle macht Donovan da im Raum mit Bea?«

Jess umfasste die Schreibtischecke und schob den Stuhl zurück, sodass Rodman zurücktreten musste, wenn seine Zehen nicht überrollt werden wollten. Sie stand auf. »Ich gewährleiste Ihrer Nichte die bestmögliche Versorgung.« *Anders als Sie, der sie am liebsten ohne Abklärung in den OP schieben würde.*

Rodman baute sich direkt vor Jess auf. »Sie braucht keine blöde, lesbische Psychiaterin. Sie braucht einen richtigen Arzt.«

Jess ballte die Hände zu Fäusten, während sie versuchte, ruhig zu bleiben.

Kim hörte laute Stimmen auf dem Flur. Eilig lief auf Jess' Büro zu. Die Stimmen wurden deutlicher.

»Ich will Sie nie wieder so über Kim reden hören! Sie ist die beste Psychiaterin, die dieser Laden jemals hatte!«

*Wer zum Teufel ist bei ihr?* Kim hatte Jess noch nie so zornig gehört. Dann verstand sie. *Rodman.*

»Was haben Sie denn?«, kam Rodmans höhnische Antwort. »Habe ich Ihre Gefühle verletzt? Habe ich Ihre kleine lesbische Freundin beleidigt?«

»Unser Privatleben spielt hier überhaupt keine Rolle und es geht Sie auch nichts an!«

»Jetzt weiß ich auch, warum sie unbedingt auf Ihrer Station arbeiten sollte. Sie wollten ihr nur kräftig in den Schritt …«

»Raus aus meinem Büro!« Jess' Stimme zitterte vor Empörung. *Du Bastard.*

Kim begann zu rennen. Vor Jess' Tür kam sie zum Stehen.

Der Anblick vor ihr ließ sie erstarren.

*Nein, Jess. Nicht!* Sie umklammerte den Türrahmen.

Jess und Rodman standen Nase an Nase und es sah aus, als würden sie sich jeden Moment schlagen.

»Dr. McKenna«, rief Kim scharf.

Jess' Kopf fuhr herum.

Rodman zog eine spöttische Grimasse. »Wenn man vom Teuf…«

»Schnauze!«, knurrte Jess.

*Halt einfach dein dreckiges Mundwerk, Rodman!* Kim sah, dass die Sehnen an Jess' Hals hervorstanden. Ihre Fäuste verkrampften sich an den Seiten. Sie schien kaum an sich halten zu können.

»Dr. McKenna, ich muss dringend mit Ihnen sprechen«, versuchte Kim, Jess' Aufmerksamkeit auf sich zu lenken. Das hier musste aufhören, aber Kim zweifelte, ob Jess darauf eingehen würde. Sie tat einen Schritt ins Zimmer. »Bitte«, sagte sie.

Jess atmete laut aus. Sie ließ Rodman stehen, ohne ihn eines weiteren Blickes zu würdigen.

Kims Knie wurden weich. *Gott sei Dank.*

Als Jess' Körper für einen Moment den Blick auf Rodman versperrte, lächelte Kim sie an.

Die Anspannung in Jess' Gesicht löste sich ein wenig.

Rodman motzte weiter. »Entlassen Sie Beatrice und bringen Sie sie in den OP! Sofort.«

Jess versteifte sich.

Kim griff nach Jess' Kittel, bevor sie sich wieder zu Rodman drehen konnte. »Lass gut sein. Komm einfach mit.« Sie zog an Jess. »Beatrice braucht dich.«

Erleichtert atmete Kim aus, als Jess sich aus dem Zimmer lotsen ließ.

Kim versuchte sich auf eine Fachzeitschrift zu konzentrieren, während sie wartete.

Nachdem sie Jess zu Beatrice gebracht hatte, war sie ins Büro zurückgekehrt. Nun wurden die Tests durchgeführt, denen Beatrice endlich zugestimmt hatte. Rodman hatte sich einmischen wollen, war jedoch auf die missbilligenden Blicke seiner Schwester hin schnell verschwunden. Die Frau war eine Überraschung im besten Sinne gewesen, und Kim mochte sie auf Anhieb.

In ihrer Nervosität erschrak Kim, als sich die Bürotür öffnete.

Jess kam herein.

Kim musste einfach lächeln, als Jess demonstrativ die Tür abschloss. Sie stand von der Couch auf und ging auf sie zu. Als Jess ihre Arme ausbreitete, ließ Kim sich erlöst hineinfallen.

»Alles in Ordnung?«, fragte Kim.

»Ja. Und bei dir?«

»Jetzt geht's mir schon besser.« Kim lehnte sich in Jess' Armen zurück, bis sie ihr in die Augen schauen konnte. Sie streichelte ihre Wange. »Du hast mir vorhin richtig Angst gemacht. Ich dachte, du würdest Rodman schlagen.« *Oder einen Schlaganfall erleiden.*

»Hab mich selbst ein wenig erschreckt«, sagte Jess. »Aber als er anfing, erst dich schlecht zu machen und dann unsere Beziehung, hat der Verstand bei mir ausgesetzt.«

Kim rieb beruhigend mit ihren Händen über Jess' Rücken. »Er ist es nicht wert, egal wie verlockend der Gedanke scheint.« Jess' entschlossene Verteidigung wirkte wie Balsam auf einer noch immer nicht verheilten Wunde. Tränen traten ihr in die Augen, eine Flut von Gefühlen machten ihr die Kehle eng. »Es bedeutet mir viel, dass du mich verteidigt hast.« *Mehr als du je wissen wirst.*

Jess nahm Kims Gesicht in ihre Hände und strich mit dem Daumen sanft eine Träne weg. Sie hielt Kims Blick stand. »Ich würde dich niemals verleugnen. Nicht beruflich. Nicht privat. Niemals.«

»Ich liebe dich.« Die Worte platzten aus ihr heraus, bevor Kim sie zurückhalten konnte. Ihr Herz schlug schneller. Aber sie bereute es nicht, sie ausgesprochen zu haben.

Jess' Körper bebte. Sie zog Kim in eine fast schmerzhaft enge Umarmung. »Und ich liebe dich«, flüsterte sie mit brüchiger Stimme.

Das Eingeständnis ließ Kims Herz rasen.

Als Jess sich zurücklehnte, glitzerte es verdächtig in ihren Augen.

Kim lächelte und wischte sanft Jess' Tränen weg. »Wir sind vielleicht ein Paar.«

Ein liebevolles Lächeln erschien auf Jess' Gesicht und sie nickte.

Das klingelnde Telefon auf Jess' Schreibtisch machte den Augenblick zunichte.

»Verdammt.« Jess zuckte zusammen. »Tut mir leid.«

Mit einem verständnisvollen Blick löste Kim die Umarmung. »Die Pflicht ruft.«

Jess lächelte und nahm das Gespräch an. »Dr. McKenna … Ja … Danke schön.« Sie legte auf und kehrte zurück zu Kim.

Kim nahm ihre Hand und sie gingen zusammen zur Couch.

»Das war die Gynäkologie. Beatrice ist auf dem Weg zum OP.« Jess sackte gegen die Kissen. Sie rieb ihren Nacken und ächzte.

Kim zog Jess' Hand von ihrem Nacken weg. *Du musst dich entspannen.* »Setz dich aufrecht hin und rutsch ein wenig nach vorn.«

Bereitwillig folgte Jess der Anweisung. Sie schenkte Kim ein dankbares Lächeln.

Kim legte ihre Hände auf Jess' Schultern und knetete die steifen Muskeln.

Jess seufzte entzückt. »O ja. Das ist wunderbar.«

»Was war jetzt mit Beatrice?«

»Oh …« Jess schien sich nicht konzentrieren zu können. »Du hast das wirklich toll gemacht. Dass du sie dazu gebracht hast, die Wahrheit zu sagen und den Tests zuzustimmen, hat sie vor einer überflüssigen Blinddarm-OP bewahrt und vor dem Durchbruch der Bauchhöhlenschwangerschaft.«

»Wie hat Rodman reagiert?«, fragte Kim.

»Was sollte er bei den Testergebnissen vor seiner Nase schon sagen?«

»Ich nehme nicht an, dass er sich entschuldigt hat?«

Jess schnaubte. »Nein. Die Hölle ist ja auch noch nicht zugefroren.« Sie wich zurück und drehte sich zu Kim. »Aber Mrs. Hartford meint, du bist eine absolut großartige Ärztin.« Jess' Augen blitzten. »Und sie sagte zu Rodman, dass er dir eine ordentliche Gehaltserhöhung geben sollte.«

Ihr Lachen erfüllte den Raum.

# KAPITEL 31

Jess schloss vorsichtig die Eingangstür hinter sich. *Endlich zu Hause.*

Trotz ihrer Erschöpfung nach der Doppelschicht war ihr ganz leicht ums Herz. Kims Liebeserklärung hatte eine Lücke in Jess' Seele gefüllt, von deren Existenz sie nichts gewusst hatte.

Sie warf einen Blick ins Wohnzimmer, als Thor ihr nicht sofort entgegenkam. Die Flammen im Kamin warfen flackernde Schatten, die durch den Raum tanzten. Der Weihnachtsbaum war wie ein schimmerndes Leuchtfeuer.

Jess streifte ihre Schuhe ab und ging durchs Wohnzimmer.

Kim schlief auf der Couch, Thor hatte sich davor ausgestreckt. Einer von Kims Armen hing herunter und ihre Hand ruhte auf seiner Brust.

Diese heimelige Szene war auf ungewohnte Weise wohltuend für sie. Lächelnd trat Jess an die beiden heran.

Thor hob seinen Kopf.

Jess signalisierte ihm schnell mit der Hand, dass er leise sein und am Platz bleiben sollte. Das hielt ihn nicht davon ab, mit seinem Schwanz gegen die Couch zu trommeln.

Kim blinzelte. Schläfrige blaue Augen öffneten sich und sie lächelte. »Du bist zu Hause.«

Jess beugte sich zu ihr und küsste sie sanft. »Frohe Weihnachten.«

Thor verstand das als Einladung und sprang auf, um sie ebenfalls zu begrüßen.

Lachend wehrte Jess ihn ab. »Dir auch frohe Weihnachten, mein Großer.«

Kim setzte sich auf und klopfte auf die Stelle neben sich.

Jess konnte ein Gähnen nicht unterdrücken. Sie ließ sich neben Kim aufs Polster fallen.

Kim rutschte näher. Sie schob ihre Hand in Jess' Nacken und massierte ihn sanft.

Jess entspannte sich unter der liebevollen Berührung. »Fühlt sich gut an«, murmelte sie. Ihre Augenlider sanken hinab.

Ruckartig fuhr sie im nächsten Moment hoch und erschreckte Kim. *Ganz toll. Am Weihnachtsabend einschlafen.* Jess rieb sich das Gesicht. Sie wurde immer müder, war aber entschlossen, dagegen anzukämpfen. »Entschuldige bitte.«

»Du kommst gerade von einer Vierundzwanzigstundenschicht. Mach dir darüber keine Gedanken.« Kim beugte sich näher und küsste sie. »Hast du Hunger?«

Jess' Magen knurrte aufs Stichwort.

Kim kicherte. »Das beantwortet dann wohl die Frage.« Sie stand auf und hielt Jess ihre Hand hin. »Komm, setz dich schon einmal. Ich habe zwei fertige Teller im Ofen.«

Kim verschwand in der Küche.

Jess ging zum Tisch. Sie war zu müde, um zu protestieren, und wenn sie ehrlich war, wollte sie das auch gar nicht. Es fühlte sich gut an, von Kim nach einer langen Schicht umsorgt zu werden.

Kim sah zu, wie Jess das letzte Bisschen der Soße von ihrem Teller wischte.

»Das war hervorragend. Vielen Dank. Zwei selbst gekochte Mahlzeiten an einem Tag.« Jess lächelte. »Du verwöhnst mich.«

»Schön, dass es dir geschmeckt hat.« Es war eine Sache, Jess das Frühstück in die Klinik zu bringen, aber Kim staunte selbst über ihren Wunsch, für Jess zu kochen und mit dem Essen auf sie zu warten. *Du wirst noch zur perfekten Hausfrau.* Bisher hatte Kim alles vermieden, was sich auch nur ansatzweise nach Häuslichkeit in einer Beziehung anfühlte. Allerdings hatte auch nichts sie auf Jess vorbereitet.

Als Jess ihre spontane Liebeserklärung ohne zu zögern erwiderte, war ein weiteres Stück ihres zerbrechlichen Herzens geheilt worden.

Jess stand auf und stellte die Teller zusammen.

»Lass nur, ich mach das schon«, sagte Kim.

»Du hast gekocht. Ich sollte wenigstens abwaschen.«

Kim erhob sich und deutete zum Wohnzimmer. »Marsch!« Sie hatte gesehen, wie Jess während des Abendessens mehrmals gegen das Gähnen angekämpft hatte. Ihr war klar, dass sie nicht mehr lange durchhalten würde.

Anstandslos folgte Jess ihrer Anweisung und bewies damit, wie müde sie wirklich war.

Da sie alles andere schon vorher aufgeräumt hatte, war Kim schnell mit dem Abwasch fertig und folgte Jess bald ins Wohnzimmer. Sie dämpfte ihre Schritte, als sie bemerkte, dass deren Augen geschlossen waren. Sie ging an der Couch vorbei und setzte sich in den Lehnstuhl, um Jess nicht aufzuwecken.

Jess öffnete die Augen. »Ich schlafe nicht.«

»Vielleicht sollte ich gehen, damit du ein wenig Ruhe bekommst«, sagte Kim.

Jess setzte sich auf und rieb sich das Gesicht. »Auf keinen Fall. Es ist Weihnachten. Zeit, die Geschenke auszupacken.«

Kim setzte sich neben Jess auf die Couch. Sie streichelte ihr über den Kopf. »Wir können sie genauso gut morgen auspacken.«

»Nein. Will nicht.« Jess' Unterlippe schob sich vor, wie ein übermüdetes Kind rieb sie sich die Augen mit den Fingerknöcheln.

Der Kontrast dieses Bildes zu dem der sonst so energischen Chefin der Notaufnahme war schlicht liebenswert.

Kim drehte sich zu Jess und fuhr mit ihren Fingern durch ihr dichtes schwarzes Haar. Mit ihren Fingerkuppen massierte sie ihr sanft die Kopfhaut.

Jess blinzelte immer langsamer und obwohl sie dagegen anzukämpfen schien, fielen ihr schließlich die Augen zu.

»Heute Nacht wird geschlafen, morgen gibt es Geschenke«, sagte Kim mit weicher und leiser Stimme.

Jess seufzte. Ihre Augen öffneten sich langsam. »Bleibst du bei mir?«

Kim ging das Herz auf angesichts des hoffnungsvollen Blickes, mit dem Jess sie ansah.

»Immer«, sagte Kim.

# KAPITEL 32

DIE SCHMETTERLINGE IN KIMS MAGEN verwandelten sich nach und nach in Fledermäuse, je näher sie San Diego und Sams Wohnung kamen. Kim wollte Sam schon seit Monaten kennenlernen, aber der gestrige Tag hatte alles verändert.

Dass sie und Jess »Ich liebe dich.« gesagt hatten, erhöhte den Druck auf dieses Treffen enorm. Sie traf jetzt nicht mehr nur die Schwester einer Freundin, viel eher wurde sie nun der Familie ihrer Partnerin vorgestellt. Und das lag weit jenseits ihrer Wohlfühlgrenze. *Du kriegst das hin. Wie oft hat Jess schon für dich Unbequemlichkeiten ausgehalten?*

Jess' warme Hand, die sich auf ihren Oberschenkel legte, ließ Kim zusammenschrecken.

»Alles okay?«, fragte Jess. Sie warf Kim einen kurzen Blick zu, bevor sie sich wieder auf die Straße konzentrierte.

»Ja. Nur ein wenig nervös.« Kim legte sich die Hand auf ihren Bauch. *Na gut, vielleicht mehr als ein wenig.*

»Musst du nicht sein. Ich bin sicher, du wirst Sam mögen.«

Kim legte ihre Hand auf Jess'. »Ehrlich gesagt mache ich mir mehr Gedanken darüber, ob sie mich mag.«

Jess drückte Kims Oberschenkel. »Ich denke, darum musst du dir wirklich keine Sorgen machen.«

*Hoffentlich hast du recht.* Nach allem, was sie über Jess' Vergangenheit wusste, war Kim darauf eingestellt, dass Sam ihr bis zum Beweis des Gegenteils mit Skepsis begegnen würde. *Wenn Sam erst sieht, dass du nicht wie diese Myra bist, wird alles gut. Hoffentlich.*

Jess bog zu einer Wohnanlage ab. Sie parkte und wandte sich dann zu Kim. »Hey.« Sie beugte sich über die Konsole und umschloss Kims

Gesicht, küsste sie weich auf die Wangen, auf ihr Kinn und schließlich auf die Lippen.

Kim seufzte in den sanften Kuss.

»Besser?«, fragte Jess.

Kim nickte.

»Okay, dann wollen wir mal.« Sie wandte sich zum Rücksitz. »Bereit für Sam?«

Thor bellte und sein Schwanz schlug gegen den Sitz.

Jess klopfte an Sams Wohnungstür.

Kims Magen rebellierte, als ob die Fledermäuse flüchten wollten.

Aus ihrer Nervosität wurde Erstaunen, als Sam im Türrahmen erschien. Ihre Ähnlichkeit zu Jess war beinahe unheimlich. Sam trug ihr Haar zwar kürzer als Jess, aber sie war genauso groß und breitschultrig. Sams markante blaue Augen strahlten genau wie Jess'. Verblüfft sah sie zwischen den Schwestern hin und her. Obwohl Kim es besser wusste, konnte sie den Gedanken nicht verhindern. *Sie könnten als Zwillinge durchgehen.*

Jess grinste. »Hey, Schwesterchen.«

Kim wandte sich Sam zu. Die sah mindestens genauso fassungslos aus, wie sie sich fühlte.

Sam musterte Kim von Kopf bis Fuß. »Heiliges Kanonenrohr, sie ist umwerfend«, murmelte sie leise.

Kims Gesicht wurde angesichts der unverhohlenen Anerkennung ganz heiß.

Sam blinzelte schnell zu Jess und errötete. Offensichtlich hatte sie den Kommentar lauter ausgesprochen als geplant. Sie sah Kim an und lächelte verlegen. »Entschuldige.«

Jess klemmte sich ihre Tasche unter den Arm und boxte dann sacht gegen Sams Schulter. »Wie wär's, wenn du uns reinlässt, sobald du damit fertig bist, meine Freundin anzuschmachten?«

Sams Augenbrauen schnellten in die Höhe. »Freundin?«, wiederholte sie tonlos.

»Sam, heute noch«, mahnte Jess, die Tasche hochhievend.

»Kommt rein!« Sam trat zurück und ließ sie in die Wohnung.

Kaum hatte Jess Thor von der Leine gelassen, rannte er zu Sam und begrüßte sie stürmisch. Sie umarmte ihn und schickte ihn dann zum großen Hundebett in der Ecke des Wohnzimmers.

Sie selbst setzte sich aufs Zweiersofa. Ihr Blick sprang unentwegt zwischen Kim und Jess hin und her.

Jess legte ihre Tasche auf den Couchtisch und setzte sich schräg gegenüber. Sie hielt Kim ihre Hand hin und zog sie neben sich. Jess lächelte Kim an und legte ihre verschränkten Hände auf ihrem Oberschenkel ab.

Sam starrte ihre Schwester an, als wäre ihr ein zweiter Kopf gewachsen.

Kim fiel es schwer, Sams Reaktion einzuschätzen. *Jess hat Myra doch Sam vorgestellt, oder?*

»Diese normalerweise etwas gesprächigere Person ist übrigens meine Schwester Sam.«

»Hey.« Sam funkelte Jess an.

»Sam, darf ich dir Kim Donovan vorstellen, meine Freundin?«

»Okay.« Sam hob ihre Hände in die Höhe. »Wer sind Sie und was haben Sie mit meiner Schwester gemacht?«

Lachend drehte sich Jess zu Kim. »Ich habe nämlich noch nie eine Frau mit nach Hause gebracht, damit sie meine Familie kennenlernt.«

*Wow.* Die Fledermäuse waren zurück, und sie hatten Verstärkung mitgebracht. Dieses Geständnis erfüllte ihr Herz mit Freude und Angst gleichermaßen. Das hier war ein noch größerer Schritt, als sie geglaubt hatte – für sie beide.

Kim lächelte Jess an. »Nun, für mich ist eine Situation wie diese auch Neuland. Damit gleicht sich das wohl aus.«

Jess' Augen blitzten. »Tatsächlich? Ist das so?«

Der glückliche Ausdruck auf Jess' Gesicht vertrieb die Angst aus Kims Herzen. Sie beugte sich hinüber und küsste Jess auf die Wange. »Tatsächlich.«

»Heiliges …«, sagte Sam ehrfürchtig.

Sam bewunderte die spektakulär erleuchteten Weihnachtssternbüsche, die den Gehweg säumten, während sie zurück zu Kim und Jess ging. Der botanische Garten war mit tausenden Weihnachtslichtern geschmückt, die seine Tropenpflanzen und Bambusgewächse in ein festliches Wunderland verwandelten.

Als Sam um die Ecke bog, sah sie Jess und Kim eng umschlungen auf einer Bank sitzen. Thor lag zu Kims Füßen, sein Kopf ruhte auf ihrem Knie. Sam grinste. Offenbar war nicht nur Jess in Kim verliebt. Nicht, dass sie es dem Hund oder ihrer Schwester verdenken konnte. In ihren Augen war Kim eine absolut entzückende Überraschung.

Trotz Jess' glühenden Lobes für Kim hatte Sam Bedenken gehabt. *Du hättest es ahnen müssen, als Jess ohne mit der Wimper zu zucken einem Treffen zugestimmt hat.* Kim hatte ihre Zweifel schnell zerstreut. Es war offensichtlich, wie sehr Jess Kim am Herzen lag. Während sie sich zutiefst für ihre Schwester freute, war Sam ein wenig irritiert über die heimliche Eifersucht, die an ihr nagte. *Du bist nicht der Typ für feste Beziehungen, vergiss es.* Aber jetzt, da sie Jess mit Kim sah, fragte sich ein kleiner Teil von Sam, ob sie damit nicht doch falsch lag.

Sam schob die Gedanken beiseite und gesellte sich zu Kim und Jess. Sie lächelte und verteilte Becher mit heißem Cidre, die sie mitgebracht hatte.

»Danke schön«, sagte Kim.

»Ja. Danke, Schwesterchen.«

Sam nickte und setzte sich neben Jess.

Sie redeten nicht viel, während sie ihren Cidre und die wunderschön bepflanzte Umgebung genossen.

Sam warf ihren leeren Becher in den nächsten Mülleimer und wandte sich an Kim. »Was hat dir Jess zu Weihnachten geschenkt? Sie erzählt mir so etwas nie.«

»Einen Minikühlschrank und …«

»Du machst Witze.« Sam schnaubte. »Sie hat dir einen Kühlschrank gekauft? Zu Weihnachten?« Sie rollte ihre Augen in Richtung Jess und knuffte sie in die Seite. »Kim schenkt dir eine coole, tragbare Videospielkonsole und du ihr ein Haushaltsgerät. Was hast du dir denn dabei gedacht?«

Jess senkte den Kopf und murmelte irgendetwas.

Kim legte ihre Hand auf Jess' Oberschenkel. Sie beugte sich vor und erwiderte verärgert ihren Blick.

Sam wich zurück. Sie hätte schwören können, dass Kims Augen Flammen warfen. *Hoppla. Okay, hab's verstanden. Nicht auf Jess herumhacken.*

»Ehrlich gesagt, es war ein gut durchdachtes Geschenk«, sagte Kim. »Jedes Mal, wenn ich Essen in den Gemeinschaftskühlschrank im Personalraum lege, verschwindet es. Dann muss ich mir etwas aus dem Automaten holen.« Kim verzog das Gesicht. »Oder hungern. In der Notaufnahme ist meistens viel zu tun und nicht immer Zeit, um zur Cafeteria zu gehen. Deshalb war ein Minikühlschrank fürs Büro das perfekte Geschenk.«

Jess warf Sam einen Da-hast-du's-Blick zu.

*Du kannst dich glücklich schätzen, Jess.* Sam grinste und hielt einen Daumen in die Höhe.

Eine Windböe wirbelte durch die Blätter zu ihren Füßen.

Kim fröstelte.

Jess hob den Blick zum dunkler werdenden Himmel. »Wir sollten besser wieder zu dir fahren, Sam. Kim und ich haben nachher noch einen zweistündigen Heimweg vor uns.«

»Warum übernachtet ihr denn nicht bei mir? Ihr könnt mir beim Aufessen all der leckeren Sachen von Mama und Tante Edna helfen. Und wir haben mein neues Videospiel noch nicht getestet.« Sie sah Kim flehend an. »Bitte.«

»Jess?« Kim warf Jess einen prüfenden Blick zu und hob eine Augenbraue.

Bevor Jess antworten konnte, ergriff Sam Thors Leine. »Besprecht das in Ruhe. Thor und ich werden ein bisschen spazieren gehen.« Sie zeigte auf eine Stelle in knapp sechs Metern Entfernung. »Dort hinten.«

Gemächlich ging Sam mit Thor zu einer beleuchteten Auslage. Sie drehte sich um und sah, wie Kim und Jess miteinander sprachen, konnte sie aber nicht hören.

Sie tätschelte Thor. »Sieht ganz so aus, als hättest du ein zweites Frauchen bekommen.«

Thors Bellen klang nach Zustimmung und Sam musste lachen.

Schließlich nickte Kim und Jess schenkte ihr einen Kuss.

Sam hatte schon zuvor den zwanglosen körperlichen Umgang zwischen ihnen bemerkt. Es hatte sie erstaunt. Die Leichtigkeit, mit der Kim Jess ganz nahe kam, überzeugte sie restlos davon, dass Kim etwas ganz Besonderes war. Sam war in all den Jahren häufig mit Jess bei gesellschaftlichen Anlässen gewesen. Jess hatte dann stets eine Aura um sich, die fast wie eine physische Barriere erschien und die Frauen in jeder Hinsicht auf Abstand hielt.

»Und, wie lautet das Urteil?«, fragte Sam, als sie näher kamen.

»Wir bleiben«, sagte Jess.

»Klasse.« Sam drehte sich zu Kim. »Warte, bis du Tante Ednas Brownies mit doppelter Schokolade probiert hast.«

Kims Augen leuchteten auf.

»Du hast gerade Kims Lieblingswort gesagt – Schokolade«, erklärte Jess. Sie legte ihren Arm um Kims Schultern und knuddelte sie.

Sam grinste Jess an. *Da irrst du dich aber, Schwesterchen. Ihr Lieblingswort ist ohne jeden Zweifel »Jess«.*

# KAPITEL 33

Noch im Halbschlaf stöhnte Kim auf, als Lust durch ihre Nervenenden jagte. Sie erwachte und genoss das Gefühl langsam wachsender Spannung zwischen ihren Beinen. Jess' warmer Körper schmiegte sich gegen ihren Rücken. Ihre Hand war unter Kims T-Shirt gewandert und streichelte sanft über Brüste und Bauch. Sie versuchte, sich umzudrehen, aber Jess' Arm hielt sie fest. »Guten Morgen«, murmelte sie und drehte ihren Kopf, um Jess anzuschauen.

Deren Pupillen waren geweitet, ihre Erregung offensichtlich. »Gleichfalls«, raunte sie. Ihr Streicheln wurde zielstrebiger. Sie kniff in Kims Brustwarze, die bereits steinhart war.

Kim presste ihre Oberschenkel zusammen und stöhnte. Sie fragte sich, wie lange Jess sie schon streichelte. Sie war nass und mehr als bereit.

»Pst ... Du musst leise sein. Sam schläft auf der anderen Seite des Flurs.«

Kim knurrte leise. *Du hast leicht reden.* Im Gegensatz zu Jess, die selten mehr als ein Seufzen von sich gab, war Kim im Bett meistens gut vernehmbar.

Jess' Hand glitt in Kims Unterwäsche. Sie strich über ihren Venushügel, ging aber nicht tiefer.

Kim biss sich auf die Lippe und vergrub ihr Gesicht im Kissen. Sie zog ihr Knie an, in der Hoffnung, dass Jess den Wink mit dem Zaunpfahl verstand.

Jess stützte sich auf, um an Kims Hals zu knabbern.

Kim zuckte. Sie keuchte laut.

»Pst«, mahnte Jess. Ihr heißer Atem streifte Kims Ohr.

»Hör auf, herumzuspielen!« Kim ergriff Jess' Handgelenk und schob die Hand tiefer zwischen ihre Oberschenkel. Sie hob ihr Bein und hakte den Fuß hinter Jess' Knie.

Deren Finger bewegten sich endlich weiter abwärts und glitten durch die üppige Feuchtigkeit.

Zu Kims größtem Frust ließ Jess ihre Klitoris unbeachtet.

Kims Hand drückte stärker auf Jess' Arm. »Jess.« Ihre Oberschenkel zitterten, als die Hitze in ihrem Inneren zunahm.

Jess verharrte kurz vor dem Ziel. »Was denn?«, fragte sie mit leiser, tiefer Stimme. Sie knabberte an Kims Ohrläppchen.

Wilde Lust tobte in Kims Bauch. »Ich will dich in mir. Jetzt.«

Jess stöhnte leise und drang ein. »So herrlich nass.« Ihre Hüften stemmten sich gegen Kims Hintern.

Mit einem erleichterten Seufzen versuchte Kim, Jess tiefer in sich zu ziehen. Ihre Muskeln umspannten Jess' Finger.

Jess stieß tiefer: einmal, zweimal, dreimal.

Kim krallte sich in das Kissen und drückte es auf ihr Gesicht, als sich ihr Körper unter der Intensität ihres Orgasmus' bog.

Sie sackte schwer atmend gegen Jess.

Die hielt Kims Körper fest an ihrem, während Kim sich beruhigte. »Alles gut?«, fragte sie leise.

Kim nickte matt. Nachbeben durchfuhren sie, als Jess ihre Finger vorsichtig zurückzog. Sie nahm ihren Fuß aus Jess' Kniekehle und schaute über ihre Schulter in Jess' erhitztes Gesicht.

»Das war hinterhältig.«

Jess lachte. »Willst du dich etwa beschweren?«

»Nein. Aber …« Kim drehte sich auf die andere Seite und zwang Jess auf ihren Rücken. »Jetzt bin ich dran.«

Bevor Jess reagieren konnte, saß Kim auf ihren Hüften. Sie legte ihre Hände auf Jess' Schultern, drückte sie gegen das Bett.

Jess' Körper unter ihr versteifte sich.

*Ah, verdammt.* Im Eifer des Gefechts hatte Kim nicht daran gedacht. Schnell glitt sie von Jess hinunter. »Entschuldige bitte, Liebes.«

Jess hockte sich mit dem Rücken zu Kim auf die Bettkante. »Vergiss es. Nicht so schlimm.«

Es war gelogen, und sie wussten es beide.

Nicht zum ersten Mal zog sich Jess zurück, weil Kim versuchte, die aktive Rolle einzunehmen.

Und es geschah auch nicht zum ersten Mal, dass Jess log.

Kim berührte Jess' Rücken. Es kränkte sie, als Jess zurückwich. »Vielleicht hilft es, wenn du darüber redest.«

»Es gibt nichts zu reden«, knurrte Jess.

Eine weitere Lüge. Schmerzliche Erinnerungen geisterten durch Kims Kopf.

»Ich gehe duschen«, sagte Jess und stürzte aus dem Zimmer.

Kim starrte ihr minutenlang nach. Das Reißen in ihrer Brust nahm zu. Sie hatte gehofft, dass Jess sich ihr jetzt, da sie sich die Tiefe ihrer Gefühle eingestanden hatten, endlich anvertrauen würde.

Es war nicht so, dass Kim nicht ahnte, was Jess widerfahren war. Aber sie fand es wichtig, dass Jess ihr genug Vertrauen entgegenbrachte, um sich zu offenbaren.

Hier ging es nicht um Jess' Probleme mit Intimität. Dafür ließen sich Lösungen finden. Kim ging es um Jess' stetige Lügen und ihren Unwillen, überhaupt zuzugeben, dass etwas nicht in Ordnung war. *Ich kann das nicht noch einmal durchmachen.*

Jess umklammerte das Waschbecken so fest, dass ihre Finger schmerzten. Sie starrte auf ihr Spiegelbild. Gerötete Augen blickten ihr entgegen. *Feigling.*

Jedes Mal schwor sie sich, dass jetzt der richtige Moment war, es Kim zu sagen. Und jedes Mal wurde ihr Mund staubtrocken. Es fühlte sich an, als würde ihre Kehle sich mit Sand füllen und die Worte ersticken. Jess konnte die Vorstellung nicht ertragen, Abscheu in Kims Augen zu sehen und zu wissen, dass sie ihre Achtung verloren hatte.

*Und diesmal hast du es noch schlimmer gemacht, indem du rausgerannt bist, als würde dein Hintern brennen.*

Ein Klopfen an der Tür ließ ihr Herz aus dem Takt geraten. Sie war nicht in der Lage, sich Kim zu stellen.

»Hey, Jess.«

Gott sei Dank war es nur Sam. Jess hielt sich am Waschbecken fest, als ihre Knie nachgeben wollten.

»Ja?«

»Ich habe Kaffee gemacht. Ist Kim schon aufgestanden? Soll ich mit dem Frühstück anfangen?«

»Sie ist wach. Warum fragst du sie nicht selbst?« *Besonders, da ich nicht weiß, ob sie überhaupt mit mir reden will.*

»Okay«, sagte Sam.

Jess lauschte ihren Schritten auf dem Flur, dann dem Klopfen an der Tür, aber sie konnte nicht hören, was gesprochen wurde.

Angst ballte sich wie eine Faust in Jess' Magen zusammen. Wie lange würde es dauern, bevor Kim sie aufgab? Sie forschte in ihrem Spiegelbild, fand jedoch keine Antworten.

Jess raufte sich die Haare. *Nein. Diesmal nicht. Ich muss ihr die Wahrheit über mich sagen.*

*Was zum Teufel ist hier los?* Sam fasste Jess scharf ins Auge. Die starrte auf ihren Teller, als lägen dort die Geheimnisse des Universums verborgen.

Jess und Kim gaben vor, alles wäre in Ordnung, aber keine von beiden war besonders überzeugend.

Gestern Abend, als sie ins Bett gegangen waren, war die Stimmung ganz anders gewesen. *Was ist passiert?*

»Möchtest du noch Kaffee?«, fragte Sam Kim.

Kim lächelte, aber ihre Augen spiegelten nicht mehr das Funkeln von gestern. »Gern. Nur ein wenig.«

»Ich hole ihn.« Jess schoss von ihrem Stuhl hoch, bevor Sam reagieren konnte.

Sorgfältig goss Jess den Kaffee in Kims Tasse. Sie schien Kim berühren zu wollen, zog dann aber ihre Hand zurück, als hätte sie Angst vor einer ablehnenden Geste.

Kim griff nach Jess' Hand und hielt sie einen Augenblick an ihre Wange.

Jess machte ein Gesicht, als würde sie gleich vor Erleichterung ohnmächtig werden.

Über Kims Kopf hinweg sah Sam ihrer Schwester fest in die Augen. *Was hast du angestellt, Jess?*

»Ich muss nur noch mal kurz ins Bad, dann können wir los«, sagte Jess.

»Okay.« Kim stand neben Thor und strich ihm mit der Hand über den Rücken.

Sam hatte mehrmals versucht, Jess zur Seite zu nehmen und herauszufinden, was vorgefallen war, aber Jess war ihr erfolgreich aus dem Weg gegangen.

Sie gesellte sich zu Kim und Thor. »Es hat mich sehr gefreut, dich kennenzulernen. Ich hoffe, du kommst mich bald wieder mit Jess besuchen.«

Kim lächelte sie an. »Danke, Sam. Ich fand es auch schön, dich zu treffen.«

Sam sah den Flur hinab, um sicherzugehen, dass Jess immer noch im Bad war. Sie stupste Kims Schulter mit ihrer eigenen an. »Ich weiß, es ist manchmal schwierig mit ihr. Aber bitte sei geduldig. Sie hat dich sehr, sehr gern.«

Tränen schossen Kim in die Augen. »Das werde ich. Für mich gilt nämlich das Gleiche.«

Sam legte ihren Arm um Kims Schulter und drückte sie. *Ich weiß nicht, was du verbockt hast, Jess, aber bring es in Ordnung. Kim ist eine ganz besondere Frau. Du brauchst sie in deinem Leben.*

# KAPITEL 34

JESS SAH IN DAS BLASSE, emotionslose Gesicht der Frau. Ihre Augen wirkten, als hätte sie sich an einen Ort zurückgezogen, an dem niemand sie erreichen konnte.

Jess umfasste die Haltestangen der Rolltrage so fest, dass ihre Knöchel weiß wurden, ihr Magen rebellierte. Seit Jahren hatte sie nicht so heftig auf einen Fall von sexueller Gewalt reagiert. Der innere Druck, sich Kim anvertrauen zu müssen und vor allem zu wollen, hatte im letzten Monat Jess' eigene dunkle Erinnerungen aufgewühlt.

Sie zwang sich, ihren Blick von der Patientin abzuwenden und sich auf Caroline Beck zu konzentrieren. Die Assistenzärztin stand auf der anderen Seite der Rolltrage. Jess wies mit ihrem Kopf zur Tür.

Als Caroline ihr folgte, flüsterte Jess: »Haben Sie schon mal eine …« Jess verfluchte im Stillen das Zittern in ihrer Stimme. »… ein Vergewaltigungsopfer untersucht?«

Caroline blinzelte. »Ja. Ich kenne den Ablauf.« Sie runzelte die Stirn. »Ich kann das.«

Jess schob die Hände in die Kitteltaschen, um das Flattern zu verbergen. *Mach deinen verdammten Job.* Jahrelange Übung hatte es Jess möglich gemacht, ihre professionelle Haltung wie einen Schutzmantel anzulegen. Als sie sich wieder unter Kontrolle hatte, sagte sie: »Ich weiß, dass Sie das können. Holen Sie sich eine der Krankenschwestern dazu.« Ihr Blick bohrte sich in Carolines Augen. »Nur Sie beide sind im Zimmer. Niemand sonst.«

»Natürlich, Dr. McKenna.« Caroline ging zu ihrer Patientin zurück.

Jess öffnete die Tür des Untersuchungsraums und trat in den Flur. Sie war beschämt über die Erleichterung, die sie dabei empfand, das Zimmer verlassen zu dürfen.

Sie war so mit ihrem Gefühlschaos beschäftigt, dass sie ihr Umfeld gar nicht wahrnahm.

»Hey, Jess.« In ein paar Metern Entfernung lehnte Kim an der Wand. *Nein. Bitte nicht jetzt.* Jess erstarrte.

Kim trat näher. »Alles in Ordnung bei dir?«, fragte sie mit sanfter und warmer Stimme.

Kims liebevolle blaue Augen schienen tief in ihre Seele sehen zu können, bis in die tiefsten Abgründe. Panik traf sie so schnell und schmerzhaft wie eine Pfeilspitze. Jess machte auf dem Absatz kehrt und flüchtete. Sie hörte Kim rufen, aber Scham trieb ihre Schritte an.

Jess lief in ihrem Büro auf und ab. *Du wusstest, dass das passieren würde. Es war nur eine Frage der Zeit.* Die Dämonen ihrer Vergangenheit waren dabei, langsam aber sicher ihre Zukunft zu zerstören. *Myra hatte die ganze Zeit recht. Du bist beschädigte Ware.*

Abgesehen von der aktuellen Situation war der letzte Monat der glücklichste in Jess' Leben gewesen. Jeden Tag verliebte sie sich mehr in Kim. Sie hatten seit Weihnachten keine Nacht getrennt voneinander verbracht.

Nur eine Sache hatte dieses Glück empfindlich getrübt. Jess schlug mit der Faust in ihre Handfläche. Egal, wie sehr sie sich bemühte, sie konnte Kim im Bett nicht die Kontrolle überlassen.

Die Lüge, dass ihr nichts fehlte, wurde zu einer Pille, die immer schwerer zu schlucken war. Jedes Mal, wenn Jess sie aussprach, verdunkelte sich das Licht in Kims Augen ein wenig mehr.

Jess versuchte, daran zu arbeiten. Erst letzte Woche hatte sie Kim zu erstem Mal erlaubt, sie mit dem Mund zu befriedigen. Zugegeben, sie hatte über ihr sein müssen, dennoch war es ihr zum ersten Mal gelungen, Intimität dieser Art zuzulassen. *Und trotzdem lügst du sie an.*

In den vergangenen Wochen hatte sie mehrmals den Entschluss gefasst, Kim endlich das zu erzählen, was nicht einmal Sam wusste. Aber allein bei dem Gedanken, die Liebe in Kims lebhaften Augen durch Ablehnung und Mitleid ersetzt zu sehen, wurde ihr übel. *Du bist ein jämmerlicher Feigling. Warum sonst hast du dich den ganzen Nachmittag vor ihr versteckt?*

Jess war Kim aus dem Weg gegangen, seit sie sich zuletzt vor dem Behandlungsraum begegnet waren. Sie war nicht zu ihrem Büro zurückgekehrt, bis sie sicher war, dass Kim Feierabend gemacht hatte. *Und jetzt vergräbst du dich in deinem Büro, um nicht nach Hause gehen zu müssen.*

Jess ließ sich mit einem Seufzer in ihren Stuhl fallen. Sie verbarg ihr Gesicht in den Händen. *Gott. Was mache ich nur?*

Jess parkte vor ihrem Haus. Ihr Magen war voller Eisklumpen. Die Fenster waren nicht erleuchtet, Kims Jeep stand nicht an der Straße.

Es war ihr nicht in den Sinn gekommen, dass Kim nicht zu Hause sein könnte.

Betroffen sah sie zu Thor auf dem Rücksitz. »Ich habe es wohl wirklich verbockt, mein Junge.«

Kummer lag schwer auf ihren Schultern, als sie Thor aus dem Wagen ließ und mit ihm zum dunklen Haus hinüberging.

Die Stille war bedrückend.

»Komm schon, Großer. Füttern wir dich erst einmal.«

Jess fütterte Thor, ohne bei der Sache zu sein. Als er versorgt war, ging sie ins Wohnzimmer und warf sich auf die Couch.

Sie starrte auf die kalte, tote Asche im Kamin. Das schwarzgraue Häufchen war das perfekte Sinnbild für das Leben, das sie vor Kims Auftauchen geführt hatte. Kim war der Funken, der Lebendigkeit und Leidenschaft zurück in ihre Welt gebracht hatte.

*Wenn du nicht irgendetwas unternimmst, wird deine Angst dich um das Beste bringen, was dir jemals passiert ist.*

Eiserne Entschlossenheit erfüllte Jess. *Nein. So wird es nicht enden.*

Sie griff ihre Schlüssel und ging zur Tür. *Bitte lass sie dort sein, wo ich sie vermute.*

Das dürftige Licht des Kamins durchdrang kaum die Dunkelheit des Zimmers. Ein muffiger Geruch lag in der Luft.

Kim saß zusammengekauert in der Ecke des Sofas, die Knie an die Brust gezogen. Sie starrte in die Flammen. Ihr Kopf war voller

Erinnerungen an Jess. Genau vor diesem Kamin hatte Jess sie gehalten und getröstet, als ihr Patient gestorben war.

Tranen flossen über ihr Gesicht. *Das passiert, wenn du dein Herz öffnest und zulässt, dass du jemanden liebst.*

Sie hatte sich sehr glücklich mit Jess gefühlt. Ihre Beziehung war wie keine zuvor gewesen. Noch nie hatte sie sich jemandem so öffnen können wie Jess.

Jess' Lügen wurden dadurch noch unerträglicher.

Bilder aus der Vergangenheit quälten Kim, sobald Jess ihr in die Augen sah und log. Jedes Mal verschloss sie sich ein wenig mehr. *Du liebst jemanden und wirst letztendlich verlassen. Sie lügen und gehen irgendwann, so oder so.*

Etwas war heute in ihr zerbrochen, als Jess vor ihr weggelaufen war. All die Ängste, die sie versucht hatte, zu überwinden, stürzten wieder auf sie ein.

Ein Klopfen an der Tür riss Kim aus ihren Gedanken. *Ich will jetzt niemanden sehen.*

Es klopfte erneut, lauter als vorher. »Kim? Bist du da?«

Kim hatte nicht erwartet, diese Stimme zu hören. *Sie ist zu mir gekommen?*

Mit dem Ärmel wischte sie sich über das Gesicht, knipste die Lampe neben der Couch an und ging zur Tür.

Ihre Hand schwebte über der Klinke.

Jess klopfte erneut. »Bitte lass mich rein.«

Kim öffnete. Ihr Blick fiel auf eine ziemlich zerzauste Jess. Sie sah aus, als wäre sie sich unzählige Male mit den Händen durchs Haar gefahren.

»Du warst nicht zu Hause«, sagte Jess.

Kim war versucht, sie zu korrigieren, biss sich aber auf die Zunge. »Ich musste hier ein paar Dinge erledigen.« *Ach, wer lügt denn jetzt?*

Jess schob ihre Hände in die Taschen. »Darf ich reinkommen?« Ihre Stimme klang bittend.

Sämtliche Instinkte rieten Kim, Nein zu sagen. Sie sah in Jess' verletzliche Augen und gab sich geschlagen. Es war ihr unmöglich, sie fortzuschicken. »Na gut.«

Ohne ein weiteres Wort ging Kim zurück in den Wohnraum und ließ Jess am Eingang stehen.

Jess starrte Kim einen Augenblick hinterher, trat dann ein und schloss die Tür hinter sich.

Kim hockte auf der Couch und beobachtete die Flammen im Kamin.

Jess folgte ihr und setzte sich vorsichtig ans andere Ende der Couch. Sie hatte Kim noch nie so verschlossen erlebt. Selbst ihre Körperhaltung spiegelte den innerlichen Rückzug wider. Kims Knie waren an ihre Brust gezogen, sie hatte ihre Arme eng um sich gelegt. In dieser Position erinnerte sie Jess an eine Knospe, die ihre Blätter in einem engen Kokon übereinander faltete, um das sensible Innenleben zu schützen.

Jess bekam Angst. *Du verlierst sie.* Sie rieb sich die Hände an der Hose. »Es tut mir leid, was in der Klinik passiert ist.«

Kim wandte ihr den Kopf zu. Ihr Blick war durchdringend. »Hat dir der Fall sehr zugesetzt?«

Jess biss die Zähne zusammen. *Lüg nicht.* »Ja ... Er hat mich an die Vergangenheit erinnert ... an das, was mir passiert ist.« Ihre Hände packten ihre Oberschenkel mit eisernem Griff. »Ich wollte es dir sagen. Ich schwöre. Ich ... ich ...« *Sag es ihr endlich.*

Ihr Herzschlag trommelte so laut in ihren Ohren, dass sie Kims Worte kaum hörte. »Wie bitte?«

»Ich hab dir nie von meinem Dad erzählt.«

Jess blinzelte irritiert. In all ihrer gemeinsamen Zeit hatte Kim ihren Vater nur einmal erwähnt. Sie sprach nie über ihn. *Warum ausgerechnet jetzt?*

»Ich war immer Daddys Mädchen«, sagte Kim. »Selbst mit sechzehn unternahm ich immer noch gerne was mit ihm.« Ihre Augen bekamen einen abwesenden Blick, als würde sie eine andere Zeit und einen anderen Ort sehen.

»So um meinen siebzehnten Geburtstag herum änderten sich die Dinge. Zuerst waren es nur Kleinigkeiten. Ich fand meinen Vater samstagnachmittags schlafend in seinem Lehnstuhl, zum Beispiel. Er saß nie herum, tagsüber schlief er normalerweise nie.« Kims Arme umklammerten ihre Beine noch fester. »Dann war es nicht mehr zu übersehen. Er hatte kaum noch Energie und verlor schnell Gewicht.«

Kim drehte sich weiter zu Jess. »Ich habe ihn ständig gefragt, was los sei. Er antwortete immer dasselbe: ›Nur ein wenig erschöpft.‹« Kim machte eine abwinkende Bewegung. »›Es ist nichts weiter.‹« Ihre Hand gestikulierte erneut, betonte jedes Wort. »›Halb. So. Wild.‹«

Jess zuckte zusammen, als sie ihre eigenen Worte hörte.

Kims Blick richtete sich wie ein Laserstrahl auf sie. »Und ich habe ihm geglaubt.«

Die Erkenntnis traf sie mit voller Wucht. *O Gott. Nein.*

Eine einzelne Träne lief über Kims Gesicht. Sie legte ihr Kinn auf ihr Knie. »Vier Monate später war er tot.«

»Es tut mir leid«, flüsterte Jess. Es brach ihr das Herz. Sie sehnte sich danach, Kim zu trösten, fürchtete aber, dass ihre Berührung nicht willkommen wäre. Um dem Impuls nicht nachzugeben, setzte sie sich auf ihre Hände. »Es tut mir so leid«, sagte sie erneut. Sie suchte nach den richtigen Worten.

Schmerz und Trauer standen in Kims Augen. »Lange Zeit dachte ich, er wollte mich vor dem, was passiert, schützen.« Sie wiegte sich vor und zurück. »Aber egal, wie er es vor sich selbst rechtfertigte, in Wirklichkeit hat er nur sich selbst geschützt.«

*Genau wie du.* Jess' Magen zog sich zusammen und plötzlich brannte Galle in ihrer Kehle. Sie kämpfte damit, dem Brechreiz nicht nachzugeben.

»Er wollte mir nicht ins Gesicht sagen, dass er sterben würde. Klammheimlich hat er all seine Angelegenheiten geregelt. Erst später habe ich herausgefunden, dass sogar meine älteren Brüder davon wussten.« Kim ließ ihre Beine los und sah Jess ganz genau an. »Ich habe ihn so sehr geliebt. Aber bis zum Schluss hat er mir ins Gesicht gelogen.« Sie fing Jess' Blick auf und hielt ihm stand. Ihre Augen schimmerten vor Tränen, aber ihre Stimme blieb fest. »Ich kann das nicht noch einmal mitmachen. Ich will das nicht noch einmal mitmachen.«

Jess' Selbstbeherrschung brach zusammen. Sie rutschte über die Couch und legte ihre Arme um Kim. »Es tut mir so schrecklich leid.« Ihre Worte ließen mehr als eine Deutung zu.

Der Knoten in ihrem Magen löste sich, als Kims Arme sich um ihre Hüften legten.

Jess verbarg ihr Gesicht an Kims Hals. Erst jetzt bemerkte sie ihre eigenen Tränen. »So schrecklich leid«, flüsterte sie immer wieder.

Ein tiefer Seufzer entfuhr Kims Lippen. Mit besänftigenden Fingern fuhr sie durch Jess' Haar, das feucht vom Schweiß war. Sie konnte nicht sagen, wie sie letztlich eng umschlungen auf der Couch gelandet waren. Ihre gemeinsamen Tränen hatten sich auf befreiende Weise vermischt.

Jess' inneren Kampf mitzuerleben. hatte Kim klargemacht, wie viel sie ihr abverlangte.

Ihr Gesicht ruhte an Kims Hals.

»Jess?« Kim wich etwas zurück.

Jess winselte und umklammerte Kims Rücken noch fester.

»Hey«, sagte Kim. »Du erstickst noch.«

Ihre Worte zeigten keine Wirkung, Jess drückte sich nur dichter an sie, während sie etwas Unverständliches murmelte.

Kim strich Jess' Haar zurück und küsste sie sanft.

Jess hob ihren Kopf. Ihre Augen waren rot umrandet, ihr Gesicht war verheult.

Kim nahm an, dass sie kaum besser aussah. Sie drückte ihre Stirn an Jess'. »Ich habe es schon einmal gesagt und werde es immer wieder tun: Wir sind vielleicht ein Paar, hm?«

Ein zaghaftes Lächeln erschien auf Jess' Lippen. »Ja.«

Jess löste sich von Kim und setze sich auf. Sie streichelte Kims Gesicht sanft mit zittriger Hand.

Kim lehnte sich in die Berührung. Nachdem sie ihren tiefsten Schmerz und ihre geheimsten Ängste geteilt hatten, war es unmöglich, emotional Abstand zu Jess zu halten. Sie richtete sich ebenfalls auf und runzelte die Stirn, als Jess sich an das andere Ende der Couch setzte.

Jess schob sich in die Ecke und zog die Beine unter sich, die Arme über ihrem Bauch verschränkt.

*Sie versucht, sich selbst zur Ruhe zu bringen.*

»Jess?«

»Ich hätte es dir längst sagen sollen. Es wäre richtig gewesen.«

Jetzt, da Jess Kims heimliche Vermutung bestätigt hatte, zweifelte sie an der Notwendigkeit von Einzelheiten. *Du schuldest es ihr, zuzuhören, egal wie weh es dir wahrscheinlich tun wird.*

Sie sah Jess offen an und wartete.

Jess wiegte sich vor und zurück. »Ich … Es war … Er …«

Es schien Kim unerträglich, zuzusehen, wie Jess sich quälte; innehielt und erneut ansetzte, aber die Worte nie ganz herausbrachte. *Es ist noch zu schmerzhaft für sie. Du kannst es nicht erzwingen.* »Jess. Ist schon okay. Ich weiß doch Bescheid.«

Jess schüttelte heftig ihren Kopf. »Ich muss es dir aber erzählen.« Sie sah sie mit verzweifelter Entschlossenheit an.

Der Ausdruck in Jess' Augen machte Kim Angst. Jess' Verhalten erinnerte sie an einen misshandelten Hund, den sie vor langer Zeit gesehen hatte. Die Augen voller Panik, jedoch verzweifelt bemüht, gefällig zu sein.

Kim rückte näher, glitt dann von der Couch und kniete sich vor Jess.

»Und das wirst du auch, aber es muss wirklich nicht heute sein. Wann immer du bereit dazu bist.« Kim streckte sich und küsste sie sanft auf die Lippen. »Es lohnt sich, auf dich zu warten.«

Jess schluchzte auf. »Ich danke dir.« Sie wischte ihnen beiden die Tränen ab. »Kommst du mit nach Hause? Bitte.«

Ein Kuss, in den Kim all die Liebe ihres Herzens legte, war die Antwort.

# KAPITEL 35

Im Halbschlaf suchte Jess nach Kims warmem Körper und fand vor sich nur eine leere Stelle. Sie wurde sofort hellwach und schlug die Augen auf. Im nächsten Moment merkte sie, dass Kim sich an ihren Rücken gekuschelt hatte. Sie entspannte sich.

*Wieso liegt sie hinter mir?* Normalerweise hielt sie Kim in den Armen, nicht umgekehrt. Dann erinnerte sie sich an den Traum. Ihr lief ein kalter Schauer über den Rücken.

Kim bewegte sich und ihr Arm legte sich fester um Jess' Bauch.

*Sogar im Schlaf will sie mich trösten.* Jess' Herz floss über vor dankbarer Zuneigung.

Kim stemmte sich hoch und küsste Jess schläfrig auf die Stirn.

Jess drehte sich auf den Rücken, um Kims Gesicht zu sehen, und lächelte sie an. »Morgen.«

»Wie geht es dir?« Kim stützte ihren Kopf auf ihre Hand und streichelte Jess' Bauch mit der anderen. »Du warst letzte Nacht sehr unruhig.«

»Es geht mir gut. Es war nicht …«

Kim verkrampfte sich merklich, ihre Hand hielt abrupt inne.

*Lüg sie nicht an.* Jess biss sich auf die Unterlippe. Sie zwang sich dazu, Kim anzusehen. Die Wärme in deren Miene war erloschen.

»Ich hatte einen Albtraum.« Sie schluckte schwer. »Über die … Vergangenheit.« Jess sah an sich hinab, nicht in der Lage, Kims Blick standzuhalten.

Die Anspannung löste sich aus Kims Körper. Sie setzte das sanfte Streicheln von Jess' Bauch fort.

Jess machte sich auf alle erdenklichen Fragen gefasst. Sie war entschlossen, aufrichtig zu antworten, egal, wie schwer es fiel.

Es kamen keine Fragen. Sie zuckte zusammen, als Kim endlich sprach.

»Der Wecker klingelt jeden Moment«, sagte sie.

Wie aufs Stichwort erfüllte ein schrilles Piepsen den Raum.

Jess rutschte über das Bett, stellte den Wecker aus und nahm wieder ihren alten Platz ein. »Tut mir leid. Ich muss mich für die Arbeit fertig machen.« Sie sah Kim entschuldigend an. »Ich versuche wirklich nicht, das Thema zu umgehen …«

Kim drückte Jess ihren Finger auf die Lippen, den Blick voller Liebe. »Alles gut zwischen uns. Versprochen.« Sie küsste Jess sanft auf den Mund.

Jess versank in der zärtlichen Berührung. Sie zog Kim in ihre Arme und hielt sie. »Ich liebe dich«, sagte sie leise.

Kim umschlang ihren Rücken noch fester. »Ich liebe dich auch.«

Nur widerwillig löste Jess sich aus der Umarmung und seufzte schwer. »Die Pflicht ruft.« Sie kletterte aus dem Bett. Trotz Kims Beteuerungen fühlte sie sich nach wie vor verletzlich und unsicher. Dass Kim gestern weggelaufen war, hatte sie aus der Fassung gebracht. Obwohl ihr allein bei dem Gedanken schon schlecht wurde, wusste Jess, dass sie es nicht länger aufschieben durfte. »Wir reden heute Abend. Nach der Arbeit.«

Kim setzte sich auf. »Das müssen wir nicht, Liebes.«

Entschlossen streckte sich Jess. Sie sah Kim fest in die Augen. »Doch. Ich muss.«

Kim blieb vor der Tür des Personalraums stehen und unterdrückte nur mühsam ihr Lächeln. *Das hier hätte an keinem besseren Tag passieren können. Für uns beide.* Es hatte Kim mit Schuldgefühlen erfüllt, Jess heute Morgen so zaghaft und verängstigt zu sehen. Sie war noch immer schockiert darüber, wie heftig Jess auf ihren Rückzug reagiert hatte.

*Wenn sie das nicht aufheitert, was dann?* Kim steckte ihren Kopf durch den Türspalt.

Jess holte sich gerade eine Tasse Kaffee.

Mit einem schnellen Blick erfasste Kim, dass der Raum ansonsten leer war. *Perfekt.*

»Hey, Jess. Hast du kurz Zeit? Da ist jemand, den du dir ansehen solltest.«

»Natürlich.« Jess stellte ihren Kaffee ab. »Worum geht es denn?«, fragte sie, als sie Kim durch den Flur folgte.

Kim versuchte weiterhin, ihr Lächeln zu verbergen. »Ich muss es dir zeigen.« Sie blieb vor einem Untersuchungsraum stehen.

Jess runzelte die Stirn.

Kim biss sich auf die Innenseite der Wange, um nicht breit zu grinsen, zog die Tür auf und trat ein, bevor Jess sie fragen konnte.

*Was zum Donner hat sie vor?* Jess folgte Kim in den Untersuchungsraum.

Kim ging direkt auf eine Frau zu, die neben der Rolltrage stand.

Jess verschaffte sich schnell einen Überblick.

Ein untersetzter Mann um die dreißig mit verwaschenen Jeans und Flanellhemd stand auf der anderen Seite der Rolltrage.

Die Frau, ungefähr gleich alt, trug ebenfalls Jeans und hatte sich ihm gegenüber platziert. Sie war angenehm mollig, um es freundlich zu sagen.

Ein dunkelhaariges Mädchen von ungefähr vier Jahren saß auf der Rolltrage und spielte mit einem Stofftier. Es kam ihr vage bekannt vor, aber Jess sah tagtäglich zu viele Patienten, um sie einordnen zu können.

Kim schob Jess vorwärts. »Mr. und Mrs. Bailey, das hier ist Dr. McKenna«, sagte sie.

Mr. Bailey schritt zu ihr und ergriff Jess' Hand. Er schüttelte sie enthusiastisch. »Wir können Ihnen gar nicht genug dafür danken, was sie für unser kleines Mädchen getan haben.«

*Sollte ich diese Leute kennen?* Jess warf Kim einen verwirrten Blick zu.

Kim grinste unverhohlen. Sie deutete auf das kleine Mädchen. »Erinnerst du dich an Tara?«

Das kleine Mädchen hob den Kopf, als ihr Name genannt wurde. Strahlend blaue Augen sahen Jess an.

Jess' Kinnlade klappte herunter, ihre Augen wurden groß. *Das ist Tara?* Es wollte ihr nicht gelingen, das schmutzige, magere Kleinkind, das sie damals versorgt hatten, mit dem rotwangigen, fröhlichen Wesen auf der Liege in Einklang zu bringen. Sie trat einen Schritt näher an Tara und blieb dann stehen. Jess warf einen schnellen Seitenblick zu Kim.

Die sah vollkommen glücklich aus. Sie stellte sich neben Jess. »Mr. und Mrs. Bailey haben Tara in Pflege, bis sie sie adoptieren können.«

Jess strahlte. *Oh, Kleines. Ich freue mich so für dich.*

»Ich habe Papa geholfen«, erklärte Tara. Sie stand auf und sprang schwungvoll von der Rolltrage direkt in Mr. Baileys Arme.

Der Schreck weitete seine Augen, selbst dann noch, als er seine Arme fest um Tara legte.

»Meine Güte!«, rief Mrs. Bailey. Sie ging eilig um die Rolltrage herum. »Mach das nicht noch einmal, junge Dame.« Sie zupfte an Taras Hosenbein. »Wir hatten genug Aufregung für heute.« Um Taras Stirn zu küssen, stellte sie sich auf ihre Zehenspitzen.

»Papa lässt mich fliegen«, sagte Tara. Sie lehnte ihren Kopf gegen Mr. Baileys Brust und kuschelte sich an ihn.

Mrs. Bailey drohte ihrem Ehemann mit dem Finger. »Heute wird auch nicht mehr geflogen.« Ihr Mann sah verlegen zur Seite. Sie blinzelte Kim an. »Die beiden werden mir noch früh genug graue Haare bescheren.«

Sie mussten alle lachen.

Dann fiel Jess wieder ein, wo sie sich befanden – in der Notaufnahme. Ihre Muskeln verspannten sich. Sie hatte zwar keine Verletzungen an Tara gesehen, aber das musste nichts bedeuten. Ihr Blick fiel auf Kim. »Geht es ihr gut?«

»Alles bestens«, erwiderte Kim. Unauffällig strich sie über Jess' Rücken.

*Sie kennt dich so gut.* Jess warf Kim einen dankbaren Blick zu.

»Sie hat ihrem Papa in der Garage geholfen und sich eine Metallschraube in die Nase gesteckt«, berichtete Mrs. Bailey. »Ich wollte sie zu unserem Hausarzt bringen, aber jemand«, sagte sie und warf ihrem

Mann einen theatralisch finsteren Blick zu, »geriet in Panik und bestand darauf, hierherzufahren.«

Mr. Bailey errötete und trat von einem Fuß auf den anderen.

»Aber ich bin froh, dass wir es getan haben.« Mrs. Bailey sah Jess an und ihre Augen wurden feucht. »Wir können Ihnen wirklich nicht genug dafür danken, was Sie für Tara getan haben.«

Jess schüttelte ihren Kopf. »Das war vor allem die Polizei. Ich habe sie nur untersucht, als sie hergebracht wurde.«

»Sie haben viel mehr als das getan.« Mrs. Bailey trat vor und umarmte Jess flüchtig.

Jess fühlte, wie ihre Wangen heiß wurden.

»Wir sind mit Val Williams befreundet«, sagte Mrs. Bailey.

Sollte sie wissen, wer das war? Jess runzelte die Brauen. Fragend sah sie zu Kim.

Mrs. Bailey antwortete, bevor Kim es konnte. »Das ist die Polizistin, die Tara damals hergebracht hat. Sie hat uns erzählt, wie vorsichtig und liebevoll Sie mit Tara umgegangen sind.«

Ihre Verwirrung legte sich, als sie sich daran erinnerte, wie Officer Williams nach Abschluss der Untersuchung in den Raum gekommen war. Jess hatte mit Tara auf der Rolltrage gesessen, sie sanft in den Armen geschaukelt und ihr vorgesungen.

Mrs. Bailey lächelte Kim breit an und drückte ihr den Arm. »Sie und Dr. Donovan, Sie beide.«

Jess wusste nicht, was sie sagen sollte.

Kim rettete sie. »Sehr gern geschehen. Es ist schön, Tara so gesund und glücklich zu sehen.«

Mr. Bailey trat neben seine Frau. Seine Arme umfassten Tara sicher. »Sie ist unser Ein und Alles«, sagte er.

Jess' Pager schrillte. Sie sah aufs Display. »Entschuldigen Sie bitte. Ich muss gehen.«

»Vielen Dank für Ihre Zeit«, sagte Mrs. Bailey. »Wir wollten uns einfach nur bedanken.«

Nach einem letzten langen Blick auf Tara winkte Jess und ging zur Tür. Sie drehte sich noch einmal um und warf Kim ein strahlendes, liebevolles Lächeln zu.

# KAPITEL 36

KIM BEOBACHTETE JESS DABEI, wie sie ihr Essen auf dem Teller hin und her schob. Sie war schweigsam gewesen, seit sie von der Arbeit nach Hause gekommen waren. Die Schatten um Jess' Augen hatten sich nach ihrer Begegnung mit Tara zwar ein wenig gelichtet, aber jetzt waren sie dunkler als vorher.

Jess sah auf. An ihren Augenwinkeln zeigten sich Stressfalten.

»Bist du satt?«

Nickend erhob sich Jess und räumte die Teller ab.

»Ich kann das auch schnell erledigen«, sagte Kim.

»Nein. Ich mach schon. Entspann dich. Ich bin gleich zurück.« Jess entfernte sich bevor Kim protestieren konnte.

*Sollte ich nach ihr sehen?* Kim sah zur Küchentür. Jess war viel länger fort, als es zum Spülen nötig gewesen wäre. Bevor sie aufstehen konnte, erschien Jess mit zwei Gläsern Wein.

Jess stellte sie behutsam auf dem Couchtisch ab und hielt Kim ihre Hand entgegen.

Bereitwillig ließ sie sich von Jess hochziehen. Sie konnte Jess' Anspannung deutlich fühlen. »Ich habe es ernst gemeint, heute Morgen. Du musst das nicht um jeden Preis heute hinter dich bringen.«

»Doch. Muss ich.« Jess vertiefte sich in Kims Augen, als wollte sie ihr in die Seele schauen. Sie beugte sich vor und küsste sie sanft. »Egal, wie es kommt, ich liebe dich. Vergiss das nicht.«

*Was zum Teufel …?* Tränen kribbelten in Kims Augenwinkeln. Es klang, als würde Jess Abschied nehmen. Sie umfasste Jess' Gesicht mit den Händen. »Ich liebe dich auch, Jess. Nichts kann daran etwas ändern.« Beunruhigt durch das melancholische Lächeln und den ergebenen Ausdruck in Jess' Augen, versuchte Kim, Jess zu umarmen.

Jess entzog sich. Sie setzte sich auf die Couch und drehte sich so, dass ihr Rücken an der Armlehne ruhte. Sie klopfte auf die freie Fläche zwischen ihren Beinen. »Kommst du zu mir?«

Die von Jess gewählte Position kam Kim widersprüchlich vor. Offenbar wollte Jess sie nicht anschauen, während sie es aussprach. Gleichzeitig würde Kim wie ein Schutzschild zwischen ihren Beinen und gegen ihre Brust gelehnt sitzen.

Kim merkte, wie sie in professionelle Denkmuster verfiel, und bremste sich. *Jess ist keine Patientin. Du musst sie weder analysieren, noch dich emotional distanzieren.* Kim war klar, dass auch sie selbst versuchte, sich zu schützen. Dies würde kein Spaziergang werden. *Hör auf, es hinauszuzögern.* Sie sah zu Jess und stellte fest, dass sich deren Miene verschlossen hatte. Vorsichtig nahm Kim zwischen Jess' Beinen Platz.

Ein Teil der Anspannung fiel von beiden ab, als Jess ihre Arme um Kims Bauch legte und sie nahe an sich zog.

Als die Stille anhielt, begann Kim zu zweifeln, ob Jess sich wirklich würde überwinden können. Sie schrak zusammen, als Jess sie unvermittelt auf die Schläfe küsste.

»Du weißt ja schon, wie wichtig es mir ist, die Kontrolle zu behalten.« Jess schnaubte selbstironisch. »Offensichtlich gibt es dafür einen Grund.«

Kim spürte, wie sich Jess' Körper hinter ihrem verkrampfte. Sie streichelte Jess' Arme.

»Es passierte in meinem letzten Jahr an der Highschool. Ich war nicht nur eine Einzelgängerin, ich wirkte auch nicht besonders weiblich. Damals habe ich viel mit Gewichten trainiert und war schon fast ausgewachsen. Es gab nicht viele Jungs, die mit einem muskulösen, fast einen Meter achtzig großen Mädchen ausgehen wollten.« Jess zuckte mit den Schultern. »Und ich hatte sowieso kein echtes Interesse an Jungs.«

Jess zog einen der Arme um Kim weg und griff nach dem Wein. Sie hielt Kim das Glas hin.

»Nein danke«, sagte Kim. Der Stress ließ ihren Magen flattern.

Jess behielt den Wein für sich und lehnte sich wieder zurück. Sie nahm einen großen Schluck, bevor sie weitererzählte. »Heute ist mir klar, dass ich mich bereits unterbewusst zu Mädchen hingezogen fühlte und es deshalb vermied, Freundinnen zu haben. Ich hatte keine Ahnung, ob es noch andere Lesben und Schwule an meiner Highschool in der Kleinstadt gab.«

Kim tat die jüngere Jess sehr leid. *Es muss so schwer gewesen sein, mitten in der Pubertät zu spüren, dass du anders bist, es aber nicht verstehen zu können.* Da war es von Vorteil, eine Highschool in einer Großstadt zu besuchen. Kim hatte von anderen Homosexuellen an ihrer Schule gewusst.

»Als ich im letzten Jahr war, war meine Mutter äußerst besorgt, weil ich mich mit niemandem verabredete. Papa schien das nicht zu stören. Wie dem auch sei, in dieser Zeit sprach mich einer der Jungs aus dem Footballteam an. Er war groß, knapp zwei Meter, und er wog mehr als neunzig Kilo. Er sah aus und benahm sich wie der typische amerikanische Junge von nebenan.« Jess umklammerte ihr Weinglas.

*Aber er war es nicht. Bastard.* Kim biss sich auf die Lippe, um es nicht laut auszusprechen.

»Mutter war begeistert, als ich ihr sagte, dass David mit mir ausgehen wollte. Wir haben dann ziemlich regelmäßig etwas miteinander unternommen, meistens in der Gruppe mit seinen Football-Kumpels und deren Freundinnen. Wenn wir allein ausgingen, küsste und streichelte er mich, es ging aber nie über harmloses Schmusen hinaus. Er hörte immer auf, wenn ich ihn darum bat. Ich habe nie etwas dabei empfunden, aber ich habe versucht, dazuzugehören und es meiner Mutter recht zu machen«, sagte Jess mit Bitterkeit in der Stimme.

Kim verschränkte ihre Finger mit Jess' und drückte verständnisvoll ihre Hand. Auch sie hatte Ähnliches durchgemacht. Der Versuch, ihre Mutter glücklich zu machen, hatte ihr einige der schrecklichsten Momente ihrer Jugend beschert. Doch jetzt, da Jess endlich redete, wollte Kim sie nicht unterbrechen.

Jess trank ihr Glas in einem Zug leer. »Willst du wirklich keinen Wein?« Sie zeigte zum anderen Weinglas.

»Nein, nimm nur«, sagte Kim.

Jess tauschte die Gläser aus und war für eine kleine Weile still.

Kim konnte nicht einschätzen, ob sie weitermachen würde. *Du bist so tapfer. Mach weiter.*

Schließlich setzte Jess ihre Geschichte fort. »Wir gingen schon einen Monat miteinander, als er fragte, ob ich mit ihm zum Ehemaligentreffen gehe. Das war eine Riesensache in unserer Stadt. Meine Mutter war völlig aus dem Häuschen. Sie ist mit mir extra nach San Francisco gefahren, um das perfekte Kleid zu finden.«

In der Hoffnung, sie zu trösten, streichelte Kim Jess' Oberschenkel. Die Muskeln unter ihren Fingern waren steinhart.

»Meine Eltern gewährten mir an jenem Abend Ausgang bis zwei Uhr nachts. David und seine Freunde hatten ein Hotelzimmer gemietet, sodass wir nach dem Treffen noch ein bisschen feiern konnten. Das habe ich jedenfalls geglaubt.« Jess atmete zittrig aus. »Ziemlich naiv und blöd, nicht wahr?«

»Jess …« Kim wollte sich umdrehen, aber Jess hielt sie fest.

»Lass mich ausreden.«

Kim streichelte weiter Jess' Bein.

»David hatte vorher zwei Wochen lang versucht, mich herumzukriegen, mit ihm zu schlafen. Er sagte immer, wie lieb er mich hätte, und wie sehr er in dieser Nacht endlich ganz vereint mit mir sein wolle. Ich habe drüber nachgedacht, hatte aber Zweifel, ob ich wirklich damit zurechtkommen würde.« Jess zog ihre freie Hand von Kims Bauch und fuhr sich durchs Haar. »Als wir im Hotelzimmer ankamen, waren schon viele von Davids Kumpeln und deren Freundinnen da. Die Jungs hatten Alkohol gekauft und wir tranken. Nach ein paar Drinks fingen alle an, mit ihren Mädchen herumzumachen. Als David mich von der Sitzecke zog und zu einer anderen Tür drängte, habe ich nicht nachgedacht und bin ihm gefolgt. Ich habe ihm vertraut.«

Jess wurde erneut still.

Kim konnte fühlen, wie sie mit sich kämpfte.

Jess' Brustkorb hob und senkte sich einige Male, ohne dass sie etwas sagte. Sie nahm einen großen Schluck Wein, wohl in der Hoffnung, dass er ihr Mut machen würde.

»Jess, du musst mir nicht alle Details erzählen. Ich kann mir ziemlich gut vorstellen, was passiert ist.« Kim drehte sich nun doch in

Jess' Armen, bis sie Jess' Gesicht streicheln konnte. »Es war nicht deine Schuld. Er hat dich gezwungen.«

»Nein. Das ist es doch gerade, Kim. Hat er nicht.« Jess sah überall hin, nur nicht zu Kim. »Ich muss mit dir darüber sprechen. Ich hoffe nur …« Jess' Stimme versagte für einen Moment. »Ich bete, dass du danach immer noch mit mir zusammen sein willst«, sagte sie mit schmerzverzerrter Stimme. Tränen schimmerten in ihren Augen.

*Oh, Liebes.* Kim spürte Jess' rasenden Herzschlag an ihrer Brust. »Ich liebe dich, hörst du? Nichts, was du mir erzählst, wird das je ändern.« Sie strich sanft mit ihren Lippen über Jess'. »Willst du weitermachen?«

Jess nickte. Sie stellte ihr Weinglas auf den Tisch und drängte Kim, sich umzudrehen, sodass ihr Rücken wieder gegen Jess' Oberkörper lehnte. Sie legte ihre Arme um Kim, als wäre sie ihr Rettungsring.

»Als wir im Nebenzimmer waren, fing er gleich an, mich zu betatschen. Ich war geschockt, weil er früher immer so behutsam gewesen war. Er schubste mich aufs Bett und legte sich auf mich. Ich bat immer wieder ›Warte, mach langsam!‹, aber er hörte gar nicht hin.« Jess' Atem kam nun in Stößen. »Ehe ich mich versah, hatte er mein Kleid hochgeschoben und meinen Slip nach unten gezogen.«

Kim spürte, wie ein Beben durch Jess' Körper lief. Sie wollte sich umdrehen, aber Jess hielt sie fest gegen ihren Brustkorb. Sie war völlig gefangen in ihren quälenden Erinnerungen.

»Es ging so schnell«, stieß Jess mit erstickter Stimme vor. »Ich habe nicht einmal gemerkt, dass seine Hose offen war, bis ich spürte, dass er meine Beine auseinanderdrückte und zwischen meine Oberschenkel drang.« Jess' Arme verkrampften sich schmerzhaft um Kim.

*O Gott.* Kim stieg das Wasser in die Augen.

»Er hat mir wehgetan und ich geriet in Panik. Ich habe an seinen Schultern gerüttelt, versucht, ihn von mir runterzukriegen und bettelte weiter: ›Hör auf, David! Bitte. Hör auf!‹ Er zog meine Hände von seinen Schultern und drückte sie über meinem Kopf nach unten. Ich habe mich gewehrt, aber es war zu spät … Ein scharfer Schmerz schoss zwischen meine Beine und er war … er war …« Jess' Körper schlotterte, während sie versuchte, sich unter Kontrolle zu bringen.

Wut brannte in Kim. *Dieser Dreckskerl.* Nochmals unternahm sie den Versuch, sich Jess zuzuwenden, scheiterte aber in deren Umklammerung.

»Ich muss dir ... ich muss dir alles erzählen«, würgte Jess heraus.

Kim streichelte Jess' Arme, bis sie sich so weit beruhigt hatte, um weiterreden zu können.

»Dann habe ich einfach dagelegen, und er drang in mich ein und grunzte in mein Ohr. Ich habe nicht dagegen angekämpft, sondern ihn einfach machen lassen.« Jess' Fäuste ballten sich auf Kims Bauch. »Als er fertig war, stand er auf und grinste mich süffisant an, während er seine Hose hochzog. Er stopfte sich meinen Slip in die Tasche. Dann tätschelte er meine Wange und dankte mir. Wir gingen wieder zurück in das andere Zimmer und er brachte mich später nach Hause, als sei nichts passiert. Ich hoffe nur ...«

Jess' Selbstbeherrschung brach endgültig zusammen. Sie ließ Kim los und schluchzte hemmungslos.

Mit Tränen im Gesicht brachte Kim etwas Abstand zwischen sie beide, setzte sich aber neben Jess' Oberschenkel, sodass sie sie ansehen konnte. Dann legte sie behutsam die Arme um Jess und zog sie wieder fest an ihren Oberkörper. »Alles gut, Liebes. Lass alles raus.« Sie strich über Jess' Haar und murmelte sanft, als Jess den Schmerz über dieses lang gehütete Geheimnis endlich zuließ.

Schließlich lehnte Jess sich zurück und wischte sich die Tränen ab. Zögernd spähte sie zu Kim, als hätte sie Angst vor dem, was sie dort sehen würde.

Kim hielt ihrem Blick stand. »Ich liebe dich«, sagte sie mit weicher Stimme.

Jess zog sie an sich. »Und ich liebe dich.« Sie seufzte schwer. »Das Schlimmste kommt erst noch.«

*Was könnte denn noch schlimmer sein?* Kim spürte Galle in sich hochsteigen und kämpfte gegen das Gefühl, gleich erbrechen zu müssen. *Was hat dieses verdammte Arschloch Jess noch angetan?* Sie zwang sich dazu, ruhig zu bleiben, und strich mit ihren Fingern durch Jess' Haar, um sie beide zu beruhigen. »Erzähl einfach.«

Jess trank das Glas in einem Zug aus und stellte es zurück. »Als ich am Montag in die Schule kam, bemerkte ich gleich das Kichern und die Blicke, die alle mir zuwarfen. David hatte keine Zeit verschwendet. Er hat bei allen, die es hören wollten, damit herumgeprahlt, dass er mich flachgelegt hat. Den Rest meines letzten Schuljahres hat er mir zur Hölle gemacht. Jedes Mal, wenn ich ihn im Flur sah, grinste er mich hämisch an.«

»Das tut mir so leid«, sagte Kim mit zitternder Stimme. Ihr fehlten die Worte.

Jess schien sie nicht zu hören. Sie war wieder in der Vergangenheit gefangen. »Alles andere habe ich erst einen Monat später erfahren.«

*Guter Gott. Noch mehr?* Kim versuchte sich zu wappnen.

»Eines Abends wartete David vor der Bibliothek auf mich. Ich schätze, es hat ihm nicht gereicht, mich in der Schule zu demütigen. Er wollte mit seiner neuen Lederjacke herumprotzen und mir danken. Es stellte sich heraus, dass er mit einem seiner Freunde gewettet hatte. Sie haben sich jeweils eine Außenseiterin für ihr kleines Spiel ausgesucht, ein ›Blümchen-rühr-mich-nicht-an‹. Wem es zuerst gelang, das Mädchen zu entjungfern, hatte gewonnen. Dafür hatte er sich an jenem verhängnisvollen Abend bedankt. Dass er mit mir die Wette gewonnen hat.«

Kim sah sich außerstande, ihren Schmerz von Jess' zu trennen. *Betrogen, vergewaltigt und öffentlich erniedrigt. Mein Gott, Jess. Es ist ein Wunder, dass du überhaupt jemanden an dich heranlässt.*

Jess' Augen wurden kalt und stumpf. »In diesem Augenblick habe ich mir geschworen, dass ich nie wieder jemandem vertrauen würde. Es war alles meine Schuld. Ich habe ihm erlaubt, mich zu kontrollieren und zu benutzen. Ich schwor, nie wieder in so eine Situation zu geraten.«

*Wie kannst du dir die Schuld geben?* Kim nahm vorsichtig Jess' Kinn zwischen ihre Finger und sah ihr in die Augen, bis ein klein wenig Licht dorthin zurückkehrte. »Jess, bitte hör mir zu. Du trägst keine Schuld an dem, was passiert ist. Du hast ihm gesagt, dass er aufhören soll, und er hat es nicht getan. Das ist Vergewaltigung.«

Jess zog sich zurück. »Nein, ich habe ihn gelassen …«

Kim unterbrach sie. »Eine sehr kluge Frau hat mir mal gesagt, dass das Schwachsinn ist. Du bist nicht für das Handeln anderer verantwortlich. Der einzig Schuldige ist dieser Bastard, der dir das angetan hat.«

»Das stimmt nicht.« Jess schüttelte heftig den Kopf. »Ich hätte mich wehren müssen, statt ihm die Kontrolle zu überlassen und stillzuhalten. Ich war schwach und erbärmlich und habe mich nicht verteidigt.«

Es klang, als würde Jess jemanden zitieren. Die Formulierung kam Kim bekannt vor. Sie hatte diesen Quatsch während ihrer Zeit am College bei einigen der radikalen Frauengruppen gehört. Eine Frau konnte nur vergewaltigt werden, wenn sie es zuließ. Das war schon damals so bescheuert wie heute.

Weißglühender Zorn durchfuhr Kim. *All die Jahre! All die Jahre hast du gelitten, nur weil dir jemand im College Unsinn erzählt hat.* »Wer hat dir das gesagt?«

Jess erschrak. »Ich … ähm. Im ersten Jahr am College hatte ich ein paar Probleme, mich einzufügen. Ich habe eine Ärztin konsultiert, die freiwillig in der Ausbildungsklinik arbeitete. Sie sprach viel darüber, Verantwortung für die eigenen Taten zu übernehmen. Leute könnten einem immer nur das antun, was man zuließe.«

Kim konnte nicht mehr an sich halten, sprang von der Couch und lief auf und ab. »War sie Psychiaterin oder Psychologin? Oder wenigstens ausgebildete Therapeutin?« Sie gestikulierte heftig bei jeder Frage.

»Ich weiß nicht«, stammelte Jess. »Sie bezeichnete sich selbst als Ärztin. Sie war Professorin am College.«

Kim fuchtelte mit den Händen. »Oh, lass mich raten. Sie hat Frauenforschung oder Einführung in die Psychologie unterrichtet.«

Jess nahm ihre Füße vom Sofa und setzte sich auf. »Was? Woher weißt du das?«

*Verdammte Amateure! Sie haben keine Ahnung, welchen Schaden sie bei jungen Frauen wie Jess mit diesem Scheißdreck anrichten!* Kims Hände ballten sich zu Fäusten. Sie kämpfte darum, sich zu mäßigen und sah zu Jess, die sie aus großen, erschütterten Augen anstarrte.

Kim setzte sich wieder und nahm deren Hände in ihre eigenen. »Du musst mir jetzt genau zuhören. Du hast mir immer wieder bestätigt, dass ich eine gute Psychiaterin bin und dass du meinem Urteil vertraust.« Sie sah Jess in die Augen. »Vertrau mir auch jetzt. Ich würde dir nie etwas vormachen.« Ihre Hände drückten Jess' noch ein wenig mehr. »Was diese Frau dir erzählt hat, ist völliger Schwachsinn. Es war nie deine Schuld. Punkt.«

Sie streichelte Jess' Handrücken. Beinahe konnte sie hören, wie es in Jess' Kopf arbeitete, um all das neu zu bewerten, was sie so lange geglaubt hatte. Kim wusste, dass Probleme wie dieses nicht über Nacht verschwanden, und dass Jess immer wieder neue Bestätigung brauchen würde. Aber jetzt, da sie endlich wusste, was los war, hatten sie eine echte Chance auf ein gemeinsames Leben.

Jess' Blick traf den von Kim. Zum ersten Mal seit langer Zeit füllten sich ihre wunderschönen blauen Augen mit Hoffnung. »Wie geht es jetzt weiter?«

Kim ließ Jess' Hände los und setzte sich rittlings auf ihren Schoß. Sie wischte die letzten Spuren von Jess' Tränen weg. »Wir leben weiter unser Leben ... zusammen.« Sie streichelte Jess' Haar und lächelte in leiser Vorfreude auf Jess' Antwort. »Falls du das möchtest?«

Ein herzerwärmendes Lächeln breitete sich auf Jess' Gesicht aus. Ihre Augen blitzten. Sie vergrub ihre Hand in Kims Haar und zog sie vorsichtig näher. Ihre Lippen waren nur wenige Zentimeter von Kims entfernt. »Ich will«, flüsterte sie, bevor sie sich vorbeugte und das Versprechen mit einem Kuss besiegelte.

# EPILOG

Sieben Monate später

LACHEND RANNTE JESS ÜBER DIE VERANDA. *Oh, dafür wird sie dich büßen lassen.* Sie zog die Terrassentür auf.

»Lauf schneller!«, drohte Kim hinter ihr.

Jess flitzte ins Wohnzimmer. Das Patschen ihrer Füße auf dem Holzfußboden hallte im leeren Zimmer wider. Sie zog das Handtuch fester um ihre Brust, als sie in den Flur flüchtete.

Eilige Schritte waren hinter ihr zu hören.

Sie warf einen Blick über die Schulter und sah Kim zügig näher kommen.

Kim trug ebenfalls ein Handtuch, allerdings war ihres wie ein Turban um Kopf und Haare gewickelt. Der Rest von ihr war herrlich nackt.

*O Mann. Das ist nicht fair.* Jess geriet ins Stolpern. Die kurze Unaufmerksamkeit hatte ihren Preis. *Ah. Mist.* Ihre Füße rutschten über die frisch gewachsten Dielen und sie stützte sich an der Wand ab, um nicht zu fallen.

Kim war wie der Blitz bei ihr. »Hab ich dich.« Sie griff nach Jess' Handtuch.

*Noch nicht, aber hoffentlich bald.* Jess grinste. Es machte ihr viel zu viel Spaß, um die Alberei zu unterbrechen. Sie streckte ihre Zunge hinaus und ließ das Handtuch los. Nackt rannte Jess zum Schlafzimmer.

»Dir werd ich es zeigen, McKenna.«

Jess warf ihren Kopf in den Nacken und lachte. *Nichts als leere Versprechungen.*

Als Jess die Schlafzimmertür erreichte, holte Kim sie erneut ein. Jess stöhnte, als eine warme Hand über ihren Hintern strich. Mit einem letzten Sprint sprang Jess auf die große Luftmatratze mitten im Zimmer. Sie landete bäuchlings und federte zurück.

Sekunden später landete Kim neben ihr.

Ausgelassen balgten sie miteinander herum.

»Warte!«, keuchte Jess, atemlos vor Lachen. »Nein! Nicht kitzeln!« Sie rollte sich auf den Rücken und zog Kim mit sich. Erregung flammte auf, als ihre nackten Körper sich gegeneinander pressten.

Kim setzte sich rittlings auf Jess' Hüften. »Gibst du auf?«

Jess breitete ihre Arme aus. »Ich gehöre ganz dir.«

Ein umwerfendes Lächeln huschte über Kims Gesicht. »Sieht ganz so aus«, sagte sie. Sie legte ihre Hände auf Jess' Schultern und sah ihr liebevoll in die Augen.

*Gott, küss mich endlich.*

Als hätte Kim ihre Gedanken gehört, beugte sie sich herab und bedeckte Jess' Lippen mit einem glühenden Kuss.

Als Kim über ihre Lippen leckte, entfuhr Jess ein Stöhnen. Ihre Hände umfassten Kims Hüften. Sie gab einen Laut des Protestes von sich, als Kim den Kuss unterbrach.

Kim setzte sich wieder auf und ließ den Blick durch das leere Zimmer schweifen. »Wirst du das hier vermissen?«

Jess blinzelte, versuchte, ihr Gehirn zum Funktionieren zu bringen. Kims heißer Schritt auf ihrem Bauch schien ihr im Moment interessanter als alles andere zu sein. Sie machte sich frei von erotischen Fantasien und dachte über Kims Frage nach.

»Nein. Auch wenn wir hier viel Schönes erlebt haben, war es ein Ort, an dem ich mich versteckt habe. Unser neues Haus wird ein Platz sein, an dem wir gemeinsam unser Leben verbringen können.«

Für diese Erklärung bekam Jess einen weiteren tiefen Kuss.

»Ich liebe dich«, sagte sie, als Kim von ihr abließ.

Kim überhäufte Jess' Brust und Bauch mit Zärtlichkeiten. »Ich dich auch, Liebes.«

Jess blickte zu Kim auf. Es war, als wollte ihr Herz vor Liebe zu dieser unglaublichen Frau überfließen. Ihre Hände streichelten Kims glatte Oberschenkel. Manchmal war es schwer zu glauben, dass sie sich erst vor einem Jahr kennengelernt hatten. Seit ihrer ersten Begegnung hatte Kim ihre Welt langsam, aber gründlich auf den Kopf gestellt. Und Jess hätte nicht glücklicher darüber sein können.

Die letzten Monate waren nicht immer einfach für sie gewesen. Jess war schließlich Kims Empfehlung gefolgt und hatte eine Psychologin konsultiert. Es war ihr schwergefallen, aber letztendlich hatte sich Sandy als Glücksfall erwiesen.

»Woran denkst du?«, fragte Kim und riss Jess damit aus ihren Gedanken.

»Darüber, wie unglaublich das letzte Jahr war.« Sie drückte sanft Kims Oberschenkel. »Und auch wie herausfordernd. Für uns beide.«

»Einigen wir uns auf turbulent«, sagte Kim.

Durch Kims Liebe und Unterstützung gelang es Jess, über bestimmte Dinge nachzudenken, wie sie es früher kaum für möglich gehalten hatte. *Rede einfach mit ihr. Du musst keine Angst mehr haben.* Es stimmte. Jess hatte nicht länger das Bedürfnis, ihre Gefühle oder Ängste vor Kim zu verbergen.

»Weißt du, ich habe nachgedacht«, sagte Jess. Sie atmete hörbar aus. »Mit dem neuen Haus und …« *Komm schon, was soll passieren?* Über dieses Thema hatten sie noch nie gesprochen. »Na ja, hier war es immer recht eng … selbst nur mit uns dreien, du, ich und Thor. Aber das neue Haus ist so viel größer, wenn wir also unsere Familie vergrößern wollten …«

Kim runzelte die Stirn. Prüfend sah sie auf Jess herunter.

*Himmel, Jess, sie hat absolut keine Ahnung, wovon du sprichst.*

»Du möchtest noch eine Dogge?«, fragte Kim.

*Natürlich denkt sie an so etwas. Ist ja nicht so, als würdest du Thor nicht ständig ›mein flauschiges Kind‹ nennen.* Jess schüttelte den Kopf und lächelte. »Äh … nein. Welpen sind zwar niedlich, aber ich dachte an etwas anderes.« Sie strich zärtlich über Kims flachen Bauch. »Oder besser gesagt: an *jemand* anderen.«

Kims Augen wurden groß und ihre Kinnlade klappte auf, als sie endlich begriff.

Enttäuschung wallte in Jess auf. Sie versuchte, es sich nicht anmerken zu lassen. »Ist schon okay. Ich dachte nur …« Jess blieb beinahe die Luft weg, als Kim auf ihrem Oberkörper landete.

Sie brach ihr mit der Umarmung fast ein paar Rippen.

Jess umklammerte sie fest. Ihr Herz überschlug sich. *Das ist ein Ja? Wirklich?* Ihr Wunsch war so groß, dass die Nervosität fast übermächtig wurde.

Es dauerte ein paar lange Augenblicke, bevor Kim sie losließ und sich aufrichtete. Tränen glitzerten in ihren Augen. »Du möchtest, dass wir ein Baby bekommen?«, fragte sie mit zitternder Stimme.

»Ja.« Jess schluckte schwer. Sie wollte keinesfalls, dass Kim sich unter Druck gesetzt fühlte. »Ich meine, wenn du es überhaupt in Betra…«

Kim legte Jess einen Finger über die Lippen. »Ja.«

Jess' Herz machte einen Sprung. »Ja?«

Kim nickte. Die Freude, die in ihren Augen leuchtete, ließ keinen Zweifel zu.

Jess strahlte. Sie hob vielsagend die Augenbrauen, als sie ihre Hand zwischen Kims Beine schob. »Und? Wollen wir ein bisschen üben, schwanger zu werden?«

Kim stöhnte und schob ihre Hüften vorwärts. »O ja. Üben. Wir müssen viel üben.«

# ÜBER RJ NOLAN

RJ Nolan lebt zusammen mit ihrer Dogge in den Vereinigten Staaten. Sie fährt regelmäßig an die kalifornische Küste nahe ihrem Zuhause. Das Rauschen der Wellen und der Anblick der Gischt verfehlen nie ihre inspirative Wirkung auf sie. Wenn sie nicht schreibt, liest sie gern, geht campen oder vergnügt sich gelegentlich im Disneyland.

Nachdem RJ im Ylva Verlag einige Kurzgeschichten und Novellen in ihrer Muttersprache veröffentlicht hat, erscheint die Novelle *L.A. Metro – Diagnose Liebe* als erste Übersetzung ins Deutsche.

**Webseite:** www.rjnolan.com
**E-Mail:** rjnolan@gmail.com

# EBENFALLS IM YLVA VERLAG ERSCHIENEN

www.ylva-verlag.de

# ALLES NUR KULISSE
**Ina Steg**

ISBN: 978-3-95533-455-0
Länge: 213 Seiten

Liesa ist stets auf der Suche. Wonach, weiß sie oft selbst nicht. Durch einen Job als Assistentin befreundet sie sich mit der selbstbewussten Schauspielerin Ashley. Doch Liesa entdeckt, dass Ashley sich einer Sekte angeschlossen hat, um erfolgreich zu bleiben. Während die Zuneigung zwischen ihnen wächst, wachsen in Liesa gleichzeitig Zweifel, ob sie die Frau hinter Ashleys Masken wirklich kennt.

# WIE EIN NEUES LEBEN
# EIN LESBISCHER LIEBESROMAN
**Lois Cloarec Hart**

ISBN: 978-3-95533-220-4
Länge: 378 Seiten

Jan hat es sich zur Aufgabe gemacht, ihren an MS erkrankten Ehemann Rob zu pflegen, der sich als ehemaliger Kampfflieger nur schwer mit seinem Schicksal abfinden kann. Durch Zufall tritt die junge Terry in ihr gemeinsames Leben und stellt es in kürzester Zeit auf den Kopf. Als sich Jan und Terry ineinander verlieben, wird die Freundschaft und Loyalität der drei vor eine Zerreißprobe gestellt.

# SUCHE HERZ MIT NAMEN

**Astrid Ohletz und Devin Sumarno (Hrsg.)**

ISBN: 978-3-95533-298-3
Länge: 226 Seiten

Stella hofft auf Sabrinas Telefonnummer und findet ein neues Hobby. Mareike möchte nur eine Katze von Nick adoptieren, stößt aber auf Hindernisse. Saskia will eigentlich nur Sex mit Deike, bis sie mit Gefühlen konfrontiert wird.

Das sind nur drei der sieben Geschichten von Frauen auf der Suche, von verloren geglaubten Empfindungen und der Wiederentdeckung der Liebe.


# AUF SCHMALEM GRAT

**Jae**

ISBN: 978-3-95533-302-7
Länge: 349 Seiten

Detective Aiden Carlisle hat keine Zeit für Beziehungen. Psychologin Dawn Kinsley wollte sich nie wieder mit einer Polizistin einlassen, aber als die beiden sich auf einer Fortbildung kennenlernen, fühlen sie sich sofort zueinander hingezogen. Als Dawn einem Verbrechen zum Opfer fällt, wird Aiden mit der Ermittlung betraut – und balanciert auf dem schmalen Grat zwischen Verpflichtung und Liebe.

# DEMNÄCHST IM YLVA VERLAG

www.ylva-verlag.de

# FAMILIE AUF BESTELLUNG

**Alison Grey**

Sherry lebt mit ihrem Sohn in einem Trailerpark. Mit Aushilfsjobs versucht sie, sich über Wasser zu halten. Madison hingegen führt ein sorgenfreies Leben als Partygirl – bis ihre reiche Großmutter sie zu enterben droht, falls Madison nicht endlich erwachsen wird. Als Madison auf Kellnerin Sherry trifft, kommt ihr eine Idee, die beider Leben auf den Kopf stellen wird: eine Familie auf Bestellung.

# MAC VS. PC
# EIN LESBISCHER LIEBESROMAN

**Fletcher DeLancey**

Als IT-Fachfrau an der Universität bekommt Anna täglich Nummern zugesteckt – von Leuten, die denken, ihr Rat sei kostenlos zu haben. Nur Elizabeth hilft sie freiwillig, als diese in einem Coffeeshop an ihrem Laptop verzweifelt. Zwischen den Frauen entwickelt sich eine innige Freundschaft und mehr – bis Anna herausfindet, dass Elizabeth in der universitären Nahrungskette weit über ihr steht.

*L.A. Metro – Diagnose Liebe*
**RJ Nolan**

Bibliografische Information der Deutschen Bibliothek
Die Deutsche Bibliothek verzeichnet diese Publikation in der Deutschen Nationalbibliografie;
detaillierte bibliografische Daten sind im Internet über http://dnb.ddb.de abrufbar.

ISBN: 978-3-95533-294-5

Dieser Titel ist auch als E-Book erschienen.

Die englischsprachige Originalausgabe erschien 2013 unter dem Titel *L.A. Metro* im Ylva
Verlag.

Copyright der Originalausgabe © RJ Nolan

Copyright der deutschen Ausgabe © 2015 Ylva Verlag, e.Kfr.
Erste Auflage 2015

Kontakt:
Ylva Verlag, e.Kfr.
Inhaberin: Astrid Ohletz
Am Kirschgarten 2
65830 Kriftel

Tel: 06192/7039881
Fax: 06192/7039347

www.ylva-verlag.de
info@ylva-verlag.de

Amtsgericht Frankfurt am Main HRA 46713

Übersetzung: Astrid Suding
Lektorat: Ulrich Hawighorst, Sandra Gerth
Korrektorat: Devin Sumarno
Umschlaggestaltung: Streetlight Graphics
Printlayout: Streetlight Graphics

www.ingramcontent.com/pod-product-compliance
Lightning Source LLC
Chambersburg PA
CBHW021447240626
47153CB00001B/334